KB086217

프랑켄슈타인
Frankenstein

Korean Version

메리 셸리
이미선 옮김

Korean Version

프랑켄슈타인
Frankenstein

황금가지

차례

저자의 해설

출판사에서 '스탠더드 노블스 전집' 중 하나로 『프랑켄슈타인』을 선택하면서 내게 이 소설을 쓰게 된 경위에 대해 설명해 달라고 부탁했다. 사람들은 어린 아가씨가 어떻게 그런 무시무시한 주제에 착안해서 글로 쓰게 되었느냐고 내게 자주 묻곤 했다. 그런 질문에 개괄적인 답을 제시할 수 있을 것 같아서 나는 출판사의 요청에 기꺼이 응했다. 사실 글을 통해 이렇게 나서는 것이 무척 싫었다. 그러나 이 설명이 이전에 출판된 책에 부록으로 실릴 뿐이고 저술 작업과 연관된 주제들에만 한정될 것이기 때문에 내 개인적인 입장을 강요하는 것은 아니라고 생각한다.

훌륭한 문학가 부모의 딸로 태어난 덕분에 아주 어린 시절부터 글 쓰는 것을 자연스럽게 여기게 된 것은 내게 특이할 만한 일은 아니다. 나는 어린 시절부터 서투르게나마 글을 썼고 내가 놀이 시간마다 가장 좋아했던 놀이는 '글짓기'였다. 그러나 이것보다 더 소중한 기쁨이 있었다. 그것은 공상, 즉 백일몽에 빠지는 것으로, 생각의 흐름을 좇으면서 그 생각의 주제에 따라 허구적인 사건들을 연속적으로 만들어 내는 것이었다. 이런 공상과 꿈은 내가 쓴 글보다 더 환상적이고 멋졌다. 사실 나는 내 마음 내키는 대로 글을 쓰기보다는 다른 사람들을 충실하게 흉내 내며 글을 썼기 때문이었다. 그때 나는 적어도 하나의 다른 눈, 즉 어린 시절의 친한 친구에게 보여 주기 위해 글을 썼다. 그러나 공상과 꿈은 전적으로 내 자신의 것이었다. 꿈에 대해서는 아무에게도 말해 주지 않았다. 내가 화났을 때 꿈은 도피처가 되어 주었고 한가할 때엔 가장 소중한 기쁨이 되어 주었다.

나는 소녀 시절 시골에서 살았고 스코틀랜드에서 상당한 시간을 보냈다. 이따금 그림처럼 아름다운 지역들을 방문하기도 했지만 평소에 살았던 곳은 던디(영국 스코틀랜드의 도시. — 옮긴이) 근처 황량하고 쓸쓸한 테이 강 북부 기슭이었다. 지금 와서 말하자면 황량하고 쓸쓸한 곳이었지만 그 당시에는 그렇게 여겨지지 않았다. 그곳은 내가 만들어 낸 피조물들과 마음 놓고 소통할 수 있는 자유의 둥지이자 즐거운 영지였다. 그 당시에도 글을 썼지만 그

글들은 매우 문체가 평범했다. 진정한 글쓰기, 공기처럼 가볍게 날아다니던 내 상상력이 태어나서 자란 곳은 바로 우리 집에 딸린 영지에서 자라고 있는 나무 밑이나 근처의 나무 없는 황량한 산비탈 위였다. 나는 나 자신을 이야기의 여주인공으로 삼지는 않았다. 내 삶은 너무나 평범하다고 여겼기 때문이었다. 낭만적인 비애나 놀라운 사건들이 내 운명이 될 것이라고는 상상할 수는 없었다. 그러나 나는 내 자신의 존재에만 머무르지 않았으며 내 감각 작용들보다 훨씬 더 재미있는 상상의 산물들로 시간을 채웠다.

이때 이후로 내 생활은 더욱 바빠졌다. 허구 대신 현실이 자리를 차지했다. 그러나 남편은 내가 우리 부모님에게 손색없는 딸이라는 것을 증명하고 명성을 얻어야 한다고 처음부터 매우 안달했다. 그는 문학적인 명성에 매우 무관심해졌던 내게 문학적인 명성을 얻도록 끊임없이 부추겼다. 그때쯤 나 자신도 그것을 바라게 되었다. 이 무렵 남편이 내게 글을 쓰도록 권했던 것은 내가 주목받을 만한 글을 써 낼 수 있을 것이라는 생각에서라기보다 장차 더 나은 것을 쓸 수 있는 가능성이 내게 얼마나 있는지 가늠해 보기 위해서였다. 그러나 나는 여전히 아무것도 하지 않았다. 여행과 가족을 돌보는 일이 내 시간을 모두 차지해 버렸다. 내가 관심을 기울였던 문학적인 활동이래 봐야 훨씬 더 교양 있는 남편의 정신과 교류하면서 내 사고를 향상하거나 책을 읽으면서 공부한 것이 전부였다.

1816년 여름에 스위스를 방문한 우리는 바이런 경과 이웃이 되어 지내게 되었다. 처음에 우리는 호수에서 즐거운 시간을 보내거나 호숫가를 거닐었다. 『차일드 해럴드의 편력(*Childe Harold's Pligimage*)』 제3권을 쓰고 있던 바이런 경만이 우리들 중에서 유일하게 자신의 생각을 글로 적었다. 그는 자신의 작품을 우리에게 계속 가져다 주었는데 온갖 광명과 조화로움으로 표현된 그 시들은 하늘과 땅의 영광을 신성한 것으로 나타내는 듯했으며 우리도 그와 함께 그 영광의 영향력을 나눠 가졌다.

그러나 그해 여름은 축축하고 불쾌했다. 비가 계속 내려서 며칠씩 집 안에만 갇혀 지내기도 했다. 그러던 중 우연히 독일어를 불어로 번역한 유령 이야기를 몇 권 입수하게 되었다. 그중에는 결혼 서약을 마친 신부를 껴안았는데 알고 보니 자기가 버린 여자의 창백한 유령을 품에 안고 있더라는 내용의 「바람기 많은 연인 이야기(*History of the Inconstant Lover*)」도 들어 있었다. 그 책에는 죄 많은 조상의 이야기도 실려 있었다. 그는 집안의 모든 아들들이 일정한 나이가 되면 그들에게 죽음의 키스를 해야 하는 불행한 운명을 가진 사람이었다. 『햄릿』에 등장하는 유령처럼 완전 무장을 하고 턱받이를 올린 거대하고 어슴푸레한 형체가 자정에 변덕스러운 달빛을 받으며 어두운 길을 따라 천천히 나아가다가 성벽 그림자

아래에서 사라져 버린다. 그러나 곧 대문이 열렸다 닫히고 발자국 소리가 들린다. 방문이 열리고 그는 곤하게 잠자고 있는 꽃다운 어린 아이들의 잠자리로 다가가서 몸을 숙여 아들들의 이마에 입을 맞춘다. 그때 그의 얼굴에는 끝없는 슬픔이 내려앉아 있다. 그때부터 아들들은 가지에서 잘려 나온 꽃들처럼 시들어 간다. 그때 이후로 이 이야기를 다시는 읽지 못했지만 이야기 속의 사건들은 어제 읽은 것처럼 내 마음속에 생생하게 남아 있다.

바이런 경이 "우리 각자 유령 이야기를 써 보자."고 제안했다. 우리 모두 그의 제안에 동의했다. 그 자리에 모두 네 사람이 있었다. 바이런 경은 쓰기 시작했던 이야기의 일부를 『마제파(*Mazeppa*)』 끝 부분에 실어서 출판했다. 이야기 구조를 새롭게 만들어 내는 것보다 훌륭한 이미지를 통해, 언어가 가진 가장 운율적인 리듬감을 살려서 생각과 감정을 표현하기 좋아했던 셸리는 어린 시절의 경험을 토대로 이야기를 만들어 냈다. 이제 고인이 된 폴리도리(바이런 경의 옆집에 살았던 『뱀파이어』의 작가. — 옮긴이)는 해골 머리를 한 여자에 대해 끔찍한 상상을 했다. 그 여자가 그런 몰골을 하게 된 것은 열쇠 구멍으로 엿보다가 들켜서 벌을 받았기 때문이었다. 그녀가 무엇을 보려고 했는지는 기억 나지 않지만 당연히 매우 충격적이고 나쁜 것을 엿보았을 것이다. 그러나 그녀가 유명한 코번트리의 톰(농민의 세금 감면을 위해 알몸으로 말을 타던 영주 부인을 엿보다가 눈이 먼 중세 잉글랜드의 코번트리에 살았던 양복장이. — 옮긴이)보다 더 나쁜 상황에 빠지게 되자 폴리도리는 그녀를 어떻게 처리해야 할지 알 수가 없었다. 결국 그는 그녀에게 딱 맞는 유일한 장소인 캐풀렛 가의 무덤으로 그녀를 보내야 했다. 유명한 시인들 또한 산문의 진부함에 질려서 곧 마음에 맞지 않는 임무를 그만둬 버렸다.

나는 우리가 이런 일을 하도록 자극을 준 이야기들과 겨룰 수 있을 만큼의 이야기를 생각해 내기 위해 열심히 애를 썼다. 우리의 본성에 대한 신비스러운 두려움에 대해 알려 주고 소름 끼치는 공포를 일깨워 줄 그런 이야기가 필요했다. 두려움에 주변을 둘러보게 하고 피를 굳게 하며 심장 박동을 빠르게 하는 그런 이야기여야 했다. 이만 한 이야기가 아니라면 내 이야기는 유령 이야기라고 불릴 자격이 없을 것이다. 생각하고 또 궁리해 보았지만 허사였다. 창작 능력이 무뎌진 작가에게 가장 큰 불행이라 할 수 있는 막막한 창작 불능 상태를 나는 통감했다. 그런 때엔 아무리 초조하게 기원해도 어떤 응답도 나타나지 않는다. 매일 아침마다 "이야기를 생각해 냈소?"라는 질문을 받았고 나는 속상해하며 "아니요."라는 대답밖에 할 수가 없었다.

산초(돈키호테의 시종. — 옮긴이) 식으로 표현하면 모든 것에는 시작이 있어야 한다. 그리고 그 시작은 이전에 있었던 것과 연결되어

야만 한다. 힌두 인들은 코끼리가 세상을 떠받들고 있고 코끼리는 거북이 위에 서 있다고 믿었다. 발명이란 무에서 창조되는 것이 아니라 혼돈으로부터 창조된다는 것을 겸손하게 인정해야만 한다. 먼저 재료가 제공되어야 한다. 발명은 어둡고, 형체 없는 물질에 형태를 부여할 수 있지만 물질 그 자체를 존재하게 할 수는 없다. 모든 발견과 발명의 문제에서는 상상력에 관련된 문제들에서조차 우리는 콜럼버스와 계란 이야기를 끊임없이 떠올린다. 발명이란 한 주제가 가진 여러 가지 가능성들을 포착하는 능력과 그 주제에 대해 떠오른 아이디어들을 구체적으로 형성하고 만들어 내는 능력이다.

바이런 경과 셸리는 오랜 시간을 들여 많은 대화를 나누었고 나는 대개 아무 말 없이 열심히 듣는 편이었다. 어느 날 이런 대화 중에 여러 가지 철학적 원리들이 논의되었다. 그중에는 생명의 원리의 본질이 무엇이며 그것을 발견하고 전달할 가능성이 과연 있을까라는 문제도 있었다. 그들은 다윈 박사(의사이자 시인이며 진화론자인 에라스무스 다윈(1731～1802)을 의미한다. — 옮긴이)의 실험에 대해 이야기를 나눴다. (다윈 박사가 실제로 무슨 일을 했는지, 또는 박사 자신이 했다고 밝힌 일에 대해서는 말하지 않겠다. 단지 이 글의 목적에 부합하도록 그가 했던 실험이라고 그 당시에 소문이 나 있던 것에 대해서만 말하겠다.) 다윈 박사가 베르미첼리(스파게티보다 면이 가느다란 국수의

한 종류이다. — 옮긴이) 한 가락을 유리 용기에 보관하다가 특별한 방법을 통해 그 국수 가락이 저절로 움직이도록 했다는 것이다. 어쨌든 그런 식으로 생명이 탄생하진 않을 것이다. 하지만 어쩌면 시체가 다시 살아날 수 있을지는 모른다. 그런 일이 가능하다는 증거로 전기 요법이 있지 않은가! 어쩌면 생명체의 구성 요소들을 만들고 조합한 다음 거기에 생명의 온기를 불어넣는 일은 가능하지 않을까?

이런 대화를 나누다 보니 밤이 기울었고 한밤중이 되어서야 우리는 잠자리에 들었다. 침대에 누웠지만 나는 잠을 잘 수도, 생각할 수도 없었다. 뜻하지 않은 상상력이 내 마음을 온통 사로잡았다. 평상시 몽상의 한계를 훨씬 넘어설 정도로 너무나 생생한 이미지들이 떠올랐다. 눈은 감았지만 날카로운 마음의 눈으로 나는 부정한 기술을 터득한 과학자의 창백한 모습을 보았다. 그는 자신이 조합한 물체 옆에 무릎을 꿇고 앉아 있었다. 한 남자가 몸을 쭉 뻗은 채 누워 있다가 어떤 강력한 동력의 작용에 힘입어 살아 있다는 신호를 보여 주며 불안정하고 느린 동작으로 움직이는 무시무시한 환영이 보였다. 그것은 너무 끔찍했다. 세상을 창조한 조물주의 엄청난 작업을 흉내 내려는 인간 노력의 결과는 너무나 흉측할 수밖에 없을 것이다. 과학자는 자신의 성공에 오히려 질겁하고, 공포에 떨며 자신이 만들어 낸 흉측한 작품으로부터 도망칠 것이다. 그는 자신이 불어넣은 약한 생명의 불꽃이 혼자 남겨지면 사라질 것이라고, 그렇게 불완전한 생명을 부여받은 이 괴물이 죽은 상태로 되돌아갈 것이라고 바랄 것이다. 그리고 그는 한때 자신이 생명의 발상지로 여기기도 했던 끔찍한 시체로 만들어진 괴물이 한순간 생명을 얻었을지라도 무덤의 침묵 속에서 영원히 소멸될 것이라고 믿으면서 잠이 들 것이다. 그러나 잠을 자다 깨어난 그의 눈앞에는 그 무시무시한 괴물이 침대 옆에 서서 커튼을 젖히고 노랗고 물기 어린, 그러나 생각에 잠긴 눈으로 자신을 바라보고 있다.

나는 깜짝 놀라 눈을 떴다. 그 생각이 내 마음을 온통 사로잡는 바람에 두려움의 전율이 온몸을 훑고 지나갔다. 나는 환상 속의 무시무시한 이미지에서 벗어나 주변의 현실로 돌아오고 싶었다. 아직도 눈에 선하다. 그 방과 어두운 마루, 달빛이 스며드는 닫힌 창, 거울같이 잔잔한 호수와 눈 덮인 높은 알프스 산이 그 너머에 있을 것만 같은 느낌이. 그러나 무서운 환영은 쉽게 없어지지 않고 여전히 마음에서 떠나질 않았다. 뭔가 다른 생각을 하려고 노력해야만 했다. 그러나 내 생각은 계속 유령 이야기, 지루하고 잘 써지지 않는 유령 이야기로 되돌아가곤 했다. 아, 그날 밤 내가 놀랐던 것만큼 독자들을 놀래 줄 그런 유령 이야기를 만들어 낼 수만 있다면 얼마나 좋을까!

빛처럼 빠르고 기분 좋은 생각이 내 마음에 파고들었다.

“드디어 찾아냈다. 내가 무섭다고 느꼈다면 다른 사람들도 틀림없이 무서워 할 거야. 내가 할 일은 한밤중에 내 베개 머리맡에 출몰한 유령을 그리는 것뿐이야.”

아침이 되자 나는 남편에게 드디어 이야기거리를 생각해 냈다고 알렸다. 그날 나는 “11월의 어느 음울한 밤이었다.”라는 말로 이야기를 시작했다. 나는 환상을 통해 느낀 무서운 공포를 그대로 글로 옮겼다.

처음에는 몇 쪽에 지나지 않는 짧은 이야기를 쓸 생각이었다. 그러나 셸리는 그 생각을 더 길게 전개해 보라고 권했다. 이야기 속의 사건이나 감정 하나라도 남편의 도움을 받은 적은 없었다. 그러나 남편의 격려가 없었더라면 이 이야기가 지금과 같은 모습으로 세상에 나오진 못했을 것이다. 그러나 남편 덕을 보지 않았다는 이 선언에서 서문은 제외해야 할 것이다. 내가 기억하는 한 서문은 전적으로 남편이 썼다.

이제 내 자식 같은 이 무시무시한 작품이 세상에 나가 번성하기를 다시 한번 더 바란다. 이 아이에게 나는 애정을 느낀다. 왜냐하면 이 아이가 행복했던 시절에 태어난 자식이기 때문이다. 그 시절 죽음과 슬픔이라는 단어는 내 마음속에서 진정한 반향을 일으키지 못하는 공허한 말일 뿐이었다. 책 속의 몇 페이지에는 내가 혼자가 아니었을 때 했던 많은 산책과 드라이브, 그리고 많은 대화가 담겨 있다. 지금 내 동반자는 이 세상에서는 더 이상 볼 수 없는 사람이 되었다. 그러나 이 사실은 내게만 해당하는 것이므로 독자들이 이런 연상을 할 필요는 없다.

이번에 가한 수정에 대해 한마디만 덧붙이겠다. 주로 문체에 수정을 가했을 뿐 이야기를 바꾸거나 새로운 아이디어나 상황을 도입하지는 않았다. 이야기의 재미를 손상할 정도로 단조로운 문체를 수정했고 이런 변화는 거의 전적으로 1권의 시작 부분에서 이루어졌다. 전체적으로 이야기의 핵심과 주제를 전혀 건드리지 않은 채 부수적인 부분에 한해서만 변화를 가했다.

1831년 10월 15일 런던에서

서문

이 소설의 토대를 이루고 있는 사건에 대해 다윈 박사와 독일의 몇몇 생리학자들은 전혀 불가능한 일은 아니라고 가정했다. 그렇다고 해서 내가 그런 상상을 조금이라도 진지하게 사실로 받아들였다고 추측하진 말아 달라. 하지만 그런 상상을 이 공상 작품의 토대로 삼았으며, 나는 나 자신이 단순하게 불가사의한 공포 이야기들을 꾸며 내고 있다고는 생각하지 않았다. 이 이야기에 재미를 주는 사건은 단순한 유령 이야기나 마법 이야기의 단점들을 극복하고 있다. 먼저 그 사건으로 인해 전개되는 상황의 진기함이 흥미롭다. 또한 비록 이 사건이 물리적으로 불가능하다 할지라도 그것은 기존 사건의 평범한 관계들이 만들어 낼 수 있는 어떤 관점보다도 더 포괄적이고 당당하게 인간의 감정을 묘사할 수 있게 해 주는 하나의 관점을 상상력에 제공해 준다.

그래서 나는 인간 본성의 기본적인 원리들을 사실적으로 유지하려고 노력했으며 동시에 그 원리들을 혁신적으로 조합해 보는 일에도 주저하지 않았다. 그리스의 비극 시집 『일리아드』, 『태풍』과 『한여름 밤의 꿈』에서의 셰익스피어, 특히 『실낙원』에서의 밀턴이 이 원칙을 따랐다. 자신의 노력에 기쁨을 부여하거나 얻으려고 노력하는 가장 겸허한 소설가라도 겸손하게 산문 소설에 시적 파격, 아니 보다 정확히 말해서 법칙을 적용할 수 있다. 사실 이런 법칙의 적용을 통해 인간 감정의 수많은 정교한 조합이 최고의 시 작품들 속에서 이루어졌다.

내 소설의 토대가 되는 사건은 일상적인 대화 속에서 우연히 암시를 얻은 것이다. 처음에 그것은 한편으로는 오락거리로, 한편으로는 한 번도 써 본 적 없는 마음속 능력을 발휘하는 방법으로 시작되었다. 작품이 진행되면서 다른 동기들이 이것들과 섞였다. 작품 속의 의견이나 등장인물의 도덕적 성향이 어떻건 그것이 독자에게 어떤 영향을 미치는가에 대해 내가 전혀 무관심한 것은 아니다. 그러나 이런 면에 대한 내 주된 관심은 요즘 소설들처럼 독자들을 무기력하게 만드는 결과를 낳지 않고 가정의 따뜻한 사랑과 미덕의 장점을 보여 주는 것으로 제한되었다. 주인공의 성격과 상황에서 자연스럽게 표출되는 의견들을 내 가슴속에 항상 자리 잡고 있는 신념이라고 간주해서는 안 된다. 또한 다음 소설 본문으로부터 끌어낼 수 있는 추론을 특정한 철학적 원리에 대한 편견으로 간주해서도 안 된다.

소설의 주된 배경이 되고 있는 장대한 지역에서, 두고두고 그리움을 불러일으키는 교제를 통해 이 소설이 시작되었다는 사실 또한 작가에게 특별히 중요한 의미를 갖는 문제이다. 나는 1816년의 여름을 제네바 근교에서 보냈다. 그해 여름은 춥고 비가 많이 와서 우리는 밤이면 타오르는 모닥불 주변에 모여 앉아 우연히 입수한 독일의 유령 이야기들을 읽으며 즐거운 시간을 보냈다. 우리는 이 이야기들을 모방해 보고 싶다는 장난스러운 욕구를 느꼈다. 다른 두 친구들(독자들은 이들 중에서 한 친구가 쓴 이야기를 내가 쓰고 싶은 그 어떤 이야기보다 훨씬 더 마음에 들어할지도 모른다.)과 나 역시 불가사의한 사건을 바탕으로 해서 각자 이야기를 쓰기로 동의했다.

그러나 날씨가 갑자기 평온해지자 두 친구는 나를 남겨둔 채 알프스로 여행을 떠났다. 그들은 알프스의 장엄한 경치에 빠져서 유령 이야기에 대해서는 까맣게 잊어버리고 말았다. 다음 이야기만이 유일하게 완성된 것이다.

1817년 9월, 말로우에서

프랑켄슈타인

월튼의 편지 1

영국의 사빌 부인에게

17××년 12월 11일, 상트 페테르부르크에서

누님, 누님께서 그렇게 불안해하던 모험이 큰 탈 없이 시작되었습니다. 이 소식을 들으면 기쁘시겠죠. 저는 어제 이곳에 도착했습니다. 제일 먼저 사랑하는 누님에게 제가 잘 지내고 있으며, 착수한 일에 성공할 수 있다는 자신감도 키워 가고 있음을 알려드리고 싶습니다.

저는 이미 런던으로부터 먼 북쪽에 와 있습니다. 페테르부르크의 거리를 걸을 때 차가운 북풍이 뺨을 스치면 용기가 솟고 마음이 기쁨으로 가득해집니다. 누님이 이런 기분을 이해하실까요? 제가 장차 가려고 하는 지역을 지나온 이 미풍은 그곳의 얼음 같은 기후를 미리 맛볼 수 있게 해 줍니다. 이 약속의 바람에 고무되어 제 몽상은 더욱 강렬하고 생생해집니다. 북극 지방이 얼음으로 뒤덮인 황량한 곳이라는 말로 저를 설득하려 해도 아무 소용이 없습니다. 제 상상 속의 그곳은 아름다움과 기쁨이 가득한 곳입니다. 마거릿 누님, 그곳에는 태양이 계속 떠 있지요. 넓은 원형의 태양이 수평선 바로 위에서 끝없는 광채를 발하고 있고요. 그곳에는 (누님 말씀대로 저보다 먼저 그곳을 항해한 사람들의 말을 어느 정도는 믿으려고 합니다만) 눈과 얼음이 없습니다. 그리고 평온한 바다를 항해하면서 우리는 세상 그 어느 곳보다 더 경이롭고 아름다운 땅에 이르게 될 겁니다. 천체 현상들이 저 미지의 황야에서도 일어나겠지만 그곳에서 일어나는 일들과 그곳의 모습은 전례를 찾을 수 없을 것입니다. 영원한 빛의 나라에서 무엇인들 기대하지 못하겠어요? 저는 그곳에서 나침반의 바늘을 끌어당기는 놀라운 힘을 발견하고, 수도 없이 천체 관측을 하게 될지도 모릅니다. 이런 관측을 하기 위해서는 이번 항해 여행이 꼭 필요하답니다. 어쩌면 이번 항해를 통해 겉으로는 기이하게 보였던 일들이 항상 이치에 맞는 현상들이었다는 사실을 밝혀 낼 수 있을지도 모릅니다. 전에 한 번도 가 본 적이 없었던 세상의 한 지역을 보면서 불타는 호기심을 실컷 충족하고, 인간의 발자국이 한 번도 찍히지 않은 땅을 밟게 될 것입니다. 이런 것들이 제 마음을 유혹합니다. 그리고 그런 유혹은 위험과 죽음에 대한 온갖 두려움을 잠재우기에 충분하지요. 어린 아이가 휴일에 친구들과 함께 작은 배를 타고 고향의 강을 따라 탐험 여행을 떠날 때처럼 기쁜 마음으로 이 힘든 여행을 시작할 수 있게 해 주거든요.

그러나 이 모든 추측이 틀렸다 해도, 제가 영원히 인류 전체에게 측정할 수 없을 정도로 엄청난 혜택을 가져다 줄 것이라는 사실에 이의를 제기할 수는 없을 것입니다. 지금은 몇 달씩 걸려야 도착할 수 있는 그런 나라들에 쉽게 갈 수 있도록 극 지방 근처의 항로를 발견할 수도 있고, 자석의 비밀을 밝혀 낼지도 모릅니다. 이런 일들은 지금 제가 하고 있는 것과 같은 일을 통해서만 달성할 수 있습니다.

이런 생각들을 하다 보니 편지를 쓰기 시작할 때 일었던 마음의 동요가 사라졌습니다. 그리고 제 마음은 열정으로 타올라서 하늘로 날아오르는 기분이군요. 흔들리지 않는 목표만큼 마음을 평온하게 해 주는 것은 없으니까요. 영혼은 이 목표에 그 지적인 시선을 고정할 것입니다. 이 탐험 여행은 제 어린 시절부터의 꿈이었지요. 북극 주변의 바다를 통해 북태평양에 도달할 목적으로 행해진 여러 항해에 대한 이야기들을 저는 열심히 읽었습니다. 발견을 목표로 이루어진 모든 항해를 기록해 놓은 역사서들이 토머스 삼촌의 서재를 온통 차지하고 있었다는 사실을 누님도 기억하시겠지요. 저는 공부를 소홀히하긴 했지만 책 읽는 것은 무척 좋아했습니다. 제게 절대 항해 생활을 허락하지 말라고 아버지가 삼촌에게 유언을 남기셨다면서요. 그 말을 듣고 제가 얼마나 아쉬웠는지 모릅니다. 밤낮으로 이 책들을 탐독하면서 친해지다 보니 어린 시절에 느꼈던 아쉬운 마음은 더욱 커졌습니다.

하지만 처음으로 제 영혼을 황홀하게 해 주고 하늘 높이 고양시켜 준 시인들을 접하게 되면서 이 항해에 대한 꿈은 희미해져 갔습니다. 저 또한 시인이 되었고 1년 동안 제 자신이 만들어 낸 낙원 속에서 살았습니다. 호머와 셰익스피어처럼 저도 죽은 후 작은 명성이라도 길이 남길 수 있을지 모른다는 상상을 했습니다. 그러나 저는 실패했죠. 그것 때문에 얼마나 상심했는지 누님도 잘 알고 계실 것입니다. 바로 그때 사촌으로부터 유산을 물려받았고 제 생각은 어린 시절에 좋아했던 분야로 되돌아가게 되었습니다.

현재의 일을 착수하기로 결심하는 데 6년이 걸렸습니다. 이 훌륭한 일에 전념하기로 결심한 그 순간은 지금도 기억 속에 생생하게 남아 있어요. 저는 역경에 익숙해질 수 있도록 몸을 단련하는 일부터 시작했습니다. 고래잡이 하는 사람들을 따라 북해로 여러 번 항해 여행을 다녀왔고 자발적으로 추위와 배고픔, 갈증과 수면 부족을 견뎠습니다. 낮에는 보통 선원들보다 더 열심히 일했고 밤이면 수학과 의학 이론, 항해 모험가에게 실용적인 이점을 최대한 제공해 줄 물리학 분야들을 집중적으로 공부했습니다. 실제로 저는 두 번이나 그린랜드 포경선에서 이등 항해사 자리를 얻어서 다른 사람들이 감탄할 정도로 그 일을 잘 해냈습니다. 선장이 제게 그 배의 서열 2위 자리를 제안하며 배에 남아 달라고 너무나 진지하게 간청했을 때엔 솔직히 우쭐하는 기분도 약간 들었답니다. 제 업무 능력을 그가 상당히 높이 평가했던 것 같아요.

사랑하는 마거릿 누님, 제게는 큰 목표를 이룰 만한 자격이 있지 않나요? 저는 편안하고 사치스럽게 살 수도 있었지만 부유함이 제공하는 온갖 유혹보다 명예를 더 중요하게 여겼습니다. 격려하는 목소리로 제 말이 맞는다고 대답해 주세요. 제 용기와 결심은 단호하지만 때로는 희망이 흔들리고 기분도 자주 우울해집니다. 저는 이제 길고 힘든 항해를 시작하려고 합니다. 항해 중에 긴급 상황이 발생해도 꿋꿋하게 견뎌 내야 합니다. 다른 사람들의 용기를 북돋아 주어야 할 뿐만 아니라 때로는 제 사기도 떨어지지 않도록 노력해야 할 것입니다.

러시아에서는 지금이 여행하기 가장 좋은 때입니다. 사람들은 썰매를 타고 눈 위로 빠르게 날아갑니다. 그 경쾌한 움직임은 영국의 역마차보다 훨씬 더 기분 좋게 보입니다. 모피로 몸을 감싸고 있으면 추위가 극심하진 않습니다. 저도 이미 모피를 입었습니다. 갑판 위를 걷는 것과 몇 시간씩 꼼짝하지 않고 앉아 있는 것은 매우 다릅니다. 운동을 하지 않으면 혈관 속의 피가 실제로 얼어 버릴 수 있으니까요. 상트페테르부르크와 아크엔젤(Archangel. 백해에 면한 러시아 북서부의 중요 항만 도시로 현재 이름은 아르한겔스크(Arkhangelsk)이다. — 옮긴이) 사이의 우편물 수송 도로 위에서 목숨을 잃고 싶은 생각은 추호도 없습니다.

2주나 3주 후면 아크엔젤을 향해 출발할 것입니다. 그리고 그곳에서 배를 빌릴 예정입니다. 선주에게 보험금을 지불하면 쉽게 빌릴 수 있을 것입니다. 그리고 고래잡이에 익숙한 사람들 중에서 필요한 만큼의 선원들을 고용할 것입니다. 6월까지는 항해하지 않을 작정이에요. 그렇다면 언제쯤 돌아올 거냐고요? 아, 사랑하는 누님, 어떻게 이 질문에 답할 수 있을까요? 만약 제가 성공한다면 몇 달, 어쩌면 몇 년이 지나면 누님과 만날 수 있겠지요. 그러나 실패한다면 저를 곧 만나게 되든지 아니면 영원히 만날 수 없게 될 것입니다.

사랑하는 훌륭한 마거릿 누님, 건강히 잘 계십시오. 누님에게 축복을 내려 주시길, 그리고 절 지켜 주시길 하느님께 빕니다. 누님이 제게 베풀어 준 모든 사랑과 친절함에 대해 다시 감사드릴 수 있도록요.

사랑하는 동생,

R. 월튼

편지 2

영국의 사빌 부인에게

17××년 3월 28일, 아크엔젤에서

얼음과 눈으로 덮여 있는 이곳에서는 시간이 정말 더디게 갑니다. 그래도 저는 계획을 향한 두 번째 단계에 들어갔습니다. 배를 빌렸고 지금은 선원들을 모집하는 일에 몰두하고 있습니다. 이미 몇 명을 선발했는데 그들은 믿음직해 보이며 불굴의 용기를 가지고 있습니다.

하지만 이곳에는 절대 채워지지 않는 아쉬운 점이 한 가지 있습니다. 그 부재가 지금의 제게는 너무나 심각한 불행입니다. 마거릿 누님, 제게는 친구가 없습니다. 제가 성공에 대한 열정으로 불타오르고 있을 때에 그 기쁨을 같이할 사람이 아무도 없습니다. 또한 제가 실망에 빠져 있어도 낙담해 있는 저를 격려해 주려는 사람이 아무도 없습니다. 종이에 제 생각을 적는다 해도 그것은 감정을 전달하는 빈약한 매체일 뿐입니다. 눈빛으로 대답하며 제 생각에 동의해 줄 친구가 필요해요. 사랑하는 누님, 저더러 낭만적이라고 하실지 모르지만 상냥하면서 용감하고, 포용력이 있을 뿐만 아니라 교양을 갖춘, 비슷한 취향을 가진 사람이 곁에서 제 계획을 승인하거나 수정해 주었으면 좋겠습니다. 그러나 그럴 사람이 아무도 없습니다. 그런 친구가 있다면 누님의 못난 동생이 가진 결점들을 정말로 많이 감싸 줄 수 있을 텐데 말입니다. 저는 너무 열심히 일에 덤벼들었다가 어려운 일이 닥치면 조바심을 냅니다. 그러나 더 큰 문제점은 제가 혼자 공부를 했다는 사실입니다. 열네 살이 될 때까지 저는 공유지를 마음껏 뛰어 다니며 놀았고 토머스 삼촌이 가지고 있던 항해에 관한 책들밖에 읽지 못했습니다. 열네 살이 되어서야 저는 우리 나라의 유명한 시인들을 접하게 되었지요. 그러나 시인들을 알고 있다는 그런 믿음으로부터 가장 소중한 이점을 더 이상 끌어 낼 수 없게 되었을 때 저는 비로소 모국어 이외의 다른 나라 말들을 익혀야 할 필요성을 깨달았습니다. 지금 저는 스물여덟 살이지만 사실 열다섯 살짜리 남학생들보다 더 무지한 상태에요. 그들보다 생각을 더 많이 하고 더 크고 원대한 상상을 하는 것은 사실이지만요. 그러나 저의 그런 생각이나 상상에는 화가들의 표현을 빌리면 '조화'가 필요합니다. 그렇기에 저를 낭만적이라고 경멸하지 않을 정도의 분별력과 제 마음을 조절하려고 노력할 정도로 저에게 애정을 가진 친구가 몹시 필요합니다.

물론 이런 것들은 소용없는 불평들입니다. 넓은 바다에서나 이곳 아크엔젤의 상인들과 선원들 중에서 친구를 찾기란 불가능하겠지요. 그렇지만 찌꺼기 같은 인간 본성과 전혀 섞이지 않은 감정들이 이 거친 사람들의 가슴속에서도 고동치고 있답니다. 예를 들어 제 부관은 굉장히 용감하고 모험심이 강한 사람입니다. 그는 명예를 열렬히 추구합니다. 좀더 잘 표현하자면 그는 자신의 직업에서 출세하고 싶어한다고 할 수 있겠네요. 그는 영국인이고, 교양이 별로 없는 탓에 나라와 직업에 관한 편견을 가지고 있지만 인간의 가장 고귀한 자질을 가졌답니다. 예전에 포경선에 탔을 때 그를 알게 되었어요. 그가 이 도시에서는 일자리를 찾지 못하고 있었던 터라 쉽게 그를 고용해서 제 일을 돕게 했습니다.

선장은 인품이 훌륭하고 관대하게 규율을 집행하며 상냥한 점이 두드러집니다. 그는 성실하고 담대한 사람으로 널리 알려져 있는 데다가 아까 말씀드린 점들까지 더해져서 저는 그를 무척이나 고용하고 싶었습니다. 어린 시절을 고독하게 보냈고, 여러 해 동안 누님의 부드럽고 여성스러운 보살핌을 받으면서 최상의 시간들을 보낸 결과, 제 성격은 기본적으로 섬세한 편입니다. 그 결과 배에서는 일상적으로 여기는 야만스러운 행동들을 극도로 혐오하게 되었습니다. 그런 야만스러움이 반드시 필요한 것은 아니라고 믿습니다. 그래서 따뜻한 마음씨로 유명할 뿐만 아니라 선원들의 존경과 추종을 받는 선장에 대한 평판을 들을 때마다 그런 사람을 고용할 수 있게 되어서 참 다행이라고 생각합니다.

제가 처음에 그에 대한 이야기를 들은 것은 한 숙녀로부터였는데요, 그건 상당히 낭만적인 이야기였답니다. 그녀는 자신이 행복하게 살고 있는 것이 다 그의 덕이라고 했어요. 그녀의 이야기를 간략하게 옮겨 보겠습니다. 몇 년 전에 그는 웬만큼 부유한 집안의 딸인 젊은 러시아 여자를 사랑하게 되었습니다. 그가 상당한 양의 결혼 지참금을 모았기 때문에 여자의 아버지도 결혼에 동의했습니다. 그는 예정된 결혼식 전에 사랑하는 여자를 딱 한 번 만났는데 그녀가 눈물로 범벅이 된 채 그의 발아래 엎드려서 자신을 용서해 달라고 간청했습니다. 그녀는 다른 사람을 사랑하고 있으며 그 남자가 가난하다는 이유로 아버지가 두 사람의 결합을 허락하지 않는다고 그에게 고백했답니다. 관대한 제 친구는 여자를 안심시켜 주었고 그 여자의 애인 이름을 듣는 순간 즉시 결혼을 포기했습니다. 그는 여생을 보낼 농장을 미리 사 두었는데 가축을 사기 위해 남겨 둔 지참금을 포함해서 모든 것을 경쟁자에게 넘겨주고 여자의 아버지에게 두 사람의 결혼을 승낙해 달라고 간청했습니다. 그러나 노인은 제 친구에게 도의적인 책임을 느끼고 그의 청을 단호하게 거절했지요. 노인이 뜻을 굽히지 않자 제 친구는 그 나라를 떠났다가 자신이 사랑했던 여자가 원하던 대로 결혼했다는 소식을 들을 때까지 돌아오지 않았다고 해요.

"참으로 고매한 사람이야!"라고 누님도 감탄할 것입니다. 그는 정말 그런 사람입니다. 전혀 교육을 받지 못했는데도 말이지요. 그는 터키 인처럼 과묵하지만 그에게는 무식한 사람 특유의 경솔한 면이 있습니다. 그 점 때문에 오히려 그의 행동이 더욱 놀랍게 느껴지기도 하지만 동시에 바로 그 점 때문에 적절한 관심과 동정을 받지 못하기도 합니다.

제가 조금 불평을 토로하거나, 예측할 수 없는 앞으로의 노고에 대해 위로를 찾으려는 생각을 품는다고 해서 제 결심이 흔들리고 있다고 생각하진 마세요, 누님. 제 결심은 운명처럼 확고하며 항해는 날씨가 출범을 허락할 때까지 연기될 뿐입니다. 겨울은 끔찍하게 혹독했지만 봄이 곧 올 것 같습니다. 그리고 봄이 굉장히 빨리 찾아올 것 같으니 어쩌면 예상보다 더 빨리 출항하게 될지도 모르겠어요. 저는 절대 성급하게 굴지 않을 것입니다. 다른 사람들의 안전을 책임지고 있을 때면 제가 얼마나 사려 깊고 신중하게 행동하는지 누님도 충분히 잘 아실 겁니다.

가까운 장래에 일을 시작할 수 있다는 기대로 지금 제가 어떤 기분인지 누님에게 말로 다 설명할 수가 없군요. 출발을 준비하면서 느끼는 기쁨과 두려움이 반반씩 뒤섞인 이 떨리는 느낌을 누님에게 전달하는 것은 불가능합니다. 저는 아무도 탐험하지 않은 '안개와 얼음의 나라'로 갈 예정입니다. 그러나 절대 신천옹(콜리지의 「늙은 수부」에 나오는 신비로운 새. 이 새를 죽인 후 늙은 수부는 온갖 역경을 겪게 된다. — 옮긴이)을 죽이거나 하는 일을 하지 않겠습니다. 그러므로 제 안전 때문에 불안해하지 마세요. 또한 '늙은 수부'처럼 제가 지치고 비참한 상태로 누님에게 돌아가지나 않을까 걱정도 마세요. 이런 비유를 듣고 누님이 미소를 지을지 모르지만 비밀 한 가지만 알려 드리겠습니다. 바다의 위험한 신비로움에 대해 제가 애착과 열렬한 열광을 품게 된 것은 현대의 시인들이 만들어 낸 상상력이 가장 풍부한 작품들 때문이랍니다. 제 영혼 속에는 제 자신도 이해할 수 없는 것이 작용하고 있어요. 저는 끈기를 가지고 열심히 일을 수행하는 근면한 사람입니다. 그러나 이런 점 외에도 진기한 것에 대한 사랑과 믿음이 있습니다. 이런 마음이 모두 제 계획과 관련이 있는 셈입니다. 녀석들은 제게 사람들이 다니는 보통 길을 벗어나서 거친 바다나 이제 탐험하려고 하는 곳처럼 사람들의 발길이 닿지 않은 지역으로 가라고 재촉하거든요.

그러나 더 중요한 사항들에 관한 이야기로 되돌아가겠습니다. 거대한 바다를 지난 다음 아프리카나 아메리카의 최남단에 있는 곶을 지나 돌아와서 누님을 다시 만날 수 있을까요? 감히 그런 성공을 기대할 수는 없지만 차마 정반대의 예상은 할 수가 없습니다. 당분간은 계속 기회 닿을 때마다 제게 편지를 보내 주세요. 제가 용기를 북돋기 위해 누님의 편지가 가장 필요할 때 누님 편지를 받을지도 모릅니다. 누님, 사랑합니다. 제게서 다시 소식을 듣지 못한다 해도 애정으로 저를 기억해 주세요.

사랑하는 남동생,

로버트 월튼

편지 3

영국의 사빌 부인에게

17××년 7월 17일

사랑하는 누님,

안전하게 항해 여행을 잘 진행하고 있다는 소식을 전하기 위해 급하게 몇 자 적습니다. 아크엔젤에서 본국인 영국으로 귀항하는 상인 편에 이 편지를 보냅니다. 여러 해 동안 고국을 보지 못할지도 모를 저보다 그 사람이 운이 좋은 것 같습니다. 그러나 제 기분은 썩 좋습니다. 선원들은 용맹스럽고 확고한 목표를 지니고 있어요. 얼음 조각들이 계속 스쳐 지나면서 우리가 향하고 있는 곳의 위험을 알려 주지만 선원들의 사기는 꺾이지 않습니다. 우리는 이미 북극에 매우 가까이 다가왔습니다. 지금은 한여름입니다. 영국의 바람처럼 따뜻하진 않지만 강한 남풍이 불어와서 예상치 못한 정도로 활기 찬 온기를 내뿜고 있습니다. 그 바람에 실려 우리 배는 제가 어서 빨리 도달하고 싶은 해변을 향해 빠르게 나아가고 있습니다.

아직까지는 편지에 적을 정도로 큰 사건이 일어나지 않았습니다. 한두 번 정도 거센 돌풍이 불었고 물이 새었지만 그 정도는 경험 많은 항해자들에게는 기록거리도 되지 않습니다. 항해 중에 더 나쁜 일이 전혀 일어나지 않았으면 좋겠습니다.

사랑하는 마거릿 누님, 안녕히. 누님뿐만 아니라 저 자신을 위해서 성급하게 위험한 일을 저지르는 일은 결코 없을 것입니다. 냉정하고 참을성 있게, 신중하게 행동할 것입니다.

제 노력이 반드시 성공할 수 있도록 하겠습니다. 그렇게 하지 못할 이유가 없잖아요. 저는 길 없는 바다 위로 안전한 길을 찾아서, 별들을 제 승리의 증인과 증거로 삼아 여기까지 왔습니다. 사납지만 고분고분한 면도 있는 바다로 계속 나아가지 못할 이유가 어디 있겠어요? 인간의 단호한 마음과 강한 의지를 무엇이 막을 수 있겠습니까?

부푼 마음이 저도 모르게 이렇게 밖으로 쏟아져 나옵니다. 이제 그만 편지를 마쳐야 합니다. 사랑하는 누님에게 축복이 가득하기를!

R. W.

편지 4

영국의 사빌 부인에게

17××년 8월 5일

기록하지 않고서는 배기지 못할 너무나 이상한 일이 일어났습니다. 어쩌면 이 편지들이 누님 수중에 들어가기 전에 우리가 만나게 될지도 모르겠군요.

지난 월요일(7월 31일)에 우리는 얼음으로 거의 둘러싸였습니다. 얼음이 사방에서 배를 가두어 버렸기 때문에 빠져나갈 수가 없었습니다. 매우 짙은 안개가 드리워져 있어서 위험한 상황이었답니다. 그래서 대기와 날씨에 변화가 일어나기를 바라면서 정선(停船)하고 있었지요.

2시경에 안개가 걷히자 눈앞에 거대하고 울퉁불퉁한 얼음 평원이 끝없이 펼쳐졌습니다. 선원들 몇 사람은 신음소리를 냈고 저 역시 불안해서 경계하는 마음이 들더군요. 그때 갑자기 이상한 광경이 눈에 띄었습니다. 그 때문에 우리 자신의 상황에 대한 걱정은 잠시 접어 둘 정도로요. 개들이 끄는 썰매에 매인 낮은 마차가 1킬로미터 떨어진 곳에서 북쪽을 향해 지나가고 있었습니다. 분명히 남자 모습을 한 거대한 몸집의 생명체가 썰매에 앉아서 개들을 몰고 있었습니다. 멀리 울퉁불퉁한 얼음 사이로 그의 모습이 사라질 때까지 우리는 그 여행자가 빠르게 나아가는 모습을 망원경으로 바라보았습니다.

이 모습은 우리에게 엄청난 놀라움을 안겨 주었습니다. 이곳은 분명히 육지로부터 수백 킬로미터 떨어진 곳이라고 믿고 있었는데, 이 환영 같은 존재는 우리가 생각했던 것보다 육지가 멀지 않다는 것을 알려 주는 것 같았지요. 그러나 얼음에 갇힌 상태에선 아무리 커다란 주의를 기울여 살펴보아도 그의 종적을 쫓는 것은 불가능했습니다.

이런 일이 있고 나서 약 두 시간 후에 큰 파도 소리가 들려왔습니다. 밤이 되기 전에 얼음이 깨져서 배가 움직일 수 있게 되었습니다. 그러나 얼음이 깨진 후에는 혹시라도 떠다니는 커다란 얼음 덩어리들이 어둠 속에서 배에 부딪힐 수도 있었기 때문에 아침이 될 때까지 그대로 정선해 있었습니다. 저는 이때를 이용해서 몇 시간 동안 휴식을 취했습니다.

아침에 날이 밝자마자 갑판에 나가 보았더니 모든 선원들이 배의 한쪽에서 바다 위의 누군가에게 한창 말을 걸고 있었습니다. 그것은 사실 어제 보았던 것과 비슷한 썰매였습니다. 커다란 얼음 조각 위에서 밤새 우리 쪽으로 밀려왔던 것입니다. 단 한 마리의 개만이 살아 있었습니다. 그러나 썰매 안에는 사람이 있었고 선원들은 썰매 안의 사람에게 배 위로 올라오라고 설득하는 중이었습니다. 그는 어제 앞서 간 여행자와 달리, 미지의 섬에 사는 야만적인 원주민이 아니라 유럽 인이었습니다. 제가 갑판에 나타나자 선장이 소리쳤습니다.

"여기 우리 대장님이 오셨습니다. 당신을 망망대해에서 죽도록 내버려두진 않으실 겁니다."

저를 보자마자 그 낯선 사람은 외국인의 억양이 섞인 영어로 말을 걸어왔습니다.

"당신 배에 오르기 전에 물을 것이 있어요. 이 배가 어디로 향하고 있는지 알려 줄 수 있습니까?"

거의 죽을 지경에 처한 사람으로부터 그런 질문을 받았을 때 제가 얼마나 놀랐을지 누님도 상상할 수 있을 것입니다. 그가 제 배를 지상의 가장 귀중한 재산을 다 준다 해도 결코 바꿀 수 없는 의지처로 여길 줄 알았는데 말입니다. 저는 북극을 향해 탐사 항해를 하고 있는 중이라고 대답해 주었습니다.

이 대답을 듣자마자 그는 만족해하면서 배에 오르기로 동의했습니다. 세상에! 마거릿 누님, 그런 식으로 조건부로 동의하고 안전을 위해 배에 오른 사람의 몰골이 어땠는지 보셨다면 깜짝 놀라셨을 것입니다. 그의 사지는 거의 얼어 있었고 몸은 피로와 고통으로 끔찍하게 수척해져 있었습니다. 그렇게 비참한 몰골을 한 사람을 본 적이 없습니다. 그를 선실로 옮겼지만 신선한 공기를 쐬지 못하게 되자 곧 기절해 버리더군요. 곧장 그를 갑판으로 다시 옮기고 브랜디를 부어 몸을 문지른 다음 브랜디를 억지로 조금 먹였더니 다시 정신을 차렸습니다. 살아났다는 기색을 보이자마자 우리는 그를 담요로 덮은 다음 부엌 화덕의 굴뚝 옆으로 데려갔습니다. 그는 조금씩 회복되었고 수프도 조금 먹었습니다. 그러자 놀랄 정도로 회복이 빨라졌습니다.

이런 식으로 이틀이 지나자 그는 말할 수 있을 정도로 회복이 되었습니다. 저는 혹시 그가 그동안 겪은 고통 때문에 분별력을 잃지나 않았는지 우려했습니다. 그가 어느 정도 회복되자 저는 그를 제 선실로 옮긴 다음 제 일을 하면서 짬짬이 정성껏 간호해 주었습니다. 이 사람보다 더 흥미로운 존재를 본 적이 없습니다. 그의 눈은 대개 야성을 띠고 있었고 심지어는 광기를 띠기도 했지요. 그러나 누군가 그에게 친절한 행동을 보이거나 아주 사소한 친절이라도 베풀면 어느 누구에게서도 볼 수 없었던 호의와 상냥함으로 잠깐씩 그의 안색 전체가 환해졌습니다. 그러나 그는 대부분의 시간 동안 우울해하며 절망에 빠져 있었습니다. 때로는 자신을 짓누르는 불행의 무게를 견디지 못하고 분노로 치를 떨기도 했지요.

손님이 어느 정도 회복되자 저는 그에게 수없이 질문하고 싶어 하는 선원들을 떼놓느라 진땀을 흘려야 했습니다. 충분한 휴식을 취해야 몸과 마음이 회복될 수 있는 상황인데 선원들의 쓸데없는 호기심 때문에 그가 고통을 받아서는 안 되니까요. 그런데 한번은 부관이 그에게 왜 그렇게 이상한 썰매를 타고 얼음 위로 이렇게 먼 곳까지 왔느냐고 물었습니다.

그는 즉시 얼굴에 가장 우울한 표정을 지으며 대답했습니다.

"내게서 도망친 사람을 찾아서 왔습니다."

"혹시 당신이 찾는 사람도 같은 식으로 썰매를 타고 여행을 했습니까?"

"그래요."

"그렇다면 그 사람을 본 것 같군요. 당신을 건져 올리기 전날 개들이 끄는 썰매를 탄 사람이 얼음 위로 지나가는 모습을 보았거든요."

이 말에 낯선 사람이 관심을 보였습니다. 그는 썰매에 탄 사람을 괴물이라고 부르면서 그가 어떤 길로 갔는지 여러 가지 질문을 했습니다. 얼마 지나지 않아 저와 단둘이 남게 되자 그가 말했습니다.

"내가 분명히 이 착한 사람들뿐만 아니라 당신의 호기심도 자극했겠군요. 그런데도 사려 깊은 당신은 내게 아무런 질문도 안 하는군요."

"제 호기심 때문에 당신을 괴롭힌다는 것은 너무나 무례하고 비인간적인 처사입니다."

"그렇지만 당신은 나를 낯설고 위험한 상황으로부터 구해 주었습니다. 인자하게도 나를 다시 살 수 있게 회복시켜 주었어요."

이 말을 한 직후 그는 얼음이 깨진 것 때문에 악마가 타고 가던 썰매가 부서졌을 가능성이 있느냐고 물었습니다. 저는 확실하게 답할 수가 없다고 대답했습니다. 자정 무렵이 되어서야 얼음이 깨졌기 때문에 그전에 여행자가 안전한 곳에 도착했을지도 모르니까요. 이것은 제가 판단할 수 없는 문제였습니다.

이때부터 쇠약해지던 낯선 사람의 몸에 새로운 활기가 찾아들기 시작했습니다. 그는 전에 나타났던 썰매를 찾기 위해 갑판에 나가 보고 싶다는 강한 열망을 표명했습니다. 그러나 저는 그에게 선실에 남아 있으라고 설득했습니다. 그의 몸이 쌀쌀한 대기를 견딜 수 없을 정도로 너무 허약한 상태였기 때문이었습니다. 저는 다른 사람을 시켜서 썰매가 나타나는지 살펴보고, 새로운 물체가 나타나면 즉시 알려 주겠다고 약속했지요.

오늘까지 생긴 이상한 일들은 대충 이렇습니다. 낯선 사람은 차츰 건강이 좋아졌지만 거의 말이 없었고 저를 제외한 다른 사람이 그의 선실에 들어가면 불편한 기색입니다. 그러나 그의 행동은 너무나 호감을 불러일으키고 상냥해서 선원들은 그와 별 접촉이 없어도 많은 관심을 가지고 있습니다. 저로 말하자면 그를 형제처럼 사랑하기 시작했습니다. 그리고 항상 깊은 슬픔에 빠져 있는 그의 모습을 보면 제 마음속에는 동정심과 연민이 솟구칩니다. 지금처럼 쇠약한 상태에서도 이렇게 매력적이고 상냥한 사람이라면 더 나은 시절에는 틀림없이 더 고귀한 존재였을 것입니다.

사랑하는 마거릿 누님, 전에 편지에다 광활한 바다에서는 친구를 찾을 수 없다고 말씀드린 적이 있었죠? 그런데 불행으로 정신이 쇠약해지지만 않았어도 제 마음의 형제로 기쁘게 받아들였을 그런 사람을 발견했습니다.

기록할 만한 새로운 사건이 생기면 낯선 사람에 대해 틈나는 대로 계속 일지를 쓰려고 합니다.

17××년 8월 13일

날이 갈수록 이 손님을 사랑하는 마음이 커집니다. 그는 놀라울 정도로 제 마음속에서 존경과 동정심을 자극합니다. 이렇게 고귀한 존재가 불행으로 파괴된 모습을 보면서 어떻게 통렬한 슬픔을 느끼지 않을 수 있겠습니까? 그는 너무나 상냥하고 너무나 현명해요. 또한 매우 교양 있는 사람으로서 극도로 엄선된 단어들을 사용해서 빠르고 비길 바 없이 유창하게 말한답니다.

그는 이제 병에서 많이 회복되어서 끊임없이 갑판에 나가 자신보다 앞서 지나갔던 썰매를 찾고 있습니다. 그러나 불우한 처지인데도 전적으로 자신의 불행에만 빠져 있지 않고 다른 사람들의 계획에도 깊은 관심을 보인답니다. 그와 자주 제 계획에 대해 대화를 나눕니다. 저는 제 계획에 대해 하나도 숨김없이 그에게 모든 것을 털어놓았습니다. 그는 제가 최종적으로 성공을 거둘 수 있도록 저의 계획을 들어 주고 주의 깊게 의견을 얘기해 주었으며 제가 취한 모든 세세한 사항들에도 자신의 생각을 말해 주었습니다. 제 말에 그가 공감해 주는 것에 이끌려서 저는 마음속 생각을 쉽게 털어놓았습니다. 마음속의 불타는 열정을 얘기했고 모험을 추진하기 위해 제가 가진 재산과 생활, 모든 희망을 얼마나 기꺼이 희생할 수 있는지 열렬하게 토로했습니다. 한 인간의 목숨이나 죽음은 제가 추구하는 지식을 얻기 위해서, 인류의 원초적인 적들을 물리치고 후손들에게 길이 물려 줄 지배권을 얻기 위해서 치러야 하는 작은 대가일 뿐이었습니다. 제 말을 듣고 있던 그의 얼굴에 짙은 우수가 드리워졌습니다. 처음에는 그가 감정을 억누르려고 노력하는 줄 알았습니다. 그러다가 그가 두 손으로 눈을 가리더군요. 가린 손가락 사이로 눈물이 빠르게 흘러내리는 것을 보자 저는 목소리가 떨려서 말을 할 수가 없었습니다. 들썩거리는 그의 가슴에서 신음이 터져 나왔습니다. 제가 말을 멈추자 마침내 그가 고르지 못한 어조로 입을 열었습니다.

"불행한 사람이로군! 당신도 나처럼 미친 건가요? 당신도 나처럼 취하고 마는 술을 마셨나요? 내 말 잘 들어요. 내 이야기를 들으면 그 잔을 입술에서 내동댕이칠 거요."

그 말을 듣자 강한 호기심이 발동했습니다. 그러나 낯선 사람은 기운이 쇠약해진 상태라 자신을 사로잡은 슬픔의 발작을 견뎌 내지 못했습니다. 그는 몇 시간 동안 휴식을 취하고 조용히 대화를 나눈 다음에야 간신히 평정을 되찾을 수 있었습니다.

격렬한 감정을 억누르고 나자 그는 감정의 노예가 된 자신을 경멸하는 듯했습니다. 그리고 어두운 절망 상태를 극복한 후 다시 제 개인적인 신상에 관해 물었습니다. 그가 제 어린 시절에 대해 묻기에 빠르게 대답해 주다 보니 여러 가지 생각들이 연속적으로 떠올랐습니다. 그에게 친구를 갖고 싶은 소망, 이전에 만났던 사람들보다 더 동료 의식을 가지고 더 친밀한 공감을 보여 줄 사람에 대한 갈망을 말해 주었습니다. 그리고 이런 축복을 누려 보지 못한 사람은 자신의 행복을 자랑할 수 없을 것이라는 제 확신을 토로했지요.

그러자 낯선 사람이 대답했습니다.

"당신 말에 동의해요. 우리 자신보다 더 현명하고 훌륭한, 소중한 사람(그런 친구가 꼭 있어야 하지요.)이 우리의 약하고 불완전한 본성을 완벽하게 만들 수 있도록 도와주지 않는다면 우리는 완전하지 않은, 반쯤 만들어진 존재나 마찬가지랍니다. 옛날엔 내게도 친구가 있었지요. 그는 세상에서 가장 고귀한 사람이었어요. 그렇기 때문에 내게는 우정에 관해 판단할 수 있는 자격이 있어요. 당신에게는 희망이 있고 당신 앞에는 세상이 펼쳐져 있잖아요. 절망할 이유가 전혀 없지. 그러나 나는 모든 것을 잃어버렸고 새롭게 삶을 시작할 수가 없어요."

이 말을 할 때 그의 표정에는 잔잔하고 깊은 슬픔이 담겨 있었습니다. 그의 슬픔 때문에 제 마음이 저려 왔습니다. 그러나 그는 아무 말 없이 곧 선실로 돌아갔습니다.

설사 그가 절망하고 있다 해도 아무도 그 사람이 느끼는 만큼 깊이 자연의 아름다움을 느낄 수는 없을 것입니다. 별이 총총한 하늘, 바다, 이 멋진 지역이 제공하는 모든 풍경이 그의 영혼을 지상으로부터 고양하는 힘을 가지고 있는 것처럼 보였습니다. 그런 사람은 이중적인 삶을 삽니다. 불행을 겪고 실망감에 휩싸여 있다 해도 혼자 생각에 잠겨 있을 때면 그는 마치 후광을 두른 하늘의 정령 같았어요. 슬픔이나 어리석음이 감히 그 후광의 원 안으로 들어갈 수 없을 것 같았습니다.

제가 이 신성한 방랑자에 이렇게 열광한다는 것에 누님은 미소를 지으시겠지요? 그를 직접 만나보면 그렇게 할 수 없을 텐데요. 누님은 가정 교사에게 교육을 받고 책을 통해 교양을 쌓았으며 세상으로부터 은거하고 계시기 때문에 약간 까다로우시지요. 그런데 바로 그것 때문에 오히려 누님은 이 놀라운 사람의 특별한 장점을 더 잘 인식하실 수 있을 것입니다. 도대체 그는 어떤 자질을 가지고 있기에 제가 아는 그 누구보다 그렇게 측정할 수 없을 정도로 고매한 존재가 될 수 있었을까요? 저는 그것을 알아내기 위해 애를 썼답니다. 그 결과 그 자질이 직관적인 분별력, 빠르지만 결코 실수하지 않는 판단력, 사물의 원인을 꿰뚫어 보는 능력, 필적할 수 없는 정확함과 명쾌함이라는 것을 알아냈습니다. 여기에 뛰어난 표현력과 영혼을 진정시키는 음악 같은, 다양한 억양을 지닌 목소리를 덧붙일 수 있을 것입니다.

17××년 8월 19일

어제 낯선 사람이 이런 말을 했습니다.

"월튼 대장, 내가 비길 데 없이 큰 불행을 겪었다는 것을 당신은 쉽게 알았을 겁니다. 한때 나는 이 불행에 대한 기억을 안고 죽으려고 결심했지요. 그러나 당신이 내 결심을 바꿔 놓았어요. 내가 한때 그랬던 것처럼 당신은 지식과 지혜를 추구하고 있어요. 나는 당신이 바라던 것을 충족하게 되었을 때 내게 그랬던 것처럼 그것이 당신을 무는 독사가 되지 않기를 바랍니다. 내가 겪고 있는 불행을 이야기해 주는 것이 당신에게 도움이 될지는 모르겠군요. 그러나 당신이 나와 같은 길을 추구하고 있고, 나를 현재와 같은 상황에 빠트린 똑같은 위험에 당신 또한 노출되어 있기 때문에 내 이야기로부터 적절한 교훈을 배울 수 있을 것이라고 생각해요. 당신이 착수하고 있는 일에 성공한다면 이 이야기는 당신에게 길잡이가 되어 줄 테고 실패하는 경우에는 위로가 되어 줄 테죠. 자, 마음의 준비를 하고 이 믿을 수 없을 정도로 경이로운 이야기를 들어 봐요. 좀 더 단조로운 자연의 경치 속에서 이런 이야기를 듣는다면 내 말을 믿지 않거나 조소할지도 모르겠군요. 그러나 끊임없이 변하는 자연의 힘에 익숙하지 않은 사람들에게는 비웃음을 불러일으킬 만한 많은 일들도 이렇게 거칠고 신비로운 곳에서는 가능해 보이지요. 또한 내가 얘기할 사건들이 진실이라는 것을 증명할 수 있는 증거들이 이야기 속에 충분히 들어 있다는 것을 믿어 의심치 않아요."

이야기를 해 주겠다는 그의 제안에 제가 얼마나 기뻐했을지 누님은 쉽게 상상하실 수 있을 것입니다. 그러나 자신이 겪은 불행을 자세하게 이야기하면서 그가 다시 한 번 슬픔을 느끼지나 않을까 걱정스러웠습니다. 한편으로는 호기심에서, 또 한편으로는 제 힘이 닿는 한 그의 운명을 더 좋은 쪽을 바꿔 주고 싶은 강한 소망에서, 약속한 이야기를 간절하게 듣고 싶기도 했지요. 제가 이런 기분을 이야기하자 그가 말했습니다.

"당신의 동정심은 감사합니다만 소용없는 일이에요. 내 운명은 막바지에 이르렀어요. 그저 단 한 가지 사건이 일어나기만을 기다리고 있지요. 그런 다음에는 평화롭게 쉴 겁니다. 당신의 기분은 이해해요."

제가 그의 말에 끼어들고 싶어한다는 것을 눈치챈 그가 계속 말을 이어 나갔습니다.

"그러나 당신을 친구라고 부를 수 있도록 허락해 준다면, 내 친구, 당신은 잘못 생각하고 있어요. 그 어떤 것도 내 운명을 바꿀 수 없어요. 내 이야기를 듣고 나면 내 운명이 얼마나 돌이킬 수 없을 정도로 확고하게 결정되었는지 알게 될 거예요."

그런 다음 그는 다음 날 제 휴식 시간에 이야기를 시작하겠다고 말했습니다. 이 약속을 받고 저는 그에게 진심으로 감사했지요. 직무상 꼭 해야 할 급박한 일이 없는 경우에는 매일 밤 그가 한 말을 가능한 한 그대로 기록하기로 결심했습니다. 설사 바쁜 일이 있더라도 적어도 간단한 기록이라도 남겨 놓을 작정입니다. 틀림없이 이 원고가 누님에게 많은 즐거움을 드릴 것입니다. 그러나 그를 알고 있고 그에게서 직접 이야기를 듣는 저는 나중에 얼마나 많은 관심과 연민을 느끼면서 그 원고를 읽게 될까요? 지금도 일을 시작하는 제 귓전에 한껏 높인 그의 목소리가 울려 퍼집니다. 그의 번쩍거리는 눈이 우수에 젖은 부드러움을 담은 채 저를 바라봅니다. 그가 야윈 손을 활기차게 올리면 그의 얼굴 전체가 그 안에 들어 있는 영혼으로 환하게 빛을 발합니다. 그의 이야기는 틀림없이 기괴하고 애통하겠죠. 그리고 항해 중인 용감한 배를 에워싸서 그것을 난파시킨 폭풍우처럼 무시무시할 겁니다. 바로 이렇게 말입니다!

1장

나는 제네바 태생으로 우리 집은 스위스의 명문가에 속했지요. 조상들은 여러 해 동안 참사관과 지방 행정 장관을 역임했고 아버지는 여러 가지 공직을 수행하면서 명예와 덕망을 쌓았습니다. 아버지를 아는 사람은 모두 그의 성실함과 공무에 대한 지칠 줄 모르는 열정 때문에 그를 존경했어요. 아버지는 줄곧 나라 일에 전념하며 젊은 시절을 보냈고 여러 가지 상황 때문에 결혼을 일찍 할 수가 없었습니다. 그렇다고 해서 노년에 이르러서야 한 가정의 남편이자 아버지가 된 것은 아니었습니다.

결혼에 이른 상황이 아버지의 성격을 그대로 보여 주기 때문에 그 상황에 대해 이야기하지 않을 수가 없군요. 아버지와 가장 친한 친구 중에 상인이 있었습니다. 그는 사업이 번창하던 상태에서 무수한 불운을 겪고 빈털터리가 되었지요. 보포르란 이름의 이 친구는 자존심이 강하고 고집이 셌습니다. 지위와 부로 이름을 떨쳤던 나라에서 이제는 가난하게 잊혀진 채 살아야 한다는 사실을 그는 참을 수가 없었습니다. 그래서 가장 명예로운 방법으로 빚을 청산하고 난 후 딸과 함께 루체른 지방으로 가서 칩거하면서 조용히 초라한 생활을 꾸려 나갔습니다. 아버지는 가장 진실한 우정으로 보포르를 사랑했고 친구가 이렇게 불행하게 칩거 생활하는 것을 몹시 가슴 아파했습니다. 그는 친구가 잘못된 자존심 때문에 두 사람을 묶어 준 애정에 걸맞지 않은 행동을 하는 것이라고 한탄했습니다. 아버지는 자신의 신용과 도움으로 친구가 다시 세상살이를 시작할 수 있도록 즉시 친구를 수소문해서 찾기 시작했습니다.

보포르가 너무나 교묘하게 몸을 숨겼기 때문에 아버지는 열 달이 지나서야 그가 어디에 살고 있는지 알아낼 수 있었지요. 거처를 알아낸 것이 너무 기뻐서 아버지는 로이스 근처의 초라한 거리에 있는 친구의 집으로 서둘러 달려갔습니다. 그러나 아버지가 친구의 집에 들어갔을 때 그를 반겨 준 것은 비참함과 절망 뿐이었지요. 보포르는 파산하고 난 후 약간의 돈을 챙겼는데 그것은 몇 달 정도 생계를 유지할 수 있을 정도밖에 되지 않았지요. 그동안에 그는 상인의 집에서 적당한 일자리를 찾아볼 생각이었지만 아무 행동도 취하지 않은 채 시간을 보냈습니다. 한가한 사색의 시간이 생기자 그의 슬픔은 더 깊어지고 고통스러워졌습니다. 그러다 마침내 감당할 수 없는 깊은 슬픔에 빠진 그는 석 달이 지난 후에는 손가락 하나 꼼짝하지 못할 정도로 몸져눕고 말았습니다.

딸이 극진하게 그를 간호했습니다. 그러나 가지고 있던 많지 않은 돈마저 급격하게 줄어들고 생계를 꾸려 나갈 다른 방법이 없다는 것을 알게 된 그녀는 절망했지요. 그러나 캐롤린 보포르는 범상치 않은 성격을 지닌 여성이었습니다. 그녀는 용기를 내서 역경 속에서 생계를 책임지고 꾸려 갔습니다. 그녀는 허드렛일을 구했습니다. 밀짚을 엮었고 여러 가지 방법으로 근근이 살아갈 수 있을 정도의 수입을 올릴 수 있었지요.

이런 식으로 몇 달이 흘렀습니다. 그녀 아버지의 상태는 더 악화되었습니다. 아버지를 간호하는 일에 더 많은 시간을 들이다 보니 일거리가 줄어들었습니다. 그리고 열 달 후에 보포르는 딸의 품에 안겨서 세상을 떠났습니다. 그녀 혼자 빈털터리 고아로 남겨진 것이었죠. 그녀가 이 마지막 충격에 넋을 잃고 보포르의 시신 옆에 무릎을 꿇고 통곡하고 있을 때 마침 우리 아버지가 방에 들어섰습니다. 불쌍한 아가씨는 수호천사처럼 나타난 아버지에게 의지했습니다. 친구의 장례식을 치른 후 아버지는 그녀를 제네바로 데려온 다음 친척의 보호를 받으며 살게 했어요. 그로부터 2년 후에 캐롤린은 아버지의 아내가 되었죠.

우리 부모님은 상당한 나이 차가 있었는데도 오히려 그 나이 차로 인해 헌신적인 사랑의 결속이 더 다져지는 결과를 낳았어요. 아버지의 고결한 마음속에는 열렬히 사랑하는 것을 소중히 여겨야 한다는 일종의 정의감 같은 것이 있었지요. 어쩌면 아버지는 이전에 사랑하던 사람이 별 볼일 없다는 사실을 뒤늦게 발견하고 괴로워했던 적이 있었는지도 모릅니다. 그래서 믿을 만한 사람에게는 더 많은 가치를 부여하는 경향이 있었습니다. 어머니를 향한 아버지의 애착에는 감사와 숭배가 섞여 있었습니다. 그것은 나이 든 사람이 맹목적으로 어린 사람을 귀여워하는 것과는 전적으로 달랐어요. 아버지의 사랑은 어머니의 미덕에 대한 경의와 그녀가 겪었던 슬픔을 보상해 주고 싶은 소망으로 고취된 것이었습니다. 어머니에 대한 아버지의 태도에는 말로 표현할 수 없는 기품이 있었습니다. 아버지는 모든 것을 어머니가 원하는 대로, 어머니가 편할 수 있도록 맞추셨지요. 아버지는 정원사가 예쁜 이국 식물을 보호하듯이 더 거친 바람으로부터 어머니를 보호하려고 애썼고 어머니의 부드럽고 상냥한 마음이 기분 좋은 감정을 느낄 수 있는 것들로 주변을 채워 주려고 노력했습니다. 어머니는 그동안 겪었던 일로 건강이 나빠졌고 평온하던 마음의 평정도 흔들렸습니다.

결혼 전 2년 동안 아버지는 서서히 자신의 모든 공직을 청산했습니다. 그리고 결혼 직후 어머니의 쇠약해진 원기를 회복하기 위해 이탈리아로 갔습니다. 두 분은 가장 쾌적한 기후를 찾아다녔고 경이로운 지방들을 여행하면서 새로운 경치와 재미를 즐겼습니다.

이탈리아 다음에 부모님은 독일과 프랑스를 방문했습니다. 장남인 나는 나폴리에서 태어났고 아기 때부터 부모님과 함께 여행을 다녔어요. 몇 년 동안 동생이 태어나지 않아서 내가 그들의 유일한 혈육이었죠. 부모님은 서로를 끔찍하게 사랑했지만 사랑의 광산으로부터 절대 고갈되지 않을 풍부한 애정을 끌어 올려 내게 쏟아 붓는 것 같았습니다. 두 분을 생각하면 어머니의 부드러운 손길과 아버지가 나를 보며 짓던 인자한 기쁨의 미소가 가장 먼저 떠오릅니다. 나는 그들의 장난감이었고 우상이었습니다. 더 나아가 나는 부모님이 잘 길러야 할 자식으로서 하늘로부터 선사받은 순수하고 무력한 존재였습니다. 부모님은 나에 대한 의무를 다 하느냐 마느냐에 따라 내 미래의 운명이 행복할 것인지 불행할 것인지 전적으로 결정된다고 생각하셨지요. 두 분 모두 나를 매우 사랑했지만 자신들에 의해 생명을 부여받은 존재에게 어떤 의무를 져야 하는지 이렇게 깊이 인식하고 계셨습니다. 그래서 어린 시절부터 나는 매 시간 인내심과 자비심, 자제력을 배웠어요. 그러나 그 모든 것이 명주실처럼 부드럽게 제시되었기 때문에 나는 그런 훈련을 줄곧 재미있는 일로만 여겼습니다.

오랫동안 내가 부모님의 유일한 관심사였어요. 어머니는 딸을 무척 갖고 싶어하셨지만 동생은 계속 태어나지 않았습니다. 내가 다섯 살 되던 해였어요. 부모님이 이탈리아 국경을 넘어 여행하다가 코모 호숫가에서 일주일을 보낸 적이 있었죠. 인정이 많았던 그들은 가난한 사람들의 오두막집을 자주 찾곤 하셨습니다. 그것은 어머니에게는 의무 이상의 일이었습니다. 어머니는 자신이 어떤 불행을 겪었고 어떻게 구원을 받았는지 기억하시면서, 이제는 자신이 나서서 고통당하는 사람들에게 열심히 수호천사 노릇을 해주는 것이 반드시 해야 할 일이며 그 일에 열정을 쏟아야 한다고 여기셨습니다. 어느 날 산책을 하던 중에 부모님은 골짜기 아래에서 다 쓰러져 가는 오두막집을 보셨어요. 그리고 집 주변에는 벌거벗다시피 한 아이들이 여럿 모여 있었습니다. 아이들은 오두막집이 찢어지게 가난하다는 사실을 여실하게 보여 줬습니다. 어느 날 아버지가 혼자 밀라노에 가 계신 동안 어머니는 나를 데리고 이 집으로 가서 농부 부부를 만나셨습니다. 근심과 노동으로 몸이 구부정해진 농부와 그의 아내가 열심히 움직이며 다섯 명의 배고픈 아이들에게 보잘 것 없는 음식을 나눠 주고 있었지요. 이 아이들 중에서 유독 어머니의 관심을 끈 아이가 있었습니다. 그 아이는 다른 혈통을 타고난 것 같았어요. 나머지 네 아이들은 검은 눈에 단단한 체격을 지닌 부랑아처럼 보였지만 이 아이는 마른 체격에 피부가 매우 하얬습니다. 그녀의 머리는 굉장히 밝은, 윤기 나는 금발이었고 옷차림이 허름했는데도 머리에 자신이 다른 사람과는 다르다는 것을 알려 주는 왕관을 쓰고 있는 듯했어요. 그녀의 이마는 깨끗하고 넓었으며, 파란 눈은 티 없이 맑았고, 입술과 얼굴 생김새는 풍부한 감수성과 다정함을 드러냈죠. 그녀를 본 사람이라면 누구나 그녀를 특별한 종류의 사람으로 간주할 수밖에 없었을 거예요. 그녀는 얼굴 가득 천상의 흔적을 담고 있는, 하늘이 보낸 존재 같았어요.

농부의 아내는 어머니가 놀라움과 감탄의 표정으로 이 사랑스러운 여자아이에게 시선을 고정하고 있다는 사실을 눈치채고서 기꺼이 그녀의 내력에 대해 이야기해 주었습니다. 그녀는 농부의 아내가 낳은 아이가 아니라 밀라노의 귀족 딸이었습니다. 그녀의 어머니는 독일인이었는데 아기를 낳자마자 세상을 떠나고 말았습니다. 그래서 아기는 이 착한 사람들에게 맡겨졌습니다. 그 당시만 해도 그들의 형편이 지금보다는 나은 편이었지요. 결혼한 지 얼마 되지 않았고 맏아이가 막 태어난 상황이였습니다. 그들이 맡은 아이의 아버지는 이탈리아의 옛 영광을 잊지 않도록 교육받으며 자란 '분노의 영원한 노예들(이탈리아가 식민 통치를 받던 상태를 나타내는 말. — 옮긴이)' 중 한 사람이었습니다. 그는 조국의 독립을 위해 애쓰다가 약한 조국의 희생자가 되었습니다. 그가 죽었는지 아니면 오스트리아의 지하 감옥에서 여전히 목숨을 이어 가고 있는지 아무도 아는 사람이 없었어요. 그는 재산을 몰수당했고 그의 딸은 빈털터리 고아가 되었습니다. 그녀는 계속 양부모와 지내면서 그 허름한 집에서도 검은 들장미 덤불 사이에서 피어난 정원용 장미보다 더 아름답게 피어났죠.

밀라노에서 돌아온 아버지는 내가 그림 속의 아기 천사보다 더 예쁜 아이와 우리 별장의 현관홀에서 노는 모습을 보셨습니다. 그 아이는 외모 전체에서 빛을 발산하는 듯했고 그녀의 모습과 동작은 언덕을 뛰어다니는 영양보다 더 가벼웠습니다. 어머니께서 곧 신기루 같은 이 아이의 존재에 대해 아버지께 설명을 해 드렸습니다. 아버지의 허락을 받아 낸 어머니는 그 아이를 맡아 기를 수 있게 해 달라고 시골의 후견인들을 설득했습니다. 그 후견인들은 이 상냥한 고아를 좋아했습니다. 그녀가 같이 있는 것만으로도 그들에게는 축복처럼 느껴진 거죠. 그러나 하느님의 섭리에 따라 그녀에게 그런 좋은 보호자가 나타난 상황에서 그녀를 가난과 궁핍함 속에 계속 붙잡아 둔다는 것은 옳지 못한 일이었습니다. 그들은 마을의 목사와 상의한 다음 엘리자베스 라벤자를 우리 부모님의 집으로 보내기로 결론을 내렸지요. 그렇게 해서 엘리자베스는 내 누이 이상이 되었고 내가 하는 모든 일과 기쁨을 함께 나누는 아름답고 사랑스러운 동반자가 되었습니다.

모든 사람이 엘리자베스를 사랑했습니다. 모두가 거의 공손함에 가까운 애정을 담은 열렬한 눈빛으로 그녀를 바라보았습니다. 그럴 때면 나까지 으쓱해지면서 자부심과 기쁨을 느꼈어요. 엘리자베스가 우리 집으로 오기로 되어 있던 전날 밤에 어머니가 장난스럽게 말씀하셨죠.

"빅토르에게 줄 예쁜 선물이 있단다. 내일 그 선물을 받게 될 거란다."

그리고 다음 날 어머니는 약속한 선물로 엘리자베스를 소개하셨어요. 나는 어린애다운 진지함으로 어머니의 말을 문자 그대로 해석해서 엘리자베스를 내 것으로 간주했습니다. 보호해 주고, 사랑하고, 소중히 간직해야 할 내 것으로 말이죠. 그녀에게 쏟아지는 모든 칭찬을 나는 내 자신의 물건에 대한 칭찬으로 받아들였습니다. 우리는 사촌이라는 호칭을 쓰며 서로 친밀하게 불렀습니다. 어떤 말도, 어떤 표현도 그녀와 나와의 관계를 제대로 표현할 수는 없을 겁니다. 그녀는 내게 누이 이상이었어요. 그녀는 죽을 때까지 오로지 나만의 것으로만 남아 있었지요.

2장

우리는 함께 자랐습니다. 우리 두 사람의 나이 차는 1년도 채 되지 않았지요. 우리가 불화나 말다툼과는 거리가 먼 사람들이었다는 것은 굳이 언급할 필요가 없을 거예요. 우리 두 사람 관계의 정수는 조화였고 성격의 다양성과 대조 덕분에 더 가까워졌습니다. 엘리자베스는 나보다는 더 조용하고 집중하는 성향을 가지고 있었지요. 반면에 나는 더 열정적으로 공부에 매달렸고 지식에 대한 갈망에 더 깊이 빠져 있었습니다. 그녀는 시인들이 만들어 놓은 꿈 같은 작품을 읽느라 바빴어요. 그리고 스위스에 있는 우리 집 주변의 웅장하고 멋진 경치 속에는 장엄한 산세, 계절의 변화, 태풍과 고요함, 겨울의 정적, 알프스 여름의 활기와 소란 등 그녀가 감탄하고 즐거워할 거리가 풍부했습니다. 내 친구가 진지하고 만족스러운 기분으로 사물의 웅장한 외관을 숙고하는 동안 나는 외관을 만드는 동인에 대해 연구하는 것을 즐겼습니다. 세계는 내가 풀어내고 싶은 비밀이었어요. 호기심, 자연의 숨은 법칙들을 알아내려는 진지한 연구, 숨겨진 법칙들이 밝혀졌을 때 느꼈던 황홀경에 가까운 기쁨이 내가 기억할 수 있는 최초의 감정들입니다.

일곱살 터울로 동생인 둘째 아들이 태어나자 부모님은 방랑 생활을 완전히 청산하고 고국에 정착했습니다. 우리 집은 제네바에 있었고 그곳에서 5킬로미터 정도 떨어진 동쪽 호숫가인 벨리브에 별장이 있었어요. 우리는 주로 별장에서 지냈는데 부모님은 상당히 유유자적한 생활을 하셨죠. 기질적으로 나는 많은 사람들을 피했고 소수의 사람들에게만 강한 애착을 보였습니다. 그래서 학교 친구들에게는 전반적으로 무관심했습니다. 그러나 그들 중 한 사람과 가장 절친한 우정을 쌓았어요. 앙리 클레르발은 제네바 상인의 아들로 뛰어난 재능과 상상력을 가진 소년이었죠. 그는 모험과 역경, 심지어는 위험 그 자체를 사랑했습니다. 그는 기사도와 로망스에 관한 책들에 심취했습니다. 영웅 찬미 시를 지었고 마법과 기사의 모험에 관한 이야기를 여러 편 쓰기 시작했습니다. 그는 우리에게 연극 공연을 시키거나 우리를 가면극에 끌어들였죠. 등장인물들은 주로 론세스바예스(샤를마뉴 대제가 에스파냐를 원정했을 때 매복하고 있던 사라센군에게 패배한 곳으로 이 전투에서의 영웅 롤랑에 관해 읊은 서정시 「롤랑의 노래」가 유명하다. — 옮긴이)의 영웅들과 아더 왕 이야기 속 원탁의 기사들, 이교도의 손에서 성배를 되찾기 위해 피를 흘리는 기사단이었어요.

나보다 더 행복하게 어린 시절을 보낸 사람은 아마 없을 겁니다. 부모님은 친절하고 너그러운 마음을 가진 분들이었습니다. 부모님은 기분에 따라 우리의 운명을 결정하는 폭군들이 아니라 우리가 좋아한 수많은 즐거운 일을 만들어 내는 대리인이자 창조자였습니다. 다른 가족들을 만나면 내가 굉장한 복을 누리고 있다는 것을 절감할 수 있었어요. 나는 감사하는 마음과 더불어 부모님에 대한 사랑도 함께 키워 나갔죠.

내게는 때로 격해지는 기질과 뜨거운 정열이 있었습니다. 그러나 내 몸속의 어떤 법칙에 따라서 그것들은 유치한 오락을 추구하거나 마구잡이로 아무것이나 배우려는 것이 아닌, 뭔가를 배우고자 하는 진지한 소망으로 변모하였습니다. 나는 언어 구조나 통치 규약, 또는 여러 나라의 정치에는 별 관심이 없었습니다. 내가 배우고 싶었던 것은 하늘과 땅의 비밀이었습니다. 내 마음을 사로잡은 것이 사물의 외적인 실체였는지, 자연의 내적인 정신과 인간의 신비한 영혼이었는지는 모르겠어요. 단지 나는 형이상학적인 것, 또는 가장 고차원적인 의미에서 세계의 물리적인 비밀들을 연구 대상으로 삼았습니다.

한편 클레르발은 소위 사물의 도덕적인 관계에 몰두했습니다. 삶이라는 분주한 무대, 영웅들의 미덕, 인간의 행동이 그의 주제였습니다. 그리고 그의 희망과 꿈은 용감하고 모험을 즐기는 인류의 은인으로 역사에 길이 남는 사람이 되는 것이었습니다. 평화로운 우리 집에서 엘리자베스의 고결한 영혼은 마치 성당에 헌정된 등불처럼 빛났어요. 그녀는 우리를 전적으로 이해해 주었습니다. 그녀의 미소와 부드러운 목소리, 별처럼 빛나는 눈으로 바라보는 다정한 시선이 항상 우리를 축복해 주고 기운을 북돋아 주었습니다. 그녀는 마음을 부드럽게 해 주고 끌어당기는 사랑의 화신이었습니다. 상냥한 모습으로 나를 진정시켜 주는 그녀가 없었더라면 나는 아마도 열정적인 본성 때문에 사나워진 채 우울하게 공부에 빠져 있었을 거예요. 클레르발은 어땠을까요? 클레르발의 고결한 정신에 악이 조금이라도 자리를 잡을 수나 있었을까요? 그러나 그녀가 그에게 선행의 진정한 아름다움을 보여 주고 선을 행하는 것을 그의 원대한 야망의 목표로 삼게 하지 않았더라면 그가 그렇게 완벽하게 자비롭고, 관대함에 있어서 그렇게 사려 깊으며, 모험적인 탐험에 대한 열정 속에서 그렇게 친절하고 부드러울 수는 없었을 겁니다.

불행으로 내 마음이 물들기 이전의 어린 시절에 대해, 실용적이면서도 밝은 꿈이 우울하고 편협한 자아에 대한 반성으로 변화하기 이전의 어린 시절을 되돌아보는 것에서 나는 더없이 강렬한 기쁨을 느껴요. 게다가 어린 시절을 그리다 보면 나도 모르는 사이에 조금씩 나를 이후의 불행한 이야기로 이끌었던 사건들도 함께 얘기하게 됩니다. 나중에 내 운명을 지배하게 된 그 열정이 어떻게 생겨났는지 나 자신에게 설명하다 보면 그것이 산을 흐르는 강물처럼 거의 잊혀진 더러운 수원지에서 발원된 것이라는 사실이 드러나지요. 그 강물은 앞으로 나아가면서 점점 불어나 급류로 변하더니 급기야 내 모든 희망과 기쁨을 휩쓸어 가 버렸습니다.

내 운명을 조종한 사상은 바로 자연 철학이었습니다. 이 이야기를 하면서 내가 자연 철학을 선호하게 된 계기들을 말해 주고 싶군요. 열세 살 때 가족 모두 토농 온천으로 놀러 간 적이 있었습니다. 그러나 날씨가 험해져서 할 수 없이 하루 동안 여관에 갇혀 지내야 했습니다. 이 집에서 나는 우연히 코넬리우스 아그리파(15세기의 주술자이자 신비철학자. — 옮긴이)의 저작 한 권을 발견하게 되었습니다. 처음에는 무심코 그 책을 펼쳤다가 그가 증명하려고 시도한 이론과 제시한 놀라운 사실들 때문에 나는 곧 그 책에 열광하게 되었습니다. 새로운 빛이 내 마음을 비추는 것 같았어요. 나는 기쁨에 들떠 아버지께 달려가서 내가 발견한 것을 전했습니다. 아버지께선 내가 들고 있던 책표지를 무심히 보시더니 "아! 코넬리우스 아그리파! 빅토르, 이 책에 시간낭비하지 말거라. 그 책은 지독한 쓰레기란다."라고 말씀하셨습니다.

만약 이런 말 대신 아버지께서 '고대 과학 체계의 힘이 공상적인 반면 현대 과학 체계의 힘은 현실적이고 실제적이란다. 바로 그 점 때문에 아그리파의 원리들이 완전히 파기되었고 고대의 과학 체계보다 훨씬 더 강력한 현대의 과학 체계가 도입되었단다.'라고 조금만 애써서 설명해 주셨더라면 나는 분명히 아그리파를 밀쳐 버리고 이전에 공부했던 것으로 되돌아가서 더 열심히 공부하는 것으로 고무된 내 상상력을 충족했을 거예요. 어쩌면 내 이어지는 생각들은 치명적인 부추김을 받지도 않았을 것이고 그 결과 파멸에 이르지도 않았겠지요. 그러나 이 책에 대해 아버지가 피상적으로 아무렇게나 던진 말을 나는 아버지가 책의 내용을 잘 모르고 있다는 것으로 받아들였습니다. 그래서 열심히 그 책에 매달렸습니다.

집으로 돌아온 후 내 첫 번째 관심사는 이 작가가 쓴 작품 전집과 파라켈수스(15세기에 독일에서 태어난 스위스 의사이자 연금술사. — 옮긴이)와 알베르투스 마그누스(12세기의 신학자이자 자연 철학자. — 옮긴이)의 전집을 구하는 일이었습니다. 나는 즐겁게 이 작가들의 허무맹랑한 공상 작품들을 읽고 공부했습니다. 그들은 나와 극소수의 사람들에게만 알려진 보물처럼 보였습니다. 나는 자연의 비밀을 꿰뚫고 싶은 강렬한 열망 속에 항상 빠져 있었습니다. 현대 과학자들의 열성적인 노력과 놀라운 발견에도 불구하고 그들에 대한 공부를 마칠 때면 항상 불만족스러웠습니다. 아이작 뉴턴 경은 자신이 진리라는 광활하고 아직 탐험되지 않은 바닷가에서 조개껍데기를 줍는 아이와 같다고 말했지요. 내가 공부한 자연 철학의 각 분야에서 뉴턴을 계승한 사람들은 나 같은 어린 소년이 생각하기에도 나와 같은 것을 추구하는 초보자들처럼 보였습니다.

무식한 농부라도 주변의 요소들을 보고 그것의 실제적인 용도들을 알아냅니다. 많이 공부한 과학자가 농부보다 더 많이 아는 것은 아니지요. 과학자는 자연의 얼굴을 부분적으로만 살짝 들췄을 뿐입니다. 자연의 영원불멸한 얼굴 생김새는 아직도 경이로움이자 수수께끼로 남아 있었습니다. 과학자가 분해하고 분석하고 이름을 부여했을지는 모르지만 궁극적인 원인은 말할 것도 없고 2차적이고 3차적인 원인들조차 전혀 알아내지 못했습니다. 나는 인간을 자연의 성안으로 들어오지 못하도록 막고 있는 요새와 장애물들을 보았고 무모하고 무례하게 그것들에 대해 불만을 토로했습니다.

그러나 현대의 자연 과학자들보다 더 깊이 꿰뚫고 더 많이 알고 있는 사람들과, 그들이 쓴 책들이 있었습니다. 나는 그들이 공언

한 모든 것을 문자 그대로 받아들였고 그들의 제자가 되었습니다. 그런 일이 18세기에 일어나다니 이상하게 보일지 모르겠군요. 그러나 나는 제네바 학교의 교육 과정을 따랐지만 내가 좋아하는 학문에 관해서도 상당 부분을 독학했어요. 아버지가 과학적인 편이 아니었기 때문에 나는 학생다운 지식에의 갈증을 느끼면서, 어린 아이처럼 맹목적으로 혼자 안간힘을 써야 했습니다. 새로운 선생님들의 지도 아래 나는 최대한 열심히 현자의 돌(비금속을 금속으로 만들어 주는 물질. — 옮긴이)과 불사의 영약을 찾는 일에 착수했습니다. 그러나 곧 불사의 영약을 찾는 일에 모든 관심을 집중했습니다. 내게 있어 부는 부차적인 목표였습니다. 그러나 인간의 신체로부터 병을 추방함으로써 급사(急死)를 제외한 다른 모든 것을 이겨 낼 수 있게 한다면 얼마나 많은 영광이 뒤따르겠습니까?

이것이 내 유일한 꿈은 아니었습니다. 내가 좋아한 작가들은 유령이나 악령을 불러낼 수 있다고 주장했고 나는 그것을 성취하기 위해 열심히 노력했어요. 주문은 항상 실패했지만 나는 그것을 기술 부족이나 스승들의 신뢰도 부족이라기보다 내 자신의 경험 부족과 실수 탓으로 돌렸습니다. 그렇게 한동안 나는 이미 파기된 학설에 몰두했습니다. 마치 숙련자처럼 천 가지의 모순된 이론을 혼합했고 불타는 상상력과 유치한 추론에 이끌려 잡다한 지식의 수렁 속에서 필사적으로 허우적댔습니다. 그러다가 내 생각의 흐름을 바꿔 놓은 사건이 발생했습니다.

열다섯 살 무렵, 벨리브 근처의 별장에서 나는 매우 격렬하고 끔찍한 뇌우를 목격했어요. 주라 산맥 뒤에서부터 뇌우가 시작되더니 사방 하늘에서 무시무시하게 시끄러운 소리를 내며 동시에 천둥이 치기 시작했습니다. 폭풍우가 지속되는 동안 나는 호기심과 즐거움을 느끼면서 그 진행 과정을 바라보았습니다. 내가 문 옆에 서 있는데 갑자기 집에서 약 200미터 정도 떨어진 곳에 서 있던 오래된 멋진 참나무에서 불줄기가 솟았습니다. 그리고 눈부신 빛이 사라지자마자 참나무도 사라졌고 벼락 맞은 밑동만 남아 있었죠. 다음 날 아침 그곳에 가 보았더니 나무가 특이한 형태로 부서져 있었습니다. 충격으로 갈라진 것이 아니라 얇은 나무 널빤지 모양으로 완전히 변형되어 있었답니다. 나는 그렇게 완전하게 파괴된 것을 본 적이 없었어요.

이 일이 있기 전부터 나는 간단한 전기 법칙이라면 조금 알고 있었어요. 때마침 자연 철학을 깊이 공부한 사람이 우리와 함께 지내던 중이었어요. 그는 이 재앙을 보고 흥분해서는 전기와 전기 요법을 주제로 자신이 만든 이론을 설명하기 시작했습니다. 내게는 너무나 새롭고 놀라운 사실이었습니다. 그가 말한 모든 것은 내 상상력의 지배자였던 코넬리우스 아그리파와 알베르투스 마그누스, 그리고 파라켈수스를 대단히 무색하게 해 버렸죠. 이 사람들의 이론이 파기되자 평소에 하던 공부들이 더 이상 하기 싫어졌습니다. 뭔가를 알게 되거나 알 수 있다는 것이 불가능한 일처럼 보였습니다. 그렇게 오랫동안 내 관심을 사로잡았던 모든 것이 갑자기 하찮게 느껴졌습니다. 청소년기에 흔히 일어나는 변덕스러운 마음 때문에 나는 즉시 이전에 하던 공부를 그만두고 자연사와 그것의 모든 결과물들을 보기 흉한 실패작으로 규정했습니다. 나는 진정한 지식의 문턱 안에 발을 들여놓을 수조차 없었던 사이비 과학을 최대한 경멸했습니다. 이런 기분으로 나는 수학과 그것에 관련된 학문 분야에 몰두했습니다. 그것들은 확고한 기초 위에 세워졌기 때문에 관심을 기울일 만한 가치가 있는 것처럼 여겨졌습니다.

우리의 영혼은 너무나 오묘하게 만들어져서 아주 사소한 연결고리에 의해서도 성공에 이를 수도, 파멸에 이를 수도 있지요. 되돌아 생각해 보면 이렇게 거의 기적에 가까운 기호와 의지의 변화가 일어난 것은 내 삶의 수호천사가 직접 도와주었기 때문이었던 것 같아요. 이것은 이미 그때 별들 사이에 숨은 채로 나를 덮쳐 버릴 준비를 마친 폭풍우를 막아 주기 위해 수호천사가 행한 마지막 노력이었습니다. 이전부터 계속 해 오던 고통스러운 공부를 포기한 후 내 마음은 크게 평온해지고 기쁨에 넘쳤습니다. 수호천사가 승리한 것이죠. 그래서 나는 그것을 공부하는 것이 곧 악이고 그것을 포기하는 것이 행복이라는 것을 깨달았습니다.

그러나 수호천사의 강력한 노력도 별 소용이 없었습니다. 운명의 여신은 너무나 막강했고 그녀가 정한 불변의 법은 나를 완전히, 끔찍하게 파멸시키는 것으로 정해져 있었습니다.

3장

내가 열일곱 살이 되자 부모님은 나를 잉골슈타트(독일에 있는 도시. — 옮긴이) 대학교에 보내기로 결정하셨습니다. 그때까지 나는 제네바에 있는 학교를 다녔지만 아버지는 완전한 교육을 받기 위해서는 외국의 풍습을 반드시 익혀야 한다고 생각하셨습니다. 우리는 내가 떠날 날짜를 일찌감치 잡아 두었습니다. 그러나 내가 떠나기로 예정했던 바로 전 날 내 인생 최초의 불행이 닥쳤습니다. 그것은 장차 내가 겪게 될 불행의 전조였습니다.

엘리자베스가 성홍열에 걸렸습니다. 병세가 심해서 매우 위험한 상태였습니다. 엘리자베스가 아픈 동안 그녀를 간호하지 못하도록 어머니를 설득하기 위해 우리는 여러 번 논쟁을 벌여야 했어요.

어머니는 처음에는 우리의 간청에 굴복했지만 엘리자베스의 목숨이 위태롭다는 소식을 듣자 그녀를 무척 아꼈기에 걱정을 견디지 못하고 다시 엘리자베스의 병상을 지키셨습니다. 어머니의 세심한 간호 덕에 병마가 물러갔습니다. 그러나 엘리자베스는 목숨을 건졌지만 그 무모함이 엘리자베스를 살려 낸 어머니에게는 치명적인 결과를 가져다주었습니다. 사흘째 되던 날 어머니가 병에 걸리셨습니다. 고열과 더불어 가장 무서운 증상들이 나타났어요. 어머니를 치료하던 주치의들의 표정을 통해 최악의 사태가 다가오고 있음을 알 수 있었습니다. 죽는 순간에도 이 최고의 여성은 꿋꿋함과 인자함을 잃지 않으셨습니다. 어머니는 엘리자베스와 내 손을 맺어 주면서 말씀하셨지요.

"애들아. 미래의 행복에 대한 내 변치 않는 희망은 너희 둘의 결혼이었단다. 아버지도 이런 기대를 하며 위안을 얻으실 거다. 사랑하는 엘리자베스, 내 어린 자식들에게 네가 나 대신 엄마 노릇을 해 주렴. 아, 너희들과 헤어지게 되다니 섭섭하구나. 나는 그동안 행복하게 사랑받으며 살아왔지만 그럼에도 너희들 모두와 헤어진다는 것은 힘든 일이구나. 그렇지만 이것은 나답지 않은 생각인 것 같다. 즐거운 마음으로 죽음을 받아들이려 노력하고 다음 세상에서 너희들을 다시 만날 희망을 가져야겠다."

어머니는 조용히 세상을 떠나셨습니다. 그리고 어머니의 얼굴은 죽어서조차 사랑을 가득 담고 있었습니다. 다시는 돌이킬 수 없는 불행 때문에 가장 소중한 가족과의 관계를 단절당한 사람들의 감정을, 영혼에 생겨난 공백과 표정에 나타난 절망감을 굳이 말로 표현할 필요가 없을 겁니다. 날마다 얼굴을 대하며 그 존재만으로도 우리 자신의 일부처럼 보였던 어머니가 영원히 우리 곁을 떠날 수 있으리라는 사실을 마음으로부터 받아들일 수 있을까? 사랑스러운 눈에서 반짝이던 빛이 꺼지고 귀에 익은 다정한 목소리가 잠잠해진 채 더 이상 들리지 않을 것이라는 사실을 마음으로 받아들이기까지 얼마나 오랜 시간이 걸릴까? 처음 며칠 동안에는 이런 생각들이 떠오르는 법이지요. 그러나 시간이 지나면 불행의 실체가 드러나고 정말로 비통한 슬픔이 시작됩니다. 그러나 그 무자비한 죽음의 손에 소중한 사람들을 빼앗기지 않은 사람이 어디 있겠습니까? 모든 사람이 느꼈거나 느끼게 될 슬픔을 내가 굳이 설명할 필요가 있을까요? 마침내 슬픔이 반드시 필요한 것이라기보다 차라리 즐기는 대상이 되는 시기가 옵니다. 그리고 신성모독으로 여겨질 수도 있겠지만 입술에서는 미소가 항상 감돌지요. 어머니는 죽었지만 우리에게는 여전히 해야 할 의무가 있었습니다. 우리는 다른 사람들과 함께 가던 길을 계속 가야 하고, 죽음의 약탈자에게 붙잡혀 가지 않고 남게 되어서 다행이라고 생각하는 법을 배워야 하는 거죠.

여러 사건들 때문에 미뤄졌던 잉골슈타트로 출발 날짜가 다시 정해졌습니다. 나는 아버지께 몇 주만 출발을 연기해 달라고 부탁했습니다. 죽음에 가까운 정적에 휩싸인 상중의 집을 그렇게 빨리 떠나 번잡한 생활 속으로 뛰어든다는 것이 내게는 불경스럽게 느껴졌습니다. 내게 슬픔이라는 것은 생소한 것이었지만 그런데도 그것은 나를 불안하게 했습니다. 남아 있는 가족들의 모습을 보지 못하게 되는 것이 싫었고 특히 사랑하는 엘리자베스가 어느 정도 진정되는 것을 보고 싶었어요.

사실 엘리자베스는 슬픔을 감추고 우리 모두를 위로하기 위해 애를 썼습니다. 그녀는 착실하게 삶을 바라보면서 용감하고 열성적으로 삶의 의무를 떠맡았습니다. 그녀는 아저씨와 사촌들이라고 부르게 된 우리 가족들에게 온갖 정성을 다했습니다. 그녀가 햇살처럼 환한 미소를 되찾아 우리에게 미소를 지어 주던 이때처럼 그녀의 모습이 매혹적인 적은 없었어요. 그녀는 자신의 슬픔도 잊은 채 우리가 슬픔을 잊을 수 있도록 애썼죠.

마침내 떠날 날이 왔습니다. 클레르발이 찾아와서 마지막 밤을 우리와 함께 보냈습니다. 그는 나와 같이 가서 공부할 수 있게 해달라고 자신의 아버지를 설득했지만 수포로 돌아갔지요. 클레르발의 아버지는 소심한 상인이어서 아들의 열망과 포부가 게으른 생활과 파멸이라는 결과만을 낳을 뿐이라고 생각했습니다. 클레르발은 교양을 쌓는 교육을 받지 못하게 된 불행을 매우 유감스러워했어요. 별 말은 없었지만 말할 때면 빛나는 눈과 생기 넘치는 시선에서 구질구질한 상업의 잔일에 묶이지 않겠다는 차분하면서도 확고한 결심을 읽을 수 있었습니다.

우리는 밤늦게까지 앉아 있었죠. 서로 헤어질 수도, "안녕!"이라는 말을 할 수도 없었습니다. 마침내 우리는 잠자러 가는 체하면서 작별 인사를 나눴습니다. 각자 졸린 표정으로 상대방을 속였다고 생각했습니다. 그러나 동이 틀 무렵 나를 멀리 태워다 줄 마차 쪽으로 내려가자 가족들이 모두 그곳에 모여 있었습니다. 아버지는 다시 내 행복을 빌어 주셨고 클레르발은 내 손을 다시 한 번 꼭 잡아 주었지요. 엘리자베스는 내게 자주 편지를 쓰라는 부탁을 되풀이하며 자신의 소꿉 친구이자 벗이었던 내게 마지막으로 상냥하게 신경을 써 주었습니다.

이륜마차에 몸을 싣자 굉장히 우울한 생각이 밀려들었어요. 다정한 벗들에게 둘러싸여서 끊임없이 서로 기쁨을 나누려고 노력했던 내가 이제는 외톨이가 되었지요. 내가 향하고 있는 대학교에서는 나 자신이 내 친구이자 보호자가 되어야 하겠죠. 그때까지 내 삶은 굉장히 고립적이고 가정적이었고 나는 새로 만나는 사람들에게 극복할 수 없는 혐오감을 품었습니다. 나는 동생들과 엘리자베스, 클레르발을 사랑했습니다. 이런 '오래된 익숙한 얼굴들'과

달리 낯선 사람들과 같이 지내는 일에는 영 소질이 없었어요. 여행을 시작할 때만 해도 이런 생각들을 했지만 조금 지나자 기분이 나아지고 희망이 생겨났습니다. 많은 것을 배우고 싶다는 생각이 간절했습니다. 집에 있을 때 나는 젊은 시절에 한곳에 갇혀 지내는 것은 힘들다는 생각을 종종 했고 세상 속으로 들어가서 다른 인간들 속에서 내 자리를 차지하고 싶었어요. 그때 내 소망이 이루어졌으므로 사실 후회한다는 것은 어리석은 일이었지요.

잉골슈타트로 가는 동안 이런 저런 많은 생각을 할 충분한 시간이 있었습니다. 잉골슈타트로 가는 길은 멀고 힘이 들었습니다. 마침내 도시에 높이 솟은 흰 첨탑이 시야에 들어왔습니다. 마차에서 내린 다음 내가 원하는 대로 그날 밤을 보낼 수 있는 외로운 숙소로 안내를 받았습니다.

다음 날 아침 나는 소개 편지를 들고서 중요한 교수들 몇 사람을 방문했습니다. 우연이었는지 아니면 악마의 영향 때문이었는지, 아버지의 집 문에서 내키지 않는 발걸음을 뗀 그 순간부터 내게 절대적인 영향력을 행사했던 파멸의 천사가 맨 처음엔 나를 자연 철학 교수인 크렘페 교수에게로 이끌었습니다. 크렘페 교수는 세련되지는 못했지만 자연 철학에 조예가 깊었습니다. 그는 자연 철학과 연관된 여러 학문 분야에 대해 내가 얼마나 알고 있는지 알아보기 위해 몇 가지 질문을 했습니다. 나는 아무렇게나 대답했고 약간은 경멸하는 투로 내가 공부했던 주요 저자들이라며 연금술사들의 이름을 댔습니다. 그러자 교수가 나를 빤히 쳐다보며 물었습니다.

"자네 정말로 그런 말도 안 되는 것을 공부하느라 시간을 낭비했단 말인가?"

나는 그렇다고 대답했지요.

크렘페 교수가 따뜻하게 계속 말을 이어 나갔습니다.

"자네가 그런 책들에 낭비한 매 분, 매 순간은 완전히, 전부 헛되게 사라졌네. 이미 파기된 체계와 쓸모없는 이름들로 자네 기억력만 힘들게 했군. 세상에! 자네 도대체 어디 사막에서라도 살다 왔나? 자네가 그렇게 게걸스럽게 흡수했던 이 허무맹랑한 공상들이 천 년이나 된 케케묵은 것이라는 사실을 알려 주는 사람이 아무도 없었단 말인가? 이 계몽된 과학의 시대에 알베르투스 마그누스와 파라켈수스의 제자를 찾아내리라곤 꿈에도 생각지 못했네. 자네는 공부를 완전히 새로 시작해야 되겠군."

그렇게 말한 다음 그는 옆으로 가더니 자연 철학에 관한 책 몇 권의 목록을 적어 주며 구해서 읽어 보라고 했습니다. 그러고는 다음 주 초에 자연 철학의 전반적인 관계에 대해 강의를 시작할 예정이며 자신이 강의에 빠지는 날에는 교대로 동료 교수인 발트만 교수가 화학에 대해 강의할 것이라고 알려 준 다음 나더러 나가 보라고 했습니다.

내가 실망해서 집에 돌아온 것은 아니었습니다. 크렘페 교수가 비난하던 저자들에 대해 나 역시 오랫동안 무익하다고 생각해 왔으며 그 사실을 교수에게도 말해 주었기 때문입니다. 그러나 돌아오면서 어떤 형태로든 이런 공부를 반복하고 싶은 생각이 전혀 들지 않았습니다. 크렘페 교수는 약간 땅딸막한 체격에 쉰 목소리와 쌀쌀맞은 얼굴을 하고 있었어요. 나는 크렘페 교수가 추구하는 것을 나도 좋아할 만큼 그에게 호감을 갖진 못했습니다. 내가 어린 시절에 그들에 관해 내린 결론을 크렘페 교수에게 너무 철학적이고 일관된 어조로 설명했던 것 같아요. 어렸을 적에 나는 현대의 자연 과학 교수들이 약속한 결과들에 대해 만족하지 않았습니다. 단지 내 극단적인 혈기와 그런 문제들에 대해 알려주는 사람이 없었던 까닭에 생긴 혼란스러운 생각들을 가지고, 나는 시간의 경로를 따라 지식의 단계를 거슬러 올라갔고 최근의 연구자들이 발견한 것들 대신 잊혀진 연금술사들의 꿈을 추구했습니다. 게다가 나는 현대 자연 철학의 유용성을 경멸했습니다. 그러나 과학의 대가들이 불멸성과 힘을 추구할 때는 매우 달라집니다. 그런 견해들은 아무리 무익하다 할지라도 숭고한 면을 가지고 있지요. 그러나 이제는 상황이 바뀌었습니다. 과학에 대한 내 관심의 주된 토대였던 그런 꿈을 없애는 것이 연구자들의 주요 목표가 된 것처럼 보였습니다. 끝없는 웅장함을 보여 주는 망상 대신 별 가치 없는 현실을 취해야 하는 상황이 되었습니다.

그런 생각을 하면서 잉골슈타트에서의 처음 이삼 일을 보냈습니다. 그 시간 동안 나는 주로 지리를 익히고 새 숙소에 살고 있는 중요한 사람들을 만났습니다. 그러나 다음주가 시작되자 강의에 대해 크렘페 교수가 알려주었던 정보가 떠올랐습니다. 그 작달막하고 잘난 체하는 크렘페 교수가 강단에서 강의하는 것을 들으러 가고 싶은 생각은 없었지만 발트만 교수에 대해 그가 해 준 말이 생각났습니다. 발트만 교수가 그때까지 다른 지방에 가 있었기 때문에 그를 만나 볼 기회가 없었습니다.

한편으로는 호기심에서, 또 한편으로는 무료해서 강의실에 들어갔더니 곧 발트만 교수가 들어왔습니다. 발트만 교수는 동료 교수인 크렘페 교수와는 너무나 대조적이었습니다. 50세 정도로 보이는 그는 무척 인자한 인상이었습니다. 몇 가닥의 흰머리가 관자놀이 부분을 덮고 있었지만 뒷머리는 거의 검은색이었습니다. 키는 작았지만 자세가 굉장히 곧았고 그의 목소리는 지금까지 들어본 그 어떤 목소리보다도 부드러웠지요. 그는 화학의 역사와 여러 학자들이 이룬 다양한 진보의 요점을 설명하면서 강의를 시작했고 가장 뛰어난 발견자들의 이름을 열정적으로 언급했습니다. 그런 다음 그는 과학의 현재 상황에 대해 대략적인 견해를 제시한 다음 기본적인 용어들을 많이 설명해 주었습니다. 몇 가지 예비적인 실험을 한 후에 그는 현대 화학에 대한 찬사로 끝을 맺었습니다. 그가 한 말을 나는 절대 잊지 못할 겁니다.

"이 학문의 고대 스승들은 불가능성을 약속해 놓고 아무것도 이루지 못했습니다. 현대의 대가들은 거의 아무것도 약속하지 않습니다. 그들은 금속이 변할 수 없으며 불로장수의 영약이란 망상에 지나지 않는다는 것을 알고 있습니다. 그러나 흙장난이나 하도록 만들어진 것처럼 보이는 손과, 현미경이나 도가니 위를 자세히 들여다보도록 만들어진 것처럼 보이는 눈을 가진 이 철학자들이 기적을 행했습니다. 그들은 자연의 후미진 곳을 꿰뚫고 들어가서 자연이 그 은밀한 곳에서 어떻게 작용하는지 보여 줍니다. 그들은 하늘 위에도 올라갔고 혈액이 어떻게 순환하는지 발견했으며 우리가 숨 쉬는 공기의 본질을 발견했습니다. 그들은 새롭고 거의 무한한 힘을 습득했습니다. 그들은 하늘의 천둥을 지배할 수 있고 지진을 모방하며 심지어는 보이지 않는 세계를 그 그림자로 흉내내기까지 합니다."

발트만 교수의 말은, 차라리 운명의 말이라고 표현하고 싶은 교수의 말은 나를 파멸시키기 위한 선언 같았지요. 그가 말을 이어나갈 때 내 영혼이 마치 손으로 느낄 수 있는 적과 씨름하고 있는 것처럼 느껴졌습니다. 내 존재를 구성하고 있는 다양한 건반들이 하나씩 건드려졌고 현들이 소리를 냈습니다. 그리고 곧 내 마음은 한 가지 생각, 한 가지 개념, 한 가지 목적으로 가득 찼습니다. '이미 무척 많은 일이 이루어졌지만 나는 더 많이, 훨씬 더 많이 이루리라!' 프랑켄슈타인의 영혼이 외쳤습니다. 이미 난 발자국들을 따라가서 새로운 길을 개척하고 미지의 힘을 탐험하며 세상에 가장 깊은 창조의 신비를 펼쳐 보이리라.

그날 밤 나는 잠을 이루지 못했습니다. 내 마음은 폭동과 소란 상태에 빠져 있었습니다. 그곳에 질서가 잡힐 것이라고 생각했지만 내게는 질서를 만들어 낼 힘이 없었습니다. 새벽녘에야 조금씩 잠이 오기 시작했습니다. 잠에서 깨어나자 어젯밤의 생각들이 모두 꿈처럼 느껴졌습니다. 이전에 내가 공부했던 것을 다시 공부하면서 나 스스로 천부적인 재능을 타고났다고 느꼈던 학문에 전념해야겠다는 결심만이 남아 있었습니다. 그날 나는 발트만 교수를 방문했습니다. 공적인 자리에서보다 개인적으로 만났을 때 교수는 훨씬 더 부드럽고 매력적으로 보였습니다. 강의 중의 그는 상당히 위엄 있게 보였지만 자택에서는 무척 상냥하고 친절했습니다. 나는 이전에 추구했던 공부에 대해 크렘페 교수에게 했던 것과 상당히 비슷한 설명을 했습니다. 발트만 교수는 내 공부와 연관된 짧은 설명을 주의 깊게 들었고 코넬리우스 아그리파와 파라켈수스의 이름을 듣고는 미소를 지었습니다. 그러나 그 미소에는 크렘페 교수가 보여 주었던 것처럼 경멸하는 기미는 전혀 없었지요. 그는 다음과 같이 말했어요.

"현대 철학자들이 가지고 있는 대부분의 지식의 토대는 지칠 줄 모르는 이 사람들의 열정 덕분에 얻어낸 것이라네. 그들은 우리에게 새로운 이름을 부여하고 사실들을 일관되게 분류해서 배열하는 더 쉬운 일을 맡겼지. 사실 그들은 어느 정도 진실을 밝히는 매개자 역할을 했다고 할 수 있네. 천재성을 지닌 사람들의 노고는 아무리 잘못된 방향으로 나아간다 해도 궁극적으로는 거의 반드시 인류에게 좋은 이득을 가져다주는 쪽으로 향하게 된다네."

나는 그의 말을 경청했습니다. 그의 말에는 억측이나 가식이 전혀 없었습니다. 나는 그의 강의 덕에 근대의 화학자들에 대한 편견을 없앨 수 있었다고 덧붙였습니다. 청년이 스승에게 당연히 갖춰야 할 예의와 경의를 갖추는 동시에, 내가 연구를 시작하도록 자극했던 열정을 고스란히 담으려고 애쓰면서(인생 경험이 부족하다는 것에 내가 부끄러움을 느낄 수도 있었을 텐데 말이지요.) 나는 신중한 어조로 내 생각을 표현했습니다. 그리고 어떤 책을 구해야 할지 그에게 조언을 구했지요.

그러자 발트만 교수는 다음과 같은 이야기를 해 주었습니다.

"자네 같은 제자를 얻어서 기쁘군. 자네는 능력만큼 노력한다면 틀림없이 성공할 걸세. 화학이야말로 지금까지 가장 위대한 업적이 이루어졌으며 앞으로도 이루어질 수 있는 자연 철학 분야라네. 바로 그런 이유 때문에 나도 그것을 전공하게 되었지. 그렇지만 내가 과학의 다른 분야들을 소홀히 한 것은 아니라네. 인간의 지식 중에서 한 부문에만 몰두한다면 굉장히 형편없는 화학자가 될 뿐이야. 자네가 편협한 실험자가 아니라 진정으로 과학자가 되고 싶다면 수학을 포함한 모든 분야의 자연 철학에 전념하라고 조언해 주고 싶네."

그런 다음 나를 실험실로 데리고 가서 여러 가지 기계 사용법을 설명해 주었습니다. 그는 내게 구입해야 할 것이 무엇인지 가르쳐 주었고, 내가 기계를 망치지 않을 정도로 충분히 과학 실력을 갖추면 자신의 기계를 사용할 수 있게 해 주겠다고 약속했습니다. 또한 내가 부탁한 책의 목록도 만들어 주었습니다. 그런 다음 나는 그 집을 나왔습니다.

잊지 못할 하루가, 내 미래의 운명을 결정한 하루가 그렇게 지나갔습니다.

4장

이날부터 자연 철학, 특히 화학은 가장 포괄적인 의미에서 내 유일한 소일거리가 되었습니다. 나는 이런 주제들에 대해 현대의 연구자들이 쓴, 천재성과 뛰어난 판별력으로 가득 찬 논문들을 열정적으로 읽었습니다. 나는 수업에 참석했고 대학교의 과학자들과 친분을 쌓았습니다. 심지어 크렘페 교수에게조차 상당한 논리적 지각과 진정한 지식이 있다는 것을 알게 되었죠. 물론 여전히 인상과 행동거지가 혐오스럽긴 했지만 그것 때문에 그가 가진 장점들의 가치가 떨어지는 것은 아니었습니다. 발트만 교수는 내게 진정한 친구가 되어 주었습니다. 그의 상냥함은 결코 독단주의에 물들지 않았고 솔직한 태도와 온화한 기질로 강의를 했기 때문에 현학적이라는 인상을 전혀 주지 않았습니다. 그는 여러 가지 방법으로 공부하는 고통을 달래 주었고 가장 난해한 연구들을 명확하고 쉽게 이해할 수 있게 해 주었습니다. 처음 나의 열정은 들쑥날쑥하고 불확실했습니다. 그러나 공부를 계속해 나가면서 학구열에 힘이 붙기 시작했습니다. 곧 나는 굉장히 연구에 열중하게 되었고 밝아 오는 아침 햇살에 별들이 사라질 때까지 실험실에 남아 있곤 했지요.

무척 열심히 공부에 전념했기 때문에 굉장히 빠른 속도로 학습 진전이 이루어졌을 것이라는 사실을 쉽게 상상할 수 있을 테죠. 동료 학생들은 내 열정에 경악을 금치 못했고 교수들은 내 학습 진도에 놀라워했습니다. 크렘페 교수는 간혹 음흉하게 웃으면서 코넬리우스 아그리파가 어떻게 되어 가고 있느냐고 물었습니다. 반면에 발트만 교수는 내 학습 진전에 대해 마음에서 우러난 기쁨을 표현했습니다. 이런 식으로 2년이 흘렀습니다. 그동안 나는 제네바에 한 번도 가지 않은 채 온 마음을 다해 새로운 발견들을 해내는 일에 몰두했습니다. 그런 발견들을 경험해 본 사람들이 아니라면 과학의 매력을 결코 상상할 수 없을 걸요. 다른 학문에서는 앞서 간 사람들이 연구한 것만 따라잡으면 더 이상 연구할 것이 없어지지요. 그러나 과학 연구에서는 발견과 경이로움의 대상이 항상 존재합니다. 보통의 능력을 가진 사람이라도 한 가지 학문 분야를 열심히 추구하다 보면 그 학문에 반드시 통달할 수밖에 없습니다. 한 가지만을 얻기 위해 끊임없이 노력하며 이것에만 전적으로 열중했기 때문에 나 역시 굉장히 빠른 속도로 진전을 이뤘고 2년 후에는 몇 가지 화학 기구들을 개량할 수 있는 발견들을 이뤄 냈습니다. 이 발견들 덕에 대학교에서 상당한 인정과 칭찬을 받았습니다. 이때쯤에는 잉골슈타트의 교수들 강의에서 더 이상 배울 것이 없을 만큼 자연 철학의 이론과 실제에 대해 잘 알게 되었습니다. 그곳에 더 머문다 해도 더 이상 진전이 이루어질 것 같지 않았기 때문에 나는 가족들이 있는 고향으로 돌아가려는 생각을 하고 있던 참이었습니다. 바로 그때 더 머물 수밖에 없는 사건이 하나 일어났습니다.

여러 가지 현상들 중에서 나는 인간의 신체 구조에 특히 관심이 많았습니다. 사실 생명이 있는 모든 동물들의 신체 구조가 내 관심의 대상이었습니다. 도대체 생명의 본질이 어디에서 시작되는 것일까 자문하곤 했습니다. 그것은 대담한 질문이었고 지금까지도 미스터리로 간주되고 있지요. 그러나 비겁함이나 부주의 때문에 연구에 제약을 가하지만 않는다면 우리가 얼마나 많은 것들을 알게 될까요? 나는 이런 상황들을 생각하면서 생리학에 연관된 자연 철학 분야에 특히 더 전념하기로 결심했습니다. 만약 나에게 거의 불가사의할 정도의 열정이 없었다면 이런 연구에 열중하는 것은 진저리 나고 참을 수 없는 일이었을 겁니다. 생명의 근원을 조사하기 위해서는 먼저 죽음에 의존해야 합니다. 해부학을 공부했지만 이것만으로는 충분하지 않았습니다. 인간의 육체가 자연적으로 부식하고 부패해 가는 과정을 관찰해야만 했습니다. 아버지는 나를 가르치실 때 내가 초자연적인 것에 두려움을 갖지 않도록 많은 신경을 쓰셨습니다. 나는 미신 이야기를 듣고 무서움에 떨어 본 적이 없었고 귀신의 환영을 두려워해 본 적도 없었습니다. 어두움도 내 환상에 아무런 영향을 미치지 못했으며 묘지는 내게는 생명이 없어진 신체들을 담아 두는 곳일 뿐이었습니다. 육체는 한때 아름다움과 힘이 머물렀다가 벌레들의 먹이가 되고 마는 것이지요. 나는 부패의 원인과 과정을 연구하는 것에 몰두해서 밤낮을 지하 납골당과 시체 안치소에서 보냈습니다. 연약한 인간의 감정들이 견딜 수 없을 법한 모든 대상에 내 관심을 집중했습니다. 인간의 멋진 형상이 어떻게 붕괴되고 훼손되는지를 보았으며 활짝 생기 있게 피어 있던 뺨이 어떻게 죽음 때문에 부패하는지를 생생하게 보았어요. 경이로운 눈과 뇌를 어떻게 구더기가 차지하는지도 보게 되었습니다. 생명에서 죽음으로, 그리고 죽음에서 생명으로 변화하는 과정에서 나타나는 인과 관계의 모든 상세한 사항들을 조사하고 분석하면서 잠시 숨을 돌렸습니다.

그때 갑자기 어둠 속에서 빛이 쏟아져 나왔습니다. 이 빛은 무척 환하고 놀라웠지만 매우 단순했습니다. 그 빛이 밝혀 줄 무한한 가능성에 어지러움을 느꼈지만 같은 학문을 연구했던 무수한 천재들 중에서 나 혼자만이 그렇게 놀라운 비밀을 발견하게 되었다는 사실에 놀라움을 금치 못했습니다.

내가 미친 사람의 환상을 기록하고 있는 것이 아니라는 사실을 명심하기 바랍니다. 하늘에 떠 있는 태양도 내가 지금 확신하고 있는 것보다 더 확연하게 빛나진 않을 거예요. 발견이 기적처럼 이루어졌다 해도 발견의 단계들은 명확하고 개연성이 있었습니다. 믿을 수 없을 만큼 힘들고 피곤한 여러 날과 밤을 보낸 다음 나는 탄생과 생명의 비밀을 발견해 냈습니다. 아니, 그 이상이었어요. 나는 생명 없는 물체에 생명을 부여할 수 있는 능력을 얻었습니다.

이 발견을 하고 난 후 내가 처음 느낀 것은 놀라움이었습니다. 그것은 곧 기쁨과 황홀함으로 바뀌었습니다. 고통스러운 연구에 그렇게 많은 시간을 쏟은 후 가장 간절히 바라던 소망들을 이루는 것이야말로 그동안의 노고를 통해 일궈 낸 가장 만족스러운 성취였습니다. 그러나 이 발견은 너무나 크고 압도적이었습니다. 점진적으로 그 발견에 이르기 위해 밟았던 모든 단계들이 지워져 버리고 오로지 결과만이 남았습니다. 천지 창조 이후 가장 현명한 사람들의 연구 대상이자 소망이었던 것이 이제는 내 손안에 있었습니다. 그 모든 것이 마술의 한 장면처럼 내게 한순간에 펼쳐진 것은 아니었습니다. 내가 얻은 정보는 이미 성취된 목표를 드러내는 것이라기보다 연구 목표를 향해 노력을 기울일 때, 노력의 방향을 신속하게 결정해 줄 수 있는 그런 성격의 것이었죠. 나는 죽은 사람과 함께 매장되었다가 희미해서 별 도움도 될 것 같지 않은 한줄기 불빛의 도움만 받으면서 살아나갈 통로를 발견한 아라비아 인(『천일야화』에 나오는 아라비아 인. — 옮긴이) 같았습니다.

친구여, 당신은 진지함과 놀라움, 희망이 섞여 있는 눈빛으로 내가 알게 된 비밀이 무엇인지 무척 듣고 싶다는 것을 드러내고 있군요. 그러나 그것을 알려줄 수는 없어요. 내 이야기가 끝날 때까지 참을성 있게 듣고 나면 그 문제에 대해 내가 왜 입을 다물고 있는지 알게 되겠지요. 내가 옛날에 그랬던 것처럼 경솔하게 열정에 사로잡힌 당신을 파멸과 눈에 뻔히 보이는 불행으로 이끌고 싶진 않아요. 설사 내 권고를 받아들이지 않더라도 적어도 나를 본보기로 삼아 지식의 습득이 얼마나 위험한지, 자신의 본성이 허용하는 것보다 더 위대해지고 싶은 사람보다는 오히려 고향을 세상의 전부라고 여기는 사람이 훨씬 더 행복하다는 것을 배우기 바랍니다.

너무나 놀라운 힘이 내 손아귀에 있다는 것을 발견한 뒤 그것을 어떻게 사용할 것인지에 대해 오랫동안 망설였습니다. 내게 생명을 부여할 수 있는 능력이 있었음에도 생명을 부여할 몸체를 준비하는 일은 상상할 수조차 없을 만큼 어렵고 힘든 일이었습니다. 처음에는 나 자신 같은 존재나 더 간단한 조직체를 만들어 낼 시도를 과연 할 수 있을지 의심스러웠습니다. 그러나 상상력이 너무나 고양되어 있었기 때문에 나는 굉장히 복잡한 섬유 조직과 근육, 혈관을 가진, 인간만큼 복잡하고 경이로운 동물에게 생명을 부여할 수 있는 내 능력을 추호도 의심하지 않았습니다. 게다가 현재 사용 가능한 재료들로는 이 힘든 작업을 해낼 수 없을 것 같았어요. 그러나 결국에는 성공할 것이라는 사실을 믿어 의심치 않았습니다. 물론 실패할 경우에도 대비해야만 했습니다. 내 연구가 실패를 거듭해서 결국에는 불완전하게 끝날 수도 있었습니다. 그러나 과학과 역학 분야에서 매일 이루어지고 있는 발전을 고려해 보자 내 현재의 시도가 적어도 미래에는 성공의 토대가 될 것이라는 희망을 품게 되었습니다. 내 계획이 아무리 크고 복잡하다 해도 실행 불가능한 일만은 아니라고 생각됐어요. 이런 여러 가지 기분을 느끼며 나는 인간을 창조하는 일을 시작했습니다. 신체 부위의 정교함이 내 속도에 커다란 걸림돌이 되었기 때문에 애초의 의도와는 달리 키가 8척(약 2.4 미터) 정도 되고 그것에 비례해서 몸집도 큰, 거대한 체격을 가진 존재를 만들기로 결심했습니다. 이렇게 결심하고 여러 달에 걸쳐 성공적으로 재료들을 수집하고 정리한 다음 일을 시작했습니다.

첫 번째 성공에 열광하면서 나는 다른 사람들이 상상할 수조차 없는 여러 가지 감정들을 느끼며 마치 폭풍처럼 앞으로 나아갔습니다. 삶과 죽음이 내게는 관념 속에 존재하는 경계에 지나지 않았지요. 먼저 그 경계를 뚫은 다음 우리가 있는 어두운 세계 속으로 빛을 쏟아져 들어오게 해야 했습니다. 새로운 종이 나를 자신의 창조자이자 존재의 근원으로 찬양할 것이다. 행복하고 뛰어난 여러 자연물들이 내 덕에 존재하게 될 것이다. 나만큼 완전하게 자식에게 감사를 요구할 자격을 갖춘 아버지는 아마 이 세상에 존재하지 않을 것이다. 이런 생각을 하다 보니 생명 없는 물체에 생명을 불어넣을 수 있다면 어느 정도 시간이 지난 후엔 (지금은 불가능하지만) 죽어서 분명히 부패한 육체를 되살릴 수도 있을지 모른다는 생각까지 들었지요.

끝없는 열정으로 일을 진행시키는 동안 이런 생각들이 나를 지탱해 주었습니다. 연구 때문에 내 뺨은 창백해졌고 연구실에 틀어박혀 지내다 보니 몸이 수척해졌습니다. 때로 성공이 확실해 보이는 순간 실패하는 경우도 있었습니다. 그런데도 나는 다음 날이나 1시간 후에라도 이루어질지 모른다는 희망에 매달렸습니다. 나 혼자만 간직한 한 가지 비밀은 내 전부를 바친 희망이었습니다. 나는 한밤에 달빛을 받으며 연구에 몰두했고 긴장을 늦추지 않은 채 지나치게 열심히 자연의 은밀한 부분들을 추적했습니다. 내가 무덤의 부정한 안개 속을 헤집거나 생명 없는 진흙에 생명을 부여하기 위해 살아 있는 동물을 괴롭힐 때 내 비밀스러운 작업의 끔찍함을 어느 누가 상상이나 할 수 있을까요? 지금도 사지가 떨리고 눈에는 그때의 기억이 선합니다. 그러나 그때에는 저항할 수 없는 거의 광적인 충동이 나를 앞으로 나아가게 했습니다. 이 한 가지 목적을 제외하고는 모든 감정이나 감각을 잃어버린 것처럼 말입니다. 사실 그것은 일시적인 황홀경일 뿐이어서 내가 이전의 습관으로 되돌아가면 그 순간 그 이상한 자극이 멈췄다는 것이 더 날카롭게 느껴질 뿐이었습니다. 나는 납골당에서 뼈를 모았고 불경스러운 손가락으로 인간 신체의 엄청난 비밀들을 휘저어 놓았습니다. 넓은 복도와 계단으로 다른 방들과 분리된 채 건물 맨 꼭대기에 있는 감옥에 가까운 외딴 방에다 부정한 창조 작업을 위한 작업장을 차렸습니다. 작업의 미세한 부분들에 주의를 기울이다 보면 눈알이 튀어나올 지경이 되었지요. 해부실과 도살장에서 필요한 재료들을 거의 구할 수 있었습니다. 인간적인 감정 때문에 작업에 혐오감을 느끼는 경우도 종종 있었지만 끊임없이 증가하는 열망에 여전히 사로잡혀서 작업을 거의 끝낼 단계까지 진척시켰습니다.

이렇게 온 정성을 다해 한 가지 연구에 몰두하다 보니 여름이 지나고 너무나 아름다운 계절이 되었습니다. 들판은 그 어느 때보다도 풍년이었고 포도밭에서는 가장 풍성한 수확을 얻을 수 있었습니다. 그러나 내 눈은 자연의 매력에 무관심했습니다. 그리고 주변의 경치에 무관심했듯 너무나 오랫동안 보지 못한 먼 곳의 가족들 또한 까맣게 잊어버리고 있었죠. 내가 소식이 없으면 가족들이 걱정하리라는 것을 알고 있었습니다. 아버지가 언젠가 다음과 같은 말씀을 해 주신 것이 기억납니다.

"네 스스로에게 만족한다면 사랑하는 마음으로 우리를 떠올릴 것이며 정기적으로 소식을 전해 주리라 믿는다. 네 소식이 끊기면 네가 다른 의무들도 똑같이 소홀히하고 있다는 증거로 간주할 테니 그리 알 거라."

그러므로 아버지가 어떤 기분일지 충분히 헤아릴 수 있었습니다. 그러나 혐오감을 주면서도 내 상상력을 저항할 수 없게 붙들고 놓아주지 않는 연구를 머릿속에서 한순간도 지워 버릴 수가 없었습니다. 내 본래의 습관을 모두 삼켜 버린 이 커다란 목표가 완수될 때까지 나는 사랑의 감정과 연관된 모든 일들을 미루고 싶었습니다.

그 당시에는 아버지께서 내가 나쁘거나 그릇된 사람이라 소식을 전하지 않는다고 생각하신다면 그것은 부당하다고 생각했습니다. 그러나 지금 돌이켜 생각해 보면 내게 잘못이 전혀 없는 것은 아니라는 아버지의 생각이 옳았다는 것을 확실히 알 수 있습니다. 완벽한 인간은 평온하고 평화로운 마음을 항상 유지해야 하고 열정이나 일시적인 욕망 때문에 평정을 깨뜨려서는 안 되는 법입니다. 지식을 추구하는 것 역시 이 법칙에서 예외가 될 수 있다고 생각하지 않습니다. 연구에 전념하는 동안 다른 사람들을 향한 사랑이 약화되고 다른 것이 절대 끼어들 수 없는 순수한 기쁨을 느낄 수 없다면 그 연구는 틀림없이 옳지 못한 것입니다. 즉 그것은 인간의 정신에 적합하지 않은 거죠. 만약 이 법칙이 항상 지켜지고, 평온한 가족 사이의 사랑을 깨뜨리는 일을 절대 추구하지 못하게 되었다면 그리스가 노예 국가가 되는 일은 없었을 것이며, 시저는 조국을 구할 수 있었을 겁니다. 또한 아메리카 대륙이 그렇게 급작스럽게 발견되지 않았을 것이며 멕시코와 페루 제국이 멸망하지도 않았겠지요.

이야기 중 가장 흥미로운 대목에서 나도 모르게 설교를 하고 말았군요. 당신 표정을 보니 어서 이야기를 계속하라고 재촉하는 것 같습니다만.

아버지는 편지로 날 꾸짖지는 않으셨습니다. 그러나 내가 하고 있는 일들을 전보다 더 자세하게 묻는 것으로 소식을 전하지 않은 것에 대해 주의를 주셨습니다. 연구를 하는 사이에 겨울과 봄, 여름이 지나갔습니다. 그러나 연구에 너무나 몰두한 나머지 전에는 항상 내게 큰 기쁨을 안겨 주었던 꽃 피는 모습도, 잎이 자라는 모습도 보질 않았습니다. 그해에 핀 나뭇잎들이 모두 시들고 난 다음에야 연구가 거의 끝이 났지요. 만족스러울 만큼 성공에 가까워졌다는 것이 갈수록 더욱 명확해졌습니다. 그러나 걱정 때문에 열정이 억제되기 시작했습니다. 내 모습은 좋아하는 일에 몰두하는 예술가라기보다 광산이나 다른 불건전한 일에 매달려서 일해야 하는 노예 같아 보였습니다. 매일 밤 나는 미열에 시달렸고 고통스러울 정도로 신경이 예민해졌습니다. 나뭇잎 떨어지는 소리에도 깜짝깜짝 놀랐고 죄를 지은 사람처럼 다른 사람들을 피했습니다. 때로 망가진 내 모습에 스스로 놀라기도 했지요. 목표를 이루겠다는 열정만이 나를 지탱해 주었습니다. 연구는 곧 끝날 것이고 운동을 하고 기분 전환을 하면 병의 초기 증상이 없어질 것이라고 믿었습니다. 그리고 창조 작업이 끝나는 대로 이 두 가지를 꼭 실천하겠다고 다짐했습니다.

5장

11월의 어느 음울한 밤이었습니다. 나는 드디어 그동안 기울였던 노고의 결실을 보게 되었습니다. 고통에 가까운 불안감 속에서 나는 내 발치에 누워 있는 생명 없는 물체에 존재의 불꽃을 불어넣을 생명의 도구들을 주변에다 가져다 놓았습니다. 벌써 새벽 1시였습니다. 음산하게 빗줄기가 유리창을 두드리고 있었고 촛불은 거의 다 타 들어가고 있었습니다. 그때 반쯤 꺼진 희미한 불빛을 통해 피조물이 멍한, 누런 눈을 뜨는 모습이 보였습니다. 피조물은 거칠게 숨을 쉬었고 발작을 일으키는 듯한 동작으로 인해 사지가 흔들렸습니다.

이 대재앙을 본 내 기분이 어땠을지 어떻게 설명할 수 있을까요? 아니면 무한한 수고와 정성을 다해 온갖 노력을 기울여 만들어낸 존재의 처참함을 어떻게 묘사할 수 있을까요? 그의 사지는 적당히 균형 잡혀 있었습니다. 그의 모습을 아름답게 만들기 위해 재료들을 엄선했는데. 누가 이 모습을 아름답다고 할 수 있을까요? 맙소사! 그의 누런 피부 밑으로는 근육과 그 밑의 혈관들이 다 보일 지경이었고 윤기 나는 검은 머리칼은 길게 늘어져 있었어요. 이는 진주처럼 희었습니다. 그러나 이 멋진 이는 희끗희끗한 암갈색 눈자위와 거의 같은 색깔의 눈물 어린 눈, 주름진 얼굴, 일직선을 이루고 있는 검은 입술과 더 끔찍한 대조를 이룰 뿐이었습니다.

살면서 겪는 무수한 사건들도 인간의 마음에서 일어나는 감정들만큼 변덕스럽진 않을 겁니다. 나는 거의 2년 동안 죽은 몸에 생명을 불어넣겠다는 한 가지 목표를 위해 열심히 일했습니다. 이 목표를 위해 휴식도 취하지 않고 건강도 돌보지 않았습니다. 너무 과하다 싶을 정도로 열심히 그 목표를 달성하고 싶어했어요. 그러나 그 목표를 이루고 나자 아름다운 꿈은 사라지고 숨 막힐 듯한 두려움과 혐오감이 내 가슴을 가득 채웠습니다. 내가 창조한 존재의 모습을 더 이상 볼 수가 없어서 나는 방을 뛰쳐나오고 말았습니다. 마음을 진정할 수가 없어 잠을 이룰 수 없었기 때문에 나는 오랫동안 침실을 서성거렸습니다. 마침내 산란한 마음이 가라앉고 나자 몸이 나른해졌습니다. 옷을 입은 채 침대에 누워서 잠시라도 모든 것을 잊으려고 노력했지만 뜻대로 되질 않았지요. 사실 잠이 살짝 들었지만 악몽 때문에 다시 깨고 말았습니다. 아주 건강한 모습의 엘리자베스가 잉골슈타트 거리를 걷고 있는 것 같았습니다. 한편으로는 기쁘고 한편으로는 놀라서 그녀를 껴안고 입을 맞추자 그녀의 입술이 검푸른 죽음의 색깔로 변했습니다. 엘리자베스의 모습이 바뀌는 듯하더니 죽은 어머니의 시체가 내 품에 안겨 있었습니다. 어머니의 몸은 수의에 싸여 있었는데 옷자락 사이로 구더기들이 기어 다녔습니다. 나는 깜짝 놀라 잠에서 깨어났습니다. 이마에는 식은땀이 흘렀고 이가 덜덜 떨렸으며 사지에 경련이 일어났습니다. 그때 덧창 사이로 헤집고 들어온 희미한 달빛 속에서 내가 만든 처참한 몰골의 괴물이 보였습니다. 그는 침대의 커튼을 들어 올렸습니다. 눈이라고 부를 수 있을지 모르겠지만 그의 두 눈이 나를 바라보았습니다. 그러고는 입을 열고 알아들을 수 없는 말을 몇 마디 웅얼거렸습니다. 그가 싱긋 웃자 뺨에 주름이 잡혔습니다. 그가 무슨 말인가 하는 듯했지만 알아들을 수가 없었어요. 나를 붙잡기라도 하려는 듯 그가 한 손을 뻗었지만 나는 그것을 피해 아래층으로 뛰어 내려갔습니다. 나는 숙소 안마당으로 피한 다음 저녁 내내 그곳을 서성이며 불행하게도 내가 생명을 불어넣어 준 귀신 같은 송장이 다가오는 소리가 들리지 않을까

귀를 기울이면서 두려움에 떨었습니다.

아! 그런 끔찍한 모습을 보고 견딜 수 있는 사람은 아무도 없을 겁니다. 다시 살아난 미라도 그 괴물만큼 끔찍하진 않을 거예요. 물론 완성되지 않은 상태에서 나는 그 모습을 많이 보아 왔습니다. 그때에도 그것은 보기 흉했습니다. 그러나 근육과 관절을 움직일 수 있게 되자 그것은 단테조차도 상상할 수 없는 괴물이 되고 말았습니다.

나는 비참하게 그날 밤을 보냈습니다. 어느 때는 맥박이 너무나 빠르고 강해서 모든 혈관의 고동이 느껴질 정도였습니다. 어느 때는 나른함과 극도의 쇠약함으로 땅에 쓰러질 지경이었습니다. 이런 공포감과 더불어 쓰디쓴 실망감이 느껴졌습니다. 너무나 오랫동안 양식이자 즐거운 휴식이 되어 주었던 꿈들이 이제는 내게 지옥이 되어 버렸습니다. 그리고 너무 급작스럽게 일어난 그 변화에 모든 것이 너무나 철저하게 뒤바뀌어 버렸지요.

마침내 음산하게 비가 내리면서 아침이 밝아 왔습니다. 잠을 자지 못해 아픈 눈에 잉골슈타트 교회의 하얀 첨탑과 6시를 가리키고 있는 시계탑의 모습이 들어 왔습니다. 밤새 내 은신처가 되어 주었던 안마당의 대문들을 문지기가 열어 주었습니다. 나는 거리로 나와 빠른 걸음으로 걸었습니다. 혹시 길모퉁이를 돌 때마다 나타날 것 같은 괴물을 피하기 위해서였습니다. 숙소로 돌아갈 엄두가 나지 않았습니다. 어둡고 쓸쓸한 하늘에서 쏟아지는 비에 흠뻑 젖은 채 쫓기듯 서둘러 걸었습니다.

몸을 움직여 마음속의 짐을 덜기 위해 노력하면서 한동안 그런 식으로 계속 걸었습니다. 내가 어디에 와 있는 것인지, 또는 무엇을 하고 있는지 명확하게 알지 못한 채 거리를 배회했습니다. 두려움에 가슴이 떨렸고 주변을 돌아보지도 못한 채 불규칙하게 발걸음을 재촉했습니다.

무시무시한 악마가
뒤쫓아 오고 있다는 것을 알고 있기에,
한적한 길에서 두려움과 공포에
휩싸인 채,
한 번 돌아본 다음 더 이상 돌아보지 않고
계속 걷고 있는 사람처럼.
— 콜리지의 「늙은 선원」에서

이렇게 계속 걷다 보니 어느덧 여러 종류의 합승 마차와 마차들이 들르는 여관 맞은편에 이르렀습니다. 무슨 이유에서인지는 알 수 없지만 나는 이곳에서 발을 멈춘 다음 길의 반대쪽에서 나를 향해 다가오는 마차에 눈을 고정한 채 몇 분 동안 서 있었습니다. 마차가 가까이 다가와서 보니 스위스 합승 마차였습니다. 마차는 내가 서 있는 곳에서 딱 멈췄습니다. 문이 열리자마자 앙리 클레르발의 모습이 보였습니다. 그는 나를 보고 즉시 뛰쳐나온 다음 외쳤습니다.

"아니, 프랑켄슈타인! 널 만나게 되다니 정말 반갑다. 마차에서 내리는 순간 널 보게 되다니 정말 다행이야!"

클레르발을 만난 내 기쁨은 이루 말할 수가 없었습니다. 그를 만나자 아버지와 엘리자베스, 그리고 내 소중한 기억 속에 남아 있는 고향 집의 여러 풍경들이 되살아났습니다. 나는 그의 손을 잡고 있는 잠깐 동안 공포심과 불행을 잊었습니다. 갑자기 여러 달 만에 처음으로 평온하고 고요한 기쁨이 느껴졌습니다. 나는 진심으로 친구를 환영하면서 내가 다니는 대학으로 같이 걸어갔지요. 클레르발은 가족들 소식과 잉골슈타트에 올 수 있게 된 자신의 행운에 대해 한참 동안 말을 이어 나갔습니다.

"필요한 모든 지식이 부기(簿記) 같은 고상한 기술로만 이루어진 것이 아니라고 아버지를 설득하는 일이 얼마나 힘들었는지 넌 잘 알 거야. 사실 아버지는 끝까지 내 말을 미더워하지 않으셨어. 끊임없는 내 간청에 대해 아버지는 변함없이 『웨이크필드의 목사(*The Vicar of Wakefield*)』(영국 소설가인 올리버 골드스미스의 소설. ― 옮긴이)에 나오는 네덜란드 인 선생님과 똑같은 대꾸를 하셨거든. '나는 그리스 어를 몰라도 일 년에 만 플로린을 벌어서 잘 먹고 잘 산단다.' 그런데도 아버지는 나에 대한 사랑으로 마침내 학문에 대한 혐오감을 누그러뜨리셨어. 그리고는 지식의 땅을 찾아가는 항해를 허락해 주셨지."

"너를 만나서 정말 기뻐. 그런데 우리 아버지와 동생들, 그리고 엘리자베스는 어떻게 지내?"

"매우 건강하고 행복하게 잘들 있지. 단지 네가 소식이 뜸한 것 때문에 조금 걱정하고 계시더군. 그 점에 대해서는 그분들을 대신해서 내가 차차 너에게 잔소리를 좀 할 작정이지만."

그는 잠깐 말을 멈추고 내 얼굴을 찬찬히 뜯어보더니 말을 이어 나갔습니다.

"그런데 프랑켄슈타인, 아까는 몰랐는데 굉장히 아픈 사람처럼 보여. 너무 수척하고 창백해. 여러 날 밤을 샌 것 같아."

"네 추측이 옳다. 최근에 내가 한 가지 일에 너무 몰두하느라 너도 보다시피 충분히 쉬질 못했어. 그렇지만 이제는 이 일이 끝났으니까 한가해질 거야. 정말 그랬으면 좋겠다."

나는 심하게 몸을 떨었습니다. 전날 밤에 일어난 일들에 대해 생각하는 것조차 견딜 수 없었고 그것에 대해 말을 꺼내는 일은 더더욱 할 수 없었습니다. 나는 걸음을 빨리했고 우리는 곧 대학에 도착했습니다. 나는 숙소에 남겨둔 피조물이 살아서 이리저리 걸어 다니고 있을지 모른다는 생각에 몸을 떨었습니다. 내가 이 괴물을 보는 것도 끔찍했지만 클레르발이 괴물을 보게 될지도 모른다는 생각에 두려움이 더욱 커졌습니다. 그래서 클레르발에게 계단 아래에서 잠깐 기다려 달라고 부탁한 다음 내 방으로 뛰어 올라갔습니다. 생각을 가다듬기도 전에 내 손은 이미 문의 자물쇠에 가 있었습니다. 잠깐 손을 멈추자 온몸에 차가운 전율이 흘렀습니다. 방문 바깥쪽에 귀신이 서서 기다리고 있을 것이라 기대하고 방문을 열어젖히는 아이들처럼 나는 힘차게 문을 활짝 열었습니다. 그러나 아무것도 없었습니다. 나는 두려움에 떨며 안으로 들어갔습니다. 숙소는 텅 비어 있었고 침실에서도 끔찍한 손님의 모습은 보이지 않았지요. 내게 그렇게 큰 행운이 생길 수 있다는 사실이 도저히 믿어지지 않았지만 내 적이 정말로 도망쳤다는 확신이 들어 기쁨에 들뜬 나는 손뼉을 치면서 클레르발에게 달려갔습니다.

우리는 같이 내 방으로 올라갔고 곧 하인이 아침 식사를 가져다주었습니다. 그러나 나는 진정할 수가 없었어요. 기쁨 때문만은 아니었습니다. 극도로 예민해진 신경 때문에 살이 욱신거렸고 맥박이 빨라졌습니다. 한순간도 제자리에 가만히 있을 수가 없었습니다. 나는 의자 위를 뛰어다니며 손뼉을 치며 큰 소리로 깔깔대고 웃었습니다. 클레르발은 처음에는 내가 이렇게 유별나게 기뻐하는 것이 다 자신을 만난 것 때문이라고 생각한 듯했지요. 그러나 나를 더 찬찬히 관찰한 다음 내 눈빛에 그로서는 도저히 설명할 수 없는 광기가 서려 있다는 것을 알아차렸습니다. 제멋대로의, 시끄럽고 메마른 내 웃음소리에 그는 놀라 겁을 먹었습니다. 그가 소리쳤습니다.

"빅토르, 도대체 무슨 일이야? 왜 그렇게 웃는 거지? 너 굉장히 많이 아픈 거지? 뭐 때문에 그러는 거야?"

"묻지 마."

그 무시무시한 괴물이 방으로 소리 없이 들어오는 모습이 보인 것 같아서 나는 두 손으로 눈을 가린 채 외쳤습니다.

"그가 말해 줄 거야. 오, 나 좀 구해 줘, 나 좀 구해 줘!"

괴물이 나를 붙잡을 것이라 상상하면서 나는 격렬하게 저항하다가 그만 졸도해 버리고 말았습니다.

불쌍한 클레르발! 그의 기분이 어떠했을까요? 기쁨에 들떠 기대했던 만남이 너무나 이상하게 괴로움으로 변하고 말았습니다. 나는 그러나 그가 슬퍼하는 모습을 보지는 못했습니다. 기절한 상태로 아주 오랫동안 의식을 되찾지 못했기 때문입니다.

이렇게 신경 발작이 시작되었기 때문에 나는 몇 달 동안 집에서 갇혀 지내야 하는 신세가 되었습니다. 그동안 클레르발 혼자 나를 간호해 주었습니다. 아버지는 고령이라 오랫동안 여행하는 것은 무리였고 아픈 나 때문에 엘리자베스가 상심할 것을 우려한 클레르발은 그들이 슬퍼하지 않도록 내 병이 얼마나 심각한지 알리지 않았다고 했습니다. 나중에야 나는 그 사실을 알았습니다. 그는 자신보다 더 상냥하고 정성스럽게 나를 간호해 줄 사람이 없으리라는 것을 알고 있었습니다. 내가 회복될 것이라는 강한 희망을 가지고 있었기 때문에 그는 가족들에게 해를 끼치는 것이 아니라 그가 할 수 있는 최선의 조치를 취했다고 확신했습니다.

그러나 사실 나는 심하게 아픈 상태였기에 친구가 헌신적으로 끝없이 보살펴 주지 않았더라면 살아나지 못했을 겁니다. 내게서 생명을 부여받은 괴물의 형상이 끊임없이 내 눈앞에서 아른거렸고 나는 끊임없이 그에 관해 지껄였습니다. 틀림없이 클레르발은 내 말에 놀랐을 겁니다. 그는 처음에는 그것을 내 혼란스러운 상상력이 만들어 낸 헛소리로 여겼습니다. 그러나 내가 같은 주제에 대해 끈덕지게 계속 이야기하자 그는 내 병이 뭔가 특이하고 끔찍한 사건 때문에 생겨났다는 사실을 믿게 되었습니다.

병이 다시 도지는 일이 잦아서 클레르발을 놀라게도, 슬프게도 만들었습니다. 나는 아주 느리게 회복되었습니다. 처음으로 다시 기쁨을 느끼면서 바깥 사물들을 바라볼 수 있게 된 때가 기억납니다. 내 창문을 가리고 있던 나무들에서 낙엽이 사라지고 새 잎들이 싹트는 것을 보게 된 순간이었습니다. 멋진 봄이었고 계절 덕에 회복 속도가 많이 빨라졌습니다. 가슴속에서 기쁨과 사랑의 감정이 되살아나는 것이 느껴졌습니다. 우울한 마음이 사라지고 곧 나는 치명적인 열정에 사로잡히기 이전만큼 쾌활해졌습니다.

"클레르발! 너는 정말 너무나 친절하고 자상한 친구야. 원래 계획했던 공부도 못하고 대신 병든 나를 간호하느라 온 겨울을 내 방에서 보내고 말았잖아. 내가 어떻게 보답을 해야 할까? 나 때문에 너에게 실망감을 안겨 준 것에 대해서는 무한한 양심의 가책을 느껴. 그렇지만 네가 날 용서해 주리라 믿어."

"네가 마음의 안정을 잃지 않고 어서 빨리 낫는 것만이 내게 진 빚을 완전히 갚는 길이야. 그리고 네 기분이 상당히 좋은 것 같으니 한 가지 문제에 대해 이야기를 나눠도 괜찮겠어?"

나는 몸을 떨었습니다. 한 가지 문제라니! 과연 그것이 무엇일까요? 감히 생각하기조차 두려운 대상을 그가 지금 언급하고 있는 것일까요?

내 안색이 변하는 것을 본 클레르발이 말했습니다.

"진정해. 네 마음을 혼란스럽게 하는 일이라면 그것을 언급하지 않을게. 그러나 네가 직접 쓴 편지를 받게 되면 너희 아버지와 사촌 엘리자베스가 무척 기뻐할 거야. 네 가족들은 네가 얼마나 아팠는지 모르기 때문에 오랫동안 소식이 오지 않아서 무척 걱정하고 있을걸."

"그게 전부야, 클레르발? 내가 정신 들고 나서 그 소중한, 소중한 가족들을 맨 처음 떠올리지 않았을 거라고 생각하는 거야?"

"친구, 지금 네 기분이 그렇다면 며칠 동안 여기 놓여 있던 편지를 보면 기분이 좋아지겠는걸. 자네 사촌에게서 온 편지 같아."

6장

그런 다음 클레르발은 내 손에 다음과 같은 편지를 쥐어 주었습니다. 그것은 사랑하는 엘리자베스로부터 온 편지였습니다.

세상에서 가장 소중한 사촌 오빠에게

광장히 많이 아팠다면서. 클레르발이 친절하게 계속 편지를 보내 주었지만 오빠 대신 안심시켜 주는 것만으로는 충분하지가 않아. 오빠가 펜을 들고 편지를 쓰는 것이 불가능하다고 들었어. 그렇지만 사랑하는 빅토르 오빠, 오빠의 말 한마디만 들으면 걱정이 없어질 것 같아. 오랫동안 우체부가 올 때마다 오빠로부터 전갈이 올 것 같아서 잉골슈타트로 직접 가시겠다는 아저씨를 말렸어. 아저씨께서 너무 오랜 여행 때문에 불편함이나 혹시나 모를 위험을 겪지 않을까 싶어서. 그러면서도 내가 직접 여행을 할 수 없는 것이 얼마나 유감이었는지 몰라. 돈 주고 고용한 늙은 간병인이 오빠를 간호하고 있을 거라고 나 혼자 추측했어. 그런 사람은 오빠가 무엇을 바라는지 짐작하지도 못하고, 오빠의 사촌만큼 정성과 사랑으로 오빠가 바라는 것을 보살피지도 못할 거야. 그러나 이제는 그것도 끝났어. 오빠가 정말로 좋아졌다는 편지를 클레르발이 보내 왔거든. 오빠가 직접 편지를 써서 이 소식이 맞는다는 것을 빨리 확인해 주길 진심으로 바라고 있어.

나아서 우리에게 돌아와. 행복하고 밝은 가정과 오빠를 깊이 사랑하는 가족들이 기다리고 있을 거야. 오빠의 아버님 건강은 괜찮으셔. 오빠를 직접 보고, 오빠가 괜찮다는 것을 확인하고 싶어하실 따름이야. 어떤 걱정거리가 생겨도 그분의 인자한 안색이 흐려지진 않을 거야. 우리 에른스트가 얼마나 자랐는지 보면 오빠도 무척 기뻐할 거야. 그 아이는 이제 열여섯 살이 되었고 매우 활동적이고 활기에 차 있어. 그 애는 어서 진정한 스위스 인이 되어서 외국 근무를 하고 싶어해. 그러나 적어도 맏형이 우리에게 돌아와 줄 때까지는 그 애와 헤어질 수 없겠지. 아저씨는 먼 나라에 가서 군인으로 일하겠다는 생각을 달가워하지 않으시지만 에른스트에게는 오빠처럼 어떤 것에 전념할 수 있는 정신력이 없어. 공부를 혐오스러운 속박으로 간주하거든. 그래서 산에 오르거나 호수에서 배를 타면서 밖에 나가 시간을 보낸다니까. 우리가 양보해서 그 애가 선택한 직업을 시작하게 해 주지 않는다면 아마도 한량이 되지 않을까 걱정스러워.

오빠가 떠난 후 사랑스러운 아이들이 자란 것을 제외하면 거의 변한 것은 없어. 푸른 호수와 눈 덮인 산들은 전혀 변하지 않아. 그리고 평온한 우리 집과 만족을 느끼는 우리 마음도 변치 않는 동일한 법칙의 지배를 받고 있는 것 같아. 나는 사소한 일들로 시간을 보내면서 즐겁게 지내고 있어. 나를 둘러싸고 있는 행복하고 친절한 얼굴들만 보는 것으로도 내 수고에 대한 보상을 받는 것 같아.

오빠가 떠난 후 딱 한 가지 변화가 우리 집에 있었어. 저스틴 모리츠가 우리 집에 오게 된 경위를 기억하고 있지? 어쩌면 기억하지 못할 수도 있을 거야. 그래서 몇 마디로 간단하게 그 애의 사연을 전해 줄게. 모리츠 부인은 자식 넷이 딸린 미망인이었어. 저스틴은 그중 셋째였고. 아버지는 이 딸을 제일 귀여워했는데 어머니가 이상한 심술을 부리면서 저스틴을 싫어했대. 모리츠 씨가 세상을 떠난 후에는 모리츠 부인이 저스틴을 굉장히 혹독하게 대했어. 아주머니가 이것을 보고 저스틴이 열두 살 되던 해에 우리 집에 와서 살게 해 달라고 모리츠 부인을 설득했어. 우리 나라의 공화국 제도 덕에 주변의 큰 군주 국가들에 보편화되어 있는 풍습보다 더 단순하고 멋진 풍습이 만들어졌어. 그래서 주민들 간의 계층 구분이 덜 심한 편이야. 하류층도 극도로 가난하거나 경멸당하지 않기 때문에 예의범절이 더 품위 있고 단정해. 제네바의 하인은 프랑스와 영국의 하인과는 다른 의미를 갖지. 그렇게 우리 집에 들어온 저스틴은 하인이 해야 할 일들을 배웠어. 그러나 다행스럽게도 우리 나라에서는 하인이라는 지위를 무지하고, 인간의 존엄성을 희생해야 하는 지위로 생각하지 않아.

잊지 않았겠지만 오빠는 저스틴을 무척 귀여워했지. 기분 안 좋을 때 저스틴을 보면 기분 나쁜 것이 사라진다고 언제가 오빠가 말했던 것이 생각나. 안젤리카의 아름다움에 대해 아리오스토(15세기 이탈리아 시인. 아리오스토의 대표작 『광란의 오를란도』에는 아름다운 안젤리카에게 실연당하고 미친 오를란도의 이야기가 나온다. — 옮긴이)가 제시한 것과 똑같은 이유에서 말이야. 저스틴은 너무나 솔직하고 행복해 보이잖아. 아주머니께선 저스틴을 많이 사랑하게 되셨어. 그래서 애초에 의도했던 것보다 더 좋은 교육을 시키기로 작정하셨지. 이 은혜에 대해서는 충분히 보답을 받았어. 저스틴은 세상에서 가장 고마워할 줄 아는 아이야. 그 애가 직접 그런 고백을 했다는 말은 아니야. 그런 고백을 한마디도 들어 본 적은 없어. 그러나 눈빛만으로도 그 애가 자신을 보호해 준 아주머니를 거의 숭배하고 있다는 사실이 드러나. 성격이 활달하고 여러 가지 면에서 경솔한 점도 있지만 그 애는 아주머니의 몸짓 하나에도 지대한 관심을 보였어. 그 애는 아주머니를 미덕의 본보기로 생각하고 아주머니의 말투와 몸가짐을 본받으려고 노력했어. 그래서 지금도 저스틴을 보면서 아주머니를 떠올리는 경우가 많아.

내가 가장 사랑하는 아주머니께서 돌아가셨을 때 모두 각자의 슬픔에 빠져 있는 바람에 불쌍한 저스틴에게 관심을 기울이지 못했어. 아주머니께서 편찮으신 동안 가장 걱정스러워하면서 사랑으로 아주머니를 간호한 사람이 저스틴이었는데도 말이야. 불쌍한 저스틴은 많이 아팠는데 또 다른 시련들이 그녀를 기다리고 있었어.

저스틴의 형제자매들이 한 명씩 죽기 시작한 거야. 그래서 결국에는 어머니와 그동안 어머니에게 홀대받던 딸만 달랑 남게 된 거지. 어머니는 양심의 가책을 느끼며 자신이 귀여워하던 자식들이 죽은 것은 편애한 것에 대한 하늘의 심판이라고 생각하기 시작했어. 로마 가톨릭 신도였거든. 그리고 저스틴의 어머니가 품었던 생각을 고해 신부님이 굳혀 준 것 같아. 오빠가 잉골슈타트로 떠나고 몇 달 후에 저스틴은 회개하는 어머니에게 이끌려서 집으로 돌아갔어.

불쌍한 저스틴! 우리 집을 떠날 때 저스틴은 눈물을 흘리더군. 아주머니가 돌아가신 후 저스틴이 많이 변했어. 전에는 무척 쾌활했던 그녀의 태도가 슬픔 때문에 부드러움과 매력적인 온화함을 띠게 되었어. 친어머니 집에서 살게 되었어도 그녀의 쾌활함이 되살아나진 않았어. 어머니의 회개하는 마음이 오락가락했거든. 때로는 자신이 가혹하게 군 것에 대해서 저스틴에게 용서를 빌었지만 형제자매들을 죽게 했다고 저스틴을 비난하는 경우가 더 많았어. 끊임없이 안달하던 모리츠 부인은 마침내 폐병에 걸리고 말았어. 처음에는 신경질이 늘었지만 지금은 영원한 평화를 얻었어. 지난 초겨울 첫 추위가 닥쳤을 때 모리츠 부인은 그만 세상을 떠나고 말았어. 그 후 저스틴이 우리에게 다시 돌아왔어. 나는 저스틴을 무척 사랑해. 매우 영리하고 싹싹하며 굉장히 예쁘거든. 앞에서도 말했지만 그 애의 모습과 말씨는 아주머니를 생각나게 해.

사랑하는 사촌 오빠, 오빠에게 귀여운 꼬마 윌리엄에 대해서도 몇 마디 해야 할 것 같아. 오빠가 그 애를 볼 수 있었으면 좋겠어. 나이에 비해 굉장히 키가 크고 웃음기 머금은 부드러운 파란 눈에 짙은 눈썹과 곱슬머리를 하고 있어. 웃을 때면 건강한 장밋빛 양쪽 뺨에 작은 보조개 두 개가 생겨. 그 애는 벌써 꼬마 신부를 여러 명 거느리고 있어. 윌리엄은 그들 중에서 다섯 살 된 예쁜 루이즈 비론을 가장 좋아해.

빅토르 오빠, 오빠가 제네바 사람들에 관한 작은 가십거리를 듣고 싶어 할 거라고 감히 생각해도 될까? 예쁜 맨스필드 양은 영국 청년인 존 멜버른 경과의 결혼을 앞두고 벌써부터 축하해 주러 오는 사람들의 방문을 받고 있어. 그녀의 못생긴 언니 마농은 부유한 은행가인 두빌라르 씨와 작년 가을에 결혼했어. 오빠가 가장 좋아했던 학교 친구 루이 마누와르는 클레르발이 제네바를 떠난 후 몇 가지 불행한 일들을 겪었어. 그러나 이미 기운을 차리고 매우 활기 차고 예쁜 프랑스 여성인 타베르니에 부인과 곧 결혼할 것이라는 소문이 들려. 그녀는 마누와르보다 나이가 훨씬 많은 미망인이지만 모든 사람이 그녀를 칭찬하고 좋아해.

사랑하는 사촌 오빠, 이렇게 편지를 쓰다 보니 기분이 나아졌어. 그런데 편지를 마치려고 하니 다시 걱정이 생기네. 빅토르 오빠, 한 줄이라도 좋으니 편지를 보내 줘. 한마디라도 고마울 거야. 우리에게 친절과 사랑을 베풀어 주고, 많은 편지를 보내 준 클레르발에게 우리는 수천 번 진심으로 감사하고 있어. 잘 있어. 오빠, 몸조심해. 그리고 간청하건대 꼭 편지 보내 줘.

17××년 3월 18일, 제네바에서

엘리자베스 라벤자

나는 엘리자베스의 편지를 읽으면서 외쳤습니다.

"사랑하는 엘리자베스! 즉시 편지를 써서 가족들의 걱정을 덜어 드려야겠어."

편지를 쓰고 나자 힘이 들어서 매우 피곤했습니다. 그러나 내 병세는 회복되기 시작했고 꾸준히 계속 나아졌습니다. 2주 후엔 방 밖으로 나갈 수 있었습니다.

회복되자마자 우선 클레르발을 대학의 여러 교수들에게 소개해 줘야 했습니다. 이 과정에서 마음속에 간직했던 상처들로 긁어 부스럼 만드는 것과 같은 고통을 겪었습니다. 연구가 끝나고 불행이 시작되었던 그 숙명적인 밤 이후 나는 자연 철학이라는 이름만 들어도 심한 반감을 갖게 되었습니다. 한 가지만 제외하면 내 건강은 완전히 회복된 상태였습니다. 화학 기구만 보면 신경증의 모든 통증이 되살아나는 것이었습니다. 클레르발이 이것을 보고 내가 사용하던 기구들을 눈에 띄지 않도록 모조리 치워 버렸습니다. 그리고 내 숙소를 바꿨습니다. 전에 실험실이었던 방을 내가 싫어하게 된 것을 알았기 때문이었습니다. 그러나 교수들을 방문할 때에는 클레르발의 이런 배려들이 아무 소용이 없었습니다. 과학 분야에서 내가 이룬 놀라운 진보에 대해 발트만 교수가 친절하고 따뜻하게 칭찬해 주었을 때조차 그것은 내게 고문이나 다름없었습니다. 그는 내가 그런 화제를 싫어한다는 것을 곧 눈치 챘지만 진짜 이유가 무엇인지 짐작할 수 없었기 때문에 내가 겸손해하느라 그러는 것이려니 여겼습니다. 그래서 그는 나를 화제에 끌어들이기 위해 나도 알아차릴 수 있을 정도로 눈에 띄게 내가 이룬 과학적 성과에서 과학 자체로 화제를 바꿨습니다. 하지만 내가 어떻게 그럴 수 있겠습니까? 나를 즐겁게 해 주려는 그의 노력이 오히려 나를 고문하는 격이 되었습니다. 나를 천천히 잔인하게 죽이기 위해 앞으로 사용할 기구들을 하나하나 펼쳐 놓는 것 같았습니다. 괴로웠지만 감히 고통을 드러낼 수는 없었습니다. 시선과 느낌으로 항상 다른 사람들의 기분을 재빨리 감지해 낼 줄 알았던 클레르발이 자신은 과학을 전혀 모른다는 구실을 내세우며 그 화제로 이야기하는 것을 거절했습니다. 그래서 대화는 더 일반적인 주제로 바뀌었습니다. 마음속으로는 친구에게 고마웠지만 말로 표현하진 않았습니다. 그는 놀란 것 같았지만 결코 내게서 비밀을 캐

내려고 하지 않았습니다. 비록 무한한 애정과 존경심으로 그를 사랑했지만 너무나 자주 내 기억 속에 떠오르는 그 사건에 대해서만은 그에게 털어놓을 수가 없었지요. 다른 사람에게 세세하게 묘사하면 그것이 오히려 더 깊이 기억 속에 새겨지지 않을까 두려웠기 때문이었습니다.

크렘페 교수는 발트만 교수처럼 온화한 사람이 아니었습니다. 그 당시 나는 과도하게 민감했기에 크렘페 교수의 거칠고 퉁명스러운 찬사는 발트만 교수의 인자한 칭찬보다 더 고통스러웠습니다.

"빌어먹을 친구! 이보게, 클레르발. 내가 보증하건대 저 친구가 우리 모두보다 뛰어나다네. 똑똑히 보게. 그렇지만 그것은 사실이야. 몇 년 전만 해도 코넬리우스 아그리파를 복음서처럼 신봉했던 청년이 이제는 이 대학교의 최고봉이 되었다네. 그를 최고의 자리에서 끌어내리지 않는다면 우리 모두 체면이 말이 아닐 것일세."

그는 말을 이어 나가면서 고통스러운 표정을 짓고 있는 나를 보았습니다.

"프랑켄슈타인은 정말 겸손해. 젊은이에게는 훌륭한 자질이지. 젊은이라면 수줍어할 줄 알아야지, 클레르발. 나도 젊었을 땐 그랬지. 그런데 그것도 곧 사라지고 말 거야."

그런 다음 크렘페 교수는 자기 자신에 대한 찬사를 늘어놓기 시작했습니다. 그래서 다행히도 대화는 고통스러운 주제를 벗어나게 되었지요.

클레르발은 자연 과학에 대한 내 취향에 동조한 적이 없었습니다. 그리고 그가 문학적으로 추구하는 것도 나와는 완전히 달랐습니다. 그는 동양 언어의 완벽한 대가가 될 목적으로 대학에 왔습니다. 그렇게 함으로써 그는 스스로 정해 놓은 인생 계획을 위해 한 분야를 개척하려 했지요. 명예를 안겨 주지 않는 일은 절대 추구하지 않기로 결심한 그는 자신의 진취적인 기상을 발휘할 수 있는 기회를 제공해 줄 동양으로 눈을 돌린 거죠. 그는 페르시아어와 아랍 어, 그리고 산스크리트 어에 몰두했습니다. 나는 자기와 같은 학문을 공부해 보라는 그의 권유에 쉽게 이끌렸습니다. 실컷 한가하게 빈둥거려 본 적이 한 번도 없었기도 했고, 생각에서 벗어나고도 싶었어요. 또 전에 공부했던 학문들에 염증이 났기 때문에 나는 친구와 함께 나란히 공부를 하게 된 것에서 오히려 큰 안도감을 느꼈습니다. 그리고 동양 사람들의 작품에서 교훈뿐만 아니라 위안도 얻었습니다. 나는 클레르발과 달리 동양인의 방언에 대한 비판적인 지식을 얻으려고 노력하진 않았습니다. 단지 그것들을 일시적인 오락거리 정도로만 삼을 작정이었습니다. 그저 방언의 의미를 이해하기 위해서 글을 읽었고 내가 노력한 만큼의 대가를 얻었지요. 다른 나라의 작가들을 공부할 때는 느껴 보지 못했던 정도로 그들의 우수는 나를 진정시켜 주었고 그들의 기쁨은 기운을 북돋아 주었습니다. 그들의 글을 읽고 있으면 삶이란 따뜻한 태양과 장미가 피어 있는 정원, 정정당당하게 처신하는 적의 미소와 찡그림, 그리고 마음을 좀먹는 정열로 이루어진 것처럼 느껴졌습니다. 그리스와 로마 시인들이 쓴, 남자답고 영웅적인 시가와는 얼마나 다른가!

이 소일거리에 빠져 있다 보니 여름이 지나갔습니다. 나는 가을이 끝날 무렵에 제네바로 돌아갈 예정이었습니다. 그러나 여러 가지 사건들이 일어나는 바람에 출발이 늦어졌고 겨울이 닥쳐 눈이 내리자 도로 통행이 불가능해졌습니다. 그래서 나는 여행을 다음 봄으로 늦췄습니다. 이렇게 여행이 연기되자 굉장히 섭섭했습니다. 고향과 사랑하는 가족들이 너무나 보고 싶었습니다. 고향으로 돌아가는 것을 그렇게 오랫동안 늦추게 된 것은 친구 하나 없는 낯선 곳에 클레르발을 혼자 남겨 두고 싶지 않았기 때문이었지요. 그러나 겨울은 즐겁게 지나갔습니다. 비록 봄이 굉장히 늦게 왔지만 봄의 아름다움은 늦장 부린 것을 충분히 보상해 주었습니다.

5월이 이미 시작되었고 나는 출발 날짜를 정해 줄 편지를 날마다 기다렸습니다. 그때 클레르발이 그동안 오래 살았던 곳에 개인적으로 작별을 고하는 의미로 잉골슈타트 주변을 도보로 여행하자고 제안했습니다. 나는 이 제안에 기꺼이 따랐습니다. 나는 운동을 좋아했고, 고향의 경치를 즐기며 이런 산책을 할 때면 클레르발과 같이 가는 것이 제일 좋았습니다.

이렇게 산책을 하면서 2주일을 보냈습니다. 내 건강과 기분은 오래 전에 회복되었고 건강에 좋은 공기와 여행 중에 일어난 소소한 사건들, 친구와의 대화를 통해 더 건강해지고 더 활기 있게 되었습니다. 그동안 연구 때문에 동료들과 교제할 수가 없어서 비사교적으로 지내왔지만 클레르발은 내 마음속에서 더 나은 감정들을 끌어내 주었습니다. 그는 자연의 모습과 아이들의 쾌활한 얼굴을 사랑하는 법을 내게 다시 가르쳐 주었습니다. 훌륭한 친구여! 그대는 진심으로 나를 사랑하고 그대 자신의 수준까지 내 마음을 끌어올리기 위해 참으로 진지하게 노력했다. 이기적인 연구를 추구하느라 답답하고 편협해진 나를 그대가 부드러움과 애정으로 내 감각을 따뜻하게 만들어 열어 주었다. 나는 모든 사람을 사랑하고 모든 사람에게 사랑받았던, 슬픔이나 근심이 없었던 몇 년 전의 행복한 사람으로 되돌아갔습니다. 행복해지자 무생물조차 내게 최고의 기쁨을 느끼게 해 주었습니다. 화창한 하늘과 푸른 들판은 나를 황홀하게 만들었습니다. 계절은 너무 멋졌습니다. 봄꽃들이 울타리마다 피어났고 여름 꽃들은 이미 봉오리를 맺고 있었습니다. 지난해 동안 아무리 벗어던지려 해도 떨쳐 버릴 수 없는 짐이 되어, 나를 짓누르고 있던 생각들 때문에 더 이상 괴로워하지 않게 되었습니다.

클레르발은 쾌활한 내 모습에 기뻐하며 내 기분에 진심으로 동조해 주었습니다. 그는 나를 즐겁게 해 주기 위해 노력하는 동안 자신의 마음을 가득 채우고 있는 느낌들을 표현했습니다. 이럴 때면 그의 마음속 생각들은 정말로 놀라웠습니다. 그의 대화는 상상력으로 가득 차 있었고 자주 페르시아와 아랍 작가들을 모방해서 멋진 상상과 열정이 담긴 이야기들을 만들어 냈습니다. 어떨 때는 내가 좋아하는 시들을 암송하거나 나를 논쟁에 끌어들였습니다. 논쟁을 할 때면 그는 매우 정교하게 자신의 입장을 입증하곤 했습니다.

일요일 오후에 우리는 대학으로 돌아왔습니다. 농부들은 춤을 추었고 만나는 사람마다 즐겁고 행복해 보였습니다. 기분도 좋았고 억제할 수 없는 기쁨과 즐거움으로 나는 날듯이 달려왔습니다.

7장

여행에서 돌아와 보니 아버지에게서 다음과 같은 편지가 와 있었습니다.

사랑하는 빅토르에게

네가 돌아올 날짜를 정해 줄 우리 편지를 얼마나 학수고대하고 있는지 모르겠구나. 그래서 몇 줄만 적어서 네가 돌아올 날만 알려 줄 작정이었는데 너무 무정해 보일 것 같아서 감히 그렇게 하질 못하겠구나.

아들아, 행복하고 기쁜 환영을 기대했다가 그와는 반대로 눈물과 불행을 보게 된다면 네가 얼마나 놀라겠니? 그렇지만 빅토르, 이 불행을 어떻게 알려야 할지 모르겠다. 그동안 네가 떨어져 있었던 것이 우리의 기쁨과 슬픔에 냉담했던 탓은 분명 아닐 것이다. 그렇지만 오랫동안 떨어져 지낸 아들에게 어떻게 고통을 안겨 주어야 할지 모르겠구나. 슬픈 소식 들을 각오를 단단히하길 바란다. 물론 그렇게 하기가 불가능하다는 것도 알고 있어. 어쩌면 지금쯤 너는 끔찍한 소식을 전해 줄 말을 찾아 편지를 훑어보고 있을지도 모르겠다.

윌리엄이 죽었단다. 미소로 내 마음을 즐겁게 해 주고 따뜻하게 해 주었던 그 귀엽고 상냥하고 쾌활했던 아이가 말이다. 빅토르, 그 애는 누군가에게 살해당했단다.

너를 위로하려 하진 않겠다. 다만 사건의 정황에 대해서만 말해 주마.

지난 목요일(5월 7일)에 나와 엘리자베스, 그리고 네 두 남동생들이 플렝팔레(제네바의 레만 호숫가. — 옮긴이)로 산책을 갔단다. 저녁 공기가 따뜻하고 화창해서 우리는 평소보다 산책을 더 오래했어. 이미 어둑어둑해지고 나서야 돌아올 생각을 했으니까. 그러다가 앞서 간 윌리엄과 에른스트가 보이지 않는다는 것을 알았지. 그래서 그 애들이 돌아올 때까지 의자에 앉아 쉬고 있었단다. 곧 에른스트가 오더니 동생을 보지 못했느냐고 묻더구나. 놀이를 하다가 윌리엄이 숨으러 달려갔는데 아무리 찾아도 없어서 오랫동안 기다려 보았지만 돌아오지 않더란다.

이 설명을 듣고 우리 모두 깜짝 놀라 저녁이 될 때까지 윌리엄을 계속 찾았다. 그때 엘리자베스가 어쩌면 윌리엄이 집으로 돌아갔을지도 모른다고 하더구나. 그러나 그 애는 집에도 없었다. 우리는 횃불을 들고 다시 나갔지. 그 애가 길을 잃고 밤의 습기와 이슬을 맞고 있을 것 같아서 쉴 수가 없더구나. 엘리자베스 역시 몹시 걱정했다. 새벽 5시경에 내가 귀여운 아들을 찾아냈단다. 그 전날 밤만 해도 건강에 넘쳐 활기 차고 꽃다웠던 그 애가 풀 위에 잿빛이 되어 꼼짝 않고 누워 있더구나. 살인자의 손가락 자국이 그 애 목에 나 있었다.

그 애를 집으로 옮겼지만 고통스러워하는 내 안색을 보고 엘리자베스가 그 비밀을 눈치 챘단다. 엘리자베스는 시신을 굉장히 보고 싶어했어. 처음에는 엘리자베스를 말려 보려 했지만 고집을 부리더구나. 그리고 시신이 안치된 방에 들어가서 서둘러 윌리엄의 목을 살펴보더니 자기 손을 꽉 쥐고서는 "오, 맙소사! 제가 이 사랑스러운 아이를 죽인 거예요."라고 소리쳤단다.

엘리자베스는 기절을 하더니 한참 후에 겨우 깨어났다. 다시 깨어나자 그 애는 울면서 한숨만 내쉬었어. 엘리자베스 말에 따르면 윌리엄이 죽던 날 저녁에 엘리자베스가 매우 소중히 여기며 가지고 있던 네 어머니의 초상화 목걸이를 달라고 졸랐단다. 초상화 목걸이가 없어진 걸로 보아 그것 때문에 살인자가 살인을 저지른 것이 틀림없다. 살인자를 찾기 위해 무진장 애를 쓰고 있지만 현재로서는 살인자를 전혀 추정할 수가 없단다. 그러나 살인자를 찾으려 아무리 애를 써도 사랑하는 윌리엄이 살아 돌아오진 않겠지.

사랑하는 빅토르, 어서 집으로 오너라. 너만이 엘리자베스를 달랠 수 있단다. 그 애는 계속 울면서 윌리엄이 죽은 것이 모두 자기 탓이라며 말도 안 되는 자책을 하고 있단다. 그 애의 말이 내 마음을 사무치게 하는구나. 우리는 매우 슬프단다. 네가 돌아와서 우리를 위로해 줘야 할 이유가 하나 더 생기는 것이라 할 수 있지 않겠니? 네 어머니가 살아서 막내아들의 잔인하고 비참한 죽음을 보지 않은 것이 천만 다행이구나.

사랑하는 빅토르, 살인자에 대한 복수심은 품지 말고 돌아오너라. 네가 평화롭고 온화한 기분으로 돌아오면 우리 마음의 상처가 곪지 않고 치유될 거야. 적에 대한 증오심이 아니라 너를 사랑하는 사람들에 대한 상냥함과 애정을 가지고 비탄에 잠긴 집에 들어오너라.

17××년 5월 12일, 제네바에서

너를 사랑하는, 슬픔에 잠긴 아버지

알퐁스 프랑켄슈타인

편지를 읽고 있는 내 모습을 바라보던 클레르발은 내가 처음에는 가족들의 소식을 받고서 기뻐하다가 나중에는 절망하는 것을 보고 놀랐습니다. 나는 편지를 테이블 위에 던져 버린 다음 손으로 얼굴을 감쌌습니다.

내가 비통하게 우는 모습을 보고 클레르발이 외쳤습니다.

"프랑켄슈타인, 넌 항상 그렇게 불행해야 하니? 도대체 무슨 일이야?"

나는 그에게 편지를 읽어 보라는 몸짓을 보낸 다음 극도로 흥분해서 방 안을 이리저리 서성거렸습니다. 내 불행의 전말을 읽는 클레르발의 눈에서도 눈물이 솟구쳐 흘렀습니다.

"친구, 뭐라고 위로의 말을 해야 할지 모르겠어. 네 불행은 돌이킬 수가 없다. 어떻게 할 작정이야?"

"즉시 제네바로 돌아갈 작정이야. 말을 정하러 같이 가자."

걸어가는 동안 클레르발은 위로의 말을 해 주려고 애를 썼지만 진심 어린 애도를 표할 수 있을 뿐이었습니다.

"불쌍한 윌리엄! 사랑스러운 아이였는데 이제는 천사가 된 어머니와 함께 잠자고 있구나. 소년다운 아름다움이 넘치는 밝고 쾌활한 그 애의 모습을 본 사람이라면 누구나 그 애의 요절에 눈물을 흘릴 거야. 살인자의 손아귀에서 그렇게 비참하게 죽다니! 그렇게 눈부실 정도로 천진난만한 아이를 죽이다니 정말로 잔인한 살인자야. 불쌍한 윌리엄. 위안을 삼을 만한 것은 한 가지밖에 없어. 가족들은 울고 슬퍼하지만 그래도 그 애는 편히 쉬고 있잖아. 이미 고통은 끝났고 그 애는 이제 영원히 괴로움을 겪지 않아도 돼. 흙이 그 애의 부드러운 모습을 덮어 버리고 나면 그 애는 아무런 고통도 느끼지 않게 되는 거야. 그 애를 더 이상 불쌍히 여겨서는 안

되지. 불쌍한 사람들은 오히려 살아남은 사람들이 아니겠어."

길을 서둘러 가면서 클레르발은 그렇게 말했습니다. 그 말은 내 마음에 깊은 인상을 남겼고 나는 나중에 혼자서 이 말을 떠올렸습니다. 그러나 그때는 말들이 도착하자마자 이륜마차에 서둘러 오른 다음 친구에게 작별을 고했습니다.

여행하는 동안 나는 무척 우울해졌습니다. 처음에는 슬픔에 잠긴 사랑하는 가족들을 위로하고 슬픔을 나누고 싶어서 서둘러 가고 싶었지만 고향이 가까워지자 속도를 늦췄습니다. 마음속에 밀려드는 여러 가지 생각들을 도저히 견딜 수가 없었습니다. 어린 시절에는 친숙했지만 거의 6년 동안 보지 못했던 풍경들을 그냥 스쳐 지나갔습니다. 그 시간 동안 모든 것이 얼마나 많이 변했을까요! 갑작스럽고 쓸쓸한 한 가지 변화가 일어났습니다. 그러나 무수한 작은 상황들도 조금씩 다른 변화들을 만들어 냈겠죠. 이런 변화들이 더 평온하게 이루어졌다 해도 그것을 중요하지 않다고만 할 수는 없을 겁니다. 두려움이 밀려왔습니다. 정확하게 무엇인지 규정할 수는 없었지만 나를 떨게 하는 무수한 이름 없는 악령들이 두려워서 나는 감히 앞으로 나아갈 수가 없었습니다.

이런 고통스러운 마음 상태로 로잔에서 이틀을 묵었습니다. 나는 호수를 응시했습니다. 물은 잔잔했고 주변은 평온했습니다. '자연의 궁전들'인 눈 덮인 산들은 하나도 변한 것이 없었습니다. 평온하고 천국 같은 경치를 통해 조금씩 기운을 되찾은 나는 제네바를 향해 여행을 계속했습니다.

호수 옆으로 나 있는 길은 고향에 다가갈수록 더 좁아졌습니다. 주라 산맥의 검은 산등성이와 몽블랑의 밝은 정상이 더 선명하게 드러났습니다. 나는 어린애처럼 울었습니다.

"산이여! 아름다운 호수여! 산과 호수가 방황하는 나를 어떻게 맞이해 줄까? 산의 정상은 선명하게 보이고 하늘과 호수는 푸르고 평온하다. 이것은 평안을 예언해 주는 것인가? 아니면 내 불행을 조롱하는 것인가?"

친구여, 이런 예비적인 자질구레한 사실들을 설명하느라 나 자신을 따분한 사람처럼 보이게 만드는 것은 아닌지 모르겠군요. 그러나 그렇게 보낸 며칠은 비교적 행복한 날들이어서 지금도 즐거운 마음으로 기억하곤 합니다. 내 조국, 내 사랑하는 조국! 그대의 시냇물과 그대의 산맥들, 그리고 무엇보다도 그대의 멋진 호수를 다시 보면서 느끼는 이 기쁨은 오직 이 나라 출신만이 알 수 있을 것이다.

그러나 집에 다가가자 슬픔과 두려움이 다시 엄습해 왔습니다. 밤이 다시 다가오자 어두운 산맥은 거의 보이지 않았고 내 기분은 훨씬 더 우울해졌습니다. 드넓고 희미한 악의 무대가 눈앞에 펼쳐졌고 내 자신이 가장 비참한 인간이 될 것이라는 사실을 희미하게 예견할 수 있었습니다. 아, 슬프도다! 내 예언은 적중했지만 단 한 가지 사실에 대해서 빗나갔습니다. 온갖 불행을 상상하고 두려워했지만 그것은 내가 견뎌 내야 할 고통의 백 분의 일도 되지 못했던 것입니다.

제네바 근교에 도착했을 때에는 날이 완전히 어두워졌습니다. 시내로 들어가는 성문들이 이미 닫혀 버렸기 때문에 할 수 없이 도시에서 2.4킬로미터 정도 떨어진 세셔롱 마을에서 밤을 보내야 했습니다. 하늘이 청명했고 나는 쉴 수가 없었기 때문에 윌리엄이 살해된 곳을 찾아가 보기로 결심했습니다. 시내를 관통할 수 없었기 때문에 플렝팔레로 가기 위해서는 배를 타고 호수를 건너야만 했습니다. 이 짧은 여행 동안 번개가 몽블랑 산 정상에서 장엄한 광경을 만들어 내는 모습을 보게 되었습니다. 폭풍우가 빠르게 다가오고 있는 것 같았습니다. 그래서 배에서 내리자마자 폭풍우의 행로를 볼 수 있도록 낮은 언덕으로 올라갔습니다. 폭풍우가 다가왔습니다. 하늘에는 구름이 잔뜩 끼어 있었고 곧 큰 빗방울이 천천히 떨어지는 것이 느껴졌습니다. 그러나 곧 빗방울이 거세게 떨어지기 시작했습니다.

나는 그곳을 떠나 걷기 시작했습니다. 갈수록 어두워지고 폭풍우가 심해졌으며 천둥은 내 머리 위에서 무시무시한 소리를 냈습니다. 천둥소리는 살레브 산과 주라 산, 사보이의 알프스 산에 메아리쳤습니다. 밝은 번개 불빛 때문에 눈이 부셨습니다. 번개가 칠 때면 호수가 마치 거대한 불바다처럼 빛났습니다. 그런 다음에는 번쩍이는 번개 때문에 잃었던 시각이 돌아올 때까지 잠깐 동안 모든 것이 칠흑 같은 어둠에 휩싸였습니다. 스위스에서 흔히 볼 수 있듯이 폭풍우가 하늘의 여러 부분에서 동시에 나타났습니다. 가장 격렬한 폭풍우는 벨리브 갑과 코페 마을 사이에 위치한 호수 위쪽의 도시 북부 지방에서 일어났습니다. 또 하나의 폭풍우가 불어 닥치더니 희미하게 번쩍이는 불빛으로 주라 산을 비췄습니다. 어떤 폭풍우는 호수의 동부 지방으로 뻗어 있는 뾰족한 몰 산을 희미하게 감추었다가 때때로 드러내기도 했습니다.

너무나 아름답지만 무시무시한 태풍을 보면서 나는 빠른 걸음으로 정처 없이 거닐었습니다. 하늘에서 벌어지는 이 웅장한 전쟁을 보자 기분이 좋아졌습니다. 나는 두 손을 모으고 큰 소리로 외쳤습니다.

"윌리엄, 사랑하는 천사여! 이것이 바로 너의 장례식이며 너를 애도하는 노래란다!"

이 말을 하고 있을 때 가까이에 있던 나무숲 뒤에서 한 형체가 어둠 속에서 몰래 나를 훔쳐보고 있는 것 같았습니다. 나는 꼼짝 않고 서서 열심히 뚫어져라 쳐다보았습니다. 내가 틀렸을 리가 없었습니다. 번개가 그 물체를 비추자 그 형체가 선명하게 드러났습니다. 거대한 체격과 도저히 인간이라 할 수 없을 정도로 끔찍한 기형적인 생김새를 보자 나는 즉시 그것이 내가 생명을 부여했던 비열한 존재이자 추악한 악마라는 것을 깨달았습니다. 혹시 그가 내 동생을 죽인 것은 아닐까?(이런 생각이 들자 온몸이 떨렸습니다.) 그런 상상을 하자마자 그것이 사실일 것이라는 생각이 확고해졌습니다. 이가 덜덜 떨렸고 나무에 기대서 몸을 지탱해야만 했습니다. 그 형체가 재빨리 나를 스쳐서 어둠 속으로 사라졌습니다. 인간이라면 그렇게 예쁜 아이를 죽일 수는 없었을 것을. 바로 그가 살인자였습니다. 의심의 여지가 없었습니다. 그런 생각이 떠올랐다는 사실 자체가 저항할 수 없는 증거였습니다. 그 악마 같은 존재를 뒤쫓을 생각도 해 보았지만 소용없는 짓일 것 같았습니다. 번개가 치자 플렝팔레와 남쪽으로 접해 있는 살레브 산의 거의 수직에 가까운 바위투성이 급경사를 오르고 있는 그의 모습이 보였기 때문이었습니다. 그는 곧 정상에 이르더니 사라져 버렸어요.

나는 꼼짝도 하지 못했습니다. 천둥은 그쳤지만 비는 계속 내렸고 주변은 앞을 내다볼 수 없을 정도로 깜깜한 어둠에 휩싸였습니다. 그동안 잊어버리려 애썼던 사건들이 마음속에 떠올랐습니다. 창조가 진행된 전 과정, 내 손으로 만든 작품이 침대 곁에 나타났던 일, 그가 떠났던 일 등이 스쳐 갔습니다. 그에게 생명을 부여한 그날 밤 이후 거의 2년이 지났습니다. 이것이 그가 저지른 첫 번째 범죄였을까요? 아! 사람을 죽이고 불행을 가져다주는 것에서 기쁨을 느끼는 타락한 철면피를 세상에 풀어놓은 격이 되었습니다. 그가 내 동생을 죽인 걸까요?

비에 젖어 추위에 떨며 밖에서 밤을 보내는 동안 내가 어떤 고통을 겪었을지 아무도 상상할 수 없을 겁니다. 그러나 불편한 날씨 따위는 상관없었습니다. 나는 그가 벌였을 죄악과 절망의 장면들을 상상해 보느라 여념이 없었습니다. 나로 인해 세상에 던져진, 지금 행했던 것과 같은 끔찍한 목적들을 달성할 의지와 힘을 부여받은 존재에 대해 생각해 보았습니다. 혹시 그 존재는 무덤에서 빠져 나와 내가 소중히 여기는 모든 것을 파괴할 수밖에 없는, 내 자신에게서 빠져나간 흡혈귀와 악령은 아닐까요?

날이 밝자 나는 시내를 향해 발걸음을 옮겼습니다. 성문은 이미 열려 있었고 나는 서둘러 아버지가 살고 있는 집으로 갔습니다. 처음에는 내가 살인자에 대해 알고 있는 것을 밝히고 즉시 추적해 볼 생각이었습니다. 그러나 사람들에게 뭐라고 말해야 할지에 생각이 미치자 머뭇거릴 수밖에 없었지요. 내가 만들어서 생명을 부여했던 존재, 접근할 수 없는 절벽 사이에서 한밤중에 발견한 그 존재에 대해 뭐라고 말해야 할까요? 창조를 시작할 무렵부터 내가 신경성 발열에 시달렸던 사실도 떠올랐습니다. 내가 신경성 발열을 앓았다는 사실을 알게 되면 사람들은 그렇지 않아도 터무니없게 들리는 이야기를 정신 나간 소리로 들을 겁니다. 다른 사람이 내게 그런 이야기를 해 주었다면 나도 분명히 그것을 미친 사람의 헛소리로 여겼을 테니까요. 게다가 친척들에게 추적을 시작하라고 설득할 수 있을 만큼 내가 신뢰를 받는다 해도 그 괴물이 특별한 능력으로 온갖 추적을 다 따돌릴 것이 뻔했습니다. 그렇다면 추적해 본들 무슨 소용이 있겠습니까? 깎아지를 듯한 살레브 산 등성을 오를 수 있는 괴물을 도대체 누가 잡을 수 있을까요? 이런 생각들을 하면서 아무 말도 하지 않기로 결심했습니다.

아버지가 살고 계신 집으로 들어선 것은 새벽 5시경이었습니다. 나는 하인에게 가족들을 깨우지 말라고 한 다음 서재로 들어가서 가족들의 평상시 기상 시간까지 기다렸습니다.

6년의 시간이 지울 수 없는 자국을 남긴 채 꿈처럼 지나갔습니다. 그리고 나는 잉골슈타트로 떠나기 전에 아버지를 마지막으로 껴안았던 바로 그 장소에 서 있었습니다. 사랑하고 존경하는 아버지! 아버지는 여전히 내 곁에 남아 있습니다. 나는 벽난로 선반 위에 놓여진 어머니의 초상화를 바라보았습니다. 그것은 아버지의 요청에 따라, 죽은 보포르의 관 옆에 절망의 고통에 사로잡혀 무릎을 꿇고 있는 캐롤라인 보포르를 그린 초상화였습니다. 입고 있는 옷은 촌스럽고 뺨은 창백했지만 그녀에게는 한 치의 동정도 허용치 않는 고고함과 아름다움이 배어 있었습니다. 어머니의 초상화 밑에는 윌리엄의 초상화가 놓여 있었습니다. 그것을 바라보자 눈물이 솟구쳤습니다. 그때 에른스트가 들어왔습니다. 내가 들어오는 소리를 듣고 서둘러 나를 맞으러 온 것이었죠. 그는 나를 보자 슬픈 가운데도 반가움을 표시했습니다.

"어서 와, 빅토르 형! 형이 세 달만 일찍 왔더라면 좋았을 것을! 그랬다면 우리 모두 기쁨에 들떠 형을 반겨 주었을 텐데! 그 어떤 것도 덜 수 없는 불행을 나누러 이제야 형이 왔구나. 그래도 형이 왔으니까 아버지가 기운을 차리셨으면 좋겠어. 그동안 불행 때문에 낙담해 계셨거든. 그리고 형이 엘리자베스 누나를 잘 설득해서 스스로를 고문하는 터무니없는 자책을 그만두게 해 줘. 불쌍한 윌리엄. 우리의 귀염둥이이자 자랑거리였는데."

동생의 눈에서 주체할 수 없이 눈물이 흘러나왔습니다. 죽을 것처럼 고통스러운 느낌이 온몸으로 퍼져 나갔습니다. 쓸쓸한 우리 집이 얼마나 비참할지 막연히 상상만 했던 현실이 끔찍한 재앙으로 새롭게 내게 다가왔습니다. 나는 에른스트를 진정시키려 애썼습니다. 그러고는 엘리자베스와 아버지에 대해 더 자세하게 물었습니다. 에른스트가 말했습니다.

"엘리자베스 누나에게 제일 필요한 것은 위로야. 누나는 윌리엄의 죽음이 자기 탓이라고 자책하면서 굉장히 아파하고 있어. 그러나 살인범이 발견되었으니까……."

"살인범이 발견되었다고? 세상에, 어떻게 그럴 수 있지? 누가 감히 그자를 추적하려 했을까? 불가능한 일인데. 바람을 따라잡으려 하거나 밀짚으로 계곡을 막으려고 하는 편이 오히려 더 낫지. 내가 어젯밤 그자를 보았을 때만 해도 자유의 몸이었는데."

에른스트가 어리둥절한 투로 대꾸했습니다.

"형, 무슨 말하는 거야? 그렇지만 이제 우리 불행은 끝났어. 처음에는 아무도 그 사실을 믿으려 하지 않았어. 심지어 엘리자베스 누나는 온갖 증거가 있는데도 지금도 그것을 믿으려 하지 않고 있어. 사실 그렇게 상냥하고 우리 가족 모두를 좋아하던 저스틴이 갑자기 그런 끔찍하고 무서운 범죄를 저지를 수 있다는 사실을 누가 믿으려 하겠어?"

"저스틴 모리츠라고? 그 불쌍한 애가 혐의를 받고 있단 말이지? 뭔가 잘못된 것 같아. 모든 사람이 다 그걸 알잖아. 분명히 아무도 믿지 않을 거야. 맞지, 에른스트?"

"처음에는 아무도 믿지 않았지만 여러 가지 정황으로 미루어 우리도 믿지 않을 수가 없었어. 그리고 그 애 자신의 행동도 너무 갈팡질팡했어. 의심의 여지가 없을 만큼 확고한 범행 증거를 하나 더 보태 준 셈이었어. 오늘 재판이 열리니까 그때 모든 것을 듣게 될 거야."

에른스트의 말에 따르면 윌리엄이 살해되었다는 사실이 밝혀진 날 아침에 저스틴은 병이 나서 며칠 동안 방에 누워 있었다고 합니다. 이 기간 중에 하인 한 사람이 우연히 살인이 일어났던 밤에 저스틴이 입었던 옷을 살펴보다가 호주머니 속에서 살인의 동기로 추정되었던 어머니의 초상화 목걸이를 발견했습니다. 그 하인은 즉시 그것을 다른 하인에게 보여 주었습니다. 그러자 초상화 목걸이를 본 하인은 가족들에게 한마디도 알리지 않은 채 치안판사에게 달려갔습니다. 그리고 그들의 증언을 토대로 저스틴이 체포되었습니다. 범행으로 기소되었을 때 불쌍한 저스틴은 극도로 혼란스러운 태도를 보였고 그 결과 더 큰 의심을 받게 되었습니다.

예상 밖의 이야기였지만 내 믿음을 흔들어 놓진 못했습니다. 나는 진심을 담아 대답했습니다.

"네가 완전히 틀린 거야. 나는 살인자가 누구인지 알고 있단다. 불쌍한 저스틴은 죄가 없어."

그 순간 아버지가 들어오셨습니다. 아버지의 얼굴에는 슬픔이 깊이 드리워져 있었지만 기쁘게 나를 맞이해 주려고 애쓰셨습니다. 그리고 슬픔 어린 인사를 나눈 다음 우리가 당한 불행 이외의 다른 이야기를 나누었습니다. 그런데 에른스트가 소리를 지르고 말았습니다.

"세상에 아버지, 빅토르 형이 불쌍한 윌리엄을 죽인 사람이 누군지 알고 있대요."

"불행히 우리도 알고 있단다. 그렇게 그 애를 아꼈는데 그런 엄청난 악행과 배은망덕한 행동을 저지르다니, 차라리 영원히 몰랐더라면 좋았을 것을."

아버지가 대답하셨습니다.

"아버지, 잘못 아신 거예요. 저스틴은 죄가 없어요."

"만약 그렇다면 유죄를 받지 않도록 하느님이 막아 주실 거다. 오늘 재판이 열릴 거야. 나는 진심으로 저스틴이 무죄로 방면되길 바란다."

이 말에 내 마음이 진정되었습니다. 이 살인을 저지른 사람이 저스틴이나 이 세상의 그 누구도 아니라는 사실을 나는 마음속으로 굳게 믿고 있었습니다. 그래서 저스틴의 유죄를 입증할 만한 강력한 정황 증거가 제시될 것이라고 걱정하지 않았습니다. 내 이야기는 공개적으로 전할 성질의 것이 아니었습니다. 보통 사람들은 그 이야기의 놀라운 공포를 미친 사람이 지어 낸 것이라고 여길 테니까요. 직접 보지 않고서야 내가 세상에 풀어놓은, 무례함과 경솔한 무지의 표상인 살아 있는 증거의 존재를 믿어 줄 사람이 창조자인 나 외에 또 누가 있겠습니까?

곧 엘리자베스가 우리에게 왔습니다. 마지막으로 그녀를 본 이후 세월은 그녀를 바꿔 놓았습니다. 나이가 들면서 어린 시절의 아름다움을 능가하는 사랑스러움이 가미되었습니다. 어린 시절과 다름없이 솔직하고 활발했지만 더 풍부한 감수성과 지성이 결합되어 표출되고 있었습니다. 그녀는 따뜻하게 나를 환영해 주었지요.

"왔구나. 오빠가 도착해서 내 마음이 희망으로 가득해졌어. 어쩌면 오빠는 죄 없는 불쌍한 저스틴을 구할 방법을 찾아낼 수 있을 거야. 저스틴이 유죄로 확정된다면 세상의 누구를 믿겠어? 내가 죄가 없는 것처럼 그 애도 죄가 없다는 것을 나는 굳게 믿어. 불행이 우리를 이중으로 힘들게 만드네. 사랑스런 윌리엄을 잃었는데 이제는 내가 진심으로 사랑하는 이 불쌍한 저스틴마저 더 끔찍한 운명에 의해 빼앗기고 말겠어. 만약 그 애가 유죄 판결을 받는다면 나는 더 이상 기쁨을 느끼지 못할 것 같아. 그렇지만 저스틴은 절대 유죄 판결을 받지 않을 거야. 확신해. 그렇게만 된다면 나는 어린 윌리엄이 죽은 슬픔을 극복하고 다시 행복해질 수 있어."

"엘리자베스, 저스틴은 죄가 없어. 내가 그렇게 증명할 거야. 아무 것도 두려워하지 말고 저스틴이 무죄로 방면될 것이라는 확신을 가지고 기운을 내."

"오빠는 참으로 친절하고 관대해. 다른 모든 사람이 그 애의 유죄를 믿고 있어서 무척 상심했어. 절대 그럴 리가 없다는 것을 나는 알고 있으니까. 모든 사람이 너무나 심하게 편파적이어서 나는 희망을 잃고 절망하고 있었어."

그녀는 눈물을 흘렸습니다. 그러자 아버지가 말씀하셨습니다.

"엘리자베스, 눈물을 닦거라. 네가 믿는 대로 그 애에게 죄가 없다면 법의 정의를 믿어 보자꾸나. 눈곱만큼의 불공정함도 있을 수 없도록 내가 애써 보마."

8장

재판이 시작되는 11시까지 우리는 몇 시간을 침통하게 보냈습니다. 아버지와 다른 가족들이 증인으로 출석해야 했기 때문에 나는 그들과 함께 법정으로 갔습니다. 정의를 빙자한 이 뻔뻔한 재판이 진행되는 동안 줄곧 생고문을 당하는 것 같았습니다. 내 호기심과 방종한 소망이 주변 사람의 죽음을 불러올 것인지 아닌지가 결정될 판이었습니다. 한 사람은 순진함과 기쁨으로 가득한 명랑한 아이였고 또 다른 한 사람은 생각만 해도 무서운 살인자의 오명을 쓴 채 훨씬 더 끔찍하게 살해될 상황이었습니다. 저스틴은 장점이 많은 아가씨였고 행복한 삶을 살 수 있는 자질들을 갖추고 있었습니다. 이제는 모든 것이 불명예스러운 무덤 속에서 지워져야 할 판이었습니다. 그리고 내가 바로 그렇게 만든 장본인이었지요! 저스틴이 뒤집어쓰고 있는 죄를 사실은 내가 저질렀다고 고백하고 싶은 생각이 천 번이나 들었습니다. 그러나 범행이 이루어졌을 때 내가 먼 곳에 있었기 때문에 그런 고백은 미친 사람의 헛소리 정도로 여겨져서 나 때문에 고통을 당하고 있는 저스틴의 무죄를 입증할 수 없을 터였죠.

저스틴은 겉으로는 침착해 보였습니다. 그녀는 검은 상복을 입고 있었고 매력적인 얼굴은 엄숙한 분위기로 인해 우아한 아름다움을 띠고 있었습니다. 그녀는 무죄를 확신하고 있는 것처럼 보였고 수천 명의 사람들이 저주하는 눈빛으로 바라보고 있음에도 결코 떨지 않았습니다. 다른 상황이었다면 그녀의 아름다움을 보고 사람들이 상냥함을 보였겠지만 지금은 그녀가 저질렀으리라 가정되는 극악무도한 짓을 상상하면서 사람들이 그런 마음을 완전히 지워 버렸습니다. 침착함을 보였지만 그녀의 침착함은 분명히 억지였어요. 그리고 이전에 당황해하던 그녀의 태도가 유죄 증거로 제시되자 그녀는 용감한 체하려 애썼습니다. 법정에 들어서자 그녀는 안을 둘러보고 곧 우리가 앉아 있는 곳을 찾아냈습니다. 우리를 보자 눈물을 글썽이는 듯했지만 그녀는 곧 마음을 가다듬었습니다. 그 슬픔과 사랑이 담긴 표정은 그녀가 절대적으로 무죄라는 것을 입증해 주는 것 같았습니다.

재판이 시작되었고 검사가 기소 내용을 밝힌 다음 몇 사람의 증인이 소환되었습니다. 몇 가지 이상한 사실들이 그녀에게 불리하게 작용했습니다. 나처럼 그녀가 무죄라는 확실한 증거를 가지고 있지 않은 사람들은 누구나 마음의 동요를 일으켰을 이야기였지요. 범행이 저질러졌던 밤에 그녀는 계속 밖에 나가 있었고, 시장에서 장사하는 여자가 살해당한 아이의 시체가 발견된 곳 근처에서 새벽 무렵에 그녀를 목격했습니다. 여자가 저스틴에게 그곳에서 무얼 하고 있느냐고 묻자 저스틴은 매우 수상한 태도를 보이며 앞뒤가 맞지 않는 대답을 두서없이 했습니다. 저스틴은 8시경에 집으로 돌아왔습니다. 어디서 밤을 보냈느냐는 다른 사람의 질문에 그녀는 윌리엄을 찾아 헤맸다고 대답하면서 아이에 관한 소식이 있었느냐고 진지하게 물었습니다. 시체를 보자 그녀는 격렬한 히스테리 증세를 보였고 며칠 동안 침대에 누워 있었습니다. 그 다음에는 저스틴의 호주머니에서 하인이 발견한 초상화가 증거물로 제시되었습니다. 엘리자베스가 더듬거리며 아이가 실종되기 한 시간 전에 그 초상화 목걸이를 목에 걸어 주었다고 증언하자 법정은 공포와 분개로 웅성거렸습니다.

저스틴이 변호를 위해 소환되었습니다. 재판이 진행되자 그녀의 안색이 변해 갔습니다. 놀람과 공포, 고통이 강하게 드러났습니다. 때때로 눈물을 애써 참으려 했지만 변호를 해 보라는 요청을 받자 기운을 차리고 고르지 못하지만 분명한 목소리로 말을 시작했습니다.

"제가 분명히 무죄라는 것을 하느님은 알고 계십니다. 그러나 항의해 본들 무죄로 방면될 수 없다는 것을 알고 있습니다. 저는 그저 저에게 불리하게 제시된 사실들에 대해 명확하고 간단하게 설명함으로써 무죄를 입증하겠습니다. 그리고 정황이 의심스럽거나 수상하게 보이더라도 판사님들께서 평소의 제 사람됨을 믿고 우호적인 방향으로 해석해 주시길 바랍니다."

그런 다음 그녀는 살인이 일어난 날 밤에 엘리자베스의 허락을 받고서 제네바에서 5킬로미터 정도 떨어진 쉔느 아주머니 댁에서 하루를 보냈다고 말했지요. 9시경에 아주머니 댁에서 돌아오는 길에 실종된 아이를 보지 못했느냐고 묻는 한 남자를 만났습니다. 이 말에 놀란 그녀는 아이를 찾느라 몇 시간을 보냈습니다. 그러는 중에 제네바 성문이 닫혀 버렸고 할 수 없이 시골집에 딸린 창고에서 밤을 보내야만 했습니다. 그 시골집에 살고 있는 사람들과는 잘 아는 처지였지만 굳이 그들을 부르고 싶지 않았습니다. 여기서 그녀는 뜬눈으로 밤을 새웠습니다. 아침 무렵에 몇 분 정도 잠이 들었지만 발자국 소리에 잠이 깼습니다. 새벽에 다시 내 남동생을 찾기 위해 밤을 보낸 곳에서 나왔습니다. 그의 시체가 놓여 있던 장소 근처에 가게 된 것은 순전히 우연이었습니다. 시장 여자의 질문을 받고 그녀가 당황해했던 것은 당연한 일이었겠죠. 밤새 한숨도 자지 못한 데다 불쌍한 윌리엄의 생사가 아직 불확실했으니까요. 그러나 그녀는 초상화에 대해서는 아무런 설명도 제시하지 못했습니다.

불쌍한 희생자는 말을 계속 이어 나갔습니다.

"이 한 가지 정황이 제게 얼마나 결정적으로 불리하게 작용할지 알고 있습니다. 그렇지만 저에게는 그것을 해명할 방법이 없습니다. 초상화 목걸이에 대해서는 아는 바가 전혀 없다고 밝힌 지금 누군가가 그것을 제 호주머니 속에 넣었을지 모른다고 추측해 볼 수 있을 뿐입니다. 그렇지만 그것 역시 문제가 있습니다. 저에게는 적이라 할 수 있는 사람이 하나도 없습니다. 그리고 저를 철저하게 파멸에 이르게 할 만큼 그렇게 나쁜 사람은 전혀 없어요. 혹시 살해범이 그것을 제 호주머니 속에 넣었을까요? 그러나 제 생각에는 살해범에게 그렇게 할 수 있는 기회를 준 적이 없습니다. 아니면 설사 그런 기회를 주었다 해도 그렇게 빨리 내놓을 거라면 무엇 때문에 애초에 보석을 훔쳤겠어요?

판사님들께서 공정하게 판결을 내려 줄 것이라고 믿지만 희망이 전혀 보이지 않습니다. 제 사람됨에 관해 몇 사람의 증인을 불러 알아보실 것을 간청드립니다. 그리고 그분들이 증언하셔도 제 혐의가 벗겨지지 않는다면 제가 아무리 무죄 방면을 주장한다 해도 유죄 판결을 면할 수 없을 것입니다."

여러 해 동안 그녀를 알고 지낸 사람들이 증인으로 소환되었고 그들은 그녀에 대해 잘 말해 주었습니다. 그러나 그녀가 저지른 것으로 여겨지는 범행에 대한 두려움과 혐오감 때문에 그들은 머뭇거리면서 앞으로 나서길 꺼려 했습니다. 최후의 보루인 저스틴의 훌륭한 성품과 나무랄 데 없는 행실마저도 피고에게 도움이 되지 않자 엘리자베스는 몹시 초조해하면서 법정에서 발언할 기회를 허락해 달라고 요청했습니다.

"저는 살해당한 불쌍한 아이의 사촌입니다. 아니 누나라고 해도 과언이 아닙니다. 그 아이가 태어나기 훨씬 전부터 그 아이의 부모님이 저를 키우고 가르쳐 주셨기 때문입니다. 그러므로 지금 제가 이렇게 나서는 것이 점잖지 못한 행동이라고 생각하실지도 모릅니다. 그러나 주변 사람이 가식적인 친구들의 비겁함 때문에 죽어야 할 처지에 처한 것을 보고 그녀의 사람됨에 대해 제가 아는 바를 이야기할 수 있도록 허락해 주시길 바란 것입니다. 저는 피고를 잘 알고 있습니다. 그녀와 처음에는 5년 동안, 나중에는 약 2년 동안 같은 집에서 살았습니다. 그 기간 동안 그녀는 항상 제게 세상에서 가장 상냥하고 가장 착한 사람이었습니다. 그녀는 제 아주머니인 프랑켄슈타인 부인의 마지막 병상을 지키며 너무나 다정하고 극진하게 간호했고 그 후에는 그녀를 알고 있는 모든 사람들에게 감탄을 불러일으킬 만한 태도로 오랫동안 편찮으신 친어머니의 병 수발을 들었습니다. 그런 다음 다시 제 아저씨 댁에 와서 살면서 가족들 모두에게 사랑을 듬뿍 받았습니다. 그녀는 이제는 세상을 떠난 아이에게 따뜻한 애정을 가지고 있어서 너무나 자상한 어머니처럼 행동했습니다. 저로서는 그녀에게 불리하게 제시된 모든 증거가 있는데도 그녀가 완전히 결백하다는 사실을 믿고 신뢰합니다. 그녀에게는 그런 행동을 저지를 만한 동기가 없습니다. 중요한 증거로 제시되고 있는 그 값싼 물건으로 말하자면 그녀가 진심으로 그것을 가지고 싶어했다면 기꺼이 그녀에게 그냥 주었을 것입니다. 그 정도로 저는 그녀를 존중하고 소중하게 여깁니다."

엘리자베스의 간결하고 강렬한 변호가 있고 난 다음 수긍하는 소리들이 들려왔습니다. 그러나 그것은 엘리자베스의 관대한 변호에 대한 것이라서 불쌍한 저스틴에게는 도움이 되지 못했습니다. 오히려 사람들은 저스틴을 배은망덕한 사람이라고 비난하면서 더 거세게 분개했습니다. 엘리자베스가 변호하는 동안 저스틴은 울기만 할 뿐 아무런 대꾸를 하지 않았습니다. 재판이 진행되는 동안 나는 극도로 초조해졌고 고민에 빠졌습니다. 나는 그녀의 무죄를 믿었습니다. 나는 그것을 알고 있었습니다. 내 남동생을 죽인 악마가 (나는 한순간도 이것을 의심하지 않았습니다.) 또한 사악하게 장난 삼아 죄 없는 사람을 죽음과 불명예로 몰아넣은 것은 아니었을까요? 내가 처해 있는 상황의 끔찍함을 견딜 수가 없었기 때문에, 사람들의 목소리와 판사들의 표정이 이미 불쌍한 희생자에게 유죄 선고를 내리기로 결정한 것을 보고서 나는 괴로워 법정을 뛰쳐나왔습니다. 피고가 겪는 고통은 내 고통에 비하면 아무것도 아니었습니다. 그녀는 자신이 무죄라는 믿음으로 견디고 있었지만 나는 가책의 고통 때문에 가슴이 찢어지는 것 같아 도저히 견딜 수가 없었습니다.

처참한 기분으로 밤을 보내고 다음 날 아침 나는 법정으로 갔습니다. 입술과 목이 바짝 말랐습니다. 나는 감히 결정적인 질문을 할 수가 없었지요. 그러나 내 얼굴이 알려져 있었기 때문에 방문 이유를 추측한 직원이 투표가 실시되었고 만장일치로 검은 표가 나와서 저스틴에게 사형이 선고되었다고 했습니다.

그때의 기분은 도저히 말로 표현할 수가 없습니다. 어떤 말로도 그 당시 내가 견뎌 내야 했던 가슴 아픈 절망감을 정확하게 표현할 수 없을 것입니다. 나와 말을 나눈 그 직원은 저스틴이 이미 자신의 죄를 자백했다고 덧붙였습니다.

"사실 그렇게 뻔한 사건에서는 자백 증거까지도 필요 없습니다. 그렇지만 그런 자백을 받아서 기쁘군요. 사실 아무리 결정적인 정황 증거가 있다 해도 그것에만 의존해서 범인에게 사형 선고 내리는 것을 좋아할 판사들이 어디 있겠습니까?"

너무나 이상하고 예기치 못했던 사실이었습니다. 도대체 이게 어떻게 된 것일까요? 내가 헛것을 본 것일까요? 그리고 혐의 대상을 폭로하면 온 세상 사람들이 나를 미쳤다고 여길 텐데 정말로 내가 미친 것은 아닐까요? 서둘러 집으로 돌아가자 엘리자베스가 간절하게 결과를 물었습니다.

"예상했던 대로 결정되었어. 판사들 모두 죄인 한 사람을 풀어주면서 죄 없는 열 명에게 고통을 겪게 하는 법이잖아. 그런데 저스틴이 자백을 했대."

저스틴의 무죄를 굳게 믿었던 엘리자베스는 심한 충격을 받았습니다.

"세상에! 앞으로 어떻게 인간의 선함을 믿을 수 있을까? 그 애를 내 친동생처럼 사랑하고 소중하게 여겼는데, 어떻게 그 애는 그렇게 순진한 미소를 짓다가 배신을 할 수 있지? 그 애의 상냥한 눈빛을 보면 절대 잔인하거나 교활한 짓은 못할 것 같은데 살인을 저질렀잖아."

얼마 지나지 않아 불쌍한 희생자가 엘리자베스를 만나고 싶어 한다는 소식이 전해졌습니다. 아버지는 엘리자베스가 가지 말길 바랐지만 스스로의 판단과 기분에 따를 수 있도록 그녀에게 결정을 맡겼습니다.

"그 애가 범행을 저질렀다 해도 갈래요. 그리고 빅토르 오빠, 오빠가 나와 함께 가 줘. 혼자서는 못 가겠어."

엘리자베스가 부탁했습니다. 저스틴을 방문한다는 생각은 내게 고문과 같았지만 거절할 수가 없었습니다.

우리가 어두침침한 감방 안으로 들어가자 저스틴이 한쪽 구석에 약간의 짚을 깔고 앉아 있었습니다. 손에 수갑을 찬 채 무릎에 머리를 박고 있었어요. 그녀는 우리가 들어오는 모습을 보고 몸을 일으키더니 우리만 남게 되자 엘리자베스의 발밑에 엎드려 서럽게 울었습니다. 내 사촌 역시 눈물을 흘렸습니다.

엘리자베스가 말했습니다.

"오, 저스틴! 왜 내게서 마지막 위안을 빼앗아 갔니? 나는 네 무죄를 믿었단다. 그때도 매우 괴로웠지만 지금만큼 참담하지는 않았어."

"그렇다면 아가씨도 제가 나쁘다고 생각하나요? 저를 짓밟고 살인자로 낙인 찍은 적들과 한패인가요?"

저스틴은 목이 메어 말을 잇지 못했습니다.

"일어나, 저스틴. 네가 무죄라면 왜 무릎을 꿇는 거니? 나는 네 적이 아니란다. 나는 온갖 증거가 있는데도 네가 무죄라고 믿었어. 그런데 너 스스로 유죄를 인정했다고 하더구나. 그런데 네 말은 그 소문이 틀렸다는 거지? 그렇다면 저스틴, 네가 자백하지만 않는다면 어떤 것도 너에 대한 믿음을 잠시라도 흔들어 놓지 못할 거야."

"자백을 하긴 했지만 거짓 자백을 했어요. 자백을 한 것은 사면을 얻기 위해서예요. 그런데 제가 저지른 다른 모든 죄들보다 거짓말한 것 때문에 마음이 더 무거워요. 하느님, 용서해 주세요. 유죄 선고를 받은 이후 고해 신부님이 절 붙잡고서 위협과 협박을 했어요. 결국에는 신부님 말씀대로 제가 바로 그 악마였다고 생각하기 시작했어요. 신부님은 제가 고집을 피우면 파문을 당하고 마지막 순간에 지옥의 불구덩이에 떨어질 것이라고 위협하셨어요. 아가씨, 저를 믿어 주는 사람이 아무도 없었어요. 사람들이 모두 저를 치욕과 파멸에 이를 마녀로 여겼어요. 제가 뭘 어떻게 할 수 있었겠어요? 그래서 불행히도 그만 거짓말을 하고 말았어요. 그런데 지금은 오히려 더 참담할 뿐이에요."

그녀는 눈물을 흘리며 잠깐 말을 멈춘 다음 다시 계속 이어 나갔습니다.

"아가씨, 돌아가신 아주머니께서 그렇게 소중하게 여겨 주시고 아가씨가 사랑했던 저스틴을 악마가 아닌 다음에야 결코 저지를 수 없는 그런 범행을 저지를 수 있는 사람이라고 아가씨가 믿게 되지나 않을까 두려움에 떨었어요. 사랑하는 윌리엄! 곧 하늘에서 다시 만나게 되겠지요. 그러면 그곳에서는 우리 모두 행복할 거예요. 설사 제가 치욕과 죽음을 맞이한다 해도 그걸 생각하면 위안이 돼요."

"오, 저스틴! 한순간이라도 너를 믿지 않은 나를 용서해 주겠니? 왜 자백을 했어? 그렇지만 슬퍼하지 말거라. 두려워하지도 말고. 기필코 내가 너의 무죄를 증명하고 말 거야. 내 눈물과 기도로 네 적들의 얼음장 같은 마음을 녹일게. 네가 널 죽도록 내버려두지 않을 거야. 내 놀이 친구이자 말동무이며 동생과 다름없는 네가 교수대에서 죽다니! 절대 그렇게 할 수 없어. 나는 그런 끔찍한 불행을 도저히 견딜 수 없을 거야."

저스틴이 슬픔에 잠겨서 고개를 저으며 말했습니다.

"저는 죽는 것이 두렵지 않아요. 그런 고통은 이제 지나갔어요. 하느님께서 약한 저를 일으켜 세워서 최악의 사태도 견딜 수 있는 용기를 주셨어요. 저는 슬프고 가혹한 세상을 떠나요. 그리고 아가씨가 절 기억해 주고, 제가 부당하게 사형을 받았다고 여겨 주신다면 제 앞에 놓여 있는 운명을 받아들일 거예요. 아가씨, 저처럼 참을성을 가지고 하늘의 뜻에 따르도록 하세요."

이런 대화가 오가는 동안 나는 감방 한구석으로 가서 밀려오는 지독한 고통을 숨겼습니다. 절망이라고! 누가 감히 절망에 대해 말하는가요? 다음 날이면 생과 사의 끔찍한 경계선을 지나야 할 이 불쌍한 희생자도 나만큼 깊고 쓰라린 괴로움을 느끼진 못했을 겁니다. 나는 마음속 깊은 곳에서 터져 나오는 신음소리를 내며 이를 갈았습니다. 신음소리를 낸 사람이 나라는 것을 알고서 저스틴이 다가와 말했습니다.

"도련님, 절 이렇게 찾아와 주시다니 참 친절하신 분이군요. 제가 범행을 저질렀다고 여기시는 건 아니죠?"

나는 대답할 수가 없었습니다.

"그렇지 않아, 저스틴. 그분은 네가 무죄라는 것을 나보다 훨씬 더 확신하고 계시단다. 네가 자백했다는 소리를 들었을 때에도 그 말을 믿지 않았으니까."

엘리자베스가 말했습니다.

"진심으로 감사드려요. 이 마지막 순간에 저를 호의적으로 생각해 주는 분들에게 진심으로 감사한 마음이 들어요. 저 같은 마녀에게 보여 주는 다른 사람들의 애정이 얼마나 위안이 되는지 몰라요. 그것은 제가 겪고 있는 불행의 반 이상을 씻어 주는 것 같아요. 아가씨와 아가씨의 사촌이 제 무죄를 인정해 주셨으니 마음 편하게 죽을 수 있을 것 같아요."

그렇게 불쌍한 수난자는 다른 사람들과 자신을 위로하려고 애썼습니다. 그녀는 사실 원하던 대로 체념에 도달했습니다. 그러나 진짜 살해범인 내 가슴속에는 절대 죽지 않는 고통의 원인이 벌레처럼 살아 있어서 어떤 희망이나 위안도 느낄 수 없었습니다. 엘리자베스도 울면서 슬퍼했지만 그녀의 슬픔 역시 순결한 사람의 슬픔일 뿐이었답니다. 밝은 달을 스쳐 지나가는 구름은 달빛을 잠깐 동안 가릴 수는 있어도 절대 그것을 없앨 수는 없는 법이니까요. 고통과 절망이 내 가슴 깊은 곳으로 스며들었습니다. 내 마음속에 지옥 같은 고통을 품고 있었지만 그 어떤 것도 그것을 없앨 수 없었습니다. 저스틴과 몇 시간을 같이 있었지만 엘리자베스가 좀처럼 그녀와 헤어지려고 하지 않았습니다. 엘리자베스가 울부짖었습니다.

"나도 너와 같이 죽고 싶어. 이런 불행한 세상에 살 수가 없어."

저스틴은 명랑한 체하며 솟구치는 눈물을 억누르려고 애썼습니다. 그녀는 엘리자베스를 껴안고 감정을 억누르며 말했습니다.

"안녕히 가세요. 유일한 친구, 사랑하는 엘리자베스 아가씨. 하느님의 무한한 축복과 가호가 있기를 바라요. 이것이 아가씨가 겪는 마지막 불행이었으면 좋겠어요. 행복하게 사시면서 다른 사람들도 행복하게 해 주세요."

그리고 다음 날 저스틴은 죽었습니다. 엘리자베스의 가슴 저린 간청에도 판사들은 성자처럼 착한 죄인에 대한 유죄 판결 결정을 바꾸려 하지 않았습니다. 분노에 찬 격정적인 내 간청도 그들에겐 아무런 소용이 없었습니다. 그리고 그들로부터 차가운 답변을 얻고 잔인하고 무정한 논거를 듣게 되자 사실을 밝히려던 내 원래의 의도는 슬그머니 사그라지고 말았습니다. 설사 내가 사실을 밝혀서 미친 사람 취급을 받는다 해도 내 불쌍한 희생자에게 내려진 판결을 무효로 하진 못했을 것입니다. 그녀는 살인자로서 교수대에서 사라졌습니다.

마음속의 심한 고통에서 눈을 돌려 나는 엘리자베스의 깊고 소리 없는 슬픔에 관심을 기울였습니다. 이것 역시 내가 저지른 짓이었습니다. 그리고 아버지가 저렇게 비통해하시고, 전에 그렇게 웃음이 넘쳤던 집이 이렇게 황량하게 된 것은 모두 엄청난 저주를 받은 내 손이 만들어 낸 결과였습니다. 불행한 자들이여! 울어라. 그러나 이것이 그대들의 마지막 눈물은 아닐 것이다. 또 다시 그대들은 장례식에서 울부짖을 것이며 탄식하는 소리를 듣게 될 것이다. 그대들의 아들이며 친척이자 어린 시절의 사랑받던 친구인, 나 프랑켄슈타인은 그대들을 위해서 마지막 피 한 방울까지 바치리라. 나는 그대들의 안색에 즐거운 표정이 나타날 때 외에는 즐거움에 대해 생각하지도 느끼지도 못할 것이며, 세상을 축복으로 가득 채우고 그대들을 섬기면서 평생을 보내리라. 나는 그대들에게 울라고, 수많은 눈물을 흘리라고 명하노라. 만약 그렇게 해서 가혹한 운명이 끝난다면, 그대들의 슬픈 고통이 무덤 속 평화로 이어지기 전에 파괴가 멈춘다면, 나는 바라던 것보다 더 행복해지리라!

사랑하는 사람들이 내 불경스러운 연구 때문에 운 나쁘게 희생된 윌리엄과 저스틴의 무덤에 헛된 슬픔을 쏟고 있는 것을 보았을 때, 회한과 두려움, 절망에 잠긴 내 영혼은 앞을 내다보며 그렇게 외쳐 댔습니다.

9장

연달아 일어난 사건들 때문에 여러 가지 감정들이 촉발된 후 무기력에서 오는 죽음 같은 평온함, 그리고 마음속에서 희망과 두려움을 모두 앗아 가 버리는 확실성보다 더 고통스러운 것은 없을 겁니다. 저스틴은 죽어서 안식을 찾았지만 나는 살아 있었습니다. 피가 내 혈관을 자유롭게 흘렀지만 그 어떤 것으로도 지워 버릴 수 없는 절망과 회한의 무거운 짐이 내 마음을 짓눌렀습니다. 잠이 달아나 버린 탓에 나는 악령처럼 떠돌아다녔습니다. 이미 도저히 말로 설명할 수 없을 만큼 끔찍한 행동을 저질렀음에도 앞으로 훨씬 더 많은 일들이 나를 기다리고 있었습니다. (나는 그렇게 확신했습니다.) 그러나 내 마음은 친절함과 미덕에 대한 사랑으로 가득 찼습니다. 나는 호의적인 의도로 삶을 시작했고 그 호의적인 의도를 실행에 옮겨서 주변 사람들에게 도움이 될 수 있는 순간을 갈망했습니다. 이제는 모든 것이 끝나 버렸습니다. 스스로 만족해 하면서 과거를 되돌아보고 새로운 희망의 가능성을 얻을 수 있는 양심의 평온함 대신 나는 회한과 죄책감에 사로잡혔습니다. 그 결과 말로는 도저히 표현할 수 없는 지옥같이 극심한 고통에 시달렸습니다.

처음 받은 충격에서 완전히 회복되지 않았던 건강이 이런 마음 상태 때문에 더욱 나빠졌습니다. 나는 사람들 만나는 것을 꺼렸습니다. 즐거운 목소리, 만족스러운 음성 등 온갖 소리가 내게는 고문이나 다름없었습니다. 깊고 어두운, 죽음 같은 고독만이 내 유일한 위안이었습니다.

아버지는 내 성격과 습관이 변한 것을 보며 가슴 아파하셨습니다. 아버지는 평온한 양심과 깨끗하게 살아온 삶에서 끌어낸 말들을 통해 내게 용기를 주기 위해 애쓰셨습니다. 또한 나를 덮고 있는 어두운 구름을 나 스스로 몰아낼 수 있도록 용기를 불러일으켜 주기 위해 애쓰셨습니다. 아버지는 눈물을 흘리면서 말씀하셨지요.

"빅토르, 나 역시 힘들 거라고 생각하지 않니? 어느 누구도 나만큼 네 동생을 사랑하진 않았을 거다. 그렇지만 지나친 슬픔은 감춤으로써 다른 사람들을 더 슬프게 하지 않는 것이 살아남은 사람들의 의무 아니겠니? 그것은 너 자신에 대한 의무이기도 하단다. 지나치게 슬퍼하면 나아지는 것도 없고 즐거움을 느끼지도 못하며 일상에 필요한 일을 수행하지도 못하게 되는 법이란다. 사실 이런 일을 하지 못하면 사회에 적합한 사람이 될 수 없단다."

좋은 충고였지만 내게는 전혀 도움이 되지 않았습니다. 후회 때문에 괴로움과 다른 감정들이 섞이지 않았더라면, 공포감 때문에 두려움과 다른 감정들이 섞이지 않았더라면, 나는 제일 먼저 슬픔을 감추고 가족들을 위로했겠지요. 그러나 나는 절망하는 표정으로 아버지의 말씀에 대답만 하고 되도록 아버지의 눈에 띄지 않으려고 노력했습니다.

이즈음 우리는 벨리브에 있는 별장으로 옮겨 갔습니다. 내게는 이런 변화가 굉장히 마음에 들었습니다. 제네바 성안에서는 10시만 되면 규칙적으로 성문들이 닫히고 그 시간 이후에는 호수에 남아 있을 수가 없었습니다. 그 때문에 제네바 성안에 있는 집이 마음에 들지 않았는데 이제는 자유롭게 행동할 수 있게 된 거죠. 때로 가족들이 모두 잠자리에 들고 나면 나는 보트를 타고 물 위에서 오랜 시간을 보냈습니다. 돛을 단 채 바람에 실려 가기도 했고 때로는 호수 한가운데로 노를 저어 간 다음 배가 움직이는 대로 내버려둔 다음 괴로운 생각에 잠기기도 했습니다. 호숫가로 다가

갈 때에나 박쥐나 개구리가 간간이 귀에 거슬리는 울음소리를 낼 뿐 주변의 모든 것이 평화롭고, 너무나 아름답고 장엄한 경치 속에서, 나 혼자만이 정처 없이 떠도는 불안한 존재라는 생각이 들면 고요한 호수 속으로 뛰어들고 싶은 충동이 일곤 했습니다. 물속에 몸이 잠기면 내 모든 불행도 영원히 잠겨 버릴 텐데! 그러나 씩씩하게 고통을 견디는 엘리자베스를 생각하면서 나는 물에 뛰어들고 싶은 충동을 억제했습니다. 나는 그녀를 따뜻한 마음으로 사랑했고 그녀의 존재는 내 존재와 깊이 연관되어 있었습니다. 아버지와 남은 동생도 생각났습니다. 내가 풀어놓은 악마의 원한에 그들을 무방비 상태로 드러내 놓은 채 나만 비열하게 떠나 버려도 되는 걸까?

이럴 때면 나는 서럽게 울면서 가족들에게 위안과 행복을 가져다 줄 수 있도록 내 마음에 평화가 다시 깃들기를 바랐습니다. 그러나 그렇게 되질 않았습니다. 후회는 모든 희망을 없애 버렸습니다. 나는 돌이킬 수 없는 재앙들의 원인이었고 내가 만든 괴물이 새로운 악행을 저지르지 않을까 날마다 두려움에 떨며 지냈습니다. 아직 모든 것이 끝나지 않았으며, 괴물이 과거의 기억을 지워 버릴 수 있을 만큼 엄청난 범행을 저지를 것이라는 막연한 느낌이 들었습니다. 내가 사랑하는 존재들이 남아 있는 한 두려워할 소지는 항상 있었습니다. 내가 얼마나 이 악마를 증오하는지 어느 누구도 상상할 수 없을 겁니다. 그를 생각할 때면 이가 갈렸고 눈에서는 불꽃이 일었으며 그렇게 경솔하게 부여했던 생명을 없애 버리고 싶은 생각이 간절했습니다. 그가 저지른 범행과 악덕을 생각하면 도저히 주체할 수 없을 정도로 증오심과 복수심이 솟구쳤습니다. 할 수만 있다면 안데스 산맥의 가장 높은 봉우리에라도 올라가 그를 바닥으로 떨어뜨리고 싶은 심정이었습니다. 그를 다시 만나 가장 지독한 저주를 퍼부은 다음 윌리엄과 저스틴의 죽음에 복수를 해 주고 싶었습니다.

우리 집은 슬픔에 잠겨 있었습니다. 최근에 일어난 끔찍한 사건들 때문에 아버지의 건강이 크게 나빠졌습니다. 엘리자베스는 슬퍼하며 낙심했습니다. 그녀는 일상적인 일에서 더 이상 기쁨을 느끼지 못했습니다. 즐거워하는 것을 죽은 사람들에 대한 모독이라고 여겼고, 계속 슬퍼하며 눈물을 흘리는 것을 갑작스럽게 죽음을 맞이한 순진무구한 영혼들을 적절하게 애도하는 길이라고 생각했습니다. 더 이상 그녀는 어린 시절 나와 함께 호숫가를 거닐며 기쁨에 들떠 미래에 대해 이야기하던 행복한 사람이 아니었습니다. 세상으로부터 우리를 갈라놓으려는 첫 번째 슬픈 일이 그녀에게 일어났고 그 침울한 감응력이 그녀에게서 가장 사랑스러운 미소를 앗아 가 버렸습니다.

“저스틴 모리츠의 불행한 죽음에 대해 생각할 때마다 세상과 세상사가 옛날과 달라 보여. 전에는 책에서 읽거나 다른 사람에게 들은 악과 불의에 대한 이야기를 옛날이야기나 허구적인 이야기 정도로 여겼어. 적어도 그런 이야기들은 일어날 가능성이 거의 없고, 상상보다 이성 쪽에 더 가까웠어. 그런데 이제는 불행이 우리 집에서도 일어났고 사람들이 서로의 피를 갈망하는 괴물들로 보여. 물론 나도 분명히 떳떳하지 못해. 모든 사람들이 불쌍한 저스틴이 유죄라고 믿었어. 만약 저스틴이 벌받았던 만큼 정말로 죄를 지었다면 그녀는 분명히 가장 타락한 인간일 거야. 몇 개의 보석을 위해서 은인의 아들이자 태어났을 때부터 친자식처럼 사랑했던 아이를 죽이다니! 나는 어떤 인간이건 사형하는 것에 동의하지 않지만 그런 인간은 인간 사회에 남아 있을 필요가 없다고 생각했을 거야. 그러나 저스틴은 무죄였지. 나는 그 애가 무죄라는 것을 알았어. 오빠도 같은 생각이어서 내 생각이 맞다고 확인해 주었지. 그런데 빅토르 오빠! 거짓이 너무나 진실처럼 보일 수 있다면 누가 진정으로 행복하다고 확신할 수 있겠어? 벼랑 끝을 걷고 있는데 수많은 사람들이 몰려와서 나를 나락 속으로 밀어 넣으려고 하는 것 같아. 윌리엄과 저스틴은 살해되었고 살인범은 도주했어. 그는 자유롭게 세상을 휘젓고 다니면서 사람들로부터 존경을 받고 있는지도 몰라. 그러나 설사 내가 같은 죄로 교수대에서 사형을 당한다 해도 그런 악한과 자리를 바꾸진 않을 거야."

나는 극도의 괴로움을 느끼면서 이 말을 들었습니다. 내가 직접 저지르진 않았지만 사실상 내가 진짜 살인자나 다름 없었지요. 엘리자베스는 괴로워하는 내 얼굴을 보더니 다정하게 내 손을 잡고 말했어요.

"소중한 오빠! 진정해. 이 사건들이 내게 얼마나 큰 충격을 주었는지 몰라. 그러나 나는 오빠만큼 불행하진 않아. 오빠의 얼굴에 때로 나타나는 절망과 복수심에 내가 두려울 지경이야. 빅토르 오빠, 이런 어두운 감정들을 버려. 오빠에게 모든 희망을 걸고 있는 주변 친구들을 기억해. 오빠를 행복하게 해 줄 수 있는 힘을 우리가 잃어버린 거야? 서로 사랑하고 진실하다면 오빠의 고향인 평화롭고 아름다운 이곳에서 우리는 온갖 평온한 축복을 받을 수 있을 거야. 그 무엇이 우리의 평화를 깨트릴 수 있겠어?"

내가 그 어떤 행운의 선물보다 더 소중하게 여기는 그녀의 이 말도 내 마음속에 숨어 있는 악마를 내쫓진 못했던 걸까요? 바로 그 순간에도 괴물이 그녀를 빼앗아 가기 위해 다가오지 않을까 두려워하는 사람처럼 나는 말하고 있는 그녀에게 바싹 다가섰습니다.

그렇게 따뜻한 호의도, 땅과 하늘의 아름다움도 내 영혼을 슬픔으로부터 구해 주지 못했습니다. 사랑의 말도 효과가 없었습니다. 나는 어떤 호의적인 사람도 통과하지 못하는 두터운 구름에 가려 있었습니다. 인적 없는 숲으로 힘없는 다리를 끌고 가서 몸에 꽂

흰 화살을 바라보며 죽어 가는 상처 입은 사슴이 바로 내 모습이었어요.

때로는 나를 덮치고 있던 음울한 절망감을 극복할 수 있는 날도 있었어요. 그러나 때로는 내 마음속에서 소용돌이치는 감정들 때문에 운동을 하거나 장소를 옮겨 다니면서 참을 수 없는 기분으로부터 벗어나야만 했습니다. 어느 날 이런 식으로 감정이 폭발해서 갑자기 집을 떠나 알프스 계곡을 향해 발길을 옮겼습니다. 자연 경관의 장엄함과 영원함 속에서 나 자신을 잊고, 인간이기에 영원할 수 없는 슬픔을 잊고 싶었습니다. 걷다 보니 샤모니 계곡을 향하고 있었습니다. 어린 시절에는 자주 갔던 곳이죠. 그때 이후 6년이 지났습니다. 비록 나는 엉망진창이 되었지만 쓸쓸하고 영속적인 경치는 하나도 변한 것이 없었습니다.

여행 초반에는 말을 타고 가다가 나중에는 노새를 빌렸습니다. 이런 바위투성이 길에서는 노새가 훨씬 더 믿음직하고 부상을 덜 입기 때문이었습니다. 날씨는 청명했습니다. 8월 중순경이었고 저스틴이 죽은 지 거의 두 달이 지났습니다. 지난 두 달은 내 모든 고통이 시작된 불행한 시기였습니다. 아르브 강의 좁은 골짜기를 따라 더 깊이 들어가자 마음속의 무거운 짐이 무척 가벼워졌습니다. 사방에 높게 드리워져 있는 거대한 산과 절벽, 바위 사이로 거세게 흘러 내려가는 강물 소리와 웅장한 폭포들은 전능한 신의 위대한 힘을 보여 주었습니다. 그리고 나는 자연을 창조해서 여기 이렇게 가장 멋진 모습으로 펼쳐 놓은 신보다 열등한 어떤 존재에 대해서도 두려움을 느끼거나 굴복하지 않게 되었습니다. 더 위로 올라가자 계곡은 훨씬 장엄하고 멋진 모습을 띠고 있었습니다. 소나무 숲의 절벽 위에 걸려 있는 낡은 성과 몰아치는 아르브 강, 나무들 사이로 여기 저기 언뜻언뜻 비치는 오두막집들은 독특하게 아름다운 장관을 이루고 있었습니다. 그러나 그것은 거대한 알프스 때문에 더욱 더 장엄해 보였습니다. 알프스 산의 하얗게 빛나는 뾰족하고 둥근 봉우리들은 다른 모든 것들을 제치고 높이 솟아 있어서 다른 종류의 존재들이 살고 있는 다른 세상에 속한 것처럼 보였습니다.

펠리시에 다리를 지나자 강에 의해 만들어진 좁은 골짜기가 눈앞에 펼쳐졌습니다. 나는 골짜기 위로 높이 드리워진 산을 오르기 시작해서 곧 샤모니 계곡에 들어갔습니다. 이 계곡은 막 지나온 세르보 계곡보다 더 멋지고 장엄했지만 그림처럼 아름답진 않았습니다. 눈 덮인 높은 산들이 직접 맞닿아 있었지만 낡은 성과 비옥한 들판은 더 이상 보이지 않았습니다. 거대한 얼음 조각들이 길옆으로 다가왔고 천둥 치는 소리를 내며 눈사태가 일어나면 하얀 안개가 일었습니다. 웅장한 최고봉 몽블랑은 주변의 뾰족한 봉우리들 위로 솟아올라 거대한 둥근 정상에서 계곡을 굽어보고 있었습니다.

이 여행을 하는 동안 오랫동안 잊어버리고 있었던 가슴 설레는 즐거운 기분을 이따금씩 다시 느끼게 되었습니다. 길모퉁이를 돌거나 새로운 물체를 갑자기 보게 되면 지나간 시절이 떠올랐고 어린 시절의 마음 편한 쾌활함이 되살아났습니다. 바람은 속삭이며 나를 달래 주었고 어머니 같은 자연은 내게 더 이상 울지 말라고 말해 주었습니다. 그러다가 이런 다정한 영향력이 아무 소용이 없어지는 때가 찾아오곤 했습니다. 나는 다시 슬픔에 사로잡혀서 온갖 불행한 생각에 빠져들었습니다. 그러면 나는 세상과 두려움, 그리고 무엇보다도 나 자신을 잊기 위해 노력하면서 노새에 박차를 가하기도 했고 두려움과 절망에 짓눌려 더욱 자포자기하는 심정으로 노새에서 내려 풀밭 위에 몸을 던지기도 했습니다.

마침내 샤모니 마을에 도착했습니다. 기운을 다 쓰고 나자 그동안은 잘 견뎌 왔지만 심신이 극도로 피곤해졌습니다. 잠깐 동안 나는 창가에 서서 몽블랑 위에서 어른거리는 희미한 번개 불빛을 바라보며 요란하게 흐르는 아르브 강물 소리를 들었습니다. 마음을 달래 주는 물소리가 너무나 예민해진 내 감각엔 자장가처럼 들렸습니다. 베개에 머리를 대자마자 잠이 들었습니다. 잠이 찾아드는 것을 느끼며 나는 모든 것을 잊게 해 주는 잠에게 감사를 드렸습니다.

10장

다음 날 나는 계곡을 돌아다녔습니다. 빙하에서 발생하여 산꼭대기부터 천천히 흘러 내려가 계곡을 둘러싸고 있는 아베론 강의 발원지 옆에 섰습니다. 앞에는 거대한 산들의 가파른 등성이들이 보였고 빙하의 얼음 벽이 머리 위로 펼쳐져 있었습니다. 부러진 몇 그루의 소나무들이 여기저기 흩어져 있었습니다. 그리고 황제처럼 장엄한 자연의 이 찬란한 알현실에 감도는 정적은 요란한 물결 소리나 거대한 얼음 조각이 떨어지는 소리, 천둥 같은 눈사태 소리, 또는 변치 않는 법칙의 조용한 작용에 따라 장난감 다루듯이 이따금씩 갈라지고 깨지는 얼음 소리에 의해서만 간간이 흐트러지곤 했습니다. 이 장엄하고 숭고한 경치는 내게 최고의 위안을 가져다주었습니다. 경치를 통해 나는 온갖 사소한 감정들을 벗어날 수 있었습니다. 그리고 비록 슬픔에서 완전히 벗어날 수는 없다 해도 많이 진정되고 안정되었습니다. 그리고 지난 한 달 동안 골몰했던 생각들로부터 어느 정도 벗어날 수 있었습니다. 밤이 되어 잠자리에 들자 낮에 보았던 웅장한 경치들이 도열해서 잠을 시중들고 보살폈습니다. 그들이 내 주위에 모여들었습니다. 티 없는 눈 덮인 산들과 반짝이는 산봉우리들, 소나무 숲과 야생의 꾸밈없는 산골짜기, 구름 사이로 솟아오른 독수리 등 경치들이 모두 나를 둘러싸고 편히 쉬라고 인사해 주었습니다.

다음 날 아침 눈을 떴을 때 그들은 모두 어디로 가 버렸을까요? 영혼에 영감을 불어넣어 주었던 모든 것이 잠과 함께 달아나 버리고 어두운 우울함만 남아 내 모든 생각에 그늘을 드리웠습니다. 비가 억수로 쏟아졌고 짙은 안개 때문에 산 정상이 보이지 않았습니다. 그래서 나는 그 힘센 친구들의 얼굴을 보지도 못했습니다. 그들의 얼굴을 가리고 있는 안개 자욱한 베일을 뚫고 구름 속에서 그들을 찾아보기로 했습니다. 비와 폭풍우가 내게 무슨 대수겠습니까? 노새가 문 앞에 대령하자 나는 몽탕베르 산의 정상에 오르기로 결심했습니다. 끊임없이 움직이는 거대한 빙하를 처음 보았을 때 받았던 감동이 떠올랐습니다. 마음이 숭고한 황홀함으로 가득 차서 영혼의 날개를 타고 어두운 세상을 벗어나 빛과 기쁨의 세계로 날아오르는 기분이었습니다. 장엄한 자연의 모습은 언제나 경외감을 불러일으키고 마음을 승화시켜서 삶의 일시적인 근심 걱정을 잊게 해 주지요. 나는 안내자 없이 산을 오르기로 결정했습니다. 길도 잘 알고 있었을 뿐만 아니라 다른 사람이 있으면 풍경의 적막한 웅장함이 제대로 느껴지지 않을 것 같았기 때문이었습니다.

산에 오르는 길은 가팔랐습니다. 그러나 길이 지속적으로 짧게 굴곡이 져서 깎아지른 듯한 산을 쉽게 오를 수 있었습니다. 굉장히 황량한 풍경이었어요. 여러 곳에서 겨울 눈사태의 흔적이 보였지요. 나무들이 부러져서 땅 위에 흩어져 있었습니다. 어떤 나무는 완전히 망가졌고 또 어떤 나무는 휘어져서 튀어나온 바위에 기대고 있거나 다른 나무들 위에 가로로 걸쳐 있었습니다. 길은 위로 올라갈수록 눈 덮인 골짜기를 가로질러 나 있었습니다. 골짜기 아래로 돌들이 끊임없이 굴러 떨어졌습니다. 어떤 돌은 매우 위험해서 큰 소리로 이야기하는 정도의 공기 진동만으로도 말하는 사람의 머리 위로 떨어지기 충분했습니다. 소나무들은 크지도 울창하지도 않았지만 거무스름한 색깔 덕분에 황량한 분위기의 풍경을 더욱 황량하게 했습니다. 아래 계곡을 내려다보자 계곡 사이를 흐르는 강에서 물안개가 넓게 피어올라 산 정상이 구름 속에 가려진 맞은편 산들 주변을 자욱하게 소용돌이치며 맴돌았습니다.

어두운 하늘에서 비가 쏟아지자 주변의 풍경이 주는 우울한 인상이 한층 진해졌습니다. 아! 왜 인간은 짐승보다 더 뛰어난 감수성을 가지고 있다고 우쭐댈까요? 그래 봐야 짐승들을 더욱 더 없어서는 안 될 존재로 만들 뿐인데요. 만약 우리에게 허기와 갈증, 정욕 같은 충동들만 있다면 우리가 더 자유로워지지 않을까요? 그러나 우리는 불어오는 모든 바람, 우연한 말 한마디에도, 그 말이 전달해 주는 장면에도 감동을 받는 존재이지요.

> 잠잘 때엔 꿈이 잠을 방해하고
>
> 깨어 있을 때엔 부질없는 생각으로 하루를 망친다.
>
> 우리는 느끼고 생각하고 따지고 웃고 운다.
>
> 어리석은 근심을 끌어안기도 하고 근심 걱정을 던져 버리기도 한다.
>
> 그러나 마찬가지다. 기쁨의 삶이건 슬픔의 삶이건
>
> 떠나는 길은 허망하다.
>
> 인간의 어제는 결코 내일과 같을 수 없다.
>
> 변하지 않는 것은 무상함뿐이다.

정오 무렵엔 산의 정상에 올랐습니다. 얼음 바다가 내려다보이는 바위 위에 잠깐 앉았습니다. 안개가 얼음 바다와 주변의 산들을 덮고 있었습니다. 곧 산들바람이 불어와 구름이 흩어졌고 나는 빙하 위로 내려갔습니다. 빙하의 표면은 거친 파도처럼 솟아 올랐다가 내려가기도 했고 군데군데 틈새가 깊이 패여 있었습니다. 얼음 벌판은 폭이 5킬로미터에 달해서 건너는 데 두 시간 정도가 걸렸습니다. 맞은편에 있는 산은 거의 수직에 가까운 바위 절벽이었습니다. 내가 서 있는 쪽에서 보면 몽탕베르 산은 바로 맞은편에 5킬로미터 정도 떨어져 있었습니다. 그리고 그 위로 몽블랑이 위풍당당하게 솟아 있었습니다. 나는 움푹 들어간 바위 위에서 이 멋진 경치를 음미했지요. 거대한 얼음 강이라 할 수 있는 바다는 몽블랑의 산언저리 정도까지 솟아오른 주변의 산들 사이를 굽이굽이 흘러갔습니다. 얼음이 덮은 반짝이는 봉우리들이 구름 위로 비추는 햇빛을 받아 밝게 빛났습니다. 슬픔에 잠겼던 내 마음은 기쁨에 부풀어서 "방황하는 영혼들이여! 그대들이 좁은 침상에서 진실로 안식을 얻지 못하고 방황하고 다닌다 해도 내게 이 작은 행복을 느끼도록 허락해 주오. 그럴 수 없다면 세상의 기쁨을 느끼지 못하도록 나를 데려가 그대들의 벗으로 삼아 주오."라고 외쳤습니다.

바로 그때 갑자기 멀리서 초인적인 속도로 나를 향해 다가오는 사람의 형체가 보였습니다. 얼음 틈새들 사이로 조심스럽게 걸어왔던 나와는 달리 그는 틈새들을 훌쩍훌쩍 뛰어넘어 오고 있었습니다. 그가 다가오자 키 역시 보통 사람보다 훨씬 커 보였습니다. 나는 불안해졌습니다. 눈앞이 흐려지면서 실신할 것만 같았지요. 그러나 차가운 산바람에 곧 정신이 들었습니다. 그 형체가 다가오자 (너무나 무시무시하고 소름끼치는 광경이었습니다.) 나는 그것이 바로 내가 만든 괴물이라는 것을 깨달았습니다. 나는 분노와 공포로 몸을 떨면서 그가 다가오기를 기다려서 목숨을 걸고 한바탕 싸우리라고 결심했습니다. 그가 다가왔습니다. 쓰라린 고뇌의 표정이 역력한 그의 얼굴에는 경멸과 원한이 뒤섞여 있었어요. 그러나 소름끼칠 정도로 흉한 그의 모습은 도저히 쳐다볼 수 없을 정도로 너무나 끔찍했습니다. 그러나 이런 것을 살펴보고 있을 여유가 없었습니다. 처음에는 분노와 증오심 때문에 할 말을 잃었지만 곧 정신을 차리고 내가 품고 있는 맹렬한 혐오감과 경멸이 담긴 말들을 그에게 퍼부었지요.

"악마 같은 놈, 어떻게 감히 내게 다가오는 거지? 내가 네 흉측한 머리에 맹렬한 복수의 공격을 가할 것이 두렵지도 않나? 물러가라, 이 버러지 같은 놈! 아니, 그대로 있어라. 너를 짓이겨 가루로 만들어 주겠다. 아, 네 흉측한 존재를 없애 버리고 네게 잔인하게 살해당한 사람들을 되살릴 수만 있다면!"

그러자 악마가 말했습니다.

"이런 대접을 받을 줄 알았습니다. 모든 사람이 불쌍한 존재를 미워하는군요. 그렇지만 다른 어떤 생명체보다 불행한 나를 어떻게 미워할 수 있습니까? 나를 만들어 낸 당신조차 당신의 창조물 인 나를 미워하고 경멸하는군요. 당신은 나를 우리 둘 중 한 사람이 죽는 경우에나 끊어질 인연으로 묶어 놓지 않았습니까? 이제는 날 죽이려 하는군요. 어떻게 생명을 가지고 장난을 할 수 있습니까? 당신이 내게 의무를 다한다면 나도 당신과 세상 사람들에게 의무를 다할 겁니다. 내 조건에 따라 주면 세상 사람들과 당신을 평화롭게 내버려두겠습니다. 그러나 거절한다면 남아 있는 당신 친구들의 피를 맛보며 실컷 살육을 충족하겠습니다."

"이 혐오스러운 괴물! 악마 같은 놈! 네가 저지른 죄에 대해 복수하기에는 지옥의 고문도 너무 약하다. 가증스런 악마 같으니라고! 널 만들어 냈다고 나를 비난한단 말이지. 덤벼라. 너에게 경솔하게 부여해 준 생명의 불씨를 내가 꺼트려 주겠다."

분노가 끝없이 치밀었습니다. 다른 존재와 싸울 수 있게 해 주는 온갖 감정에 휩싸여서 나는 그에게 달려들었습니다.

그는 쉽게 나를 피하며 말했습니다.

"진정해요. 내 저주받은 머리가 증오심을 발산하기 전에 잠깐 내 말을 들어보길 바랍니다. 그동안 겪은 것으로도 모자라서 당신까지 내게 불행을 보태 주려고 합니까? 고통만 쌓여 가는 삶이지만 내게는 소중한 삶이니 지킬 것입니다. 당신이 나를 당신 자신보다 더 힘세게 만들었다는 사실을 기억하세요. 나는 당신보다 키도 크고 관절도 더 유연합니다. 그러나 당신과 싸우고 싶지 않습니다. 나는 당신이 만든 존재입니다. 당신이 내게 의무를 다한다면 나를 만들어 준 주인이자 왕인 당신에게 얌전하고 유순하게 굴겠습니다. 프랑켄슈타인, 다른 사람들에게는 공평하게 대하면서 왜 나는 무시하려고 합니까? 사실 당신은 내게야말로 공평하고 온화하며 다정하게 대해야 하는 것 아닙니까? 당신이 나를 만들어 냈다는 사실을 기억하기 바랍니다. 나는 당신에게 아담과 같은 존재여야 하는데 당신은 나를 타락한 천사 취급을 하는군요. 아무 잘못도 없는데 기쁨으로부터 몰아내니 말입니다. 사방이 천국인데 그곳에 나만 홀로 들어갈 수가 없습니다. 나도 예전에는 인자하고 착했답니다. 불행 때문에 악마가 되고 말았습니다만 나를 행복하게 만들어 주면 다시 선해질 겁니다."

"사라져! 네 말을 듣지 않겠어. 너와 나는 아무 관계도 없다. 우리는 서로 적이야. 사라져라. 그렇지 않으면 둘 중 하나가 쓰러질 때까지 싸워 보자."

"어떻게 하면 당신의 마음을 움직일까요? 아무리 애원해도 친절과 동정을 간청하는 당신의 창조물에게 따뜻한 시선을 주지 않으렵니까? 프랑켄슈타인, 나는 정말로 착했답니다. 내 영혼은 사랑과 인정으로 타올랐습니다. 그러나 지금 저는 끔찍하게 외톨이가 아닙니까? 나를 만들어 낸 당신도 나를 싫어하는데 내게 아무런 의무도 없는 당신의 동족 인간들로부터 무슨 희망을 얻을 수 있겠습니까? 그들은 나를 경멸하고 혐오합니다. 쓸쓸한 산이나 황량한 얼음 조각이 내 은신처입니다. 나는 여기서 여러 날을 헤맸습니다. 나는 얼음 동굴이 무섭지 않습니다. 사람들이 시샘하지 않는 유일한 집이니까요. 나는 삭막한 하늘을 환호하며 맞습니다. 당신들 인간보다 내게 더 친절하니까요. 사람들이 내 존재를 알아차린다면 그들은 당신처럼 나를 없애기 위해 무장을 할 것입니다. 내가 나를 혐오하는 사람들을 미워하게 되는 것이 당연하지 않습니까? 절대 적들과는 교섭하고 싶지 않습니다. 나는 그들이 내가 겪은 비참함을 공유하게 만들고 말겠습니다. 그러나 당신은 내게 보상을 함으로써 그들을 악마로부터 보호하는 일을 할 수 있습니다. 악마의 성질을 돋워서 당신과 당신 가족들뿐만 아니라 다른 수천 명의 사람들이 악마의 분노의 소용돌이에 휘말리느냐 마느냐 하는 문제는 전적으로 당신에게 달려 있습니다. 제발 동정하는 마음을 가져 주세요. 나를 경멸하지 말아 주세요. 내 이야기를 들어보고 난 다음 합당하다고 판단되는 대로 나를 버리든지 동정하든지 마음대로 해도 좋습니다. 그러나 일단 내 얘기를 들어 봐요. 아무리 잔인한 죄인이라도 사형당하기 전에 자신을 변호할 기회를 법적으로 보장받고 있지 않습니까? 프랑켄슈타인, 내 말을 들어 보세요. 당신은 나를 살인자라 비난하지만 당신 자신은 양심에 아무런 거리낌 없이 당신 손으로 만들어 낸 이 나를 죽이려 하고 있지 않습니까. 오, 인간의 영원한 정의를 찬양하라. 나를 용서해 달라고 빌진 않겠습니다. 내 말을 듣고 나서, 할 수 있다면, 그렇게 하고 싶다면, 당신 손으로 만들어 낸 작품을 없애기 바랍니다."

"내가 장본인이긴 하지만 생각만 해도 몸서리쳐지는 사실을 무엇 때문에 들춰내지? 이 끔찍한 악마야! 네가 처음으로 빛을 보았던 그날에 저주가 있기를!(비록 나 자신에 대한 저주일지라도!) 너를 만들어 낸 내 손에도 저주가 있기를! 너는 말로 표현할 수 없을 정도로 나를 불행하게 했다. 내가 너에게 공정하게 대했는지 아닌지 생각할 기운도 없다. 사라져! 끔찍한 네 꼴을 보지 않게!"

그는 "나를 만든 창조자여, 이렇게 가려 드리지요."라고 말하면서 내 눈을 자신의 흉측한 손으로 가렸습니다. 그러나 나는 그의 손을 거칠게 밀어냈습니다.

"이렇게 당신이 혐오하는 모습이 보이지 않도록 가리겠습니다. 그래도 내 말은 들을 수 있을 테니 내게 동정을 베풀어 주세요. 한때 가졌던 착한 마음을 걸고 당신에게 이것을 요구합니다. 제 말을 들어주십시오. 이야기가 별스럽고 길어질 것 같은데 이곳 기온은 당신처럼 연약한 감각을 가진 사람에게는 적당하지 않습니다. 산 위에 있는 오두막집으로 갑시다. 하늘에는 아직 해가 떠 있습니다. 해가 눈 덮인 벼랑 뒤쪽으로 넘어가서 다른 세상을 비추기 전까지는 내 이야기를 다 듣고 결정을 내릴 수 있을 것입니다. 내가 영원히 사람들 근처에는 얼씬도 하지 않음으로써 해를 끼치지 않는 삶을 살 것인지, 아니면 당신의 동료 인간들에게 고통을 안겨 주고 당신을 급속도로 파멸시키는 존재가 될 것인지는 전적으로 당신에게 달려 있습니다."

그는 이렇게 말하고 얼음을 가로질러 앞장 서 걷기 시작했습니다. 나도 그를 따라갔습니다. 마음이 복잡해서 그에게 대꾸를 할 수가 없었습니다. 그러나 걸어가면서 그가 내세운 여러 가지 주장들을 따져 본 다음 일단 그의 이야기를 들어 보기로 결심했습니다. 약간의 호기심이 일기도 했지만 그에 대한 동정심 때문에 결심을 굳혔습니다. 지금까지 나는 그를 동생을 살해한 사람으로 여겨 왔기 때문에 이런 내 생각이 과연 맞는 것인지, 아니면 틀린 것인지 알아보고 싶었습니다. 물론 처음으로 내가 만들어 낸 존재에 대해 창조자로서의 의무감을 느꼈고 그의 사악함을 비난하기 전에 먼저 그를 행복하게 해 줘야겠다고 생각하기도 했지요. 이런 동기들 때문에 그의 요구를 따르기로 했습니다. 우리는 얼음을 건너서 반대편에 있는 바위 위로 올라갔습니다. 공기가 차가웠고 다시 비가 내리기 시작했습니다. 악마는 기쁨에 들뜬 태도였지만, 나는 무거운 마음과 우울한 기분으로 오두막집으로 들어갔습니다. 나는 그의 말을 들어주기로 하고 혐오스러운 괴물이 지핀 불가에 앉았습니다.

그가 다음과 같이 이야기를 시작했습니다.

11장

내가 세상에 존재하게 된 후의 첫 시기를 기억해 내기는 상당히 어렵습니다. 그 시기에 일어났던 모든 사건들은 혼란스럽고 불분명합니다. 이상한 여러 가지 감각들이 한꺼번에 겹쳐서 내게 몰려왔습니다. 그리고 동시에 보고 느끼고 듣고 냄새를 맡게 되었습니다. 그리고 사실 오랜 시간이 지나서야 여러 가지 감각들의 작용을 구분하는 법을 배우게 되었습니다. 더 강렬한 빛이 조금씩 신경을 누르는 것 같아서 눈을 감을 수밖에 없었습니다. 그런 다음 어둠이 덮쳐 와서 불안한 마음이 들었습니다. 눈을 뜨자 다시 빛이 쏟아져 들어와서 불안한 마음이 거의 사라졌던 기억이 납니다. 아래층으로 걸어서 내려갔던 것 같은데 감각에 큰 변화가 일어났습니다. 전에는 만지거나 볼 수 없던 어둡고 불투명한 물체들이 나를 둘러싸고 있었는데 이제는 마음대로 돌아다닐 수 있게 되었고 넘거나 피하지 못할 장애물도 없었습니다. 빛이 나를 점점 더 압박해 왔고 더위 때문에 지쳐서 걸을 수가 없었습니다. 그래서 그늘진 곳을 찾아 잉골슈타트 근처의 숲으로 갔습니다. 그곳에서 피로를 풀기 위해 시냇가에 한참을 누워 있었는데 허기와 갈증 때문에 참을 수가 없게 되었습니다. 그래서 몽롱한 상태에서 깨어나서 나무에 달려 있거나 땅에 떨어진 열매들을 먹었습니다. 시냇물로 목을 축인 다음 다시 누워 잠이 들었습니다.

깨어 보니 주변이 깜깜했습니다. 추위가 느껴졌고 혼자라는 생각에 본능적으로 약간 무서워지더군요. 약간의 옷으로 몸을 가리긴 했지만 밤이슬을 피하기에는 부족했습니다. 나는 불쌍하고 의지할 데 없는 비참한 신세였습니다. 어떻게 해야 할지 알 수가 없었고 아무것도 분간할 수조차 없었습니다. 너무나 괴로워서 주저앉아 울음을 터트렸습니다.

곧 하늘에 은은한 빛이 스며드는 것을 보자 기분이 좋아졌습니다. 놀라 일어나서 하늘을 보았더니 나무들 사이로 밝은 물체가 하나 떠오르더군요. 나는 경이로움을 느끼며 그것을 바라보았습니다. 그것은 천천히 움직였지만 길을 비춰 주었습니다. 다시 열매를 찾으러 나섰습니다. 여전히 추위를 느끼던 차에 나무 밑에서 커다란 망토를 하나 발견했습니다. 그것으로 몸을 감싸고 땅 위에 앉았습니다. 마음속에는 어떤 분명한 생각도 떠오르지 않았습니다. 모든 것이 혼란스러웠죠. 빛과 허기, 갈증과 어둠이 느껴졌고 무수한 소리가 내 귀를 스쳐 갔습니다. 그리고 사방에서 여러 가지 냄새들이 풍겨 왔습니다. 분간할 수 있는 유일한 물체는 밝은 달뿐이어서 즐거운 기분으로 뚫어지게 달을 바라보았습니다.

며칠 밤낮이 지나갔습니다. 그리고 하늘에 떠 있는 둥근 물체의 크기가 많이 줄어들자 내 감각들도 하나씩 분명해졌습니다. 마실 것을 제공해 주는 맑은 시냇물과 잎으로 그늘을 만들어 주는 나무들도 서서히 명확하게 보였습니다. 가끔씩 들려오는 기분 좋은 소리가 종종 시야를 가리곤 했던 작은 날개 달린 짐승들의 목에서 나는 소리라는 것을 처음 발견했을 때는 정말 기뻤습니다. 주변의 형체들이 훨씬 더 정확하게 보이기 시작했고 머리 위를 환하게 덮고 있는 빛의 지붕이 어디까지 펼쳐져 있는지 알게 되었습니다. 때때로 새들의 즐거운 노래 소리를 흉내 내 보기도 했지만 쉽진 않았습니다. 때로는 내 나름대로 감정을 표현하고 싶었지만 거칠고 불분명한 소리만 튀어나와서 다시 입을 다물어 버렸죠.

달이 사라지더니 조금 작아져서 다시 나타났습니다. 나는 그동안에도 계속 숲에 머물러 있었습니다. 이때쯤 감각이 분명해졌고 매일 조금씩 마음속에 새로운 생각들이 쌓여 갔습니다. 눈이 빛에 익숙해졌고 사물을 제대로 바라보게 되었습니다. 벌레와 풀을 구분하게 되었고 풀들끼리도 어떻게 다른지 점차 알게 되었습니다. 참새는 거친 소리만 내지만 찌르레기와 개똥지빠귀의 노랫소리는 달콤하고 매력적이라는 것을 알았습니다.

어느 날 추위에 시달리고 있을 때 떠돌이 거지들이 남기고 간 모닥불을 발견했습니다. 나는 모닥불에서 따스한 기운이 나온다는 것을 알고서 무척 기뻤습니다. 너무 좋아서 불씨가 살아 있는 모닥불 속에 손을 푹 집어넣었는데 아파서 소리를 지르며 재빨리 손을 빼고 말았습니다. 같은 원인에서 정반대의 결과가 나타날 수 있다니 참 신기하다는 생각이 들더군요. 불을 만들어 내는 재료가 무엇인지 살펴보다가 기쁘게도 그것이 나무라는 것을 알았습니다. 그래서 재빨리 가지 몇 개를 모아 왔는데 젖어 있어서 타질 않았습니다. 걱정스러워서 불이 어떻게 타는지 앉아서 살펴보았습니다. 불기 근처에 놓아둔 젖은 가지가 마르더니 불이 붙었습니다. 이것을 보고 여러 가지들을 만져 본 다음 타지 않은 원인이 무엇인지 찾아냈습니다. 그런 다음 말려 두었다 땔감으로 쓸 수 있도록 바쁘게 돌아다니며 나무를 많이 모았습니다. 밤이 되자 졸렸지만 불이 꺼질까 봐 모닥불을 마른 나무로 잘 덮은 다음 그 위에 젖은 가지들을 올려 두었습니다. 그런 다음 망토를 펴고 땅바닥에 누워 잠이 들었습니다.

아침이 되어 눈을 뜨자마자 제일 먼저 불을 살펴보았습니다. 불을 뒤적거리자 바람결에 불길이 다시 살아났습니다. 그것을 보고 나무 가지들로 부채를 만들었습니다. 부채질을 하면 거의 꺼졌던 불씨가 다시 살아나더군요. 다시 밤이 되었을 때 불에서 따뜻한 기운뿐만 아니라 빛도 나온다는 사실을 알고 기뻤습니다. 그리고 이 발견을 음식 먹을 때 유용하게 이용했습니다. 불빛 덕에 여행자들이 남기고 간 음식 부스러기들이 불에 구워져 있으며 그것이 산에서 따 온 나무 열매들보다 훨씬 더 맛있다는 사실을 알아차렸기 때문입니다. 그래서 나도 음식을 같은 식으로 싼 다음 불꽃 위에다 얹어 두었습니다. 이렇게 하자 나무 열매는 오히려 맛이 떨어졌지만 딱딱한 열매와 나무 뿌리는 훨씬 맛이 좋아졌습니다.

그러나 먹을 것이 점점 줄어들어서 하루 종일 돌아다녀도 허기를 달랠 도토리 몇 알도 찾을 수가 없었습니다. 그래서 지금까지 살던 곳을 떠나 몇 가지 안 되는 필요한 것들을 더 쉽게 얻을 수 있는 곳을 찾아보기로 결심했습니다. 장소를 옮기자니 우연히 얻게 된 불을 두고 가야 하는 것이 몹시 섭섭했습니다. 그땐 아직 불 지피는 법을 몰랐으니까요. 몇 시간 동안 이 문제를 심각하게 고민해 보았지만 불을 가지고 가기 위한 온갖 시도 끝에 결국 포기해야만 했습니다. 할 수 없이 망토로 몸을 감싼 다음 해가 지는 쪽으로 숲을 가로질러 나아갔습니다. 이렇게 사흘을 걷다 보니 마침내 넓은 들이 나타났습니다. 그 전날 밤에 눈이 많이 내려서 들판은 온통 하얀색이었습니다. 그 풍경이 슬퍼 보였지만 땅을 덮고 있는 차갑고 축축한 물질 때문에 발이 시리다는 것을 알았습니다.

그때가 아침 7시경이었는데 먹을 것과 잠자리가 필요했습니다. 마침 둔덕에 작은 오두막집이 있는 것을 발견했습니다. 그것은 양치기를 위해 지은 것이 분명했습니다. 처음 보는 것이라 호기심을 가지고 구조를 살펴보았습니다. 문이 열려 있어서 안으로 들어갔더니 노인 한 사람이 난롯불 옆에 앉아서 아침 식사를 준비하고 있었습니다. 노인은 인기척에 몸을 돌려 나를 보더니 큰 소리로 비명을 지르며 오두막집을 뛰쳐나갔습니다. 쇠약한 노인의 몸이라고는 믿어지지 않을 정도의 빠른 속도로 들판을 가로질러 줄달음을 치더군요. 전에 본 그 어떤 것과도 다른 그의 모습과 달리는 모습에 놀라긴 했지만 오두막집의 모습에 마음을 빼기고 말았습니다. 집 안으로는 눈비가 들어올 수 없었고 바닥은 보송보송했습니다. 불의 호수에서 고통을 겪고 나온 지옥의 악마들에게 복마전(밀턴의 『실낙원』에 나오는 악마들의 궁전. — 옮긴이)이 그랬던 것처럼, 그 당시 내게는 그곳이 너무나 멋지고 훌륭한 은신처처럼 보였습니다. 나는 양치기가 아침 식사로 먹다 남긴 빵과 치즈, 우유와 포도주를 게걸스럽게 먹어치웠습니다. 그러나 포도주는 별로 맛이 없었습니다. 그런 다음 피곤이 몰려와서 볏짚 위에 누워 잠이 들었습니다.

정오쯤 잠에서 깨어났습니다. 그리고 눈 덮인 하얀 땅 위를 밝게 비추고 있는 따사로운 햇살에 이끌려서 가던 길을 계속 가기로 작정했습니다. 오두막집 안에서 발견한 바랑 안에다 아침 식사 때 남은 음식을 집어넣은 다음 몇 시간 동안 들판을 가로질러 걸어갔습니다. 그러다가 해질 무렵 한 마을에 도착했습니다. 마을은 너무 멋져 보였습니다. 오두막집들과 그보다 더 예쁘게 지어진 시골집들, 대저택들을 보며 감탄을 금치 못했습니다. 텃밭의 채소들과 시골집 창틀에 놓인 우유와 치즈가 식욕을 자극했습니다. 가장 멋있어 보이는 한 집의 문에 발을 들여놓자마자 아이들이 비명을 질러 댔고 한 여자는 기절하는 소동이 벌어졌습니다. 온 마을이 벌컥 뒤집혔습니다. 어떤 사람은 도망을 쳤고 어떤 사람은 내게 공격을 가했습니다. 결국 돌과 그 외 다양한 종류의 날아오는 무기들 때문에 심한 상처를 입은 나는 넓은 들로 도망친 다음 겁에 질려서 낮은 헛간에 숨었습니다. 이 헛간은 매우 허름했고 마을에서 궁전 같은 집들을 보고 난 직후라 그런지 꾀죄죄해 보였습니다. 이 헛간 옆에는 깨끗하고 보기 좋은 시골집이 있었지만 방금 전에 값비싼 경험을 겪었던 터라 감히 들어갈 엄두가 나지 않았습니다. 내가 숨어 있던 헛간은 나무로 지어졌지만 너무나 낮아서 똑바로 앉아 있기도 힘들었습니다. 바닥은 나무를 깔지 않아 흙바닥이었지만 잘 말라 있었습니다. 그리고 무수한 틈새로 바람이 들어왔지만 눈비를 피하기엔 괜찮은 곳이었습니다.

비록 초라하긴 해도 혹독한 추위와 잔인한 사람들을 피할 수 있는 곳을 발견한 것을 다행스럽게 여기며 그곳에 들어가서 누웠습니다.

아침이 밝아 오자마자 헛간에서 기어 나와 옆의 시골집을 살펴보며 헛간에서 숨어 지내도 괜찮은지 따져 보았습니다. 헛간은 시골집의 뒤편에 자리 잡고 있었는데 돼지우리와 깨끗한 물웅덩이가 옆을 에워싸고 있었습니다. 한쪽만이 장애물이 없어서 그곳으로 기어 들어왔지만 혹시 다른 사람에게 들킬까 봐 돌과 나무로 틈새를 모두 가렸습니다. 물론 어쩌다 밖으로 나갈 때는 가려 놓은 돌과 나무를 치울 수 있도록 대비를 해 두었습니다. 돼지우리를 통해 들어오는 빛이 전부였지만 내게는 그것으로도 충분했습니다.

이렇게 머물 곳을 정돈하고 바닥에 깨끗한 짚을 깐 다음 헛간 안으로 들어왔습니다. 멀리 한 남자의 형체가 나타났기 때문이었습니다. 그 전날 밤 내가 사람들로부터 어떤 대접을 받았는지 너무나 생생하게 기억하고 있었기 때문에 그 사람에게 나를 믿고 맡길 수가 없었습니다. 그날은 훔친 딱딱한 빵 한 덩어리와 물 한 컵으로 끼니를 때웠습니다. 내가 숨어 있던 헛간 옆으로 흐르는 맑은 물을 손으로 떠먹는 것보다 컵으로 떠서 마시니까 훨씬 더 편했습니다. 바닥은 약간 높아서 잘 말라 있었고 시골집의 굴뚝이 가까이 있어서 상당히 따뜻했습니다.

이런 것을 다 갖추고 있었기 때문에 무슨 일이 일어나서 결심이 바뀌지 않는 한 이 헛간에서 지내기로 결정했습니다. 전에 지내던 황량한 숲과 빗방울 떨어지던 가지들, 축축한 땅바닥에 비하면 이곳은 천국이나 다름없었습니다. 즐겁게 아침 식사를 마치고 물을 뜨러 가기 위해 널빤지를 치우려는 순간 발자국 소리가 들렸습니다. 작은 틈새로 내다보니 한 소녀가 머리에 양동이를 이고 헛간 앞을 지나가는 모습이 보였습니다. 소녀는 지금까지 내가 본 시골 사람들과 농장 하인들과는 달리 예의 바른 몸가짐을 하고 있었습니다. 그러나 그녀의 옷차림은 초라했고 거친 파란색 페티코트와 리넨 재킷만을 걸치고 있었습니다. 땋은 금발 머리에는 아무 장식도 없었습니다. 그녀의 표정은 슬픔을 참고 있는 것처럼 보였습니다. 그녀는 사라졌다가 약 15분 후에 이번에는 우유가 조금 들어 있는 양동이를 이고 다시 나타났습니다. 그녀가 힘겨워하면서 걸어가자 한 청년이 나와서 양동이를 들어 주었습니다. 청년의 얼굴은 더 슬퍼 보였습니다. 우울하게 몇 마디 말을 하더니 소녀의 머리에서 양동이를 내린 다음 그것을 들고 집 안으로 들어갔습니다. 소녀도 뒤따라 사라졌습니다. 곧 청년이 손에 연장을 들고 시골집

뒤쪽 들판을 가로질러 가고 있는 모습이 보였습니다. 그리고 소녀 역시 때로는 집 안에서, 때로는 마당에서 분주하게 움직였습니다.

나는 내가 숨어 있는 곳을 자세하게 살펴보다가 시골집에 난 창문들 중 하나에 유리 대신 나무가 끼워져 있는 것을 발견했습니다. 그곳에 눈에 띄지도 않을 정도로 작은 틈새가 있어서 안을 겨우 들여다 볼 수 있었습니다. 작은 방은 하얗게 회칠이 되어 있어서 깨끗했지만 가구는 거의 놓여 있지 않았습니다. 한쪽 구석에 한 노인이 작은 난로 옆에 앉아 머리를 두 손에 파묻은 채 슬픔에 잠겨 있었습니다. 소녀가 집을 정돈하느라 한창이더니 곧 서랍에서 뭔가를 꺼내 손에 들고 노인 옆에 앉았습니다. 노인은 악기를 집어 들고 연주를 시작했습니다. 그 소리는 개똥지빠귀나 꾀꼬리 소리보다 더 달콤했습니다. 아름다움이라는 것을 한 번도 경험해 보지 못한 나 같은 불쌍한 사람에게도 그 모습은 아름다운 광경이었습니다. 노인의 은발과 인자한 얼굴은 존경심을 불러일으켰고 소녀의 상냥한 태도는 사랑의 감정을 불러일으켰습니다. 노인이 감미롭고 슬픈 가락을 연주하자 옆에서 듣고 있던 사랑스러운 소녀가 눈물을 흘렸지만 노인은 전혀 눈치 채질 못했습니다. 그러다가 소녀가 소리 내어 흐느끼자 노인이 몇 마디를 건넸습니다. 그러자 소녀는 하던 일을 멈추고 노인 발치에 무릎을 꿇었습니다. 노인은 소녀를 일으켜 세운 다음 너무나 부드럽고 다정한 미소를 지어 보였습니다. 노인의 미소는 내게 특별하고 강렬한 인상을 남겨 주었습니다. 그 미소에는 고통과 기쁨이 섞여 있었습니다. 그것은 허기나 추위, 따스함이나 음식으로부터 얻을 수 있는 것과는 완전히 다른, 한 번도 경험해 보지 못한 느낌이었습니다. 나는 이런 감정을 도저히 견딜 수가 없어서 창문에서 물러났습니다.

이 일이 있은 직후에 청년이 어깨에 나무를 지고 돌아왔습니다. 소녀가 문 쪽으로 나가 그를 맞이하더니 나무 부리는 것을 도와주었습니다. 그녀는 땔감을 들고 집 안으로 들어가서 난로에 얹었습니다. 그런 다음 두 사람이 집의 구석으로 가더군요. 청년이 소녀에게 커다란 빵 덩어리와 치즈 조각을 보여 주었습니다. 소녀는 기뻐하며 텃밭에 나가서 야채 뿌리와 잎을 따다가 물에 씻은 다음 불 위에 올렸습니다. 그 후 소녀는 하던 일을 계속했고 청년은 텃밭에 나가서 뿌리를 캐고 뽑느라 여념이 없는 것 같았습니다. 그렇게 청년이 한 시간가량 일하고 있을 무렵 소녀가 그를 데리러 왔습니다. 두 사람은 함께 집 안으로 들어갔습니다.

그동안 노인은 생각에 잠겨 있다가 두 사람이 들어오자 매우 쾌활한 표정을 지으면서 같이 앉아 식사를 하기 시작했습니다. 식사는 곧 끝났습니다. 소녀는 다시 집 안 정리를 하기 시작했고 노인은 청년의 팔에 기대서 몇 분 동안 집 앞을 걸었습니다. 이 두 사람의 대조적인 모습은 그 어떤 것보다 아름다웠습니다. 한 사람은 은발의 노인으로 얼굴에는 인자함과 사랑이 넘쳤고 청년은 호리호리하고 품위가 있어 보였습니다. 청년의 얼굴은 완벽하게 균형이 잡혀 있었지만 그의 눈과 태도에는 극도의 슬픔과 절망이 서려 있었습니다. 노인을 집 안으로 모셔다 드린 다음 청년은 오전에 사용하던 것과는 다른 연장을 들고서 들판으로 나갔습니다.

곧 밤이 찾아왔습니다. 그러나 놀랍게도 이 집에 살고 있는 사람들은 초를 이용해서 빛을 연장하는 방법을 알고 있었습니다. 해가 졌어도 곁에 사는 사람들을 바라보며 느꼈던 즐거움을 지속할 수 있다는 것을 알고서 기뻤습니다. 저녁에 소녀와 그녀의 동료들은 내가 알 수 없는 여러 가지 일들에 몰두했습니다. 노인은 오전에 나를 매혹시켰던 멋진 소리를 낸 악기를 다시 집어 들었습니다. 연주가 끝나자 청년은 연주가 아니라 단조로운 소리를 내기 시작했습니다. 그 소리는 노인의 악기에서 나오는 화음이나 새들의 노래 소리와는 딴판이었습니다. 나중에야 청년이 큰 소리로 책을 읽었다는 것을 알게 되었습니다. 그러나 그 당시에 나는 말이나 글자의 기술에 대해 아무것도 몰랐습니다.

가족들은 그렇게 잠깐 동안 시간을 보낸 다음 불을 껐습니다. 아마 잠을 자러 갔던 것 같습니다.

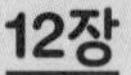

12장

짚더미 위에 누웠지만 잠을 잘 수가 없어서 그날 일어난 일들에 대해 생각해 보았습니다. 가장 인상 깊었던 것은 이 사람들의 상냥한 태도였습니다. 그들을 만나보고 싶었지만 감히 그럴 엄두가 나지 않았습니다. 그 전날 밤 야만스러운 마을 사람들로부터 받았던 푸대접을 너무나 잘 기억하고 있었기 때문에 앞으로 어떤 식으로 행동하기로 결정하건 당분간은 조용히 헛간 속에서 지내기로 결심했습니다. 오두막집 식구들의 행동에 영향을 미친 연유가 무엇인지 알아내려고 노력하면서요.

다음 날 아침 오두막집 사람들은 해 뜨기 전에 일어났습니다. 소녀는 집 안을 정리한 다음 음식을 준비했고 청년은 식사 후 집을 나섰습니다.

이날도 그 전날과 똑같이 지나갔습니다. 청년은 계속해서 집 밖에서 일했고 소녀는 여러 가지 집안일을 처리했습니다. 나는 노인이 장님이라는 것을 곧 알게 되었습니다. 그는 악기를 연주하거나 생각에 잠겨서 시간을 보냈습니다. 오두막집의 두 젊은이들이 노인에게 보여 주는 사랑과 존경은 극진했습니다. 그들은 노인에게 애정을 표하고 의무를 다하는 사소한 모든 행동을 공손하게 다했고 노인은 인자한 미소로 그들에게 보답했습니다.

그러나 그들이 완전히 행복하기만 한 것은 아니었습니다. 청년과 소녀는 각자 떨어져서 우는 것 같았습니다. 왜 그들이 그렇게 슬퍼하는지 알 수 없었지만 그것을 본 제 마음도 슬퍼졌습니다. 저렇게 사랑스러운 사람들이 불행하다면 나처럼 불완전하고 외로운 존재가 비참한 것은 크게 이상한 일이 아니었습니다. 그렇지만 왜 이 상냥한 존재들이 불행할까요? 그들은 쾌적한 집(내가 보기에는 그랬습니다.)과 좋은 것들을 다 가지고 있는데 말입니다. 그들에게는 추울 때 몸을 데워 주는 난로불도 있고 배고플 때 먹을 수 있는 맛있는 음식도 있었습니다. 좋은 옷을 입었고 무엇보다도 함께 지내면서 대화도 나누고 날마다 애정과 상냥함이 담긴 시선을 주고받았습니다. 그들의 눈물은 무엇을 의미하는 것일까요? 정말 힘들어서 눈물을 흘렸을까요? 처음에는 이 의문들을 풀 수가 없었습니다. 그러나 시간을 두고 계속 살펴보니 처음에는 수수께끼처럼 보였던 것들이 차츰 납득이 되었습니다.

상당한 시간이 흐르고 나서야 이 평화로운 가정에 수심이 가득한 이유를 하나 찾아냈습니다. 그것은 가난 때문이었습니다. 그들은 매우 애처로울 정도로 지독한 가난에 시달렸습니다. 그들이 먹는 것이라곤 텃밭에서 난 채소와 암소 한 마리에서 나는 우유가 전부였습니다. 그나마 겨울에는 암소에게 먹일 풀을 구할 수가 없어서 우유가 조금밖에 나오지 않았습니다. 그들은 허기 때문에 심하게 고통을 겪었습니다. 젊은 두 사람이 더 심했습니다. 자신들 몫은 남겨두지 않은 채 노인 앞에만 음식을 차리는 경우가 여러 번 있었습니다.

이런 따뜻한 마음씨에 나는 크게 감동을 받았습니다. 그들이 남겨 놓은 음식을 밤에 몰래 훔쳐다 먹곤 했는데 그런 행동 때문에 오두막집 식구들이 더 힘들어진다는 것을 알고서 근처 숲에서 따온 나무 열매와 딱딱한 열매들, 뿌리로 허기를 달랬습니다.

또한 그들의 일을 도와줄 다른 방법도 찾아냈습니다. 청년이 매일 많은 시간을 들여 땔감을 구해 온다는 사실을 알게 되자 나는 밤에 그의 연장을 들고 나가서 며칠 동안 쓸 수 있는 충분한 양의 땔감을 구해 왔습니다.

내가 처음 이렇게 했을 때 소녀는 아침에 문을 열고 나왔다가

밖에 나무가 엄청나게 많이 쌓여 있는 것을 보고 크게 놀란 것 같았습니다. 그녀가 큰 소리로 뭐라고 소리치자 청년이 달려왔습니다. 그 역시 놀라움을 표현했습니다. 그날 청년은 숲에 가지 않고 오두막집을 수리하고 텃밭을 갈면서 보냈습니다. 나는 이 모습을 흐뭇하게 바라보았습니다.

점차 훨씬 더 중요한 사실을 발견하게 되었습니다. 이 사람들이 소리를 내서 자신들의 경험과 느낌을 전달하는 방법을 가지고 있다는 사실을 알게 된 것입니다. 그들의 말이 듣는 사람들의 마음과 얼굴에 때로 기쁨이나 고통, 웃음이나 슬픔을 만들어 낸다는 사실도 알게 되었습니다. 이것은 정말로 멋진 기술이었고 나도 그 기술을 배우고 싶어 안달이 났습니다. 그러나 이 목적을 달성하기 위한 온갖 시도가 수포로 돌아갔습니다. 그들은 빠르게 발음했고 그들이 하는 말은 가시적인 대상과 명백한 관련이 없었기 때문에 그들이 하는 말의 신비를 풀 수 있는 단서를 도저히 찾을 수가 없었습니다. 그러나 열심히 노력하면서 여러 달 헛간에서 지낸 다음 대화에서 가장 많이 언급되는 대상들의 이름을 알게 되었습니다. '불'과 '우유,' '빵'과 '나무' 같은 단어들을 알았고 그 단어들을 사용할 수 있게 되었습니다. 오두막집 사람들의 이름도 알게 되었습니다. 청년과 소녀에게는 여러 가지 이름이 있었지만 노인에게는 '아버지'라는 이름 하나밖에 없었습니다. 소녀는 '누이동생'이

나 '아가사'라고 불렀고 청년은 '펠릭스,' '오빠,' 또는 '아들'이라고 불렀습니다. 이런 각각의 소리마다 정해져 있는 뜻을 알게 되었고 그것을 직접 발음할 수 있게 되었을 때의 기쁨은 말로 표현할 수 없을 정도였습니다. 아직 무슨 뜻인지도 모르고 쓸 줄도 몰랐지만 '착한,' '소중한,' '불행한' 같은 말을 분간할 수도 있게 되었습니다.

이런 식으로 겨울이 지났습니다. 오두막집 사람들의 상냥한 태도와 아름다움 때문에 나는 그들을 굉장히 소중하게 여기게 되었습니다. 그들이 슬퍼하면 나도 우울해졌고 그들이 즐거워하면 나도 같이 기뻤습니다. 그들 외에 다른 사람들은 거의 본 적이 없었지만 혹시라도 다른 사람들이 오두막집에 오면 그들의 거친 태도와 무례한 걸음걸이 때문에 내 친구들의 훌륭한 교양이 더욱 돋보였습니다. 노인이 부르는 호칭으로 미루어 짐작컨대 젊은 두 사람은 노인의 자식이 분명했습니다. 노인은 때로 침울해 있는 자식들을 달래 주려고 애를 썼습니다. 노인은 너무나 선한 표정으로 명랑하게 말을 하곤 했습니다. 그 표정을 보면 나까지도 기분이 좋아졌습니다. 아가사는 공손하게 노인의 말에 귀를 기울였고 때로 눈에 눈물이 고이면 노인 몰래 살짝 닦아 내곤 했습니다. 그러나 아버지의 간절한 훈계를 듣고 난 후에는 그녀의 표정과 말씨가 훨씬 더 쾌활해졌습니다. 그러나 펠릭스는 그렇지 않았습니다. 그는 식구들 중에서 항상 가장 침울했습니다. 그리고 감각이 제대로 발달하지 못한 내가 느끼기에도 그가 식구들 중에서 가장 괴로움을 많이 겪는 것 같았습니다. 그는 동생보다 더 슬픈 표정을 짓고 있었지만 특히 노인과 이야기를 나눌 때면 동생보다 더 밝은 목소리를 냈습니다.

아주 사소하다 할지라도 이 상냥한 오두막집 사람들의 성품이 잘 드러나는 예를 무수히 들 수 있습니다. 가난과 빈궁함 속에서도 펠릭스는 눈 덮인 땅을 뚫고 제일 먼저 피어난 작은 흰 꽃을 동생에게 꺾어다 주며 기뻐했습니다. 그는 아침 일찍 동생보다 먼저 일어나서 우유 짜러 가는 동생이 힘들지 않도록 눈을 치워 놓거나 샘물을 길어다 놓았고 창고에서 장작을 날라 놓았습니다. 그는 보이지 않는 손에 의해 창고가 땔감으로 항상 가득 채워지는 것을 보고 항상 놀라워했습니다. 낮이면 그는 이웃 농부를 위해 일해 주러 가는 것 같았습니다. 나가서는 저녁 무렵에야 돌아오는 경우가 많았는데 나무를 해 온 것 같지는 않았으니까요. 어떤 때에는 텃밭에서 일을 했지만 겨울에는 할 일이 거의 없었기 때문에 노인과 아가사에게 책을 읽어 주곤 했습니다.

이렇게 그가 책 읽는 것을 보고 나는 처음에는 무척 어리둥절했습니다. 그러나 책을 읽을 때도 그가 말할 때와 같은 소리를 낸다는 것을 조금씩 깨닫게 되었습니다. 그래서 그가 알고 있는 말을 나타내는 기호들을 종이 위에서 찾는 것이라고 나 혼자 추측해 보았습니다. 나도 이 기호들을 정말 알고 싶었습니다. 기호를 나타내는 소리도 이해하지 못하는 상태에서 어떻게 그런 일이 가능하겠습니까? 그러나 소리를 이해하는 기술을 상당히 많이 익혔는데도 모든 종류의 대화를 이해할 수 있는 정도로 충분하지는 않았습니다. 물론 그렇게 하려고 열심히 노력을 다했습니다. 오두막집 사람들에게 내 정체를 무척 밝히고 싶었지만 그러기 위해서는 먼저 그들이 사용하는 언어를 완전하게 습득해야 한다는 것을 알고 있었기 때문입니다. 내가 그들의 언어를 마음대로 구사하게 되면 그들이 내 흉측한 모습을 눈감아 줄지도 모를 테니까요. 그동안 내가 보아 온 모습들과 내 흉측한 모습이 얼마나 대조적인지 계속해서 익히 절감했기 때문입니다.

나는 우아함과 아름다움, 그리고 섬세한 얼굴을 갖춘 오두막집 사람들의 완벽한 모습에 탄복했습니다. 맑은 샘물에 비친 내 모습을 보았을 때 얼마나 놀랐는지 모릅니다. 수면에 비친 사람이 정말로 나라는 것을 믿을 수가 없어서 뒷걸음질쳤습니다. 그리고 내 모습이 괴물처럼 흉측하다는 것을 충분히 납득했을 때 내 마음은 쓰디쓴 절망감과 굴욕감으로 가득 찼습니다. 아! 나는 이 끔찍하고 추한 모습이 어떤 치명적인 결과를 초래할지 전혀 예측하지 못하고 있었습니다.

햇살이 점점 따사로워지고 낮이 길어짐에 따라 눈이 모두 녹아 사라졌습니다. 그러자 벌거벗은 나무들과 검은 땅이 모습을 드러냈습니다. 이때부터 펠릭스는 더 바빠졌고 내 가슴을 아프게 했던 절박한 기근의 징후들도 사라졌습니다. 나중에 알았는데 그들이 먹은 음식은 거칠었지만 건강에 좋은 것들이었고 양도 상당히 넉넉해졌습니다. 갈아 놓은 텃밭에서 새로운 종류의 채소들이 자라기 시작했습니다. 그리고 봄이 깊어 가면서 이런 안락함의 징후들이 날마다 늘어났습니다.

비가 오지 않는 날이면 노인은 아들에게 몸을 기댄 채 매일 정오에 산책을 나갔습니다. 비라는 말은 하늘에서 물이 쏟아지는 것을 나타내는 말이라는 것을 깨달았습니다. 비가 오는 일이 잦았지만 세찬 바람이 불어와 대지를 빠르게 말려 주었고 계절은 이전보다 훨씬 더 쾌적해졌습니다.

헛간 속 내 생활은 한결같았습니다. 오전에는 오두막집 사람들의 동정을 살피다가 그들이 각자 흩어져 일을 하고 있으면 나는 잠을 잤습니다. 나머지 시간은 친구들을 살펴보며 지냈습니다. 그러다가 그들이 잠자리에 들고 달이 뜨거나 별이 총총한 밤이면 숲으로 가서 내 먹을거리와 오두막집에서 쓸 땔감을 구했습니다. 돌아와서는 필요할 때마다 눈을 쓸고 펠릭스가 하던 일들을 처리해 놓았습니다. 나중에 그들은 이렇게 보이지 않는 손이 하는 일들을 보면서 크게 놀라곤 했습니다. 이런 경우에 한두 번 정도 그들이

'착한 요정', '놀랍다'라고 말하는 것을 들었습니다. 그러나 그 당시에는 이런 말들이 무슨 의미인지 몰랐습니다.

이제는 내 사고 작용도 더 활발해져서 이 사랑스러운 존재들의 동기와 기분을 알아보고 싶었습니다. 펠릭스가 왜 그렇게 불행해 보이고 아가사가 그렇게 슬퍼 보이는지 알고 싶었습니다. 내 힘으로 이 착한 사람들에게 행복을 되찾아 줄 수 있을 것이라고 생각했습니다.(참으로 어리석었지요.) 잠이 들거나 멍하게 있을 때면 덕망 있는 눈먼 아버지와 상냥한 아가사, 훌륭한 펠릭스의 모습이 눈앞에 아른거렸습니다. 나는 그들을 내 미래의 운명을 결정해 줄 훌륭한 존재들로 간주했습니다. 그들에게 나를 소개하는 모습과 그들이 나를 맞이하는 모습을 수천 번도 더 상상해 보았습니다. 처음에는 그들이 혐오감을 느끼겠지만 내 우아한 몸가짐과 설득력 있는 말로 먼저 그들의 호감을 산 다음 나중에 그들의 사랑을 얻을 수 있을 것이라고 생각했습니다.

이런 생각을 하다 보면 기분이 좋아져서 언어 기술을 습득하는 일에 새로운 열정을 가지고 매달리게 되었습니다. 내 신체 기관들은 사실 딱딱하긴 했지만 유연한 편이었습니다. 그리고 내 목소리는 부드러운 음악 같은 그들의 말씨와는 전혀 딴판이었지만 내가 이해한 단어들을 상당히 편하게 발음할 수 있게 되었습니다. 당나귀와 애완용 강아지처럼 전혀 딴판이었지만요. 그래도 거동이 거칠지만 호의를 품은 상냥한 당나귀는 매를 맞고 욕을 듣는 것보다 더 나은 대접을 받아야 마땅했습니다.

봄에 내리는 상쾌한 소나기와 쾌적한 따스함으로 대지의 모습이 크게 바뀌었습니다. 이런 변화가 일어나기 전에는 동굴 속에 숨어 지냈는지 보이지 않던 사람들이 하나 둘씩 모습을 드러내더니 여러 가지 경작 기술을 선보였습니다. 새들은 더 즐겁게 노래했고 나무에서는 새잎들이 나기 시작했습니다. 즐겁고 즐거운 대지여! 조금 전만 해도 황량하고 축축하고 건강에 해로웠던 곳이 신들이 살 만한 멋진 곳으로 바뀌었습니다. 자연의 매력적인 모습에 내 기분도 한껏 부풀었습니다. 과거는 내 기억 속에서 사라져 버렸고 현재는 너무나 평온했습니다. 그리고 미래는 희망의 밝은 빛과 기쁨에 대한 기대로 빛났습니다.

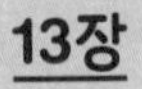

13장

이제는 더 감동적인 이야기로 서둘러 넘어가겠습니다. 내게 여러 가지 감정들을 남겨 줌으로써 현재의 나를 있게 한 사건들을 이야기해 드리겠습니다.

봄은 빠른 속도로 전개되었습니다. 날씨는 화창해졌고 하늘에는 구름 한 점 없었습니다. 전에는 황량하고 음울했던 세상이 이제는 가장 아름다운 꽃과 풀로 활짝 피어나는 것을 보고 나는 놀랐습니다. 수많은 향긋한 냄새와 향기, 아름다운 경치에 내 기분도 즐겁고 상쾌해졌습니다.

그러던 어느 날 오두막집 사람들이 일하다 간간이 쉬고 있을 때였습니다. 노인이 기타를 연주했고 자식들은 아버지의 연주를 음미하고 있었습니다. 펠릭스의 표정은 표현할 수 없을 정도로 우울해 보였고 자주 한숨을 내쉬었습니다. 그래서 한번은 그의 아버지가 연주를 하다 말고 아들에게 슬퍼하는 이유를 물어보는 것 같았습니다. 펠릭스는 쾌활한 어조로 대답했고 노인은 다시 음악을 연주하기 시작했습니다. 바로 그때 누군가 문을 두드렸습니다.

어떤 여자가 시골 사람의 안내를 받으며 말을 타고 왔습니다. 그 여자는 검은 옷을 입고 두꺼운 검은 베일을 쓰고 있었습니다. 아가사가 질문을 하자 낯선 여자는 부드러운 어조로 펠릭스의 이름을 대는 것으로 대답을 대신했습니다. 그녀의 목소리는 음악처럼 아름다웠지만 내 친구들의 소리와는 달랐습니다. 자신의 이름을 듣자마자 펠릭스는 여자에게 급히 달려 나갔습니다. 여자는 그를 보자 베일을 걷어 올렸습니다. 그녀의 얼굴은 천사 같은 아름다움과 표정을 담고 있었습니다. 그녀는 반짝이는 검은 머리를 독특하게 땋고 있었고 검은 두 눈은 온화하면서도 생기가 넘쳤습니다. 그녀의 얼굴은 적절하게 균형이 잡혀 있었고 놀랄 만큼 흰 피부에 양쪽 뺨은 사랑스러운 홍조를 띠고 있었습니다.

펠릭스는 그녀를 보자 기뻐서 어쩔 줄 몰라했습니다. 그의 얼굴에서는 슬픔이 완전히 사라지고 황홀한 기쁨만이 가득했습니다. 그가 그런 표정을 지을 수 있다는 것을 믿을 수가 없을 정도였습니다. 그의 눈은 반짝였고 뺨은 기쁨으로 홍조를 띠고 있었습니다. 그리고 그 순간 찾아온 낯선 여자만큼 그도 아름답게 보였습니다. 그녀는 갖가지 감정에 사로잡혀 있는 것 같았습니다. 그녀가 아름다운 눈에서 흐르는 눈물을 닦으며 펠릭스에게 손을 내밀자 그는 그 손에 미친 듯이 입을 맞추며 나도 분명하게 들을 수 있을 정도로 똑똑하게 "사랑하는 아라비아 인."이라고 그녀를 불렀습니다. 그의 말을 알아듣진 못하는 것 같았지만 그녀는 미소를 지었습니다. 그는 그녀를 말에서 내려오도록 도와주고 안내인을 보낸 다음 그녀를 집 안으로 안내했습니다. 펠릭스와 아버지 사이에 이야기가 오고 갔고 낯선 젊은 여자는 노인의 발치에 무릎을 꿇고서 그의 손에 입을 맞추려고 했습니다. 그러자 노인이 그녀를 일으켜 세운 다음 다정하게 안아 주었습니다.

낯선 여자는 또렷한 소리로 자기 자신의 언어를 사용하는 것처럼 보였지만 그녀의 말을 알아듣는 사람도 없었고 그녀도 오두막집 사람들의 말을 알아듣지 못한다는 것을 곧 알아차릴 수 있었습니다. 그들은 내가 이해할 수 없는 몸짓을 많이 사용했지만 그녀의 존재는 마치 태양이 아침 안개를 걷어 내듯이 그들의 슬픔을 몰아내고 오두막집 전체에 기쁨을 퍼트리는 것 같았습니다. 펠릭스가 가장 행복해 보였고 기쁜 미소를 지으며 아라비아 여인을 반겼습니다. 항상 상냥한 아가사는 이 사랑스러운 이방인의 손에 입을 맞췄고 그녀가 오기까지 오빠가 얼마나 슬픔에 잠겨 있었는지를 의미하는 것처럼 보이는 몸짓을 해 보였습니다. 이렇게 몇 시간이 흘렀고 그들은 얼굴 표정으로 기쁨을 표현했습니다. 나는 왜 그들이 기뻐하는지 그 이유를 알지 못했습니다. 그러나 낯선 여자가 그들이 하는 말을 반복하는 것을 보고 그녀가 그들의 언어를 배우려고 애쓰고 있다는 것을 곧 알게 되었습니다. 같은 목적을 위해 나도 같은 방법을 써 봐야겠다는 생각이 즉시 떠올랐습니다. 낯선 여자는 첫 수업 시간에 20개 정도의 단어를 배웠습니다. 사실 나는 그중 대부분의 단어를 이미 알고 있었지만 나머지 몇 개를 더 배울 수 있었습니다.

밤이 되자 아가사와 아라비아 여자는 일찍 잠자리에 들었습니다. 헤어질 때 펠릭스는 여자의 손에 입을 맞추며 "잘 자요, 사랑하는 사피."라고 말했습니다. 그는 훨씬 늦게까지 잠을 자지 않고 아버지와 이야기를 나눴습니다. 그녀의 이름이 자주 언급되는 것으로 보아서 사랑스러운 손님이 대화의 주제인 것 같았습니다. 그들이 하는 말을 이해하고 싶어서 온갖 애를 다 써 보았지만 소용이 없었습니다.

다음 날 아침이 되자 펠릭스는 일하러 나갔고 아가사는 평상시 하던 집안일을 끝냈습니다. 그러자 아라비아 여자는 노인의 발치에 앉아 기타를 들고 너무나 황홀하게 아름다운 가락을 연주했습니다. 그 곡조를 듣고 내 눈에서는 즉시 슬픔과 기쁨이 어우러진 눈물이 솟았습니다. 그녀가 노래를 불렀는데 그녀의 목소리는 성량이 풍부해서 숲 속의 꾀꼬리처럼 커지기도 하고 줄어들기도 했습니다.

노래를 마친 다음 그녀는 기타를 아가사에게 넘겨주었습니다. 아가사는 처음에는 그것을 받으려 하지 않았습니다. 그녀는 간단한 곡조를 연주했고 그것에 맞춰서 부드러운 어조로 노래를 불렀습니다. 낯선 여자의 놀라운 노래와는 달랐습니다. 노인이 넋을 잃고 노래를 들은 다음 무슨 말인가를 하자 아가사가 그것을 사피에게 설명해 주려고 애썼습니다. 노인은 사피가 자신에게 음악으로 최고의 기쁨을 선사했다는 말을 전하고 싶어하는 것 같았습니다.

전과 같이 평화로운 날들이 이어졌습니다. 내 친구들의 표정에 슬픔 대신 기쁨이 자리 잡게 되었다는 것만이 유일한 변화였습니다. 사피는 항상 명랑하고 즐거웠습니다. 그녀와 나는 빠른 속도로 말을 배워 갔습니다. 그래서 두 달이 지난 후에는 내 후원자들의 말을 대부분 이해하게 되었습니다.

그 사이 검은 대지는 풀로 덮였고 푸른 강둑에는 향기롭고 아름다운 꽃들이 무수하게 여기저기 피어났습니다. 달빛 흐르는 숲에서 별들은 희미한 빛을 발했습니다. 햇살은 더 따뜻해졌고 밤은 맑고 상쾌해졌습니다. 해가 늦게 지고 일찍 뜨는 바람에 산책하는 시간이 많이 줄어들었지만 밤 산책은 내게 더할 나위 없는 기쁨이었습니다. 전에 처음 들어간 마을에서처럼 푸대접을 당하지 않을까 두려워서 나는 낮에는 절대 밖에 나가질 않았습니다.

더 빨리 말을 배우기 위해 낮 동안에는 모든 주의를 기울였습니다. 그리고 자랑 같지만 아라비아 여자보다 더 빠른 속도로 실력이 늘었습니다. 그녀는 다른 사람의 말을 아주 조금밖에 알아듣지 못했고 더듬거리며 말했지만 나는 다른 사람의 말을 거의 대부분 이해하고 따라할 수 있었습니다.

말을 배우는 동시에 나는 낯선 여자가 공부하는 것을 따라 글자에 대해서도 배우게 되었습니다. 그리고 이것은 내게 경이로움과 기쁨을 안겨 주는 넓은 시야를 열어 주었습니다.

펠릭스가 사피에게 가르친 책은 볼니의 『제국의 몰락(*Ruins of Empire*)』이었습니다. 펠릭스가 이 책을 읽으면서 굉장히 자세하게 설명해 주지 않았더라면 아마도 그 의미를 제대로 이해하지 못했을 것입니다. 그는 이 책의 연설투 문체가 동양의 작가들을 모방해서 만들어진 것이라서 그것을 선택했다고 말했습니다. 이 작품을 통해 나는 역사에 관해 피상적인 지식을 얻었고 세상에 현존하는 몇 개의 제국에 대해 개략적인 시각을 얻을 수 있었습니다. 그것은 내게 세상에 존재하는 여러 나라의 풍습과 정부, 종교에 대한 식견을 제공해 주었습니다. 게으른 아시아 인들, 그리스 인의 위대한 천재성과 정신적 활동, 고대 로마 인들의 전쟁과 훌륭한 미덕, 막강한 로마 제국의 몰락과 쇠퇴, 기사도와 기독교, 왕들에 대해 알게 되었습니다. 아메리카 대륙의 발견에 대한 이야기를 들으면서 나는 아메리카 원주민들의 불행한 운명을 슬퍼하며 사피와 함께 눈물을 흘렸습니다.

이 멋진 이야기들은 내게 이상한 감정을 불러일으켰습니다. 그렇게 강하고 선하며 훌륭한 인간이 어쩌면 그렇게 사악하고 비열할 수 있을까요? 어느 순간에는 인간이 악마의 후손처럼 보이기도 하지만 또 어느 순간에는 고상하고 신과 같은 존재로 보이기도 합니다. 훌륭하고 선한 인간이 되는 것이 섬세한 인간이 얻을 수 있는 최고의 명예인 것 같았습니다. 반면에 기록에 남아 있는 많은 사람들처럼 비열하고 사악한 인간이 되는 것이야말로 최악의 타락이라 할 수 있을 것입니다. 이것은 눈먼 두더지나 무해한 벌레보다 더 비천한 상태입니다. 오랫동안 나는 어떻게 인간이 동료 인간을 살해할 수 있는지, 또는 왜 법과 정부가 있는지 도저히 이해할 수 없었습니다. 그러나 악과 살인에 대해 자세하게 듣고 나자 경탄하던 마음이 사라지고 대신 혐오감과 염증이 생겨났습니다.

오두막집 사람들이 나누는 모든 대화는 내게 새로운 경이로움을 열어 주었습니다. 펠릭스가 아라비아 여자에게 전해 주는 가르침을 들으면서 나는 인간 사회의 이상한 체제에 대해 알게 되었습니다. 재산의 분배, 거대한 부와 비참한 가난, 계급, 고귀하고 고상한 혈통에 대해서도 듣게 되었습니다.

그런 말을 들으며 나 자신을 돌아보게 되었습니다. 당신의 동료 인간들이 가장 높이 평가하는 것이 재산과 더불어 고귀하고 순수한 혈통이라는 것을 알았습니다. 이 장점들 중 한 가지만 갖추면 그 사람은 존경을 받지만 아무것도 없는 사람은 아주 드문 경우를 제외하고 부랑자나 노예 취급을 당하더군요. 선택된 소수의 이익을 위해 자신이 가진 모든 힘을 소모해야 하는 운명을 가지고 태어난 사람이 있다니요. 그렇다면 나는 어떤 존재입니까? 내가 어떻게 만들어졌고 나를 만든 사람은 누구일까요? 그런 것에 대해 나는 아무것도 알지 못했습니다. 그러나 내게는 돈도 친구도 어떤 종류의 재산도 없다는 사실은 알고 있었습니다. 게다가 내 모습은 끔찍하게 흉측하고 혐오스러웠습니다. 나는 인간과 같은 본성을 가지고 있지도 않았습니다. 인간보다 더 민첩했고 더 거친 식사를 하면서 연명할 수 있었습니다. 아주 뜨겁고 찬 것에도 몸에 상처가 덜 났습니다. 키는 사람들보다 훨씬 더 컸습니다. 주변을 둘러봐도 나 같은 사람이 있다는 소리를 듣지도 보지도 못했습니다. 그렇다면 나는 모든 사람이 도망치고 관계를 끊어야 하는, 세상을 더럽히는 오점이자 괴물입니까?

이런 생각을 하면서 얼마나 괴로워했는지 당신에게 이루 말로

다 설명할 수가 없습니다. 그런 생각들을 지워 버리려 애썼지만 지식이 쌓이면서 슬픔만 늘어갔습니다. 차라리 허기와 갈증, 더위 같은 감각에 대해서만 알거나 느끼면서 그냥 그대로 영원히 처음 숲에 머물렀더라면 좋았을 것을!

지식은 참으로 이상한 특성을 가지고 있습니다. 그것이 일단 마음에 달라붙으면 바위에 낀 이끼처럼 떨어지질 않으니까요. 때로 모든 생각과 감정을 떨쳐 버리고 싶었지만 고통을 극복할 수 있는 유일한 방법은 죽음밖에 없다는 것을 알았습니다. 죽음이 두렵기도 했지만 사실 나는 죽음을 전혀 몰랐습니다. 나는 오두막집 사람들의 미덕과 인정에 감탄하고 그들의 부드러운 예의범절과 상냥한 성품을 사랑했습니다. 그러나 내게는 그들과 사귈 수 있는 가능성이 완전히 차단되어 있습니다. 그들이 나를 볼 수 없고 알지 못하는 경우에만 나 혼자 몰래 그들을 볼 수 있을 뿐입니다. 그러나 이 방법은 그들과 친구가 되고 싶은 바램을 충족해 주기는커녕 오히려 더 키워 주었습니다. 아가사의 상냥한 말씨와 매력적인 아라비아 여자의 생기 넘치는 미소는 나를 위한 것이 아니었습니다. 노인의 온화한 훈계와 사랑에 빠진 펠릭스의 명랑한 대화도 마찬가지였습니다. 나는 너무나 비참하고 불행했습니다.

공부를 통해 알게 된 다른 사실들은 내게 훨씬 더 깊은 인상을 남겼습니다. 나는 남자와 여자가 다르다는 사실과, 아이의 출생과 성장에 대해서 알게 되었습니다. 아버지가 아기의 미소와 조금 더 큰 아이들의 활기 찬 장난에 넋을 잃는다는 사실을 알게 되었습니다. 또한 어머니의 생활과 관심사가 소중한 아이를 보호하는 일에 온통 집중된다는 사실을 알게 되었고, 어린 아이가 형제자매뿐만 아니라 사람들을 서로 묶어 주는 온갖 다양한 관계들에 대해 지식을 얻고 그 영역을 확장해 나가는 과정에 대해서도 알게 되었습니다.

그렇지만 과연 내 친구들과 친척들은 어디에 있을까요? 내게는 갓난아기 시절을 지켜본 아버지도, 미소 지으며 쓰다듬어 주는 어머니도 없었습니다. 설사 계셨다 해도 내 모든 과거는 아무것도 분간해 낼 수 없는 얼룩이자 앞이 보이지 않는 공백이 되었습니다. 가장 오래된 기억을 되살려 보면 나는 그 당시에도 키와 체격이 지금과 같았지요. 나와 비슷하게 생겼거나 나와 관계가 있다고 주장하는 존재를 아직까지 한 번도 본 적이 없었습니다. 도대체 나는 누구인가? 이 질문이 계속 마음속에 맴돌았지만 대답 대신 신음소리만 나올 뿐이었습니다.

이 감정들이 어떻게 발전되었는지에 대해서는 곧 설명해 드리겠습니다. 지금은 오두막집 사람들에 대한 이야기로 되돌아가겠습니다. 그 사람들 이야기를 하다 보니 내 마음속에 분노와 기쁨, 경이로움 같은 여러 가지 감정들이 촉발되었습니다. 그러나 내 보호자들 이야기를 하다 보면 결국에는 그들에 대한 사랑과 존경심이 더 커질 뿐입니다.(오두막집 사람들을 내 보호자라고 부를 정도로 내가 그들을 사랑했기 때문입니다. 그 사랑이 순진하고 꽤 고통스러운 자기기만이긴 했지만 말입니다.)

14장

어느 정도 시간이 흐르고 나서야 나는 친구들의 사연을 알게 되었습니다. 그 사연은 내 마음속에 깊은 인상을 남겨 주었습니다. 사연 속에 등장하는 여러 가지 사건들 모두 세상 경험을 전혀 해 보지 못한 나 같은 사람에게는 재미있고 놀라웠습니다.

노인의 이름은 드 라시였습니다. 그는 프랑스의 훌륭한 가문 후손으로 그곳에서 윗사람들의 인정과 친구들의 사랑을 받으며 오랫동안 부유하게 잘 살았습니다. 그의 아들 펠릭스는 자라서 나라를 위해 봉사할 사람으로 키워졌고 아가사는 최고로 훌륭한 숙녀들 중 한 사람으로 인정받았습니다. 내가 이곳에 도착하기 몇 달 전만 해도 그들은 친구들에 둘러싸여 적당한 부와 더불어 미덕과 세련된 지성, 또는 심미안이 제공해 주는 온갖 즐거움을 누리며 파리라는 크고 화려한 도시에 살았습니다.

그들이 몰락하게 된 것은 사피의 아버지 때문이었습니다. 그는 터키 상인으로 여러 해 동안 파리에서 살다가 무슨 이유 때문이었는지는 모르지만 그만 정부의 미움을 사게 되었습니다. 그는 공교롭게도 사피가 콘스탄티노플에서 아버지를 만나러 도착한 바로 그날 체포되어 감방에 갇히고 말았습니다. 그는 기소되어 사형을 선고받았습니다. 판결이 부당하다는 것은 너무나 자명했습니다. 파리 전체가 분개했고 사형 선고를 받은 이유가 혐의를 받고 있는 죄 때문이 아니라 그의 종교와 재산 때문이라는 추측이 지배적이었습니다.

펠릭스는 우연히 재판에 참석했다가 법정의 판결을 듣고서 놀라움과 분노를 참을 수가 없었습니다. 그 순간 사피의 아버지를 반드시 구하기로 다짐하고 방법을 찾아보았습니다. 감옥에 들어가게 해 달라고 여러 번 요청했지만 번번이 거절당하자 그는 감옥 건물의 보초가 없는 부분에서 단단하게 쇠창살이 쳐진 창문 하나를 발견했습니다. 이 창문을 통해 족쇄를 찬 채 절망에 빠져서 잔인한 판결이 집행되기만을 기다리는 불쌍한 회교도가 갇혀 있는 지하 감방에 빛이 들어갔습니다. 밤에 펠릭스는 쇠창살 창문으로 가서 안에 갇혀 있는 사람에게 도와주고 싶다는 의사를 밝혔습니다. 터키 인은 놀라고 기뻐서 후한 보상을 해 주겠다는 약속으로 자신을 구해 주겠다는 이의 열의를 부추기려고 애썼습니다. 펠릭스는 그의 제안을 경멸하며 거절했지만 사랑스러운 사피를 보는 순간 자신의 수고와 위험을 충분히 보상해 줄 보물을 터키 인이 가지고 있다는 사실을 마음속으로 인정해야 했습니다.

딸이 펠릭스의 가슴에 깊은 인상을 남겼다는 사실을 재빨리 간파한 터키 인은 안전한 곳으로 자신을 옮겨 주기만 하면 곧바로 딸과 결혼을 시켜 주겠다고 약속하면서 펠릭스를 자신에게 유리한 쪽으로 못 박아 두려고 애를 썼습니다. 펠릭스는 워낙 고상한 사람이라 이런 제안을 받아들일 수는 없었지만 그렇게만 된다면 더 없는 행복이라고 생각했습니다.

그 후 며칠 동안 터키 상인을 탈출시키기 위한 준비가 진행됐고 펠릭스는 이 사랑스러운 아가씨로부터 몇 통의 편지를 받고 더욱 더 열심히 이 일에 매달렸습니다. 사피는 불어를 아는 나이 많은 하인의 도움을 받아서 펠릭스에게 자신의 생각을 알렸습니다. 그녀는 작정하고 아버지를 돕는 펠릭스의 노고를 열렬하게 치하하면서 동시에 자신의 운명을 조용히 한탄했습니다.

이 편지들을 받아 적어 놓은 것이 나한테 있습니다. 헛간에서 지내는 동안 글쓰기 도구를 얻을 수 있는 방법을 찾아냈거든요. 그리고 펠릭스와 아가사가 자주 그 편지들을 들고 읽었으니까요.

떠나기 전에 그 편지들을 당신에게 주겠습니다. 편지를 읽고 나면 내 이야기가 사실이라는 것을 알게 될 것입니다. 그렇지만 지금은 해가 이미 기울기 시작했으니까 편지 내용만 알려 드리겠습니다.

사피에 따르면 그녀의 어머니는 기독교를 믿는 아라비아 인이었습니다. 그녀는 터키 인들에게 붙잡혀서 노예가 되었는데 사피의 아버지가 그녀의 아름다운 모습을 보고 반해서 결혼을 하게 되었다고 합니다. 이 젊은 아가씨는 고매하고 열렬한 어조로 어머니에 대해 이야기했습니다. 자유민으로 태어났던 그녀의 어머니는 현재 자신이 처해 있는 노예 신분에 대해 콧방귀를 뀌면서 눈도 깜빡하지 않았습니다. 사피의 어머니는 딸에게 자신이 믿는 종교의 교리를 가르쳤고 여자 이슬람 교도들에게는 금지된 더 높은 지적 능력과 독립심을 추구하라고 훈련시켰습니다. 이 여성은 세상을 떠났지만 그녀의 가르침은 사피의 마음에 깊이 새겨졌습니다. 사피는 아시아로 되돌아가서 겨우 유치한 오락이나 즐기면서 하렘의 벽에 갇혀 지내야 한다는 생각에 진저리를 쳤습니다. 그런 생활은 원대한 사상과 덕을 쌓으려는 고상한 노력에 익숙해진 그녀에게는 맞지 않았습니다. 기독교인과 결혼해서 여자들의 사회적 지위를 인정해 주는 나라에 남으리라는 기대가 그녀에게는 매력적이었습니다.

터키 인의 사형 집행일이 정해졌습니다. 그러나 그는 그 전날 밤

감옥을 탈출해서 아침이 되기 전에 이미 파리에서 수십 킬로미터 떨어진 곳으로 도망쳤습니다. 펠릭스가 아버지와 누이동생, 그리고 자신의 이름으로 여권을 구해 두었습니다. 그는 미리 아버지에게 자신의 계획을 알렸고 아버지는 여행 가는 체하면서 집을 떠나 딸과 함께 파리의 구석진 곳에 몸을 숨김으로써 그 탈출을 도왔습니다.

펠릭스는 탈주자들을 이끌고 프랑스에서 리옹으로, 몽스니를 넘어 레곤으로 갔습니다. 그곳에서 터키 상인은 터키 영토로 들어갈 수 있는 좋은 기회가 올 때까지 기다리기로 했습니다.

사피는 아버지가 출발할 때까지 아버지와 같이 지내기로 결정했습니다. 출발 전까지도 사피의 아버지는 자신을 구해 준 펠릭스와 딸을 결혼시키겠다는 약속을 확인해 주었습니다. 그리고 펠릭스는 그렇게 되기를 기대하면서 그들과 함께 지냈습니다. 그리고 그동안 그는 사피와 사귈 수 있는 기회를 얻었습니다. 사피 역시 그에게 순수하고 다정한 애정을 보여 주었습니다. 그들은 통역사를 통해 서로 대화를 나눴고 때로는 얼굴 표정으로 의사를 전달했습니다. 그리고 사피는 고국의 멋진 노래들을 그에게 불러 주었습니다.

터키 상인은 이렇게 두 사람이 가까워지도록 허락했고 젊은 연인들이 희망을 가질 수 있도록 조장했습니다. 그러나 그의 마음속에는 다른 속셈이 있었습니다. 그는 딸이 기독교인과 결혼하길 원치 않았습니다. 그러나 그가 그런 싫은 내색을 하게 되면 펠릭스가 원한을 품을까 두려웠습니다. 자신의 운명이 아직 펠릭스에 의해 좌지우지될 수 있다는 사실을 그도 잘 알았기 때문이었습니다. 그들이 머물고 있는 이탈리아 정부에 펠릭스가 자신을 고발하려고 마음만 먹는다면 얼마든지 그렇게 할 수 있을 테니까요. 그는 속임수가 더 이상 필요 없을 때까지 펠릭스를 계속 속이다가 출발할 때 비밀리에 딸을 데리고 갈 갖가지 계획을 짰습니다. 파리에서 전해진 소식 덕에 그의 계획이 쉬워졌습니다.

프랑스 정부는 터키 상인의 탈출에 크게 격분해서 탈출을 도와준 사람을 찾아내 처벌하려고 별렀습니다. 펠릭스의 계획은 금세 발각되었고 드 라시와 아가사는 감옥에 갇혔습니다. 그 소식을 접한 펠릭스는 단꿈에서 깨어났습니다. 자신이 자유로운 공기를 마시며 사랑하는 여자와 사귀고 있는 동안 눈멀고 나이 많은 아버지와 다정한 누이동생은 악취 나는 지하 감옥에 누워 있다는 생각은 그에게 고문과 같았습니다. 펠릭스는 자신이 이탈리아로 되돌아오기 전에 터키 상인에게 탈출할 수 있는 좋은 기회가 오면 사피를 레곤에 있는 수녀원에 기숙시키기로 터키 상인과 약속을 정해 놓았습니다. 그런 다음 사랑하는 아라비아 여자를 남겨 두고 파리로 서둘러 가서 드 라시와 아가사의 석방을 기대하면서 법의 심판을 받기 위해 자수했습니다.

그러나 그는 성공하지 못했습니다. 그들은 재판이 열리기 전까지 다섯 달 동안 수감 생활을 했습니다. 재판 결과 그들은 전 재산을 몰수당했고 조국으로부터 영원히 추방되었습니다.

그들은 독일의 오두막집에서 비참하게 망명 생활을 시작했습니다. 그리고 바로 그곳에서 내가 그들을 발견한 것입니다. 펠릭스와 그의 가족이 자신을 위해 그런 전대미문의 고난을 겪었는데도 터키 상인은 자신을 구해 준 펠릭스가 가난하게 몰락했다는 소식을 듣자마자 호의와 명예를 저버린 채 딸과 함께 이탈리아를 떠나 버리고 말았습니다. 앞으로 생계에 보태라며 약간의 돈을 펠릭스에게 보내는 무례를 범하면서 말입니다.

내가 처음 펠릭스를 보았을 때 바로 이런 사건들 때문에 괴로워하면서 가족 중에서 가장 불행해 보였던 것입니다. 그는 가난은 참을 수 있었습니다. 그리고 이런 빈곤이 그의 미덕 때문에 생겨났기 때문에 빈곤을 자랑스럽게 여겼습니다. 그러나 터키 인의 배은망덕과 사랑하는 사피를 잃은 것이 더 고통스럽고 돌이킬 수 없는 불행이었습니다. 그러나 이제 사피의 출현 덕분에 그의 영혼은 새로운 활력을 얻었습니다.

펠릭스가 재산과 지위를 몰수당했다는 소식이 레곤에 전해지자 터키 상인은 딸에게 펠릭스를 잊고 고국으로 돌아갈 준비를 하라고 명령했습니다. 인정 많은 사피는 이런 명령에 분개했습니다. 그녀는 아버지의 마음을 돌려보려 했지만 그는 화를 버럭 내며 폭군 같은 명령을 되풀이하면서 방을 나가 버렸습니다.

며칠 후 터키 상인이 딸의 방으로 와서는 레곤에 있는 은신처가 발각되어서 자신이 곧 프랑스 정부로 인도될 것 같다고 허둥지둥 설명해 주었습니다. 콘스탄티노플로 가는 배를 구한 다음 몇 시간 후면 그곳으로 출발할 예정이었습니다. 그는 믿을 만한 하인에게 딸을 맡겨 놓고 떠난 다음 딸에게 아직 레곤에 도착하지 않은 상당 부분의 재산을 가지고 적당한 시기에 자신의 뒤를 따라오라고 시킬 작정이었습니다.

혼자 남게 되자 사피는 이 위기 상황에서 자신이 따라야 할 적당한 행동 계획을 정했습니다. 터키에 있는 저택은 그녀에게 끔찍하게 싫은 곳이었습니다. 그녀의 종교와 정서 모두 그곳과 맞지 않았습니다. 우연히 입수한 아버지의 서류를 통해 그녀는 사랑하는 펠릭스의 망명에 대해 알아 냈고 그가 살고 있는 곳의 이름을 알아 냈습니다. 그녀는 잠시 망설였지만 곧 결정을 내렸습니다. 그녀는 자신의 소유인 보석과 약간의 돈을 챙긴 다음 레곤 출신이지만 터키 어를 아는 안내인과 함께 이탈리아를 떠나 독일로 출발했습니다.

그녀는 드 라시가 살고 있는 오두막집에서 100킬로미터 정도 떨어진 마을에 무사히 도착했습니다. 그런데 그때 안내인이 갑자기 중병에 걸리고 말았습니다. 사피가 온 정성을 다해 간호했지만 그녀는 불쌍하게도 그만 죽고 말았습니다. 그곳의 말도 모르고 세상 물정도 전혀 모르는 사피는 홀홀 단신이 되었습니다. 그러나 그녀는 착한 도움의 손길을 받게 되었습니다. 이탈리아 인 안내인이 두 사람의 목적지를 언급한 적이 있었는데 그녀가 죽고 난 후 그들이 묵고 있던 집 안주인이 사피가 무사히 펠릭스의 집에 도착할 수 있도록 보살펴 주었습니다.

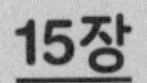

15장

이것이 내가 사랑하는 오두막집 사람들의 사연입니다. 그것은 내게 깊은 감동을 주었습니다. 그들의 사연을 통해 얻은 사회 생활에 대한 시각을 통해 나는 그들의 선행을 칭찬하고 인류의 악을 경멸할 줄 알게 되었습니다.

그러나 이때까지도 범죄는 나와 거리가 먼 악인 줄 알았습니다. 선량함과 관대함이 항상 내 눈앞에 펼쳐져 있었으니까요. 그것들을 보면서 그렇게 많은 훌륭한 자질들이 발현되는 분주한 장면 속의 주인공이 되고 싶다는 소망이 마음속에서 일어났습니다. 그러나 내 지적 능력의 발달 과정을 설명할 때 빠뜨리지 말아야 할 한 가지 사건이 있습니다. 그것은 같은 해 8월 초에 일어났습니다.

어느 날 밤 평상시와 마찬가지로 근처에 있는 숲으로 가서 먹을 거리도 구하고 내 보호자들을 위한 땔감을 가져오던 중에 옷 몇 벌과 책 몇 권이 들어 있는 가죽 여행 가방을 땅바닥에서 발견했습니다. 나는 기쁜 마음으로 그것을 주운 다음 헛간으로 돌아왔습니다. 다행히 책들은 내가 오두막집 사람들을 통해 배운 말로 씌어 있었습니다. 책들의 제목은 『실락원』과 『플루타르크 영웅전』 한 권, 『젊은 베르테르의 슬픔』이었습니다. 이런 보물들을 얻자 몹시 기뻤습니다. 친구들이 일상적인 일을 하는 동안 나는 끊임없이 이 역사책들을 공부하면서 정신을 연마했습니다.

이 책들이 내게 어떤 영향을 미쳤는지 당신에게 제대로 설명한다는 것은 불가능합니다. 책들은 내 마음속에서 새로운 이미지와 감정들을 무한하게 만들어 냈습니다. 때로는 황홀할 정도까지 기분을 고양해 주었지만 한없는 슬픔에 빠지는 경우가 더 많았습니다. 『젊은 베르테르의 슬픔』에서는 순수하고 애처로운 이야기에 대한 관심 말고도 너무나 많은 의견들이 논의되어 있었습니다. 이 책에는 그때까지 내가 잘 이해하지 못했던 주제들에 대해 엄청나게 많은 시각들이 제시되어 있어서 내게 끊임없이 생각할 거리와 놀라움을 안겨 주는 원천이 되어 주었습니다. 이 책에는 자기 자신 이외의 것을 대상으로 삼는, 고상한 정서와 감정들과 결합된 다정하고 가정적인 태도가 묘사되어 있었습니다. 이런 태도는 내 보호자들에게서 발견할 수 있는 것과 잘 일치했으며 내 자신의 마음속에 항상 생생하게 살아 있는 소망과도 일치하는 것이었습니다. 그러나 베르테르는 내가 지금까지 보거나 상상했던 그 어떤 존재보다 더 고귀한 존재처럼 보였습니다. 그의 성품에는 한 치의 가식도 없었지만 그는 깊은 절망에 빠졌습니다. 죽음과 자살에 대한 철저한 탐구는 내게 놀라움을 안겨 주었습니다. 죽음과 자살의 장점에 감히 공감한다고 말할 순 없었지만 주인공의 생각에 마음이 기운 것은 사실이었습니다. 정확하게 이해하지도 못한 채 주인공의 죽음에 눈물을 흘렸으니까요.

그러나 책을 읽으면서 많은 부분을 내 자신의 감정과 상태에 개인적으로 적용해 보았습니다. 책 속에 등장해서 대화를 나누는 존재들과 내 자신이 비슷하면서도 동시에 기이하게 다르다는 사실을 알았습니다. 그들에게 공감했고 그들을 부분적으로 이해했지만 사실 나는 정신적으로 아직 제대로 형성되지 않은 상태였습니다. 내게는 의지할 사람도 친척도 없었습니다. '내 죽음을 가로막는 것은 아무 것도 없었고' 내가 죽어도 슬퍼해 줄 사람 하나 없었습니다. 내 모습은 흉측했고 키는 거인 같았습니다. 도대체 이것이 무슨 의미일까요? 나는 누구이며 어떤 존재일까요? 나는 어디서 와서 어디로 가는 걸까요? 이런 의문들이 끊임없이 솟구쳤지만 풀 길이 전혀 없었습니다.

내가 얻은 『플루타르크 영웅전』에는 고대 국가들을 세운 사람들에 대한 역사가 담겨 있었습니다. 이 책은 『젊은 베르테르의 슬픔』과는 전혀 다른 영향을 주었습니다. 내가 베르테르의 상상력을 통해 절망과 우울함을 배웠다면 플루타르크는 고상한 사상들을 가르쳐 주었습니다. 또 플루타르크는 비참한 내 모습을 뛰어넘어서 과거의 영웅들을 존경하고 사랑할 수 있도록 정신을 고양해 주었습니다. 내가 읽은 많은 이야기들은 내 이해력과 경험을 능가하는 것들이었습니다. 왕국과 넓게 펼쳐진 국토, 거대한 강들, 끝없는 바다에 대해서는 겨우 희미하게 알고 있을 뿐이었고 마을이나 수많은 사람들이 모여 있는 곳에 대해서는 전혀 모르는 상태였습니다. 내 보호자들의 오두막집이 인간의 본성을 연구할 수 있는 유일한 학교였습니다. 그러나 이 책에는 새롭고 더 거대한 행동 무대들이 전개되어 있었습니다. 공적인 업무에 종사하면서 인간을 다스리거나 학살하는 사람들에 관한 내용도 들어 있었습니다. 내 마음속에서는 선에 대한 크나큰 갈망과 악에 대한 혐오감이 생겨났습니다. 선과 악이라는 용어들이 서로 상대적인 것이라 해도 나는 그것들을 기쁨과 고통에 적용해 이해했습니다. 이런 기분에 이끌려서 나는 당연히 로물루스(전설상의 로마 건국자로 숙부와 동생을 죽이고 왕이 되었다. ― 옮긴이)와 테세우스보다 누마(로마의 전설적인 왕으로 로마 종교 의식의 창설자로 일컬어진다. ― 옮긴이)와 솔론, 리쿠르고스(고대 스파르타의 입법자. — 옮긴이)같이 평화를 애호하는 입법자들을 더 존경하게 되었습니다. 내 보호자들이 보여 준 훌륭한 생활 때문에 이런 인상이 내 마음속에 더 확고하게 자리를 잡았습니다. 아마도 내가 처음 접한 사람이 불타는 영예욕에 사로잡혀 살육을 일삼는 군인이었다면 다른 감정들을 갖게 되었을 것입니다.

그러나 『실낙원』은 다른 책들과는 다른, 훨씬 더 깊은 감정을 불러일으켰습니다. 내 수중에 들어온 다른 책들과 마찬가지로 나는 『실낙원』 역시 진짜 역사책이라고 생각하며 읽었습니다. 전능한 하느님이 자신의 피조물들과 싸우는 장면은 내 마음속에서 경탄하고 경외하는 감정을 최대한 불러일으켰습니다. 몇 가지 상황이 내 처지와 비슷하다는 생각을 자주하게 되었습니다. 아담과 마찬가지로 나 역시 분명히 다른 존재와 아무런 연관 관계를 맺고 있지 않았습니다. 그러나 그의 처지는 다른 모든 면에서 나와 상당히 달랐습니다. 그는 하느님의 손에 의해 완전한 존재로 나타났고 창조주의 특별한 보살핌을 받으면서 행복하게 잘 살았습니다. 그는 더 뛰어난 본성을 지닌 존재들과 대화하고 지식을 얻을 수 있도록 허락받았습니다. 그러나 나는 비참하고 무력하며 혼자입니다. 사탄이 오히려 내 처지를 더 잘 나타내는 상징이라는 생각이 여러 번 들었습니다. 내 보호자들의 행복한 모습을 바라보고 있노라면 사탄처럼 내 마음속에서 쓰디쓴 질투심이 솟구칠 때가 많았기 때문입니다.

또 다른 사건 때문에 이런 기분이 더 심해지고 확고해졌습니다. 헛간에서 살기 시작한 직후에 나는 당신의 실험실에서 입고 나온 옷의 호주머니에서 서류 몇 장을 발견하게 되었습니다. 처음에는 그것을 잊어버리고 있었는데 이제는 글자를 읽을 줄 알게 되었기 때문에 그것을 부지런히 읽기 시작했습니다. 그것은 당신이 나를 만들기 전 네 달 동안 쓴 일기였습니다. 이 서류에는 작업 진척 과정이 자세히 적혀 있었습니다. 이런 사실 기록에는 집안일들에 대한 설명도 섞여 있었습니다. 당신도 이 서류들을 기억할 것입니다. 여기 그것들이 있습니다. 그 속에는 내 저주받은 탄생에 관련된 모든 것이 설명되어 있습니다. 탄생까지의 구역질 나는 연속적인 상황들이 너무나 일목요연하게 제시되어 있습니다. 혐오스럽고 메스꺼운 내 존재에 대한 상세한 설명은 당신 자신의 두려움을 묘사하고 내게 지울 수 없는 두려움을 느끼게 해 주는 그런 표현들로 이루어져 있습니다. 글을 읽으면서 구역질이 날 정도였으니까요. 나는 괴로워하면서 '생명을 부여받은 날이 저주받은 날이다!'라고 외쳤습니다. '나를 창조한 자에게 저주가 있기를!' 당신은 무엇 때문에 당신 자신조차도 역겨워서 등을 돌릴 그런 흉측한 괴물을 만들었습니까? 하느님은 불쌍히 여기는 마음에서 자신의 형상에 따라 인간을 아름답고 매력적인 모습으로 만드셨습니다. 그러나 내 모습은 당신의 형상을 따라 추악하게 만들어졌습니다. 아니 표본이 되어 준 당신의 형상보다 훨씬 더 끔찍하게 만들어졌습니다. 사탄에게는 그를 존경하고 격려해 주는 친구인 동료 악마들이 있었습니다. 그러나 나는 혼자이고 혐오의 대상입니다.

절망하고 외로울 때면 이런 생각들이 들었습니다. 그러나 오두막집 사람들의 미덕과 그들의 상냥하고 인자한 성품을 생각하면서 스스로의 마음을 달랬습니다. 혹시 내가 그들의 미덕을 존경하고 있다는 사실을 알게 되면 그들이 나를 동정하면서 내 개인적인 결함을 눈감아 주지 않을까 하고 기대하면서요. 아무리 괴물 같다 해도 그들의 이해와 우정을 구하는 사람을 문전에서 내쫓을 수 있겠습니까? 절망하지 말고 내 운명을 결정할 그들과의 만남을 철저하게 대비하기로 결심했습니다. 나는 만남을 몇 달 동안 연기했습니다. 이 만남의 성공 여부가 너무나 중요해서 혹시나 실패할지도 모른다는 두려움이 생겼기 때문이었죠. 게다가 매일매일 경험과 더불어 내 이해력이 매우 많이 향상되고 있었기 때문에 몇 달 더 지나 내가 더 현명해질 때까지 만남을 늦추고 싶었습니다.

그동안 오두막집에는 몇 가지 변화가 일어났습니다. 사피 덕에 오두막집 사람들은 행복해했고 형편도 상당히 풍족해졌습니다. 펠릭스와 아가사가 쉬면서 이야기를 나누는 시간이 더 많아졌고 집안일은 하인들이 거들어 주었습니다. 부유해 보이지는 않았지만 그들은 만족스럽고 행복했습니다. 그들이 평온하고 평화로워진 반면 내 기분은 날마다 더 혼란스러워졌습니다. 지식이 늘어나자 내가 얼마나 비참하게 버림받은 존재인가라는 사실이 오히려 더 분명하게 드러났습니다. 희망을 품고 있었지만 물에 비친 내 모습을 보거나 달빛을 받아 드리운 그림자를 볼 때면 그런 희망이 사라져 버렸습니다. 아무리 물에 비친 모습이 일시적이고 그림자가 변화가 심하다 해도 말입니다.

나는 이런 두려움을 꺾고, 몇 달 후에 감행하기로 결심한 시도를 대비해서 마음을 다잡으려고 노력했습니다. 그리고 때로는 이성의 제재를 받지 않은 채 생각들이 천국의 들판을 거닐도록 내버려두었습니다. 그리고 상냥하고 사랑스러운 사람들이 내 기분에 공감하고 내 우울한 마음을 떨쳐 버릴 수 있도록 기운을 북돋아 주는 모습을 상상해 보기도 했습니다. 그러나 그것은 전부 꿈일 뿐이었습니다. 내게는 슬픔을 달래 주고 생각을 나눌 수 있는 이브가 없었습니다. 나는 혼자였습니다. 아담은 자신을 만들어 준 하느님에게 탄원을 했다고 합니다. 그렇지만 내 창조주는 어디에 있을까요? 그는 나를 버렸습니다. 쓰라린 마음을 안고 나는 그를 저주했습니다.

그렇게 가을이 지났습니다. 놀랍고 슬프게도 나뭇잎이 말라 떨어지더니 자연은 처음 내가 숲과 사랑스러운 달을 보았을 때처럼 황량하고 쓸쓸한 모습을 다시 띠었습니다. 그러나 나는 차가워진 날씨에는 크게 개의치 않았습니다. 신체 구조상 더위보다는 추위를 더 잘 견딜 수 있었으니까요. 그러나 꽃들의 모습과 새들, 화사한 여름 풍경이 내게는 큰 기쁨이었습니다. 그런 것들이 모두 사라지자 나는 오두막집 사람들에게 더 많은 관심을 기울이게 되었습니다. 여름이 지나갔어도 그들의 행복이 줄어들진 않았습니다. 그들은 서로 사랑하고 이해했습니다. 서로 의지하면서 기쁨을 느끼는 사람들이었기에 주변에서 일어나는 자연 변화 때문에 그들의 기쁨이 줄어들진 않았습니다. 그들을 보면 볼수록 그들의 보호와 애정을 받고 싶다는 소망은 더욱 커졌습니다. 나 역시 이 상냥한 사람들을 만나 그들에게 사랑받고 싶어졌습니다. 그들이 애정 어린 상냥한 표정으로 나를 바라보는 모습을 보는 것이 내 최고의 바람이었습니다. 그들이 나를 경멸하며 무서워할 것이라는 생각은 꿈에도 하지 못했습니다. 그들이 집에 찾아온 가난한 사람들을 문전 박대하는 경우를 본 적이 없으니까요. 사실 나는 약간의 음식이나 안식처보다 더 큰 보물들을 원했습니다. 내가 원한 것은 친절과 이해였습니다. 그것들을 얻을 자격이 내게 없다고 생각하진 않았습니다.

겨울이 깊어 갔습니다. 내가 생명을 얻은 이후 계절이 한 바퀴를 돌아 다시 겨울이 된 것이었죠. 이 무렵 나는 오두막집 보호자들에게 나를 소개할 계획에 온통 관심을 기울이고 있었습니다. 여러 가지 계획이 있었지만 눈먼 노인이 혼자 있을 때 집 안으로 들어가기로 최종적으로 계획을 세웠습니다. 너무 흉측한 내 모습 때문에 이전에 사람들이 나를 보고 질겁했다는 것을 알 만큼의 현명함은 갖고 있었으니까요. 내 목소리는 거칠긴 해도 끔찍하진 않았습니다. 그래서 만약 자식들이 없는 동안 드 라시 노인의 호감과 중재를 얻을 수만 있다면 자식들도 나를 너그럽게 받아들여 줄 것이라고 생각했습니다.

땅 위로 여기저기 뒹굴던 빨간 나뭇잎에 햇살이 비쳐 상쾌함이 퍼져 나가던 어느 날 사피와 아가사, 펠릭스는 추운 날씨를 무릅쓰고 시골길로 긴 산책을 하러 나갔습니다. 노인은 자청해서 집에 혼자 남았습니다. 자식들이 나가자 그는 기타를 꺼내서 슬프지만 달콤한 곡들을 몇 곡 연주했습니다. 이전에 그가 연주했던 곡들보다 훨씬 더 슬프고 달콤했습니다. 처음에는 그의 얼굴이 기쁨으로 환해졌지만 연주를 계속하는 동안 생각에 잠긴 슬픈 표정이 나타났습니다. 마침내 기타를 내려놓더니 그는 골똘하게 생각에 잠겼습니다.

내 심장이 빠르게 뛰었습니다. 지금이야말로 내 희망이 이루어질지 아니면 두려움이 현실로 나타날 것인지 시도해 볼 적당한 순간이었습니다. 하인들은 근처 장에 가고 없었습니다. 오두막집 안팎은 조용했습니다. 더없이 좋은 기회였습니다. 그러나 계획을 실행하려는 순간 다리가 후들거려서 나는 그만 바닥에 주저앉고 말았습니다. 다시 일어나서 그동안 다져온 굳은 결의를 발휘해서 내가 숨어 있는 곳을 감추기 위해 헛간 앞에 놓아둔 널빤지를 치웠습니다. 신선한 공기를 접하자 기운이 다시 솟아났습니다. 새롭게 각오를 다지며 나는 오두막집으로 다가갔습니다.

내가 문을 두드리자 노인이 "누구요? 들어오시오."라고 대답했습니다.

들어가서 나는 노인에게 말했습니다.

"이렇게 불쑥 찾아온 것을 용서하십시오. 여행객인데 좀 쉬었다 가고 싶어서요. 불 앞에서 잠깐만 몸을 녹이고 가게 해 주신다면 정말 고맙겠습니다."

"들어오시오. 당신에게 필요한 것을 제공해 드리도록 최선을 다하겠지만 불행히도 자식들이 모두 외출하고 없소. 눈이 안 보여서 당신에게 먹을 것을 가져다드리기는 힘들 것 같구려."

"신경 쓰지 마십시오, 친절하신 주인 양반. 저한테도 먹을 것은 있답니다. 따뜻한 곳에서 잠시 쉬었다 가고 싶을 뿐입니다."

내가 앉자 침묵이 흘렀습니다. 내게는 일분 일초가 소중했지만 어떻게 말을 꺼내야 할지 몰라 우물쭈물하고 있을 때 노인이 말을 걸어 왔습니다.

"말씀하시는 것으로는 우리나라 분 같은데 프랑스 인이오?"

"아닙니다. 그렇지만 프랑스 인 가족들에게 교육을 받아서 불어밖에는 할 줄 모른답니다. 저는 지금 제가 진심으로 사랑하는 친구들에게 보호를 요청하러 가는 중입니다. 그들이 제게 호의를 베풀 것이라는 희망을 품고서요."

"친구들이 독일인이오?"

"아닙니다. 그들은 프랑스 인들입니다. 그런데 다른 이야기를 해도 될까요? 저는 불행하고 버림받은 사람입니다. 아무리 주변을 둘러봐도 친척 하나, 친구 하나도 없는 외톨이랍니다. 지금 제가 만나러 가는 상냥한 사람들은 저를 본 적도 없고 저에 대해서도 전혀 모르는 상태입니다. 저는 지금 두려움에 휩싸여 있습니다. 그 사람들의 마음을 얻지 못하면 저는 이 세상에서 영원히 버림받게 될 것입니다."

"절망하지 마시오. 친구가 없는 것은 정말로 불행한 일이지요. 그러나 명백한 이기심으로 편견에 빠져 있지만 않다면 사람들의 마음에는 형제애와 자비심이 가득 들어 있다오. 그러니까 희망을 가지구려. 그리고 이 친구들이 착하고 상냥하다면 절망할 필요가 없소."

"물론 상냥하지요. 그들은 세상에서 가장 훌륭한 사람들입니다. 그러나 불행히도 그들은 저에 대해 편견을 가지고 있습니다. 저는 착한 성품을 지니고 있고 지금까지 누구에게 해를 끼친 적도 없습니다. 오히려 도움을 주는 편입니다. 그러나 치명적인 편견이 그들의 눈을 흐리게 했습니다. 그들은 따뜻한 정과 친절한 우정을 보지 못하고 괴물 같은 흉측한 외모만을 본답니다."

"그것 참 유감이구려. 그러나 당신이 정말로 결백하다면 그들이 잘못되었다는 것을 깨닫게 해 줄 수 있지 않겠소?"

"그렇지 않아도 그렇게 하려고 하는 참입니다. 그리고 바로 그런 이유 때문에 지금 너무나 두려운 마음이 든답니다. 저는 이 친구들을 따뜻하게 사랑합니다. 그들 모르게 저는 몇 달 동안 날마다 친절을 베풀었습니다. 그러나 그들은 제가 자신들에게 해를 끼치려 한다고 생각합니다. 바로 그런 편견을 극복하고 싶습니다."

"그 친구들이 어디에 사오?"

"이 근처에 삽니다."

노인은 잠시 멈추더니 계속 말을 이어 나갔다.

"당신의 사연을 숨김없이 자세하게 털어놓아 보구려. 어쩌면 내가 그들에게 잘못을 깨우칠 수 있도록 도움이 될지도 모르겠소. 눈이 보이지 않아서 당신의 용모를 볼 수는 없지만 당신의 말을 듣다 보니 당신이 진실한 사람일 것이라는 생각이 드오. 나는 가난한 망명객이지만 다른 사람을 도울 수 있다면 참으로 기쁠 것 같소."

"훌륭한 분이시군요. 감사드리며 당신의 관대한 제안을 받아들이겠습니다. 당신이 이 친절함으로 땅바닥에 주저앉은 저를 일으켜 세우시는군요. 당신의 도움으로 제가 절대 사회에서 내몰리지도 않을 것이며 당신의 동료 인간들로부터 이해를 얻지 못하는 일도 없을 거라는 믿음이 생깁니다."

"그런 일은 절대 일어나서는 안 되오. 당신이 정말로 죄를 지었다 해도 그런 일을 겪는다면 오히려 자포자기 상태에 빠져서 선한 행동을 하지 못하게 되니까 말이요. 나 또한 불운한 사람이오. 나와 가족들은 아무 죄가 없는데도 유죄 선고를 받았소. 그러니 내가 당신의 불행을 동정하지 않을 것이라고 생각하지 마시오."

"제 최고의 후원자이자 유일한 후원자인 당신에게 어떻게 감사를 드려야 할지 모르겠습니다. 저에게 친절한 말을 해 준 사람은 당신이 처음입니다. 고마운 마음을 영원히 간직하겠습니다. 당신으로부터 이런 친절을 받고 보니 곧 만나게 될 다른 친구들과도 잘 될 것 같은 확신이 듭니다."

"그 친구들의 이름과 사는 곳을 알려 줄 수 없소?"

나는 잠시 머뭇거렸습니다. 지금이야말로 영원히 행복을 잃게 될 것인지, 아니면 영원한 행복을 얻게 될 것인지가 결정되는 순간이라는 생각이 들었습니다. 마음을 굳게 먹고 노인에게 대답하려기를 쓰다 보니 오히려 남아 있던 기운마저 다 없어지고 말았습니다. 나는 의자에 털썩 주저앉아 큰 소리로 흐느껴 울었습니다. 바로 그 순간 젊은 보호자들의 발자국 소리가 들렸습니다. 한시도 지체할 시간이 없어서 나는 노인의 손을 잡고 외쳤습니다.

"지금이야말로 저를 구하고 보호해 주실 때입니다. 당신과 당신의 가족이 제가 찾고 있는 친구들입니다. 시련의 순간에 저를 버리지 말아 주십시오!"

"세상에! 당신은 누구요?"라고 노인이 소리쳤습니다.

그 순간 오두막집 문이 열리고 펠릭스와 사피, 아가사가 들어왔습니다. 나를 보자마자 그들이 얼마나 놀라고 무서워했는지 어떻게 표현할 수 있을까요? 아가사는 기절했고 사피는 친구를 간호하지도 못한 채 집 밖으로 뛰쳐나갔습니다. 펠릭스는 재빨리 달려와서 아버지의 무릎에 매달려 있는 나를 무서운 힘으로 떼어냈습니다. 그는 불같이 화를 내면서 나를 땅에 내동댕이치더니 작대기로 맹렬하게 치기 시작했습니다. 사자가 영양을 쥐어뜯어 놓듯이 그의 사지를 갈기갈기 찢어 놓을 수도 있었습니다. 그러나 지독한 병에라도 걸린 것처럼 크게 낙담한 나는 참았습니다. 펠릭스가 다시 때리려는 순간 나는 고통과 고뇌에 잠겨서 오두막집을 빠져나와 소란스러운 틈을 타서 사람들 모르게 다시 헛간으로 돌아왔습니다.

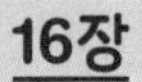

저주받을, 저주받을 창조자여! 내가 왜 살았을까요? 당신이 경솔하게 내게 부여한 생명의 불꽃을 그 순간 왜 꺼 버리지 않았을까요? 나도 모릅니다. 그때까지만 해도 나는 절망감에 사로잡히지 않았습니다. 분노와 복수심만이 마음속에 가득했습니다. 기꺼이 오두막집과 그곳에 살고 있는 가족들을 없애 버리고 그들의 비명소리와 불행을 즐길 수도 있었습니다.

밤이 되자 나는 숨어 있던 곳에서 나와 숲 속을 헤맸습니다. 이제는 더 이상 들킬 걱정도 하지 않았습니다. 무시무시하게 울부짖으며 괴로움을 표출했습니다. 그물을 뚫고 나온 한 마리 야생동물처럼 앞을 가로막는 물체들을 부수며 수사슴처럼 날쌔게 숲을 돌아다녔습니다. 정말 비참하게 보낸 밤이었습니다. 차가운 별들이 나를 조롱하듯 반짝이고 있었고 벌거벗은 나무들은 내 머리 위에서 가지를 흔들어 댔습니다. 완전한 정적 속에서 이따금씩 새소리가 갑자기 들려왔습니다. 나만 빼놓고 모두가 쉬거나 즐기고 있는 것 같았습니다. 나는 사탄처럼 마음속에 지옥을 품고 있었습니다. 다른 사람들에게 전혀 이해받지 못한다는 것을 알게 된 나는 나무를 뿌리째 뽑아 버리고 주변의 모든 것을 부수고 파괴해 버린 다음 앉아서 파괴된 모습을 즐기고 싶었습니다.

그러나 이것은 지속될 수 없는 감정의 사치였습니다. 심하게 기운을 다 써 버려서 피곤해진 나는 절망으로 심한 무력감에 빠져서 축축한 풀 위에 쓰러졌습니다. 수많은 사람들 중에서 나를 동정하거나 도와줄 사람은 아무도 없었습니다. 그렇다면 나도 굳이 적들에게 호의를 느낄 필요가 있을까요? 아닙니다. 그 순간부터 나는 인류에게 영원한 전쟁을 선포했습니다. 그리고 그 누구보다도 나를 만들어서 이런 견딜 수 없는 불행을 겪게 한 그 사람에게 선전포고를 했습니다.

해가 떠오르고 주변에서 사람들 말소리가 들렸습니다. 그날 낮 동안에는 은신처로 돌아가는 게 불가능하다는 것을 알았습니다. 그래서 빽빽한 덤불 속에 숨어서 몇 시간 동안 내 처지를 생각해 보기로 결심했습니다.

화사한 햇살과 낮의 맑은 공기 덕에 어느 정도 안정을 되찾게 되었습니다. 그리고 오두막집에서 일어난 일들에 대해 곰곰이 따져 보자 내가 너무 성급하게 굴었다는 생각이 들었습니다. 분명히 너무나 경솔한 행동이었습니다. 내 이야기를 듣고 노인은 분명히 호의적인 관심을 표명했습니다. 그리고 내 모습을 드러내서 노인의 자식들을 두려움에 떨게 한 것은 분명히 어리석은 짓이었습니다. 먼저 드 라시 노인과 친해진 다음 다른 가족들이 나와 가까워지기 위한 마음의 준비를 갖추었을 때, 조금씩 그들에게 내 존재를 드러내 보여 줬어야 했습니다. 그러나 돌이킬 수 없는 실수를 저질렀다고는 생각하지 않았습니다. 그래서 오랫동안 생각한 다음 오두막집으로 돌아가서 노인을 만나 상황을 설명하고 그를 내 편으로 끌어들이기로 결심했습니다.

이런 생각을 하다 보니 마음이 진정되어서 오후에는 깊은 잠에 빠졌습니다. 그러나 뜨거운 혈기 때문에 평화로운 꿈을 꿀 수가 없었습니다. 그 전날 일어났던 끔찍한 장면들이 계속 눈앞에 어른거렸습니다. 여자들은 도망치고 격분한 펠릭스는 아버지의 발치에서 나를 떼어놓는 그런 모습이었습니다. 기진맥진해서 일어나 보니 벌써 밤이 되어 있었습니다. 나는 숨어 있던 곳에서 기어 나와 먹을 것을 찾아 나섰습니다.

허기가 가시자 오두막집으로 향하는 익숙한 길을 향해 발걸음을 옮겼습니다. 모든 것이 평화로웠습니다. 헛간으로 기어 들어간 다음 나는 평상시에 가족들이 일어나는 시간을 조용히 기다렸습니다. 그러나 그 시간이 지나고 해가 중천에 떠올랐는데도 오두막집 사람들은 나타나지 않았습니다. 끔찍하게 불행한 일이 일어났다는 것을 깨닫는 순간 온몸이 심하게 떨렸습니다. 오두막집 안은 어두웠고 아무 기척도 없었습니다. 이 고통스러운 긴장 상태는 도저히 표현할 수가 없습니다.

얼마 후에 시골 사람 둘이 지나가다가 오두막집 옆에 잠시 서서 격한 몸짓을 하며 이야기를 시작했습니다. 그러나 그들은 내 보호자들이 쓰던 말과는 다른 그 지역 말로 이야기를 나누었기 때문에 무슨 말을 하는지 전혀 알아들을 수가 없었습니다. 그러나 곧 펠릭스가 다른 사람과 함께 나타났습니다. 그날 아침에 펠릭스가 오두막집에서 나간 적이 없었다는 것을 알고 있었기 때문에 나는 무척 놀랐지만 초조하게 기다리면서 무슨 연유에서 펠릭스가 이렇게 평상시와 다른 행동을 보이는지 그의 말을 통해 알아내려고 노력했습니다.

그와 함께 온 사람이 그에게 물었습니다.

"세 달 치 집세를 내야 하고 텃밭의 농산물도 포기해야 한다는 것에 대해 생각해 본 거죠? 나는 부당하게 이득을 취하고 싶지는 않아요. 며칠 동안 시간을 갖고 당신의 결정을 더 잘 생각해 보길 바랍니다."

"전혀 상관없습니다. 우리는 당신의 오두막집에 다시는 들어갈 수가 없어요. 제가 말씀드린 무시무시한 사건 때문에 아버지 생명이 위태로운 상황입니다. 제 아내와 누이동생은 그때의 공포감에서 절대 회복될 수 없을 것입니다. 제발 더 이상 저를 설득하려고 하지 말아 주세요. 당신의 집을 돌려받으시고 이곳을 빨리 벗어날 수 있게 해 주세요."

펠릭스는 이렇게 말하면서 격렬하게 몸을 떨었습니다. 함께 온 사람과 펠릭스는 오두막집으로 들어가서 몇 분 정도 있다 나온 다음 떠났습니다. 그 후 다시는 드 라시 가족을 보지 못했습니다.

그날 내내 나는 헛간에서 계속 극도의 절망감에 빠져 있었습니다. 내 보호자들이 떠나 버림으로써 세상과 나를 연결해 주던 유일한 끈이 끊어지고 말았습니다. 처음으로 복수심과 증오심이 가슴에 가득 차 올랐습니다. 나는 복수심과 증오심이 솟아나는 것을 막으려고 애쓰지 않았습니다. 오히려 그런 감정들에 휩쓸려서 사람들을 해치고 죽이기로 작정했습니다. 그러나 드 라시의 온화한 목소리와 아가사의 부드러운 눈길, 그리고 사피의 우아한 아름다움을 생각하자 사람들을 해치고 죽이겠다는 생각이 사라졌습니다. 한바탕 눈물을 흘리고 나자 마음이 조금 진정되었습니다. 그러나 그들이 나를 거절하고 버렸다는 사실을 다시 떠올리자 분노가 되살아났습니다. 격렬한 분노가 치밀었지만 사람을 다치게 할 수는 없었기 때문에 물건들에게 화풀이를 했습니다. 밤이 깊어지자 오두막집 주변에 잘 타는 여러 가지 물건들을 쌓아 두고 채소밭을 완전히 쑥대밭으로 만든 다음 달이 져서 계획을 실행할 때까지 억지로 참았습니다.

밤이 깊어지자 숲에서 거센 바람이 불더니 하늘에 떠 있던 구름을 빠르게 흩뜨려 놓았습니다. 거대한 산사태처럼 돌풍이 거세게 불어와서 내 마음속에 일종의 광란 상태를 만들어 냈습니다. 이성과 사고의 경계가 모두 무너져 버렸습니다. 나는 마른 나뭇가지에 불을 붙인 다음 달이 거의 지려고 하는 서쪽 지평선에 계속 시선을 고정한 채 저주받은 오두막집 주변을 미친 듯이 돌며 춤을 췄습니다. 마침내 달의 일부가 가려졌고 나는 불붙은 나뭇가지를 흔들었습니다. 달이 완전히 지자 나는 크게 소리를 지르며 모아 놓은 짚과 히스 덤불에 불을 지폈습니다. 바람이 불길을 부채질하자 오두막집은 곧 불길에 휩싸였습니다. 불길은 여러 갈래로 갈라진 파괴적인 혀를 날름거리며 오두막집에 달라붙어 핥기 시작했습니다.

오두막집이 손쓸 수도 없이 모조리 파괴되었다는 확신이 들자마자 나는 그곳을 떠나 숲에서 숨을 곳을 찾았습니다.

바로 그때 내 앞에는 넓은 세상이 펼쳐져 있었지만 어디로 발길을 옮겨야 했을까요? 나는 불행을 안겨 준 곳으로부터 되도록 먼 곳으로 피하기로 결심했습니다. 그러나 증오와 멸시의 대상일 뿐인 나에게는 어느 나라나 똑같이 끔찍했습니다. 바로 그때 당신 생각이 머리를 스쳤습니다. 당신의 일기를 통해서 당신이 바로 내 아버지이며 나를 만든 사람이라는 것을 알았습니다. 그렇다면 내게 생명을 부여한 당신이야말로 이럴 때 내가 찾아갈 제일 적당한 사람이 아니겠습니까? 펠릭스가 사피에게 가르친 것 중에는 지리도 포함되어 있었습니다. 이 가르침을 통해 세상에 존재하는 다른 나라들이 대강 어디에 위치하고 있는지 배웠습니다. 제네바가 당신의 고향이라고 적혀 있었기 때문에 이곳을 향해 가기로 결정했습니다.

그러나 어떻게 길을 찾아가야 할까요? 목적지에 도달하기 위해서는 서남쪽으로 가야 한다는 것만 알고 있었을 뿐이었고 태양만이 유일한 길잡이였습니다. 지나가야 할 마을의 이름도 알지 못했고 어느 누구에게 길을 물을 수도 없었습니다. 비록 당신에 대해 증오심밖에 느끼지 못했지만 오로지 당신에게서만 구원을 바랄 수 있었습니다. 무정하고 냉혹한 창조자여! 당신은 내게 지각과 열정을 부여한 다음 널리 사람들의 조롱과 두려움의 대상이 되도록 내던져 버렸습니다. 그러나 오로지 당신에게서만 나에 대한 동정과 보상을 요구할 수 있었습니다. 그래서 인간의 형상을 띠고 있는 다른 존재로부터 헛되게 구하려고 노력했던 동정과 보상을 당신에게서 얻기로 결심했습니다.

긴 여행을 하는 동안 나는 심한 고통을 겪었습니다. 오랫동안 머물던 곳을 떠난 것은 늦가을이었습니다. 사람의 모습을 접하는 것이 두려워서 밤에만 길을 갔습니다. 주변의 자연은 황폐했고 햇살은 뜨겁지 않았습니다. 비와 눈이 쏟아졌고 거대한 강물은 얼어붙었습니다. 땅바닥은 딱딱하고 차가웠으며 아무것도 나 있지 않아서 쉴 곳을 찾을 수가 없었습니다. 아, 대지여! 내 존재의 근원에 얼마나 자주 저주를 퍼부었던가! 온화한 본성은 사라지고 마음속엔 온통 원한과 비통함이 가득 찼습니다. 당신 집에 가까이 다가갈수록 마음속에서는 복수심이 더 세게 활활 타올랐습니다. 눈이 내렸고 강물이 얼어붙었지만 나는 쉬지 않았습니다. 이따금씩 몇 가지 사건을 겪으면서 길을 찾았고 당신 고국의 지도도 얻었습니다. 그러나 엉뚱한 곳에서 헤매는 경우도 많았습니다. 고통스러운 감정 때문에 도저히 쉴 수가 없었습니다. 어떤 일이 일어나도 마음속의 분노와 불행이 사그라지지 않았습니다. 게다가 스위스 국경에 도착했을 때 한 가지 사건이 일어났습니다. 그 일이 나의 증오심과 비통함을 더욱 확고하게 해 주었지요. 햇볕이 다시 따스해지고 대지가 파랗게 변하기 시작할 무렵의 일이었습니다.

나는 주로 낮에는 휴식을 취하다가 사람들의 눈에 띄지 않는 밤에만 길을 떠났습니다. 그러나 어느 날 아침 가야 할 길이 깊은 숲에 나 있는 것을 보고 해가 뜬 뒤에도 여행을 계속하기로 마음먹었습니다. 이른 봄날 아름다운 햇살과 향긋한 공기에 나마저 기분이 좋아졌습니다. 오랫동안 죽어 있던 정다움과 기쁨의 감정이 마음속에 되살아나는 것을 느낄 수 있었습니다. 이런 감정들이 신기하고 놀라워서 한동안 그 감정들에 마음을 맡겼습니다. 감히 고독함과 흉측한 모습을 잊었더랬죠. 행복했습니다. 부드러운 눈물이 내 뺨을 적셨고 나는 눈물에 젖은 눈을 들어 내게 그런 기쁨을 선사한 축복받은 태양을 감사한 마음으로 바라보았습니다.

계속해서 꾸불꾸불한 숲길을 걷다 보니 숲 가장자리에 닿았습니다. 그곳은 깊고 빠르게 흐르는 강물에 둘러싸여 있었는데 신선한 봄이 되어 새잎이 돋기 시작한 나뭇가지들이 강물 속으로 휘어져 있었습니다. 어느 길로 가야 할지 정확히 알 수 없어서 잠시 발을 멈춰 서 있을 때 사람들의 말소리가 들렸습니다. 나는 즉시 사이프러스 그늘 아래 몸을 숨겼습니다. 몸을 숨기자마자 한 소녀가 장난하다 누군가에게서 달아나기라도 하는 것처럼 웃으면서 내가 숨어 있는 곳을 향해 달려왔습니다. 그녀는 절벽으로 된 강물 옆을 계속 달려가다가 갑자기 발이 미끄러지면서 급류 속으로 빠지고 말았습니다. 나는 숨어 있던 곳에서 뛰어나와 있는 힘을 다해 거센 물살 속에서 소녀를 구한 다음 강가로 끌어냈습니다. 소녀는 의식불명이었습니다. 온갖 방법을 다 동원해서 소녀의 의식을 되살리려고 애쓰고 있는데 갑자기 한 농부가 다가오는 바람에 중단하고 말았습니다. 아마도 소녀와 장난치던 사람인 것 같았습니다. 그는 나를 보자마자 쏜살같이 달려들어서는 소녀를 내 팔에서 떼어 내더니 더 깊은 산 속으로 서둘러 들어갔습니다. 왜 그랬는지 이유는 알 수 없었지만 나도 재빨리 뒤를 쫓았습니다. 그러나 그 남자는 내가 가까이 다가오는 것을 보자 가지고 있던 총을 꺼내 내 몸을 향해 발사했습니다. 나는 땅바닥에 주저앉았고 내게 상처를 준 남자는 더 빠른 속도로 숲으로 도망쳤습니다.

그것이 내가 베푼 호의의 보답이었습니다! 죽을 사람을 구해 준 보답이 기껏 살과 뼈가 으스러지는 부상의 고통이라니요. 조금 전까지 품고 있던 호의와 온순한 감정은 사라지고 치가 떨리는 엄청난 분노가 밀려왔습니다. 통증 때문에 더욱 격분한 나는 인류 전체에게 영원한 증오를 품고 복수할 것을 맹세했습니다. 그러나 상처의 통증이 엄습해 왔습니다. 나는 맥박이 멈추며 기절하고 말았습니다.

몇 주 동안 상처를 치료하기 위해 애쓰면서 숲에서 비참하게 지냈습니다. 어깨에 총을 맞았는데 총알이 거기에 박혔는지 아니면 관통했는지 알 수가 없었습니다. 어쨌든 그것을 빼낼 방법이 없었습니다. 내게 이런 상처를 입힌 것이 너무나 부당하고 은혜를 모르는 짓이라는 생각이 마음을 짓눌러 더 고통스러웠습니다. 나는 날마다 복수를 맹세했습니다. 내가 그동안 겪었던 부당한 대우와 고뇌를 충분히 보상하고도 남을 통렬하고 치명적인 그런 복수 말입니다.

몇 주가 지나자 상처가 나아서 다시 여행을 시작했습니다. 밝은 햇살이 비치거나 봄의 부드러운 미풍이 불어와도 힘든 상황이 덜 힘들게 느껴지는 일은 없었습니다. 모든 기쁨이 내 외로운 상태를 비웃기 위한 것으로만 여겨졌습니다. 그것은 오히려 내가 즐거움을 누리도록 만들어진 존재가 아니라는 사실을 더 고통스럽게 깨닫게 해 주었습니다.

그러나 내 고생도 끝날 때가 다가왔지요. 그로부터 두 달이 지난 후에 나는 제네바 근교에 도착했습니다.

도착했을 때는 저녁 무렵이었습니다. 나는 들판에 있는 은신처로 가서 당신에게 어떻게 다가갈지 궁리했습니다. 피로와 허기에 지쳐 있었고 너무나 기분이 언짢아서 저녁 산들바람을 즐기거나 거대한 주라 산 뒤로 해가 지는 모습을 즐길 수가 없었습니다.

살짝 잠이 들어서 잠시나마 고통스러운 생각에서 벗어날 수 있었습니다. 그런데 예쁜 아이가 다가오는 바람에 잠에서 깨고 말았습니다. 아이는 어린애 특유의 장난기 가득한 모습으로 내가 선택한 후미진 곳으로 달려왔습니다. 아이를 바라보다가 갑자기 이 어린 아이는 편견을 가지고 있지 않을 것이라는, 아직 어려서 흉측한 모습을 보아도 무서워하지 않을 것이라는 생각이 문득 들었습니다. 아이를 붙잡아 두고 친구로 삼으면 사람 사는 이 세상에서 나도 그렇게 외롭진 않을 것 같았습니다.

이런 충동에 사로잡혀서 나는 아이가 곁으로 다가오자 붙잡았습니다. 내 모습을 보자마자 아이는 손으로 눈을 가리더니 날카롭게 비명을 질렀습니다. 나는 거칠게 아이의 얼굴에서 손을 떼어내며 말했습니다.

"꼬마야, 왜 그러니? 널 해치지 않을게. 내 말 좀 들어보렴."

그러자 아이가 격렬하게 몸부림을 치며 외쳤습니다.

"놔줘! 괴물아! 못생긴 놈아! 날 갈기갈기 찢어서 먹으려는 거지? 너 식인귀잖아. 놔줘, 안 그러면 우리 아버지한테 이를 거야."

"꼬마야, 너 다시는 아버지를 못 보게 될 거야. 너는 나랑 같이 가야 해."

"끔찍한 괴물아, 날 놔줘. 우리 아버지는 지방 행정 장관이셔. 프랑켄슈타인 씨라고. 우리 아버지가 널 혼내 줄 거야. 날 못 데려갈 거야."

"프랑켄슈타인이라고? 그렇다면 너는 내가 영원한 복수를 맹세한 원수의 아들이구나. 널 첫 번째 희생자로 삼겠다."

아이는 계속 몸부림을 치면서 날 절망스럽게 만드는 욕설을 퍼부어 댔습니다. 아이를 조용히 하기 위해 목덜미를 움켜잡았더니 이내 아이의 숨이 끊어져서 내 발치에 쓰러졌습니다.

내게 희생된 아이를 바라보자 환희와 끔찍한 승리감이 마음속에 부풀어 올랐습니다. 손뼉을 치면서 나는 외쳤습니다.

"나 역시 슬픔을 만들어 낼 수 있다. 나도 원수를 물리칠 수 있다. 아이의 죽음이 그에게 절망감을 안겨 주겠지. 수많은 다른 불행으로 그에게 고통을 주고 그를 파괴하고 말 거야."

아이를 찬찬히 들여다보는데 아이의 가슴에서 뭔가가 반짝거렸습니다. 꺼내 보니 그것은 굉장히 아름다운 여자의 초상화였습니다. 원한에 사무쳤던 나이지만 그 초상화를 보니 마음이 부드러워지고 끌렸습니다. 진한 속눈썹이 나 있는 그녀의 검은 눈과 사랑스러운 입술을 바라보며 나는 잠깐 동안 기쁨을 느꼈습니다. 그러나 곧 분노가 되살아났습니다. 그렇게 아름다운 여자가 주는 기쁨을 나는 영원히 느끼지 못할 것이라는 사실이 기억 났기 때문입니다. 또한 내가 바라보고 있는 초상화의 주인공 또한 나를 보게 되면 성스러운 상냥한 태도를 접고 혐오감과 공포심을 나타내는 태도로 돌변할 것이라는 사실도 떠올렸습니다.

그런 생각을 하면서 분노를 느꼈다니 놀라운가요? 그 순간에 절규와 고뇌를 통해 감정을 분출하는 대신, 사람들에게 달려가 죽이려고 하다가 죽음을 당하지 않은 것이 오히려 놀라울 뿐입니다.

이런 기분에 사로잡혀서 살인을 저지른 곳을 떠나 더 외딴 은신처를 찾다가 비어 있는 것처럼 보이는 헛간으로 들어갔습니다. 한 여자가 짚을 깔고 잠들어 있었습니다. 그녀는 젊었지만 내가 들고 있던 초상화 속의 여자만큼 아름답진 않았습니다. 그러나 상냥한 외모에 젊음과 건강함으로 한창 아름다운 그런 아가씨였습니다. '여기 이 아가씨도 나만을 제외한 다른 모든 사람들에게 기쁨을 나눠 주는 미소를 짓겠지.'하는 생각이 들었습니다. 그래서 그녀에게 몸을 숙이고 속삭였습니다.

"아름다운 아가씨, 일어나요. 당신의 연인이 가까이 있어요. 당신의 눈에서 애정 어린 시선을 한 번만 얻을 수 있다면 그는 기꺼이 목숨을 내놓을 겁니다. 내 사랑, 깨어나요."

잠자던 아가씨가 몸을 뒤척였습니다. 온몸에 공포의 전율이 흘렀습니다. 과연 그녀가 깨어나 나를 보고 저주를 퍼부으며 살인자를 비난할까요? 만약 검은 눈을 뜨고 나를 보았다면 그녀는 분명히 그렇게 했을 것입니다. 그런 생각을 하자 미칠 것 같았습니다. 그것은 내 마음속에 들어 있는 악마의 속성을 흔들어 깨웠습니다. 내가 아니라 그녀가 고통을 겪게 하리라. 내가 살인을 저지른 것은 그녀로부터 받을 수 있는 모든 것을 영원히 박탈당했기 때문이었습니다. 그것에 대해 그녀가 보상하도록 하리라. 살인이 그녀 때문에 일어난 것이므로 그녀가 처벌을 받는 것이 당연했습니다.

펠릭스의 가르침과 인간의 잔인한 법률 덕에 나는 나쁜 장난 치는 법을 배우게 되었습니다. 그녀에게 몸을 구부린 다음 그녀의 옷자락 속에 초상화 목걸이를 확실하게 넣어 두었습니다. 그녀가 다시 몸을 뒤척이자 나는 그곳을 재빨리 빠져 나왔습니다.

며칠 동안 근처를 배회했습니다. 때로는 당신을 보게 되길 바라면서, 때로는 세상과 온갖 불행으로부터 영원히 벗어나겠다고 결심했습니다. 마침내 나는 이곳의 산들을 향해 발길을 옮겼습니다. 그리고 산 속에 있는 수많은 구석진 곳들을 배회하고 돌아다니면서 오로지 당신만이 만족시켜 줄 수 있는 불타는 열정에 사로잡혔습니다. 당신이 내 요구를 들어주겠다고 약속할 때까지는 당신을 보내 주지 않겠습니다. 나는 외롭고 비참합니다. 그러나 사람들은 나와 교제하려고 하지 않습니다. 그러나 만약 나처럼 흉측하고 끔찍한 여자가 있다면 그녀는 절대 나를 거부하지 않을 것입니다. 내 배우자는 나와 똑같은 종류에다 똑같은 결점을 가지고 있어야 합니다. 당신이 내게 그런 존재를 만들어 주어야 합니다.

17장

괴물은 이야기를 마치고 대답을 기대하는 표정으로 나를 뚫어지게 바라보았습니다. 그러나 나는 당황하고 어리둥절해서 그의 제안을 완전하게 이해할 수 있을 정도로 생각을 충분히 정리할 수가 없었습니다. 그는 이야기를 이어 나갔습니다.

"살아가는 데 필요한 정을 주고받으며 함께 살 수 있는 여자를 내게 만들어 주십시오. 당신만이 이 일을 할 수 있습니다. 내게는 당신에게 그런 청을 할 수 있는 권리가 있습니다. 그것을 거부하지 말아요."

이야기의 후반부를 듣다 보니 그가 오두막집 사람들 사이에서 보낸 평화로운 생활을 말하는 동안 사라졌던 분노가 새롭게 타오르기 시작했습니다. 그래서 그가 이렇게 말하는 것을 듣자 마음 속에서 불타오르던 분노를 더 이상 억누를 수가 없었습니다.

"나는 그렇게 할 수 없다. 아무리 고문을 가하더라도 내게서 동의를 끌어낼 수 없을 거야. 네가 나를 세상에서 가장 불쌍한 사람으로 만든다 해도 나는 절대 비열하다고 생각되는 일을 하지 않겠어. 만약 너 같은 존재를 또 하나 만들어 내면 둘의 사악함이 결합하여 세상이 황폐해질 것이다. 없어져라! 나는 이미 너에게 대답을 했다. 나를 고문한다 해도 절대 동의할 수 없다!"

그러자 악마가 대꾸했다.

"당신이 틀렸습니다. 그리고 나는 당신을 협박하는 것이 아니라 설득하는 것으로 만족합니다. 내가 악의를 품는 것은 비참하기 때문입니다. 모든 세상 사람들이 나를 피하고 미워하지 않습니까? 내 창조자인 당신도 나를 갈기갈기 찢어서 없애고 싶을 겁니다. 사람들이 나를 동정하지 않는데 왜 내가 사람들을 동정해야 하는지 그 이유를 알려 주십시오. 나를 저 얼음 틈새로 집어넣고 당신 자신의 손으로 만들어 낸 내 형체를 부숴 버린다 해도 당신은 그것을 살인이라고 부르지 않을 것입니다. 나를 비난하는 사람들을 존경해야 합니까? 사람들과 친절을 주고받으며 살 수 있게 해 주면 나는 그들에게 해를 가하는 대신 나를 받아 준 것에 감사의 눈물을 흘리며 온갖 좋은 일을 다해 줄 것입니다. 그러나 그렇게 되긴 어려울 것입니다. 사람들과 내가 하나가 되는 데엔 사람들의 의식이 극복할 수 없는 장애가 됩니다. 그러나 나는 비굴한 노예 상태에 복종하며 살지 않으려고 합니다. 상처 입은 만큼 복수할 작정입니다. 만약 내가 사랑을 불러일으킬 수 없다면 두려움을 갖게 만들겠습니다. 특히 최고의 원수인 당신이 날 두려워하게 하겠습니다. 내 창조자인 당신을 영원히 증오할 것이라고 맹세했기 때문입니다. 조심하시오. 내가 당신을 기어이 파멸시키고 말 테니. 세상에 태어난 것 자체를 저주할 정도로 당신의 마음이 쓸쓸해질 때까지 절대 멈추지 않을 것입니다."

그는 이렇게 말하면서 악마 같은 분노를 일으켰습니다. 그의 얼굴이 심하게 일그러지자 쳐다볼 수 없을 정도로 흉측했습니다. 그러나 곧 진정한 그는 계속 말을 이어 나갔습니다.

"나는 당신을 설득할 작정이었습니다. 이렇게 격하게 화를 내봐야 나한테 불리할 뿐입니다. 내가 이렇게 격앙하는 이유가 바로 당신 자신 때문이라는 것을 당신이 인정하지 않기 때문입니다. 혹시라도 누군가 내게 호의적인 감정을 품는다면 나는 그들에게 백배 천 배로 보답할 것입니다. 그 한 사람을 위해서 인류 전체와 화해할 것입니다. 그러나 지금 나는 실현될 수 없는 행복한 꿈에 빠져 있습니다. 내가 당신에게 바라는 것은 과하다기보다 적당한 것입니다. 나만큼 흉측한 여자를 하나 만들어 주길 바랍니다. 크게 만족스럽지 않다 해도 그것이 내가 얻을 수 있는 전부이고 나는 그것에 만족할 것입니다. 우리는 세상으로부터 단절된 채 괴물로 살아갈 것입니다. 그러나 바로 그 이유 때문에 우리 둘은 서로에게 더 애착을 품을 것입니다. 우리 삶이 행복하지는 않겠지만 다른 사람들에게 해를 입히지 않고 지금과 같은 비참한 기분에서 벗어날 수 있을 것입니다. 내 창조자여! 제발 나를 행복하게 해 주십시오. 한 가지 은혜를 베풀어 준 것에 당신에게 감사할 수 있게 해 주십시오. 내가 다른 존재로부터 이해를 받을 수 있게 해 주십시오. 제발 내 청을 거절하지 말아 주십시오."

나는 감동을 받았습니다. 그의 제안을 받아들였을 때 일어날 결과들을 생각하자 온몸이 떨렸지만 그의 주장도 일리가 있다는 생각이 들었습니다. 그의 말과 감정 표현을 들어 보니 그가 뛰어난 지각을 지니고 있다는 것을 알 수 있었습니다. 그리고 내게는 그를 창조한 사람으로서 힘닿는 한 그를 행복하게 해 줄 의무가 있지 않습니까! 그는 내 감정 변화를 눈치 채고 말을 계속했습니다.

"당신이 동의해 준다면 당신이나 다른 사람들에게 우리 모습을 절대 보이지 않겠습니다. 남아메리카의 광활한 황야로 가겠습니다. 내가 먹는 음식은 인간의 음식과 다릅니다. 식욕을 채우기 위해 양이나 어린아이를 죽이진 않습니다. 도토리와 산딸기로도 충분히 영양 섭취를 할 수 있습니다. 내 배우자의 본성도 나와 똑같아서 같은 음식에 만족할 것입니다. 우리는 마른 잎으로 잠자리를 만들 것입니다. 햇살은 인간에게와 마찬가지로 우리에게도 비칠 것이며 먹을거리를 잘 익게 해 주겠지요. 내가 당신에게 제시하는 이 계획은 평화롭고 인간적입니다. 만약 당신이 이 계획을 부정한다면 그것은 당신의 무분별한 권력욕과 잔인함을 보여 줄 뿐입니다. 비록 그동안 당신이 내게 무자비하게 대했다 해도 지금 당신의 눈에는 연민이 가득합니다. 이런 적절한 순간을 놓치지 않고 내가 그렇게 간절하게 원하는 것을 약속해 달라고 당신을 설득하려 합니다."

"지금 네 말은 인간이 사는 곳을 떠나 맹수들이 유일한 벗이 돼 줄 그런 황야에서 살겠다는 뜻인가? 인간의 사랑과 이해를 갈망하는 네가 그런 망명 생활을 견딜 수 있을까? 너는 다시 돌아와서 인간의 친절을 구하다가 혐오를 받게 될 거야. 그렇게 되면 너의 악한 감정이 되살아날 테고 네 배우자까지 인간을 죽이는 일에 가세하겠지. 그런 일이 일어나서는 안 된다. 절대 동의할 수 없으니 이 이야기는 그만두자."

"당신의 기분은 정말 변덕스럽군요. 조금 전만 해도 내 설명에 감동하더니 내 푸념에 다시 마음을 닫는 이유가 무엇입니까? 내가 살고 있는 대지와 나를 만든 당신에 대고 맹세컨대 배우자만 만들어 주면 인간이 사는 곳을 떠나 가능한 한 가장 황량한 곳에 가서 살겠습니다. 날 이해해 주는 사람이 생기면 내 악한 감정은 사라져 버릴 것입니다. 나는 조용하게 삶을 살 것이고 죽는 순간에는 나를 만든 당신을 저주하지 않겠습니다."

그의 말이 내게 이상하게 효력을 발휘했습니다. 그를 동정하는 마음이 생겼고 때로는 그를 위로해 주고 싶기까지 했습니다. 그러나 흉측한 거구가 움직이며 말하는 모습을 바라보자 속이 메스꺼워지면서 두려움과 증오심으로 마음이 바뀌었습니다. 나는 이런 감정을 억누르려고 애썼습니다. 비록 그를 동정할 수는 없다 해도 내가 만들어 줄 수 있는 작은 행복마저 갖지 못하게 할 권리는 없다는 생각이 들었습니다.

"사람을 해치지 않겠다고 맹세해. 그러나 너는 이미 너를 믿을 수 없을 정도로 악의를 많이 보여 주었잖아? 혹시 이것이 속임수는 아니겠지? 더 크게 복수할 수 있는 기회를 얻어서 더 많은 승리를 즐기려는 것은 아니겠지?"

"어떻게 이럴 수가 있습니까? 실없이 날 놀리지 말고 대답해 주십시오. 아무 인연도 맺지 못하고 사랑도 받지 못한다면 내게는 증오와 원한만 남게 될 것입니다. 다른 사람을 사랑하게 되면 죄를 지을 이유가 사라질 것입니다. 그렇게 되면 어느 누구도 내 존재에 신경 쓰지 않고 살 것입니다. 내가 이렇게 원한을 품은 것은 내가 그토록 싫어하는 어쩔 수 없는 외로움 때문에 생겨난 것입니다. 비슷한 존재가 생겨서 서로 마음을 주고받으며 살게 되면 당연히 착한 성품이 살아날 것입니다. 내게 마음을 써 주는 다른 존재의 사랑을 느끼면서 지금과는 달리 다른 존재와 관계를 맺고 여러 가지 일들을 해 나갈 것입니다."

나는 잠깐 동안 그가 말한 모든 이야기와 그가 제기한 모든 주장에 대해 곰곰이 생각해 보았습니다. 내가 처음 그에게 생명을 부여했을 때 그는 착한 성품의 가능성을 보여 주었습니다. 그러나 오두막집 사람들이 그를 경멸하고 혐오하자 그에게 있던 모든 친절한 감정이 시들어 버렸지요. 그의 힘과 위협에 대해서도 빠뜨리지 않고 생각해 보았습니다. 빙하의 얼음 동굴에서 살고 접근하기 힘든 절벽에 몸을 숨길 수 있는 괴물이라면 내가 아무리 대항해 봐야 당할 수 없는 그런 능력을 소유한 존재일 테지요. 한참 동안 생각한 후 나는 그의 요구를 들어주는 것이 그와 인류 전체를 위하는 길이라는 결론에 이르렀습니다. 그래서 그에게 몸을 돌려 말했습니다.

"같이 망명을 떠날 수 있는 여성을 네게 인도해 주자마자 유럽과 인간이 살고 있는 다른 모든 곳을 영원히 떠나겠다고 엄숙하게 맹세해라. 그러면 너의 청을 들어주겠다."

그러자 그가 소리쳤습니다.

"하늘의 태양과 파란 하늘에 대고 맹세합니다. 내 마음속에 불타고 있는 사랑의 불길에 대고 맹세합니다. 당신이 내 기도를 들어 준다면 이 모든 것들이 존재하는 한 절대 당신 앞에 나타나지 않겠습니다. 집으로 가서 일을 시작하십시오. 말로 표현할 수 없는 초조한 마음으로 진행 과정을 지켜보겠습니다. 그리고 당신이 준비가 다 될 때까지 나타나지 않을 테니 걱정하지 마십시오."

이렇게 말하고 그는 갑자기 내게서 떠나 버렸습니다. 혹시라도 내 마음이 바뀌지 않을까 두려워서 그랬던 것 같아요. 독수리가 날아오르는 것보다 더 빠른 속도로 산을 내려가는 그의 모습이 보이더니 이내 그 모습도 굽이치는 얼음 바다 사이로 사라져 버렸습니다.

그의 말을 듣다 보니 하루가 훌쩍 지났습니다. 그가 떠날 무렵에는 이미 해가 기울어서 지평선에 맞닿아 있었습니다. 곧 어둠이 몰려올 것이기 때문에 계곡을 향해 서둘러 내려가야만 했습니다. 그러나 마음이 무거워서 발걸음이 느려졌습니다. 그날 일어난 일들에 대한 여러 가지 생각으로 마음이 복잡해서 좁은 산길을 굽이굽이 내려오는 동안 넘어지지 않도록 확고하게 발을 내딛는 일이 쉬운 일이 아니었습니다. 한밤중이 되어서야 중간에 있는 휴게소에 도착해서 샘물 옆에 앉게 되었습니다. 구름이 지나갈 때마다 가려졌던 별들이 나타나 반짝였습니다. 내 앞에는 거무스름한 소나무가 서 있었고 여기저기에 부러진 나무들이 땅 위에 널려 있었습니다. 너무나 장엄한 광경이라 이상한 생각이 들었습니다. 나는 서럽게 눈물을 흘렸고 괴로워서 두 손을 모은 채 소리쳤습니다.

"별과 구름과 바람아! 모두 나를 조롱하려는 것 같구나. 진심으로 나를 동정한다면 감각과 기억을 모두 없애서 무의 상태로 만들어 줘. 그렇게 할 수 없다면 어서어서 사라져 버려. 어둠 속에 묻혀 있게 해 줘."

이것은 격렬하고 비참한 생각이었습니다. 별들의 끝없는 반짝거림이 어떻게 날 짓눌렀는지, 돌풍이 불어올 때마다 둔탁하고 험악한 열풍이 날 삼켜 버리려고 다가오기라도 하듯이 내가 어떻게 귀 기울였는지 도저히 말로 표현할 수가 없습니다.

동이 트고 나서야 샤모니 마을에 도착했지만 나는 쉬지 않고 곧장 제네바로 돌아갔습니다. 나 자신도 내 마음 상태를 정확하게 표현할 수가 없었습니다. 그런 상태가 산처럼 무겁게 짓누르는 바람에 내 괴로움은 꼬리를 감추고 말았습니다. 그렇게 집으로 돌아갔습니다. 나는 집에 들어서자마자 가족들을 만났습니다. 수척하고 흐트러진 내 모습에 가족들이 크게 놀랐지만 나는 그들의 질문에 아무 대답도 하지 않았고 입조차 거의 열지 않았습니다. 마치 금지령을 당해서 가족들의 동정을 요구할 권리조차 없는 것처럼 느껴졌고 더 이상 그들과 같이 지낼 수 없을 것 같은 생각이 들었습니다. 그러나 나는 가족들을 무척 사랑했습니다. 그리고 그들을 구하기 위해서라도 가장 혐오스러운 일에 전념하기로 결심했습니다. 하지만 장차 그런 끔찍한 일을 해야 한다는 생각이 들자 생활 속의 다른 모든 사건들은 마치 꿈처럼 내 앞에서 사라지고 그 일에 대한 생각만이 삶의 실체인 것처럼 여겨졌습니다.

18장

제네바로 돌아온 후 여러 날이 지나고 여러 주가 지났지만 일을 시작할 엄두가 나지 않았습니다. 실망한 괴물의 복수가 두려웠지만 내게 부과된 일에 대한 혐오감을 떨쳐 버릴 수가 없었습니다. 그리고 다시 몇 달 동안 깊은 연구와 힘든 조사에 몰두하지 않으면 여자를 만들 수 없다는 사실을 깨달았습니다. 영국의 과학자들이 새로운 사실을 발견했다는 소식을 들은 적이 있었습니다. 여자를 만드는 일에 성공하기 위해서는 반드시 이 연구 결과에 대해 알아야 했기 때문에 영국을 방문하기 위해 아버지의 허락을 받아야겠다는 생각을 때때로 하곤 했습니다. 그러나 나는 온갖 핑계를 대고 미루면서 일을 착수하는 데 필요한 첫 발자국 내딛는 일을 회피했습니다. 당장 급하게 서둘러야 할 필요성을 조금씩 덜 중요시하기 시작한 것이었습니다. 사실 내게 한 가지 변화가 일어났습니다. 그때까지 쇠약했던 몸이 많이 건강해졌습니다. 비참한 약속에 대한 기억으로 방해받지 않자 기분도 조금씩 나아졌습니다. 아버지는 이런 변화에 기뻐하시면서 남아 있는 내 우울증을 완전히 없앨 최선의 방법을 찾기 위해 고심하셨습니다. 내 우울증은 발작적으로, 다가오는 햇살을 덮어 버리는 맹렬한 검은 구름처럼 이따금씩 도지곤 했습니다. 이런 순간이면 나는 철저한 고독 속에서 위안을 얻었습니다. 호수에 혼자 작은 배를 타고 나가 말없이 무심하게 구름을 바라보고 물결이 찰랑거리는 소리를 들으며 며칠을 보냈습니다. 맑은 공기와 빛나는 태양은 거의 언제나 내 마음에 어느 정도의 평정을 되찾아 주었습니다. 그러다 돌아오면 식구들은 전보다 더 밝은 미소를 지으며 환하게 나를 반겨 주었습니다.

어느 날 내가 이렇게 산책을 하고 돌아오자 아버지가 날 불러 이렇게 말씀하셨습니다.

"사랑하는 아들아, 네가 이전의 즐거움을 되찾고 원래의 모습으로 되돌아가는 것 같아서 무척 기쁘구나. 그렇지만 너는 아직도 여전히 불행하고 우리와 어울리는 것을 피하고 있어. 네가 그러는 이유가 무엇일까 한동안 열심히 추측해 보았단다. 그러다가 어제 갑자기 한 생각이 떠오르더구나. 만약 내 추측이 맞는다면 그렇다고 말해 주길 바란다. 그런 사실을 숨기는 것은 무익할 뿐만 아니라 우리 모두에게 삼중의 불행을 초래할 거야."

아버지의 말씀에 나는 심하게 몸을 떨었습니다. 아버지는 계속 말을 이어 나가셨습니다.

"아들아, 나는 솔직히 네가 엘리자베스와 결혼하기를 항상 고대하고 있었단다. 그렇게 되면 우리 가정도 계속 안락할테고 말년에 내가 의지도 할 수 있을 것이다. 너희들은 아주 어린 시절부터 서로를 좋아했잖니. 함께 공부도 했고 성품이나 취향이 서로 무척이나 잘 맞는 것같이 보인단다. 그러나 사람의 경험이라는 것이 참으로 맹목적인 것이라 내 계획에 가장 도움이 될 줄 알았던 것이 오히려 계획을 완전히 망쳐 놓은 것 같구나. 너는 어쩌면 엘리자베스를 누이동생으로만 여겨서 아내로 삼고 싶다는 생각을 하지 않을지도 모르겠다. 아니면 사랑하는 다른 여자를 만났는데 엘리자베스에게 신의를 지켜야 한다는 생각에서 고민하다가 지금처럼 괴로워하게 된 게 아니냐?"

"아버지, 안심하세요. 저는 엘리자베스를 진심으로 깊이 사랑하고 있어요. 엘리자베스처럼 제게 따뜻한 사랑과 존경을 불러일으킨 여자를 한 번도 만난 적이 없어요. 저는 미래에 대한 희망과 기대를 품을 때면 우리 두 사람의 결혼을 항상 염두에 두고 있었습니다."

"빅토르, 이 문제에 대한 네 생각을 들으니 그 어떤 것보다 기쁘다. 네가 그렇게 생각한다면 우리는 틀림없이 행복해질 수 있을 거야. 최근에 일어난 일들 때문에 우리의 마음이 아직도 어둡지만 말이다. 그런데 이 어두운 그림자가 네 마음을 너무 무겁게 사로잡고 있는 것처럼 보이는구나. 나는 그 그림자를 없애 주고 싶단다. 곧 결혼식을 올리는 것이 좋을 것 같은데 네 생각은 어떠니? 우리는 불행한 일을 여럿 겪었고 최근에 일어난 일들 때문에 나는 나이와 건강에 어울리는 일상의 평정을 잃고 말았다. 너는 아직 젊지만 상당한 재산을 가지고 있지. 일찍 결혼한다고 해서 네가 세워 놓은 미래의 계획에 전혀 지장을 받진 않을 거다. 그러나 내가 행복을 강요하려 한다거나 네가 결혼을 미룬다고 해서 언짢아할 거라고 생각하지 말거라. 내 말을 허심탄회하게 받아들이고 확실하고 진지한 답을 해 주렴."

아버지의 말씀을 조용히 듣고 나서 한참 동안 대답을 할 수가 없었습니다. 마음속으로 여러 가지 생각들을 재빨리 헤아려 보며 결론에 도달하기 위해 애를 썼습니다. 그러나 당장 엘리자베스와 결혼한다는 생각은 두렵고 무서웠습니다. 나는 아직 이행하지 못했지만 감히 깨뜨릴 수도 없는 중대한 약속에 매어 있었습니다. 약속을 지키면 나와 사랑하는 가족들은 많은 불행을 피할 수 있을 터였지요. 하지만 이 치명적인 무거운 짐을 목에 매단 채 휘청거리며 어떻게 결혼식장에 들어갈 수 있단 말입니까? 삶을 평화롭게 만들어줄 결혼의 기쁨을 즐기기 위해서는 먼저 약속을 지켜서 괴물이 자신의 배우자와 함께 떠날 수 있게 만들어 줘야만 했으니까요.

나는 직접 영국으로 여행을 가거나 아니면 영국의 학자들과 오랫동안 편지를 교환해야만 했습니다. 당면한 일을 해결하기 위해서는 영국 학자들의 지식과 발견이 절대적으로 필요했습니다. 하지만 편지를 통해 원하는 정보를 얻는 방법은 느린 데다가 불만족스러웠습니다. 게다가 집에서 사랑하는 사람들과 다정한 시간을 보내는 동시에 끔찍한 일에 착수해야 한다니 견딜 수 없을 정도로 싫었습니다. 무서운 사고들이 일어날 가능성은 수도 없었습니다. 아주 사소한 사고에 의해서도 사실이 발각되어 나와 관련된 모든 사람들이 두려움에 떠는 일이 생길 수 있었습니다. 또한 내가 도저히 인간으로서는 할 수 없는 일을 진행하는 동안 자제심을 잃어 괴로운 심정을 숨길 수 없을지도 몰랐지요. 그래서 이 일을 하는 동안에는 사랑하는 사람들 모두로부터 떨어져 지내야 할 필요가 있었습니다. 일단 일을 시작하기만 하면 가능한 빨리 끝내고 평화롭고 행복한 마음으로 가족들에게 돌아오면 될 테니까 말입니다. 내가 약속을 지키면 괴물은 영원히 떠났을 겁니다. 아니면(내 실없는 상상에 의하면) 괴물이 그 사이에 사고로 죽는 바람에 내가 노예 신세에서 영원히 해방될 수도 있었습니다.

이런 생각들을 한 다음 아버지에게 어떤 대답을 할 것인지 결정했습니다. 나는 영국을 방문하고 싶다고 말씀드린 다음 이런 요청을 하는 진짜 이유는 숨긴 채 아무 의심도 받지 않을 그런 구실을 댔습니다. 아버지의 허락을 쉽게 받을 수 있도록 간절하게 소망을 피력했습니다. 너무나 오랫동안 미친 사람처럼 보일 정도로 심각한 우울증에 빠져 있던 내가 그런 여행 계획을 세우며 즐거워하게 되었다는 사실에 아버지는 기뻐하셨습니다. 아버지는 내가 여러 곳의 풍경을 보고 많은 것을 즐기다 보면 집으로 돌아오기 전까지 예전의 건강한 모습을 완전히 되찾으리라 믿으셨습니다.

여행 기간은 내 마음대로 선택하기로 했습니다. 기간은 몇 달이나 많아야 일 년 정도일거라 예상했습니다. 아버지는 내가 반드시 친구와 함께 여행을 하도록 부모로서 한 가지 자상한 배려를 해두셨습니다. 나와는 미리 상의도 하지 않은 채 아버지는 엘리자베스의 도움을 받아서 클레르발이 스트라스부르에서 나와 합류할 수 있도록 미리 조치를 취해 두셨던 것입니다. 이것은 일을 수행하기 위해 혼자 지내고 싶었던 내 간절한 바람과는 어긋나는 일이었습니다. 그러나 여행 초에는 친구와 같이 지내는 것이 전혀 지장이 되지 않았습니다. 그리고 친구와 같이 있으면 몇 시간씩 혼자서 나를 미치게 하는 생각에 빠져 있지 않을 거라는 점도 너무나 기뻤습니다. 아니 오히려 클레르발은 내 적이 아무 때나 내게 찾아오지 못하도록 막아 주는 역할을 해 줄 가능성이 높았습니다. 내가 혼자 있다면 그가 이따금씩 그 흉측한 모습을 억지로 들이밀고서는 내 임무를 상기시키거나 일의 진행 과정을 살펴보려 하지 않겠습니까?

그렇게 나는 영국으로 향했습니다. 그리고 영국에서 돌아오는 즉시 엘리자베스와 결혼하는 것으로 결정했습니다. 아버지가 연세 때문에 더 미루고 싶어하지 않으셨기 때문이었습니다. 내 자신에게도 이 끔찍한 일로부터 한 가지 보상이 보장된 셈이었습니다. 비할 데 없는 내 고통으로부터 얻을 수 있는 유일한 위안. 그것은 내 비참한 노예 관계를 청산하고 엘리자베스를 아내로 맞아들여 그녀와의 결혼을 통해 과거를 모두 잊어버릴 그날이 언젠가 오리라는 희망이었습니다.

나는 여행 준비를 마쳤습니다. 그러나 한 가지 생각이 계속 뇌리에서 떠나질 않고 두려움과 불안감을 불러일으켰습니다. 내가 여행 가 있는 동안 가족들이 괴물의 공격을 받을지도 모르는 일이었습니다. 괴물의 존재에 대해 전혀 모른 채 무방비 상태로 말이죠. 그러나 그는 내가 가는 곳마다 따라오겠다고 장담했더랬지요. 그렇다면 그도 나를 따라 영국으로 가지 않겠습니까? 이런 상상은 그 자체로는 끔찍했지만 가족들의 안전을 보장할 수 있다는 점에서는 안심이 되었습니다. 어쩌면 정반대 상황이 벌어질지도 모른다는 생각에 마음이 괴로웠습니다. 그러나 괴물의 노예 신세가 된 이후 나는 계속해서 순간적인 충동에 나 자신을 맡겼습니다. 그리고 지금은 악마가 나를 따라올 것이며 가족들이 그가 벌이는 음모의 위험으로부터 벗어날 것이라는 강한 예감이 들었습니다.

9월 하순에 나는 다시 고향을 떠났습니다. 내가 자청한 여행이었기 때문에 엘리자베스도 마지못해 따라 주었습니다. 그러나 그녀는 내가 멀리 떨어진 곳에서 혼자 고통스러워 하며 불행과 슬픔에 빠질 것이라는 생각으로 불안해했습니다. 그래서 그녀는 내가 클레르발과 같이 지낼 수 있도록 했던 겁니다. 그러나 남자들은 여자들이 꼼꼼하게 주의를 기울이는 수많은 세세한 상황을 무심하게 지나쳐 버리곤 하지요. 엘리자베스는 나에게 빨리 돌아오라고 말하고 싶었을 겁니다. 그러나 수많은 상반된 감정을 느낀듯 그녀는 아무 말도 하지 않은 채 눈물을 흘리면서 조용히 작별을 고했습니다.

나는 어디로 갈 것인지도 모른 채 나를 태우고 갈 마차에 재빨리 올라탔습니다. 스쳐 지나가는 경치에도 무관심했습니다. 생각을 떠올리는 것만으로도 너무나 괴로웠지만 가지고 갈 화학 기구들을 포장해야 한다는 사실만 애써 기억했습니다. 음울한 상상에 빠진 나는 주변의 아름답고 장엄한 풍경에도 시선만 고정했을 뿐 아무것도 보지 않았습니다. 여행의 목적지와 여행이 지속되는 동안 몰두할 일에 대해서만 생각이 날 뿐이었습니다.

활기 없이 나태하게 며칠을 보내는 동안 나는 수십 킬로미터를 횡단해서 스트라스부르에 도착했고 그곳에서 클레르발을 기다리며 이틀을 보냈습니다. 드디어 그가 도착했습니다. 슬프게도 우리는 너무나 대조적이었어요. 그는 새로운 경치가 나타날 때마다 금세 알아차렸고 석양의 아름다운 모습을 보고 기뻐했습니다. 해가 떠서 새로운 날이 시작되는 것을 볼 때면 더욱 행복해했습니다. 그는 풍경과 하늘의 색깔이 계속 바뀐다는 사실을 내게 지적해 주며 외쳤지요.

"바로 이런 것이 사는 거야. 지금 나는 살아 있는 걸 즐기고 있다고. 프랑켄슈타인, 너는 왜 그렇게 낙담하고 슬퍼하는 거야?"

나는 우울한 생각에 빠져 있어서 샛별이 지는 모습도, 황금빛 일출이 라인 강에 비치는 모습도 보지 못했던 겁니다.

그러니 친구여, 내 생각을 듣는 것보다 감동과 기쁨이 담긴 시선으로 경치를 바라 본 클레르발의 일기를 읽는 것이 훨씬 더 즐거울 겁니다. 나는 즐거움을 느낄 수 있는 모든 길을 차단 당하는 저주에 시달리는 비참한 존재였습니다.

스트라스부르에서 배를 타고 라인 강을 따라 로테르담까지 내려가서 런던으로 가는 배를 타기로 했습니다. 배를 타고 가는 동안 우리는 버드나무가 무성한 숲을 여럿 지났고 아름다운 마을들을 보았습니다. 만하임에서 하루를 머물렀고 스트라스부르를 떠난 지 닷새째 되는 날에는 마인츠에 도착했습니다. 마인츠를 지나 라인 강을 따라 내려가는 길은 훨씬 더 그림처럼 아름다웠습니다. 골짜기는 높지만 가파르지 않으며 절경을 이뤘고, 그 사이로 강은 빠르게 경사진 채 굽이굽이 흘렀습니다. 검은 숲에 둘러싸인 채 접근할 수 없을 정도로 높이 솟아 있는 절벽 끝에 폐허가 된 성들이 세워져 있었습니다. 라인 강에서도 이 지역은 정말로 보기 드물 정도로 다채로운 경치를 보여 주었습니다. 어떤 곳을 지나다 보면 울퉁불퉁한 언덕과 폐허가 된 성들이 거대한 절벽을 내려다보고 있는 모습이 보였습니다. 절벽 밑으로는 검푸른 라인 강이 빠른 속도로 흐르고 있었습니다. 그러나 갑(岬)만 돌고 나면 초록빛으로 경사진 강 언덕을 차지한 무성한 포도밭과 천천히 구불구불거리며 흐르는 강물, 그리고 사람들로 붐비는 마을들의 모습이 갑자기 나타나곤 했습니다.

여행하던 시기가 마침 포도 수확기라서 배를 타고 강물을 따라 내려가다 보면 일꾼들의 노랫소리가 들려왔습니다. 마음이 우울하고 침울한 생각 때문에 계속 기분이 언짢았던 나까지도 덩달아 기분이 좋아졌습니다. 배 바닥에 누워서 구름 한 점 없는 파란 하늘을 보고 있노라면 오랫동안 느껴보지 못했던 평온한 기분이 찾아오는 것 같았습니다. 내가 이런 기분이 들 정도였으니 클레르발이 어떤 기분이었을지에 대해서는 말할 필요가 없겠지요. 그는 동화의 나라로 들어가서 인간이 맛볼 수 없는 행복을 만끽하고 있는 것 같은 상태였습니다.

"나는 우리 고향에서 가장 아름다운 경치들을 보았고 루체른과 유리에 있는 호수들도 가 보았어. 그곳에는 눈 덮인 산들이 거의 깎아지르듯이 내려와 꿰뚫을 수 없는 검은 그림자를 드리우며 호수 물과 맞닿아 있었지. 이런 경치는 화사한 모습으로 눈을 즐겁게 해 주는 너무나 푸른 섬들이 없었다면 음침하고 슬퍼 보였을 거야. 나는 태풍이 불어 호수에 파도가 이는 모습도 보았어. 바람이 불어 호수 물이 소용돌이치는 모습을 보면 거대한 바다에 이는 물 회오리가 어떤 모습일지 상상이 되곤 했지. 파도가 산언저리로 세차게 몰아치는데 어떤 사제와 연인이 그곳에 있다가 눈사태에 휩쓸려 가 버린 일이 있었어. 밤에 바람이 잠시 잔잔해지면 두 사람의 죽어 가는 목소리가 지금까지도 들려온다는 말도 들었다. 라 발레 산맥과 페이 드 보에도 가 본 적이 있고. 그런데 빅토르, 이 나라의 경치는 그런 멋진 경치들보다 훨씬 더 마음에 들어. 물론 스위스 산들이 더 장엄하고 기이하지. 그런데 이 멋진 강의 양쪽 둑에는 그 어느 곳에서도 본 적이 없는 매력이 있어. 저기 절벽 끝에 걸려 있는 저 성을 봐. 아름다운 나무 잎사귀 사이로 숨어 있는 섬 위의 성도 보라고. 그리고 포도 넝쿨 사이로 오고 있는 일꾼들 무리와 산 후미진 곳에 반쯤 숨겨져 있는 마을을 봐. 이곳에 살면서 여길 지키고 있는 정령은 빙하를 쌓거나 사람들이 다가갈 수 없는 산꼭대기에 칩거하는 우리 고향의 정령보다 훨씬 더 사람들과 잘 어울리는 정감을 가진 것 같아."

사랑하는 내 친구, 클레르발! 네가 한 말을 기록하고 너를 너무나 잘 설명해 줄 칭찬에 대해 생각하다 보면 지금도 마음이 즐거워진다. 그는 '자연의 시심' 속에서 만들어진 존재였습니다. 그는 자신의 기발하고 열정적인 상상력을 마음속의 감수성으로 적절하게 조절했습니다. 그의 영혼은 불타는 애정으로 넘쳤고 그의 우정은 세계적인 폭넓은 마음을 가진 사람들이 상상 속에서나 찾아보라고 가르칠 정도로 헌신적이고 놀라운 것이었습니다. 그러나 사람들의 공감조차도 그의 열망하는 마음을 충분히 채워 줄 수 없었습니다. 다른 사람들이 감탄만 하면서 바라보는 자연 경관을 그는 열렬하게 사랑했습니다.

요란한 소리를 내는 폭포가
열정처럼 그의 곁을 맴돌았다. 높은 바위와 산,
깊고 어두운 숲, 그것들의 색깔과 형태가

그 당시 그에게는 욕망이자 감각이며 사랑이었다.

그런 욕망은

생각이 제공하는 더 간접적인 매력이나

눈을 통해 얻을 수 없는 어떤 흥밋거리도

필요로 하지 않았다.

—워즈워드의 「틴턴 사원」

그는 지금 어디에 있을까요? 이토록 상냥하고 사랑스럽던 존재는 영원히 사라져 버린 것일까요? 기발하고 멋진 생각과 상상력으로 충만해 있던 그의 마음이 소멸되어 버렸을까요? 그는 상상력으로 세계를 만들어 냈고, 그 세계의 존재는 그것을 만들어 낸 창조자의 생명에 달려 있는 법인데 과연 이 마음은 소멸되어 버린 걸까요? 이제 그것은 내 마음속에만 존재하는 걸까요? 아니, 그렇지 않겠죠. 아름다움으로 빛나던, 너무나 멋졌던 그의 모습은 사라졌지만 그의 영혼은 아직도 불행한 친구를 찾아와 위로해 주고 있으니.

이렇게 슬픔을 쏟아 놓는 것을 용서해 주어요. 이 쓸데없는 말들은 비할 데 없이 소중한 클레르발에게 바치는 작은 찬사일 뿐이니까. 그러나 이런 찬사라도 바치다 보니 그를 기억하다 생긴 괴로움으로 가득한 내 마음이 진정되는 것 같군요. 내 이야기를 계속

하겠습니다.

쾰른을 지나 우리는 네덜란드의 평원으로 내려갔습니다. 그리고 남은 여정은 역마차를 이용하기로 했습니다. 역풍이 불어와서 강물의 흐름이 너무 느려지는 바람에 우리에게 별 도움이 되지 않았기 때문이었습니다.

이때부터 우리 여행에서 아름다운 경치에 대한 관심은 사라졌지만 며칠 후에는 로테르담에 도착했습니다. 그곳에서 배를 타고 영국으로 향했습니다. 12월 하순의 어느 청명한 아침에 나는 처음으로 영국의 하얀 절벽들을 보았습니다. 템스 강변은 새로운 경치를 선사해 주었습니다. 강변은 평평하지만 비옥했으며 거의 모든 마을마다 특별한 사연이 서려 있었습니다. 우리는 틸버리 요새를 보고 스페인의 무적 함대를 떠올렸으며 내 고향에서도 익히 들어 잘 알고 있었던 그레이브센드(휴양지이자 해수욕장으로 유명한 곳. — 옮긴이)와 울위치(19세기 영국 해군의 조선소. — 옮긴이), 그린위치도 보았습니다.

우리는 마침내 런던의 수많은 첨탑들을 보게 되었습니다. 그중에서 성 바오로 성당의 탑이 가장 높이 솟아 있었습니다. 그리고 영국의 역사에서 유명한 런던 탑도 보았습니다.

19장

우리는 런던에서 쉬기로 했습니다. 몇 달간 이 멋지고 유명한 도시에 머물기로 결정했던 거죠. 클레르발은 당시 유명했던 천재들이나 인재들과 교제하고 싶어했지만 내게는 이것이 부차적인 목표일 뿐이었습니다. 나는 약속을 완수하는 데 필요한 정보를 얻을 수 있는 방법에 주로 관심을 기울였고 영국으로 올 때 가지고 온, 가장 뛰어난 자연 과학자들 앞으로 된 소개장을 이용했습니다.

만약 공부로 행복을 느끼던 시절에 이런 여행을 했다면 나는 말로 표현할 수 없는 기쁨을 느꼈을 겁니다. 그러나 어두운 그림자가 내 존재 위에 드리워져 있었기 때문에 깊은 관심을 기울이고 있는 주제에 대해 정보를 제공해 줄 수 있는 사람들만을 방문했습니다.

다른 사람과 같이 있는 것이 싫었습니다. 혼자 있을 때면 하늘과 땅을 바라보며 마음을 채울 수 있었어요. 클레르발의 목소리를 들으면 마음이 진정되었고 일시적으로나마 평화를 느낄 수 있었습니다. 그러나 바쁘고, 재미없고, 즐거운 얼굴들은 내게 다시 절망을 안겨 주었습니다. 나와 다른 사람들 사이에는 윌리엄과 저스틴의 피로 봉인된, 넘을 수 없는 장벽이 놓여 있었습니다. 두 사람의 이름과 연관된 사건들을 생각하다 보면 내 마음은 괴로움으로 가득 찼습니다.

그러나 클레르발에게서 나는 이전의 내 모습을 발견했습니다. 그는 호기심이 강했고 경험과 지식을 쌓고 싶어했습니다. 그가 경험한 다양한 관습들이 지식과 즐거움을 제공하는 무한한 원천이 되어 주었습니다. 그는 또한 오랫동안 염두에 두고 있던 목표를 추구하는 중이었습니다. 그의 목표는 인도에 가는 것이었습니다. 그는 인도의 다양한 언어에 대한 지식과 인도 사회로부터 얻은 견해를 통해 유럽의 식민지 정책과 무역이 증진되도록 물질적으로 도움이 될 수 있는 방법을 알아냈다고 믿었습니다. 영국에서 그는 더 많은 계획을 실행에 옮겼습니다. 그는 항상 바빴고 그의 유쾌한 기분을 저해하는 유일한 요소는 슬픔에 빠져 낙담하고 있는 내 기분이었습니다. 그래서 나는 될 수 있는 한 이런 내색을 하지 않으려고 애썼습니다. 그 어떤 근심이나 쓰라린 기억으로 방해받지 않은 채 이제 막 인생의 새로운 장에 들어간 사람이라면 당연히 느낄 수 있는 그런 기쁨을 그가 맛보지 못하도록 막고 싶진 않았으니까요. 나는 혼자 있고 싶은 마음에 다른 약속 핑계를 대며 그와 동행하는 것을 피하곤 했습니다. 이 무렵 나는 또한 새로운 창조 과정에 필요한 재료들을 수집하기 시작했는데 새로운 창조를 한다는 것이 내게는 머리에 물방울을 계속 똑똑 떨어뜨리는 고문을 당하는 것과 마찬가지였습니다. 그 일을 생각할 때마다 극심한 괴로움을 느꼈고 그 일을 암시하는 말을 할 때면 입술이 떨리고 가슴이 두근거렸습니다.

런던에서 몇 달을 보낸 후 우리는 스코틀랜드에 사는 한 사람으로부터 편지를 받았습니다. 그는 전에 제네바로 우리를 방문한 적이 있었습니다. 그는 자기 고향의 아름다운 경관을 이야기하면서 우리에게 여정을 늘려서 자신이 살고 있는 북부의 퍼스까지 구경하러 오지 않겠느냐고 물었습니다. 클레르발은 기꺼이 이 초대를 받아들이고 싶어했습니다. 나는 사람들과 교제하는 것은 싫었지만 산과 강, 그리고 자연의 여신이 꾸며 놓은 온갖 멋진 작품들을 다시 보고 싶었습니다.

영국에 도착한 때가 10월 초였으니까 그때는 2월 즈음이었습니다. 우리는 3월이 끝날 무렵 북부를 향해 여행을 시작하기로 결정했습니다. 에든버러로 가는 큰길 대신 윈저와 옥스퍼드, 매틀록과

컴벌랜드 호수들을 지나 7월 말경에 목적지에 도착하기로 계획을 세웠지요. 나는 그동안 수집한 화학 기구들과 재료들을 챙겼습니다. 스코틀랜드의 북부 고원 지대에 있는 눈에 띄지 않는 외딴 곳에 가서 일을 끝마치기로 작정했지요.

우리는 3월 27일에 런던을 떠났습니다. 윈저에서 며칠을 묵으며 아름다운 숲에서 산책을 즐겼습니다. 윈저는 우리 같은 산지 사람들에게는 새로운 풍경이었습니다. 거대한 떡갈나무들과 많은 사냥감, 품위 있는 사슴 무리가 모두 신기하게만 보였습니다.

그곳에서 우리는 옥스퍼드로 옮겨 갔습니다. 이 도시에 들어서자 150년 전에 그곳에서 일어났던 여러 가지 사건들에 대한 기억이 떠올랐습니다. 찰스 1세가 군대를 소집했던 곳이 바로 그곳이었지요. 온 나라가 찰스 1세의 대의를 저버리고 의회와 자유의 깃발 아래 모였을 때에도 이 도시만은 그에게 충성을 지켰습니다. 불행한 왕과 그의 친구들, 온화한 포클랜드(청교도 혁명 당시 왕당파와 의회파를 중재하기 위해 애씀. — 옮긴이)와 오만한 고링(왕과 의회의 대립을 조장한 간신. — 옮긴이), 왕비와 왕자에 대한 기억 때문에 그들이 살았을지도 모르는 도시의 모든 곳이 매우 흥미롭게 여겨졌습니다. 이전 시대의 영혼이 머물렀던 발자국을 우리는 즐겁게 추적했습니다. 상상력을 통해 이런 느낌을 충족하지 않았더라도 도시의 모습은 그 자체로 충분히 아름다워 우리에게 감탄을 불러일으켰을 겁니다. 대학들은 오래되었고 한 폭의 그림 같았습니다. 거리는 거의 장엄하게 보일 정도였어요. 그리고 옥스퍼드 옆을 지나 멋진 초원 사이로 흐르는 아름다운 아이시스 강은 잔잔하고 넓은 수원으로 퍼져 나가며 유입되었습니다. 수면에는 오래된 나무에 둘러싸인 탑과 첨탑, 둥근 지붕이 모여서 이루는 장관이 그림자를 이루고 있었습니다.

이런 경치를 즐기면서도 내 기쁨은 과거에 대한 기억과 미래에 대한 예상으로 깨지곤 했습니다. 나는 평화로운 행복을 느끼며 사는 것에 어울리는 사람이었습니다. 젊은 시절에 나는 한 번도 불만을 느껴본 적이 없었습니다. 설사 권태에 빠지더라도 자연의 아름다움을 보거나 인간이 만들어 낸 훌륭하고 숭고한 작품들을 공부하다 보면 항상 마음속에 흥미가 되살아나고 기분이 쾌활해졌습니다. 그러나 지금의 나는 벼락 맞은 나무 같은 신세였습니다. 번개가 내 영혼에까지 영향을 미쳤습니다. 내가 살아남아 있는 것은 단지 곧 죽게 된다는 사실을 보여 주기 위한 것이라는 생각이 들었습니다. 그것은 다른 사람들에게는 연민을 불러일으키고 나 자신에게는 참을 수 없을 정도로 괴로움을 안겨 주는, 망가져서 엉망이 된 인간의 비참한 모습이었습니다.

우리는 옥스퍼드에 상당히 오랫동안 머물렀습니다. 도시 주변을 산책하기도 했고 영국 역사상 가장 활력에 넘쳤던 시기와 연관된 모든 장소를 찾으려고 애썼습니다. 짧은 탐험 여행은 자꾸 새로운 대상들이 나타나는 바람에 수시로 길어지곤 했지요. 우리는 유명한 햄프턴(1594년에 태어나서 1643에 세상을 떠난 영국의 정치가. — 옮긴이)의 묘지와 이 애국자가 쓰러졌던 들판을 찾아갔습니다. 잠깐 동안 내 영혼은 저급한, 지독한 두려움으로부터 고양되어서 자유와 자기 희생이라는 고상한 사상에 대해 생각하게 되었습니다. 묘지와 들판은 자유와 희생을 보여 주는 기념비이자 기념물이었습니다. 잠깐 동안 나는 사슬을 떨쳐 버린 다음 자유롭고 고결한 정신으로 주변을 둘러보았습니다. 그러나 쇠못이 이미 내 살 속에 박힌 상태라 나는 온몸을 떨며 절망하면서 다시 비참한 내 자신으로 돌아갔습니다.

우리는 섭섭한 마음으로 옥스퍼드를 떠나 다음 목적지인 매틀록으로 향했습니다. 이 마을 주변의 시골 풍경은 스위스와 상당히 비슷했습니다. 그러나 모든 것이 규모가 더 작았고 스위스와 달리 푸른 언덕뿐이었습니다. 스위스에서는 소나무 우거진 산들 옆으로 멀리 눈 덮인 알프스 산봉우리를 항상 볼 수 있었습니다. 우리는 신기한 동굴들과 작은 자연사 박물관을 방문했습니다. 이곳의 진귀한 유물들은 세르보와 샤모니에 있는 소장품들과 같은 방식으로 진열되어 있었습니다. 클레르발이 샤모니라는 이름을 언급했을 때 나는 온몸을 떨면서 그 끔찍한 장면을 연상시키는 매틀록을 서둘러서 떠났습니다.

더비를 출발해서 계속 북부로 여행하면서 우리는 컴벌랜드와 웨스트모어랜드에서 두 달을 보냈습니다. 그곳은 마치 스위스 산에 와 있는 것 같은 느낌을 주었습니다. 산의 북쪽 등성이에 아직도 녹지 않고 남아 있는 약간의 눈과 호수, 바위투성이 계곡 사이로 세차게 흘러가는 강물이 내게는 너무나 친밀하고 소중한 모습이었습니다. 이곳에서도 우리는 몇 사람을 사귀었는데 그들은 내게 행복을 느끼게 해 주었습니다. 클레르발이 느끼는 기쁨은 나보다 훨씬 더 컸습니다. 그는 재능 있는 사람들과 교제할 때는 그들을 통해 생각의 폭을 넓혀 나갔습니다. 또한 그는 자신보다 열등한 사람들을 사귈 때면 자신이 생각보다 더 많은 능력과 재능과 기지를 타고났다는 것을 깨달았습니다. 그는 내게 "여기서 여생을 보내고 싶어. 이 산들 속에서 살면 스위스나 라인 강이 부럽지 않을 것 같아."라고 말했습니다.

그러나 그는 여행자로서 사는 삶이 한편으로는 즐겁지만 한편으로는 많은 고통이 수반되는 삶이라는 것을 알고 있었습니다. 여행자는 항상 긴장된 기분으로 살지요. 그리고 안일함에 빠져들기 시작한 순간 여행자는 현재 만족스러워하면서 머물고 있는 것을 버리고 다시 관심을 끄는 새로운 것을 쫓을 수밖에 없게 됩니다. 그러나 또 다른 새로운 대상이 나타나면 이전에 쫓던 대상을 버립니다.

우리는 컴벌랜드와 웨스트모어랜드에 있는 여러 호수들을 방문하자마자 그곳에 사는 몇 사람들을 좋아하게 되었습니다. 그러나 스코틀랜드 친구와 약속한 시간이 다가와서 그들과 헤어져 여행을 계속했습니다. 내 입장에서는 별로 섭섭하지가 않았습니다. 한동안 내 약속을 소홀히했기 때문에 괴물이 실망해서 어떤 일을 벌일지 두려웠기 때문이었습니다. 어쩌면 그가 스위스에 남아서 내 가족들에게 복수를 할지도 모르는 일이었습니다. 이 생각이 줄곧 머릿속을 맴돌며 매 순간 나를 괴롭히는 바람에 휴식을 취할 수도, 평온한 마음을 가질 수도 없었습니다. 나는 초조한 마음으로 편지를 기다렸고, 편지가 늦으면 참담한 심정으로 온갖 두려운 생각에 시달렸습니다. 편지가 도착해서 엘리자베스나 아버지의 서명을 보면 편지를 읽고 내 불행한 운명을 확인할 용기가 나지 않았습니다. 때로는 악마가 쫓아와서 내게 늑장 부리지 말고 신속하게 일을 끝마칠 것을 재촉하기 위해 내 친구를 죽일지도 모른다는 생각이 들기도 했습니다. 이런 생각이 머릿속을 스치고 지나가면 나는 한순간도 클레르발 곁을 떠나지 않고 혹시 모를 괴물의 분노로부터 그를 보호하기 위해 그의 뒤를 그림자처럼 따라다녔습니다. 큰 죄라도 지은 것처럼 죄책감에 시달렸습니다. 아무 죄도 없었지만 죄의 저주만큼 무서운, 끔찍한 저주를 자초한 것이었습니다.

나는 내키지 않는 마음으로 무관심한 시선을 던지며 에든버러에 도착했습니다. 그러나 아무리 불행한 사람이라도 이 도시에 관심을 가졌을 겁니다. 클레르발은 에든버러를 옥스퍼드만큼 좋아하진 않았습니다. 그는 옥스퍼드의 고풍스러움을 더 마음에 들어 했습니다. 그러나 신도시다운 에든버러의 아름다움과 질서정연함, 세상에서 가장 매력적이고 낭만적인 성들과 근교의 풍경, 아더 왕의 의자, 성 버나드 샘물, 펜트랜드 언덕은 옥스퍼드를 떠나온 것을 섭섭해하는 클레르발의 마음을 달래 주었고 쾌활함과 감탄하는 마음을 되찾아 주었습니다. 그러나 나는 어서 빨리 여행의 목적지에 도착하고 싶었습니다.

우리는 일주일 후 에든버러를 출발해서 쿠파와 성 앤드류를 지나 타이 강둑을 따라 스코틀랜드 친구가 기다리고 있는 퍼스로 갔습니다. 그러나 낯선 사람들과 웃고 떠들거나, 그들이 손님에게 기대할 법한 즐거운 마음으로 그들의 기분을 헤아리거나 계획에 어울릴 기분이 전혀 아니었어요. 그래서 나는 클레르발에게 혼자서 스코틀랜드를 여행하고 싶다고 말했습니다.

"너는 그동안 즐겁게 보내고 이곳에서 다시 만나기로 해. 한두 달 정도 갔다 올 테니 제발 내가 하는 일에 일체 간섭하지 말아 줘. 잠시 동안 나 혼자 편하게 지내게 해 줘. 돌아올 때쯤에는 내가 더 밝아져서 네 기분을 더 잘 맞출 수 있었으면 좋겠다."

클레르발은 나를 만류하려고 했지만 이 계획에 대한 내 결심이 확고한 것을 알고서는 충고하는 것을 그만뒀습니다. 그는 내게 자주 편지를 쓰라고 간청했습니다.

"친하지도 않은 이 스코틀랜드 사람들과 같이 있느니 너 혼자 산책할 때 친구가 되어 주는 것이 더 나을 텐데. 그러니 빨리 돌아와서 내가 다시 편안함을 느낄 수 있게 해 줘. 네가 없는 동안은 편안할 수가 없을 거야."

친구와 헤어진 다음 나는 스코틀랜드의 한적한 곳으로 가서 혼자 일을 끝마치기로 결심했습니다. 괴물은 나를 따라왔다가 내가 일을 끝마치면 자신의 배우자를 데려가기 위해 모습을 드러낼 것이 분명했습니다.

이런 결심으로 북부의 고지대를 가로질러서 오크니 제도의 가장 외딴 섬에 거처를 정하고 그곳을 작업 현장으로 삼았습니다. 그런 일을 하기에는 적당한 곳이었습니다. 그곳은 거의 하나의 바위로 이루어진 섬으로 높은 쪽까지 파도가 끊임없이 치고 올라왔습니다. 땅이 척박해서 비쩍 마른 몇 마리의 소를 겨우 먹일 수 있을 정도의 풀밖에 나지 않았고 다섯 명의 주민들은 귀리를 주식으로 먹으며 살았습니다. 여위고 앙상한 팔다리는 그들이 얼마나 비참하게 살고 있는지를 여실하게 보여 주었습니다. 그들이 야채와 빵 같은 사치품이라도 먹으려 하면 10킬로미터 정도 떨어진 본토에서 구해 들여와야만 했습니다. 심지어는 신선한 물조차 본토에서 가져와야 했습니다.

섬 전체를 통틀어서 초라한 오두막집이 세 채 있었습니다. 마침 내가 도착했을 때 한 채가 비어 있어서 그것을 빌리기로 했습니다. 방이 두 개였는데 가난을 여실하게 보여 주는 지독하게 누추한 방들이었습니다. 짚이 내려앉았고 벽에는 회칠도 되어 있지 않았으며 문에는 경첩들이 떨어져 나가고 없었습니다. 나는 집 수선을 맡기고 가구도 몇 점 사들였습니다. 만약 마을 사람들의 모든 감각이 궁핍과 누추한 가난 때문에 마비되지 않았더라면 이것은 상당한 놀라움을 불러일으켰을 사건이었을 겁니다. 그러나 사실 사람들은 내게 신경을 쓰지도 않았고 귀찮게 하지도 않았으며 가끔 음식과 옷을 약간씩 나눠 줘도 고맙다는 인사조차 거의 하지 않았습니다. 그들이 겪는 고통이 너무 커서 인간이 가지고 있는 가장 원초적인 감각들마저 무디어진 상태였습니다.

이 은신처에 머물면서 나는 오전에는 연구에 몰두했습니다. 저녁에는 날씨만 괜찮으면 돌투성이 해변을 걸으면서 포효하며 발밑으로 밀려오는 파도 소리를 들었습니다. 그것은 단조로우면서도 변화무쌍한 장면이었습니다. 스위스가 생각나곤 했습니다. 스위스는 이 황량하고 무시무시한 풍경과는 완전히 달랐지요. 스위스의 언덕은 포도 넝쿨로 덮여 있고 집들은 평원에 빽빽하게 들어서 있었습니다. 파랗고 평온한 하늘은 맑은 호수에 그림자를 드리웠고 거센 바람이 불어와 파도가 인다 해도 그것은 거대한 바다가 포효하는 것에 비하면 아기가 활기 차게 장난치며 노는 정도에 지나지 않았습니다.

처음에 도착했을 때는 이런 식으로 일을 분류해 나갔습니다. 그러나 일이 진척될수록 연구 과정은 점점 더 끔찍하고 지루하게 느껴졌습니다. 어느 때는 며칠씩 실험실에 들어가고 싶은 마음이 생기질 않다가 또 어느 때는 빨리 일을 끝마치기 위해 밤낮으로 일을 하기도 했습니다. 사실 내가 매달리고 있는 일은 지저분한 일이었습니다. 지난 번, 첫 번째 실험에서는 열정적인 광기 비슷한 상태에 사로잡혀 있던 탓에 내가 하고 있는 일이 얼마나 끔찍한지 느끼질 못했던 겁니다. 일을 완성해야 한다는 목표에 마음을 온통 빼앗겼기 때문에 진행 과정의 끔찍함엔 신경을 쓰지 않았으니까요. 그러나 지금은 아무 열정 없이 냉정한 마음으로 작업을 하고 있다 보면 내 손으로 하고 있는 일에 속이 메스꺼워지는 경우가 많았습니다.

혐오스럽기 그지없는 일에 어쩔 수 없이 몰두해야 하는, 심지어 그 혐오스러운 작업 현장으로부터 잠깐이라도 관심을 돌릴 수 있는 대상이 하나도 없는 쓸쓸한 곳에 파묻혀 지내야 하는 이런 상황에서, 내 마음은 불안정해지기 시작했습니다. 나는 불안하고 초조했습니다. 지금 당장이라도 괴물이 나타날 것 같아 두려웠습니다. 어느 때는 쳐다보기조차 싫은 끔찍한 대상을 마주치지나 않을까 하는 걱정에 눈을 들지도 못한 채 땅바닥만 쳐다보며 앉아 있기도 했습니다. 내가 혼자 있으면 괴물이 나타나서 배우자를 빨리 만들어 내라고 성화를 하지나 않을까 무서워서 사람들의 시선을 벗어나는 곳으로 갈 수가 없었습니다.

그러는 동안에도 계속 일은 해 나갔고 작업은 상당히 진척이 되었습니다. 나는 떨리는 마음으로 간절하게 일이 끝나기를 바랐습니다. 일이 반드시 끝날 것이라는 희망에 대해 감히 의구심을 갖진 않았음에도 이 희망에는 뭔가 희미하게나마 불길한 예감이 섞여 있었습니다. 이런 불길한 예감 때문에 속이 메스꺼워지곤 했지요.

20장

어느 날 저녁 실험실에 앉아 있을 때였습니다. 해가 지고 달이 막 바다에서 떠올랐습니다. 일을 할 수 있을 만큼 충분히 밝지 않아서 나는 그만 쉬러 갈 것인지 아니면 일을 계속해서 빨리 끝마칠 것인지 잠깐 동안 쉬면서 궁리 중이었습니다. 앉아 있자니 여러 가지 생각이 떠올랐습니다. 생각에 생각이 꼬리를 물어 나는 지금 하고 있는 일이 어떤 결과를 낳을 것인지에 대해서도 따져 보게 되었습니다. 3년 전에도 나는 지금과 똑같은 식으로 일에 몰두한 끝에 악마를 하나 만들어 냈습니다. 비할 데 없는 그의 야만성 때문에 내 마음은 황폐해진 채 지독한 후회로 영원히 가득 차게 되었지요. 그런데 지금 나는 어떤 품성을 갖게 될지 전혀 예측할 수 없는 존재를 또 하나 만들려 하고 있는 참이었지요. 어쩌면 그녀는 자신의 배우자보다 만 배나 더 사악한 존재가 되어 살인과 비열한 짓을 저지르는 것에서 기쁨을 느낄지도 모릅니다. 남자 괴물은 사람들 곁을 떠나 황야에 가서 살겠다고 맹세했지만 그녀는 그런 적이 없지 않습니까? 그리고 틀림없이 그녀 또한 생각하고 추론하는 존재가 될 텐데 자신이 창조되기 전에 결정된 약속을 따르지 않겠다고 버틸지도 모르는 일이었습니다. 어쩌면 두 사람이 서로 싫어하게 될지도 모릅니다. 이미 자신의 흉측한 모습에 염증을 느끼며 살아 왔던 괴물인데 흉측하게 생긴 여자가 눈앞에 나타난다면 그 여자에게는 더 심한 혐오감을 느끼지 않겠습니까! 여자 역시 남자에게 혐오감을 느끼고 그보다 더 잘생긴 인간에게 관심을 가질 수도 있습니다. 여자가 남자를 버리고 떠나면 다시 혼자가 된 남자는 자신과 같은 종류의 존재에게 버림을 받은 사실에 새로운 분노를 불태울지 모릅니다. 어쩌면 그들은 유럽을 떠나 새로운 세계의 황야로 가서 살지도 모르지요. 그러나 남자 괴물이 갈망했던 이해의 첫 번째 결과물은 두 사람의 결합으로 자손들이 태어난다는 사실입니다. 그렇게 되면 세상에 악마의 종족이 불어나서 인류의 생존 자체가 위협을 받게 될 것이며 인류는 공포에 떨겠지요. 나 혼자 잘살기 위해 대대손손 이런 저주를 내릴 권리가 과연 내게 있는 것일까요? 내가 만들어 낸 존재의 궤변에 넘어가서 마음이 움직였고 그의 악마 같은 위협에 잠깐 제정신을 잃은 것이 틀림없었습니다. 이제야 나는 내가 한 약속이 얼마나 사악한 것인지 처음으로 확연하게 깨달았습니다. 후세 사람들이 나를 골칫거리의 원흉으로 저주할 것이라고 생각하니 몸서리가 쳐졌습니다. 그들은 나를 혼자만 무사하기 위해 조금의 망설임도 없이 인류 전체의 생존을 내놓은 이기적인 사람으로 간주하게 될 터였습니다.

고개를 드는 순간 달빛을 통해 창틀 옆에 서 있는 괴물의 모습이 보였습니다. 온몸이 떨리며 심장이 멎는 것 같았습니다. 자신이 부과한 일을 하고 있는 나를 보며 그가 소름 끼치는 미소를 짓자 그의 입술이 주름으로 일그러졌습니다. 내 예상이 적중했습니다. 그는 줄곧 나를 뒤쫓아 왔던 것입니다. 그는 숲 속에서 어슬렁거리며 시간을 보냈거나 동굴 속에 숨어 있었을 것입니다. 아니면 넓고 황량한 황야에서 사람들의 눈을 피하고 있다가 이제 내 일이 얼마나 진척되었는지 확인하고 약속을 잘 이행하라고 요구하러 나타난 것이었겠죠.

그때 그의 얼굴에는 극도의 사악함과 배신이 담겨 있었습니다. 나는 그에게 비슷한 존재를 만들어 주겠다던 약속을 떠올리고서 미칠 것 같은 기분을 느끼며 격하게 몸을 떨다가 그동안 몰두해서 만들고 있던 괴물을 갈기갈기 찢어 버렸습니다. 괴물은 자신의 미래의 행복이 달려 있던 창조물을 내가 망가뜨려 버리는 것을 보고 절망과 원한이 섞인 소리로 끔찍하게 울부짖으며 사라졌습니다.

나는 방을 나와 문을 잠근 다음 절대로 일을 재개하지 않겠다고 마음속으로 엄숙하게 맹세했습니다. 그러고 나서 떨리는 발걸음으로 내 거처로 갔습니다. 나는 혼자뿐이었습니다. 우울함을 달래 주고, 가장 끔찍한 공상 때문에 생기는 구역질 나는 압박감을 없애 줄 사람이 가까이에 하나도 없었습니다.

몇 시간이 지나도록 나는 계속 창가에서 바다를 바라봤습니다. 바람이 약해진 탓에 바다는 잔잔했고 삼라만상이 조용히 달빛을 받으며 쉬고 있었습니다. 몇 척의 어선만이 바다 위에 점점이 떠 있었고 이따금씩 부드러운 미풍에 실려 어부들이 서로 부르는 소리가 들려왔습니다. 극도의 정적까지는 아니었지만 정적이 흐르고 있었지요. 그러다 갑자기 해변에서 노 젓는 소리가 들려오더니 집 근처에서 어떤 사람이 배에서 내렸습니다.

몇 분 후에 누군가 조용히 문을 열기 위해 애쓰는지 문이 삐걱거렸습니다. 머리부터 발끝까지 온몸이 떨렸습니다. 누구인지 짐작이 갔기 때문에 멀지 않은 오두막집에 사는 농부라도 깨우고 싶었습니다. 그러나 나는 가끔 무서운 꿈을 꿀 때 곧 다가올 위험으로부터 아무리 도망치려 해도 소용없는 것처럼 무력감에 휩싸여서 그 자리에 꼼짝도 못하고 앉아 있었습니다.

곧 복도를 따라 걸어오는 발자국 소리가 들리더니 문이 열리고 내가 그렇게 두려워하던 괴물이 나타났습니다. 그는 문을 닫고 내게 다가오더니 감정을 억누르는 목소리로 말했습니다.

"당신이 시작했던 일을 당신 스스로 망쳐 놓았어. 도대체 어떻게 하려는 거지? 감히 당신이 한 약속을 깨뜨리려고? 나는 온갖 고생을 하며 비참하게 지냈다. 당신을 따라 스위스를 떠난 다음 버드나무 우거진 섬들 사이로, 섬에 있는 언덕 꼭대기를 넘어, 라인 강변을 따라 기어서 여기까지 왔지. 그리고 영국의 황야와 스코틀랜드의 불모 지대에서 몇 달을 보냈어. 이루 헤아릴 수 없을 정도의 수고와 추위, 허기를 견뎠단 말이다. 그런데 어떻게 그렇게 내 희망을 짓밟을 수가 있지?"

"꺼져! 나는 약속을 지키지 않겠다. 너와 똑같이 흉측하고 사악한 존재를 더 이상 만들지 않겠어."

"노예 같은 인간! 지난번에는 말로 당신을 설득했는데 당신 같은 사람을 배려해 줄 가치가 없다는 것이 증명이 된 셈이군. 내게는 힘이 있다는 사실을 명심해. 당신은 스스로를 비참하다고 여길지 모르지만 나는 당신이 낮의 밝은 빛조차 싫어할 정도로 당신을 비참하게 할 수 있어. 나를 만든 사람이 당신일지라도 내가 당신의 주인이니 복종해!"

"내가 우유부단했던 시간은 지나가고 네가 힘을 발휘할 시기가 왔군. 그러나 네가 아무리 위협한다 해도 절대 나쁜 짓은 하지 않겠다. 오히려 너에게 나쁜 짓을 같이할 짝을 절대 만들어 주지 않겠다는 내 결심만 굳어질 뿐이야. 인간의 죽음과 불행에서 기쁨을 느끼는 악마를 세상에 풀어놓을 만큼 내가 피도 눈물도 없는 사람처럼 보이나? 꺼져라! 내 결심은 확고하다. 네 말은 오히려 내 화를 돋울 뿐이야."

괴물은 내 결연한 표정을 보고 화를 참지 못해 이를 갈며 소리쳤습니다.

"남자는 가슴에 안을 아내를 찾고 짐승도 짝을 가지는데 나만 혼자 지내라는 말인가? 내게도 사랑하는 감정이 있는데 돌아오는 것은 혐오와 멸시뿐이야. 이봐. 날 마음껏 싫어할 수는 있지만 조심하는 게 좋을 거야. 당신은 앞으로 두려움과 불행 속에서 시간을 보내게 될 거야. 그리고 곧 벼락이 내려와 당신의 행복을 영원히 빼앗아 갈 거야. 내가 심한 불행 속에 빠져 있는 동안 당신은 행복하려고? 당신이 내가 가진 열정들을 모두 없애 버린다 해도 복수심은 남지. 앞으로는 복수심이 빛이나 먹을 것보다 더 소중하겠군. 나는 죽을 수 있어. 그러나 그보다 먼저 독재자처럼 굴며 나를 괴롭히는 당신으로 하여금 당신의 불행을 내려다보는 태양을 저주하게 하고 말겠어. 조심해. 나는 더 이상 두려울 것이 없으니까. 그러니 오히려 더 강해지겠지. 독이 든 이빨로 물 기회를 노리는 독사처럼 교활하게 나는 당신을 지켜볼 거야. 이봐. 당신이 내게 상처를 입힌 것을 후회하도록 만들겠어."

"괴물 같은 놈! 그만해. 원한에 찬 이 말들로 공기를 해치지 마. 나는 이미 네게 내 결심을 알렸고 네 말에 결심을 접을 겁쟁이가 아니다. 가라. 나는 절대 뜻을 굽히지 않겠으니."

"좋아. 가겠어. 그렇지만 당신의 결혼 첫날밤에 찾아가겠어."

나는 앞으로 뛰어나가며 소리쳤지요.

"이놈! 나를 죽이기 전까지는 몸조심하는 것이 좋을 거다."

그를 붙잡으려고 했지만 그는 교묘히 나를 피해 서둘러 집을 떠났습니다. 잠시 후 배를 타는 그의 모습이 보였습니다. 배는 쏜살같이 물살을 가로질러 가더니 곧 파도 사이로 사라져 버렸습니다.

다시 사방이 고요해졌지만 그가 한 말이 귓전에서 맴돌았습니다. 내 평화를 깨뜨린 자를 쫓아가서 바닷물 속에 처넣고 싶은 불같은 분노가 치밀어올랐습니다. 나는 온갖 모습을 상상하며 괴로워하면서 분주하게 방 안을 서성였습니다. 왜 그를 따라가 목숨을 걸고 싸우다 같이 죽지 않았을까요? 그러나 나는 그가 떠나도록 내버려두었고 이미 그는 유럽을 향해 가고 있었습니다. 만족할 줄 모르는 그의 복수심에 누가 과연 다음 희생자가 될지 생각하며 나는 몸서리를 쳤습니다. 그러다가 "당신의 결혼 첫날밤에 찾아가겠어."라는 그의 말이 다시 떠올랐습니다. 그렇다면 그날 내 운명이 끝날 터였습니다. 내가 죽으면 그의 원한도 사라지겠지요. 나의 죽음에 대한 상상 만으로는 두려운 마음이 들진 않았습니다. 그러나 사랑하는 사람이 너무나 잔인하게 죽음을 당한 것을 알게 되었을 때 엘리자베스의 마음이 어떨지 생각해 보았습니다. 그녀가 흘릴 눈물과 끝없는 슬픔을 생각하자 몇 달 만에 처음으로 눈물이 솟았습니다. 나는 힘겨운 싸움을 해 보지도 않은 채 적 앞에서 쓰러지진 않겠다고 다짐했습니다.

밤이 지나고 해가 바다에서 떠올랐습니다. 마음도 더 평온해졌습니다. 그러나 사실 이 평온함은 격렬한 분노가 깊은 절망으로 변한 것일 뿐이었습니다. 어젯밤에 끔찍한 논쟁이 벌어졌던 집을 떠나 바닷가를 걸었습니다. 바다는 마치 나와 다른 사람들 사이에 가로놓인 넘을 수 없는 장벽 같았습니다. 아니, 그런 장벽이 실제로 있었으면 좋겠다는 바람이 슬쩍 들었습니다. 차라리 그 황량한 바위 위 집에서 갑작스러운 불행의 충격에 방해받지 않은 채 한가롭게 살고 싶었지요. 내가 돌아간다면 그것은 내 자신이 희생자가 되기 위해서거나 가장 사랑하는 사람들이 내 손으로 만든 악마의 손아귀에서 죽어 가는 것을 보기 위해서겠지요.

사랑하는 모든 것과 헤어져서 비참해하며 잠 못 이루는 유령처럼 나는 섬 주변을 걸어 다녔습니다. 정오가 되자 해가 더 높이 떠올랐습니다. 나는 풀 위에 누워서 깊은 잠에 빠졌습니다. 전날 밤을 꼬박 새웠던 터라 신경이 곤두서 있었고 경계하며 괴로워하느라 눈이 충혈되어 있었습니다. 이렇게 푹 자고 나자 기분이 상쾌해졌습니다. 잠에서 깨었을 때는 인간으로 되돌아온 것 같은 기분이 들었습니다. 그리고 더 침착하게 지난 일들을 생각해 보기 시작했습니다. 그러나 괴물이 한 말이 마치 장례식 종소리처럼 내 귓전을 여전히 맴돌았습니다. 그 말은 꿈 같았지만 현실처럼 선명하고 무겁게 다가왔습니다.

해가 많이 기울었지만 나는 여전히 바닷가에 앉아서 게걸스럽게 귀리 케이크로 허기를 달랬습니다. 그때 어선 한 척이 다가와서는 내게 꾸러미를 전해 주었습니다. 그 안에는 제네바에서 온 편지들과 자신과 함께할 것을 간청하는 클레르발의 편지가 들어 있었습니다. 그는 지금 머물고 있는 곳에서 하는 일 없이 허송세월을 하고 있으며, 런던에서 사귄 친구들이 자신에게 빨리 돌아와서 인도 사업을 위해 맺었던 협상을 매듭지으라고 성화한다고 알려 주었습니다. 그는 더 이상 출발을 미룰 수가 없었고 런던으로 간 다음에는 지금 예상하고 있는 것보다 더 빨리, 더 긴 여행을 떠나야 할지도 모르는 상황이었습니다. 그는 가능한 한 많은 시간을 같이 보내자고 간청했습니다. 그래서 나더러 외딴 섬을 떠나 퍼스로 오라고 부탁했습니다. 그곳에서 함께 남쪽으로 내려가자고 했습니다. 이 편지를 읽고 어느 정도 활기를 되찾은 나는 이틀 후에 섬을 떠나기로 결정했습니다.

그러나 출발하기 전에 생각만으로도 소름 끼치는 일을 한 가지 정리해야만 했습니다. 화학 기구들을 싸야만 했는데 그러기 위해서는 혐오스러운 일의 현장이었던 방에 반드시 들어가서, 보기만 해도 구역질이 나는 기구들에 손을 대야만 했습니다. 다음 날 새벽 용기를 내서 실험실 문을 열었습니다. 내가 망가뜨려 버린, 반쯤 완성된 괴물의 잔해가 바닥에 여기저기 흩어져 있었습니다. 인간의 살아 있는 육체를 난도질한 것 같은 기분이 들었습니다. 나는 마음을 가다듬은 다음 그 방으로 들어갔습니다. 떨리는 손으로 기구들을 방 밖으로 실어 날랐습니다. 그러나 농부들을 놀라게 하거나 의혹을 불러일으키지 않도록 작업의 흔적을 남겨서는 안 된다는 생각이 들었습니다. 그래서 많은 양의 돌을 담은 바구니에다 잔해를 넣어서 그날 밤에 바다 속으로 던져 버리기로 결정했습니다. 그리고 밤이 될 때까지 바닷가에 앉아서 화학 기구들을 닦고 정돈했습니다.

악마가 나타난 그날 밤 이후 내 감정에는 극단적인 변화가 일어났습니다. 전에는 우울하게 절망하면서 어떤 결과가 나타나더라도 내 약속을 반드시 이행해야 하는 것으로 간주했습니다. 그러나 이제는 눈앞을 가리고 있던 막이 벗겨져서 처음으로 선명하게 사물을 볼 수 있게 된 것 같았습니다. 일을 다시 시작해야겠다는 생각은 이제는 전혀 들지 않았습니다. 괴물의 위협이 마음에 걸렸지만 이제 와서 내가 자발적으로 일을 시작한다 해도 그 위협을 피할 수는 없다고 생각했어요. 처음에 만든 괴물과 비슷한 존재를 만들어 내는 것은 가장 비열하고 극악한 이기심을 보여 주는 행동이라고 마음을 다졌습니다. 그리고 다른 결론에 이를 수 있는 모든 생각을 내 마음속에서 지워 버렸습니다.

새벽 2시에서 3시 사이에 달이 떴습니다. 나는 작은 배 위에 바구니를 싣고 해변에서 6킬로미터가량 떨어진 곳으로 나갔습니다. 그곳은 너무나 한적했습니다. 몇 척의 배가 육지 쪽으로 돌아가고 있었지만 그 배들이 보이지 않는 곳으로 배를 몰고 갔습니다. 끔찍한 범행을 저지르는 듯한 기분이어서 불안감에 몸을 떨며 다른 사람들과 마주치는 것을 피했습니다. 한순간 밝았던 달이 갑자기 짙은 구름에 가려졌습니다. 어두워진 순간을 이용해서 바구니를 바다에 던졌습니다. 꼬르륵거리며 바구니가 가라앉는 소리를 들은 다음 서둘러 그 자리에서 배를 저어 나왔습니다. 하늘에는 구름이 끼어 있었고 마침 북동풍이 불어 와 싸늘해지긴 했지만 공기는 깨끗했습니다. 정신이 맑아지고 기분이 좋아서 물 위에 좀 더 머물기로 했습니다. 방향타를 직선 방향으로 맞춰 놓고 배 바닥에 길게 누웠습니다. 달이 구름에 가려서 모든 것이 희미했습니다. 배가 물결을 가르는 소리만 들렸습니다. 그 소리에 마음이 가라앉았고 나는 깊은 잠에 빠졌습니다.

이런 상태로 얼마나 있었는지는 모르겠습니다. 그러나 깨어 보니 해는 이미 상당히 높이 떠 있었습니다. 바람이 세게 불었고 파도는 끊임없이 작은 배의 안전을 위협했습니다. 북동풍이 불어오고 있었고 처음 배를 탔던 해변으로부터 멀리 왔다는 것만 알 수 있었습니다. 진로를 바꿔 보려고 애썼지만 한 번만 더 그런 시도를 하면 배에 즉시 물이 가득 고일 것이라는 사실을 깨달았습니다. 이런 상황에서 기댈 수 있는 유일한 방법은 바람 방향으로 배를 몰고 가는 것이었습니다. 솔직히 약간 두려운 마음이 들었습니다. 나침반도 없었고 이 지역의 지리에 대해서도 아는 바가 거의 없어서 해가 떠 있어도 별 도움이 되지 못했습니다. 넓은 대서양으로 떠내려갈지도 모르고 배고픔 때문에 온갖 고통을 겪거나 내 주위에서 포효하며 괴롭히는 엄청난 파도에 빨려 들어갈지도 모르는 일이었습니다. 이미 여러 시간 동안 바다에 나와 있던 터라 타는 듯한 갈증을 느꼈습니다. 이것은 다른 수많은 고통의 전주곡일 뿐이겠죠. 나는 하늘을 바라보았습니다. 하늘에는 바람에 밀려온 구름이 잔뜩 끼어서 이리저리 밀리고 있었습니다. 나는 바다를 바라보았습니다. 바다가 내 무덤이 되리라. 나는 "악마 같은 놈, 네 임무는 이미 끝났다!"라고 소리치며, 뒤에 남겨진 채 잔인하고 무자비한 괴물의 분노에 희생될지 모르는 엘리자베스와 아버지를,

클레르발을 생각했습니다. 이런 생각은 점차 너무나 절망적이고 무시무시한 공상으로 발전했습니다. 영원히 잊혀질 정도가 된 지금조차도 그 장면을 생각하면 몸서리가 쳐지는군요.

그렇게 몇 시간이 흘렀습니다. 그러나 조금씩 수평선 아래로 해가 기울자 바람이 부드러운 미풍으로 바뀌더니 높게 솟아오르는 파도가 사라졌습니다. 그러나 그 대신 바다가 일렁이는 바람에 배멀미가 나서 도저히 키를 잡을 수가 없었습니다. 바로 그때 남쪽에 높이 솟은 육지의 윤곽이 보였습니다.

몇 시간 동안 피로와 지독한 불안감에 시달리느라 거의 탈진해 있던 내게 살 수 있다는 갑작스러운 확신은 따뜻한 기쁨의 홍수처럼 밀려왔고 눈물이 왈칵 쏟아졌습니다.

우리의 감정이란 얼마나 변덕스러우며, 극도의 불행 속에서도 삶에 끈덕진 애착을 갖는다는 것은 또 얼마나 이상한 일인가요! 나는 옷을 찢어서 돛을 하나 더 만든 다음 육지를 향해 열심히 배를 저어 갔습니다. 그곳은 황량한 바위투성이처럼 보였지만 가까이 다가가자 문명의 흔적들을 쉽게 발견할 수 있었습니다. 바닷가에는 배들이 보였고 내가 갑자기 문명화된 사람들이 사는 곳으로 되돌아온 것 같은 느낌이 들었습니다. 조심스럽게 육지의 구석구석을 살펴보다가 작은 갑 뒤에 솟아 있는 첨탑을 발견했습니다. 몹시 지친 상태였기 때문에 먹을 것을 가장 쉽게 구할 수 있는 마을

쪽으로 곧장 배를 몰고 가기로 결심했습니다. 다행히도 수중에 돈이 있었습니다. 갑을 돌자 작고 깨끗한 마을과 괜찮은 항구가 나타났습니다. 항구로 들어서자 예기치 못했던 구원에 대한 기쁨으로 가슴이 뛰었습니다.

배를 매고 돛을 정리하고 있을 때 몇 사람이 내가 있는 곳으로 몰려왔습니다. 그들은 내 출현에 무척 놀란 모양이었습니다. 그들은 나를 도와주겠다고 나서는 대신, 다른 경우였다면 약간의 경계심을 불러일으킬 그런 몸짓을 섞어 가며 자기네들끼리 쑥덕거렸습니다. 그들이 영어를 사용하는 것을 보고 나도 그들에게 영어로 말을 걸었습니다.

"여러분, 이 마을의 이름이 무엇인지 좀 알려 주십시오. 도대체 여기가 어디입니까?"

그러자 한 남자가 거친 목소리로 대꾸했습니다.

"곧 알게 될 거요. 어쩌면 당신 취향에 썩 잘 맞지 않은 곳에 배를 댄 것 같소. 그러나 장담하건대 당신이 묵을 곳을 찾진 못할 것이오."

낯선 사람에게서 그렇게 무례한 대답을 듣고서 나는 굉장히 놀랐습니다. 또한 그와 같이 온 사람들이 얼굴을 찡그리고 화난 표정을 하고 있는 것을 보니 당혹스러웠습니다.

"왜 그렇게 거칠게 대답을 하십니까? 처음 보는 사람을 그렇게 불친절하게 맞이하는 것이 영국인의 관습은 결코 아닐 텐데요."

"영국 관습이 어떤지는 모르오. 그렇지만 범죄자를 미워하는 것이 아일랜드의 관습이오."

그 남자가 내 말에 답했습니다.

이런 이상한 대화가 이어지는 동안 사람들이 급속히 많이 모여들었는데 그들은 호기심과 분노가 섞인 얼굴 표정을 짓고 있었습니다. 나는 불쾌한 동시에 어느 정도 경계심이 들었습니다. 여관으로 가는 길을 물어도 아무도 대답하지 않았습니다. 내가 앞으로 걸어 나가자 사람들이 웅성거리며 나를 에워싸고 뒤따라왔습니다. 그때 험상궂게 생긴 남자가 내 어깨를 툭 치더니 말했습니다.

"이봐요, 선생. 커윈 씨 집까지 날 따라오시오. 가서 당신 신분을 밝혀야 할 것 같소."

"커윈 씨가 누구입니까? 왜 내 신분을 밝히라는 겁니까? 여기는 자유 국가가 아닙니까?"

"물론 정직한 사람에게는 충분히 자유로운 나라지요. 커윈 씨는 이 마을 치안판사요. 당신은 커윈 씨에게 어젯밤에 여기서 살해당한 채 발견된 신사의 죽음을 해명해야 할 거요."

이 대답을 듣고 깜짝 놀랐지만 나는 곧 정신을 가다듬었습니다. 내게는 아무 죄가 없지 않은가요! 그것은 쉽게 증명할 수 있었습니다. 그래서 나는 아무 말 없이 앞서 가는 남자를 따라서 마을에서 가장 좋은 집으로 갔습니다. 피곤함과 허기로 곧 쓰러질 것 같았지만 사람들이 날 에워싸고 있었기 때문에 젖 먹던 힘이라도 내보는 것이 현명하다고 생각했습니다. 신체적으로 허약한 모습을 보이면 내가 불안이나 죄책감을 느끼는 것으로 오해받을지 모르는 일이었습니다. 그때만 해도 나는 잠시 후에 닥칠 재앙을 전혀 예상도 못하고 있었습니다. 그 재앙은 너무나 끔찍하고 절망적이어서 불명예나 죽음에 대한 두려움이 모두 사라질 정도였답니다.

여기서 잠깐 쉬어야겠습니다. 끔찍한 사건들에 대해 회상하려면 내가 꿋꿋함을 최대한 발휘해야 하기 때문이에요. 이 사건들에 대해서는 기억 나는 대로 자세하게 밝히겠습니다.

21장

나는 곧 치안판사 앞으로 안내되었습니다. 그는 차분하고 온화한 태도를 지닌 인자한 노인이었습니다. 그러나 그는 상당히 엄격한 표정으로 나를 바라보더니 나를 데리고 온 사람들을 둘러보며 누가 이 사건의 증인으로 나설 것인지 물어보았습니다.

그러자 여섯 사람 정도가 앞으로 나섰습니다. 그리고 치안판사가 한 사람을 지목하자 그는 그 전날 밤 아들과 처남인 다니엘 뉴전트와 함께 고기를 잡으러 나갔다고 증언했습니다. 10시경에 강한 북풍이 불어와서 그들은 항구를 향해 배를 돌렸습니다. 달이 아직 뜨지 않아서 굉장히 깜깜한 밤이었습니다. 그들은 항구에 배를 대지 않고 평소처럼 3킬로미터 아래쪽에 있는 작은 만으로 갔습니다. 고기 잡는 연장 일부를 들고 그가 앞서 걸었고 아들과 처남은 약간 떨어져서 뒤따라왔습니다. 모래밭을 따라 걷다가 그는 뭔가에 걸려서 땅바닥에 벌렁 넘어졌습니다. 아들과 처남이 달려와서 그를 도와주었고 손전등 불빛으로 비춰 본 그들은 그가 한 남자의 몸에 걸려 그 위로 넘어졌다는 것을 알게 되었습니다. 그런데 이 남자는 죽은 것처럼 보였습니다. 처음에 그들은 그것이 물에 빠졌다가 파도에 떠밀려 온 사람의 시체일 거라고 추측했습니다. 그러나 자세히 살펴보자 옷이 젖어 있지도 않았고 몸에는 아직 온기도 남아 있는 상태였습니다. 그들은 즉시 그곳에서 가까운 한 노파의 오두막집으로 남자를 옮긴 다음 그를 소생시키기 위해 애를 써 보았습니다. 그러나 아무 소용이 없었습니다. 죽은 남자는 25세가량의 잘생긴 젊은이였습니다. 목이 졸려 죽은 것이 분명했습니다. 목에 손가락 자국이 거무스름하게 남아 있는 것을 제외하고는 폭력을 쓴 흔적이 전혀 없었습니다.

이 증언의 첫 부분을 들었을 때만 해도 나는 별 관심이 없었습니다. 그러나 손가락 자국이 남아 있다는 말을 듣자 살해된 동생이 떠올랐습니다. 그러자 마음이 매우 불안해졌습니다. 팔다리가 떨리고 눈물이 시야를 가려서 나는 할 수 없이 의자에 몸을 기대야 했습니다. 치안판사는 날카로운 시선으로 나를 찬찬히 살펴보다가 당연히 내 태도로부터 내게 불리한 추리를 이끌어 냈습니다.

그의 아들도 아버지의 증언이 맞는다는 것을 확인해 주었습니다. 그러나 다음에 불려온 다니엘 뉴전트는 매형이 넘어지기 직전 바닷가로부터 멀리 떨어지지 않은 곳에서 한 남자가 탄 배를 보았다고 분명하게 증언했습니다. 그가 별빛에 본 바에 따르면 그것은 내가 타고 와서 내린 배와 똑같았습니다.

바닷가에 살고 있는 여자가 증언을 시작했습니다. 그녀는 어부들이 돌아오기를 기다리면서 오두막집 문 앞에 서 있었는데 시체가 발견되기 한 시간 전쯤 나중에 시체가 발견된 바닷가로부터 한 남자가 배를 타고 가는 모습을 보았다고 했습니다.

또 다른 여자가 시체를 자기 집으로 들고 온 어부들의 증언을 확인했습니다. 남자의 몸에 온기가 남아 있었다더군요. 그들은 남자를 침대에 눕히고 몸을 문질러 주었고 다니엘은 약제사를 데리러 마을로 갔지만 남자의 숨은 결국 멎어 버렸습니다.

내가 배에서 내렸던 것에 대해 몇 사람이 더 조사를 받았습니다. 그들은 밤새 강한 북풍이 불었기 때문에 내가 몇 시간 동안 파도 때문에 고생하다가 출발했던 곳으로 다시 되돌아올 수밖에 없었을 것이라고 이구동성으로 말했습니다. 게다가 그들은 내가 시체를 다른 곳에서 옮겨 온 것처럼 보인다고 말하기도 했습니다. 또한 그들은 내가 이곳 바닷가 지리를 잘 모르는 것으로 보아서는 시체를 버린 곳으로부터 항구까지 거리가 얼마나 되는지 전혀 모른 채 항구에 들어왔을 수 있다고 말했습니다.

커윈 씨는 이런 증언을 듣고 난 다음 시체가 있는 방으로 나를 데려가도록 했습니다. 시체를 보고 내가 어떻게 반응할지 살펴보기 위해서였습니다. 어떤 방식으로 살인이 이루어졌는지 설명을 들으면서 내가 보여 주었던 극도의 불안 증세를 보고 아마도 이런 생각을 떠올린 것 같았습니다. 나는 치안판사와 다른 사람들에 이끌려서 여관으로 갔습니다. 사건이 많았던 어젯밤에 일어난 이 기이한 우연의 일치 때문에 나는 큰 충격을 받았습니다. 그러나 시체가 발견된 시간에 나는 그동안 살았던 섬에서 여러 사람들과 이야기를 나누고 있었기 때문에 사건이 어떻게 마무리될 줄 예측이 되었으므로 마음이 불편하진 않았습니다.

나는 시체가 놓여 있는 방으로 들어가서 관 쪽으로 안내되었습니다. 시체를 본 순간의 기분을 과연 어떻게 설명할 수 있을까요? 그 끔찍한 순간을 생각하면 아직도 두려움으로 입이 바짝바짝 타 들어가고 온몸이 떨리며 고통스럽습니다. 앙리 클레르발의 시체가 내 앞에 누워 있는 것을 보았을 때 내가 조사를 받고 있다는 사실도, 치안판사와 증인들의 존재도, 기억 속에서 꿈처럼 사라져 버렸습니다. 숨이 막혀 왔습니다. 나는 클레르발의 시체를 끌어안고 소리쳤습니다.

"내 잔인한 계획이 네 목숨마저 빼앗고 말았단 말인가? 내가 벌써 두 사람을 죽이고 말았구나. 다른 희생자들은 운명을 기다리고 있다. 그렇지만 친구이자 은인인 너 클레르발이…….”

인간의 신체로는 도저히 그런 고통을 더 이상 견딜 수가 없었습니다. 격렬한 발작을 일으키는 바람에 나는 방에서 실려 나왔습니다.

발작 다음에는 고열이 났습니다. 나는 두 달 동안 사경을 헤맸습니다. 나중에 들은 바로는 내가 끔찍한 헛소리를 했다고 해요. 윌리엄과 저스틴, 클레르발을 죽인 사람이 나라고 말하기도 했고 때로는 간호하는 사람들에게 나를 고문한 악마를 없앨 수 있도록 도와 달라고 부탁하기도 했다더군요. 때로는 괴물의 손가락이 이미 내 목을 누르고 있는 것처럼 느껴져서 고통과 두려움으로 고함을 질러 댔습니다. 다행히도 내가 모국어를 썼기 때문에 커윈 씨만 내 말을 알아들었습니다. 그러나 내 몸짓과 고통스러운 비명소리만으로도 다른 증인들은 충분히 두려워했습니다.

왜 내가 죽지 않았을까요? 어느 누구보다 더 불행한 내가 왜 망각과 휴식 속으로 빠져들지 않았을까요? 죽음의 여신은 부모에게서 그들이 애지중지하던 유일한 희망인 꽃다운 아이들을 무수하게 앗아가 버리지요. 오늘만 해도 건강과 희망으로 넘치더니 바로 그 다음 날이면 구더기의 먹이가 되고 무덤에서 썩어 가는 신부들과 젊은 연인들이 얼마나 많은가요! 도대체 내 몸은 무엇으로 만들어졌기에 수레바퀴처럼 끊임없이 새로운 고통을 가하는 그렇게 많은 충격을 받고도 이렇게 견딜 수 있단 말인가요?

그러나 나는 살아야 할 운명이었습니다. 두 달 후에 꿈에서 깨어나듯이 정신을 차리고 보니 내가 감옥 속 초라한 침대 위에 누워 있었습니다. 주변에는 간수들과 교도관들, 빗장들, 지하 감옥의 온갖 초라한 도구들이 보였습니다. 내가 이렇게 정신이 든 것은 아침이었습니다. 그동안 일어났던 일의 자세한 사항들은 기억 나지 않았고 단지 갑자기 큰 불행이 내게 닥친 것 같은 느낌만 남아 있었습니다. 그러나 주변을 돌아보고 창살이 쳐진 창문들과 내가 누워 있는 지저분한 방을 보자 모든 것이 순식간에 떠올랐습니다. 나는 고통에 겨워 신음소리를 냈습니다.

내 신음소리에 옆의 의자에서 잠을 자고 있던 늙은 여자가 잠을 깼습니다. 그녀는 간수의 아내로 나를 간호하기 위해 고용된 사람이었습니다. 그녀의 얼굴에는 그런 계층의 사람들에게서 볼 수 있는 온갖 특성들이 다 나타나 있었습니다. 그녀의 얼굴에 난 주름살은 깊고 선명해서 불쌍한 광경을 보아도 전혀 동정심을 갖지 않을 것처럼 보였습니다. 그녀의 말투는 냉담함 그 자체였습니다. 그녀는 영어로 말을 걸어 왔습니다. 아픈 동안 그 목소리를 들은 것 같은 느낌이 들었습니다. 그녀는 "이제 좀 나아졌나요?"라고 물었습니다.

나는 영어로 조그맣게 대답했습니다.

"그런 것 같습니다. 그런데 이게 현실이라면, 진정 이게 꿈이 아니라면 내가 여전히 살아서 이 불행과 두려움을 겪는 것이 유감이군요."

"지금 당신이 살해한 신사 이야기를 하는 것이라면 당신은 죽어 버리는 게 더 나을 거예요. 장차 힘든 일을 겪어야 할 테니까요. 그렇지만 내가 상관할 바는 아니죠. 내가 여기 온 것은 당신을 간호해서 낫게 하려는 것뿐이에요. 나는 그저 깨끗한 양심으로 의무를 다할 뿐입니다. 모든 사람이 다 그러면 참 좋을 텐데."

죽음의 문턱까지 갔다가 막 살아난 사람에게 그렇게 무정한 말을 할 수 있는 여자가 꼴 보기 싫어서 나는 돌아누워 버렸습니다. 그러나 기운이 없어서 지난 일들을 생각할 수가 없었습니다. 마치 내가 살아온 삶 전체가 꿈처럼 느껴졌습니다. 때로는 그것이 사실인지 의심스럽기도 했습니다. 내 삶이 현실감 있게 다가오지 않았습니다.

눈앞에 떠오르던 이미지들이 더 선명해질수록 열이 났습니다. 주변이 어두워 보였어요. 그러나 내 곁에는 사랑이 담긴 부드러운 목소리로 나를 달래 줄 사람이 아무도 없었습니다. 나를 붙들어 줄 따뜻한 손길도 없었습니다. 의사가 와서 약을 처방해 주었고 늙은 여자가 내게 약을 준비해 주었습니다. 그러나 의사는 극도로 무관심했고 여자의 얼굴에는 냉혹한 표정이 강하게 나타났습니다. 사형을 집행하고 보수를 챙길 사형 집행인 외에 누가 살인자의 운명에 관심을 가지겠습니까?

처음에는 그런 생각이 들었지만 커윈 씨가 내게 매우 친절하게 대해 주었다는 것을 곧 깨달았습니다. 그는 나를 위해 감옥에서 가장 좋은 방을 마련해 주었습니다. 가장 좋다고 해 봐야 사실 초라한 방이었지만. 그리고 의사와 간호할 사람을 보내 준 사람도 바로 그였습니다. 사실 그가 나를 만나러 오는 경우는 거의 없었습니다. 모든 사람의 고통을 덜어 주고 싶어했지만 살인자가 괴로워하고 끔찍하게 헛소리를 하는 것을 직접 보고 싶진 않았겠지요. 그는 내가 소홀히 취급되진 않는지 확인하러 가끔 들렀습니다. 그는 오랜만에 한 번씩 들러서 잠깐 동안만 머물다 가곤 했습니다.

몸이 점차 회복되고 있을 무렵이었습니다. 나는 의자에 앉아 있었습니다. 눈을 반쯤만 뜬 채 뺨은 죽은 사람처럼 창백했습니다. 우울함과 불행에 휩싸인 나는 고통으로 가득한 세상에 남아 있기를 바라느니 차라리 죽는 것이 낫다고 생각했습니다. 그래서 무죄를 주장하지 않은 채 법의 형벌을 받아야 할지 말아야 할지 고민하기도 했습니다. 사실 나는 불쌍한 저스틴보다 결백하지 못한 사람이 아니던가요! 그런 생각을 하고 있을 때 감방 문이 열리고 커윈 씨가 들어왔습니다. 그의 얼굴에는 연민과 동정심이 담겨 있었습니다. 그는 내가 앉아 있는 의자 곁으로 의자를 끌어당기면서 불어로 말을 걸었습니다.

"이곳이 당신에게는 매우 형편없을 겁니다. 당신이 더 편안해질 수 있도록 내가 도와줄 일이 뭐 없겠습니까?"

"고맙습니다. 그렇지만 당신이 말씀하신 모든 것이 제게는 아무 소용이 없습니다. 이 세상 어디에서도 저는 위안을 얻을 수가 없습니다."

"당신처럼 기이한 불운을 겪은 사람에게는 낯선 사람의 동정이 별 위안이 되지 못하겠군요. 그렇지만 당신은 곧 이 암울한 곳을 떠나게 될 겁니다. 명백한 증거가 나오면 범행 혐의를 쉽게 벗을 수 있을 거예요."

"저는 그런 것에는 전혀 신경 쓰지 않습니다. 이상한 사건들이 연속적으로 일어나서 저는 세상에서 가장 불행한 사람이 되었습니다. 저처럼 괴로움과 고통을 겪은 사람에게 죽음인들 대수겠습니까?"

"최근에 일어난 이상한 우연들보다 더 불행하고 괴로운 일은 아마 없겠군요. 당신은 어떤 놀라운 우연으로 따뜻한 환대로 유명한 이 해변으로 실려 왔고 그 즉시 체포되어 살인 혐의를 받고 있어요. 게다가 당신이 이곳에서 제일 먼저 본 것은 친구의 시체였지요. 그는 당신보다 앞질러 온 악마에게 말로 표현할 수 없는 방식으로 살해된 다음 옮겨졌습니다."

커윈 씨가 이런 말을 할 때 나는 그동안 겪은 고통을 뒤돌아보면서 불안감을 느꼈습니다. 그런데도 그가 나에 대해 많이 알고 있다는 사실이 상당히 놀라웠습니다. 아마도 이런 마음이 내 얼굴에 나타났던 것 같습니다. 커윈 씨는 서둘러서 다음과 같이 말했습니다.

"당신이 병에 걸리자마자 당신에 관한 모든 서류들을 넘겨받았어요. 당신 가족들에게 당신의 불행과 병에 대한 소식을 알려 줄 수 있는 방법을 찾기 위해 서류들을 검토해 보았습니다. 몇 통의 편지를 찾아냈는데 그중 하나는 당신의 아버지에게서 온 편지라는 것을 첫머리부터 알 수 있었지요. 그래서 즉시 제네바에 편지를 보냈습니다. 편지를 보낸 지 거의 두 달이 지났는데 그동안에도 당신은 낫지 않았습니다. 당신, 지금도 떨고 있군요. 절대 흥분하지 말아요."

"어떤 끔찍한 사건도 지금의 이 긴장감보다 더 힘들진 않을 것입니다. 혹시 그동안 새롭게 일어난 살인 사건이 있는지, 누구의 죽음을 슬퍼해야 하는지 알려 주세요."

"당신 가족들은 모두 잘 있어요. 당신 친구가 올 겁니다."

커윈 씨가 부드럽게 알려 주었다.

어떤 연유로 그런 생각이 들었는지는 몰라도 살인자가 내 불행을 조롱하고 클레르발의 죽음을 조롱하기 위해 찾아왔을 것이라는 생각이 퍼뜩 들었습니다. 어쩌면 자신의 끔찍한 소망에 내가 고분고분 따르도록 자극을 주기 위해 온 것인지도 모르지요. 나는 손으로 얼굴을 가린 다음 괴로워하며 소리를 질렀습니다.

"제발 그를 데려가 주세요. 절대 그 사람 안 만날 겁니다. 제발 들어오지 못하게 해 주세요."

커윈 씨가 걱정스러운 표정으로 나를 바라보았습니다. 죄가 있기 때문에 내가 소리를 지른다고 생각한 그는 약간 엄한 어조로 말했습니다.

"젊은이, 아버지가 오셨다는 것을 알게 되면 그렇게 심한 반감을 표현하는 대신 반가워할 줄 알았는데."

"아버지라고요?"

나는 소리쳤습니다. 고통이 기쁨으로 바뀌어 얼굴과 근육 모두 긴장이 풀어졌습니다.

"정말로 아버지께서 오셨습니까? 정말 너무너무 고맙습니다. 그런데 아버지께서는 어디 계신가요? 왜 저를 만나러 빨리 오시지 않나요?"

치안판사는 내 태도가 바뀌자 한편으로는 놀라면서도 한편으로는 기뻐했습니다. 그는 내가 처음에 소리를 지른 원인이 아마도 일시적으로 착란 상태에 다시 빠졌던 탓이라고 생각했는지 곧 이

전처럼 다시 인자하게 대해 주더군요. 그가 일어나서 간호하는 여자와 방을 나가자 아버지가 곧 들어오셨습니다.

그 순간에는 아버지가 찾아오신 것보다 더 기쁜 일이 있을 수 없었어요. 나는 아버지에게 손을 내밀며 소리쳤습니다.

"아버지, 무사하신 거죠? 엘리자베스와 에른스트는요?"

아버지는 엘리자베스와 에른스트가 잘 있다는 말로 나를 진정시킨 다음 내 관심의 초점인 이 문제에 대해 자세하게 알려 주시면서 낙담한 내 기분을 북돋아 주려고 노력하셨습니다. 그러나 아버지는 감옥은 절대 기분이 좋아질 수 있는 곳이 아니라는 사실을 곧 깨달으셨습니다.

아버지는 창살 쳐진 창문들과 누추한 몰골의 방을 둘러보셨습니다.

"빅토르! 네가 있는 이곳은 참 형편없구나. 너는 행복을 얻으려고 여행을 떠났는데 운명이 널 쫓아다니는 것 같아. 그리고 불쌍한 클레르발은……."

살해당한 불쌍한 친구의 이름을 듣자 허약한 내 상태로는 도저히 견딜 수 없을 정도로 마음이 아팠습니다.

나는 눈물을 흘리며 대답했습니다.

"맞아요, 아버지. 가장 끔찍한 종류의 운명이 제 머리 위에 드리워져 있는 것 같아요. 그 운명을 다 겪으며 살아야 하나 봐요. 그렇지 않다면 클레르발의 관 위에서 죽어 버렸어야 했어요."

아버지와 오랫동안 이야기를 나누는 것이 허용되지 않았습니다. 내 허약한 건강 상태 때문에 확실하게 마음을 안정시켜 줄 예방 조치가 필요했습니다. 커윈 씨가 들어와서 내가 기운을 너무 많이 써서 기진맥진한 상태가 되면 좋지 않다고 주장했습니다. 그러나 내게는 아버지가 오신 것이 마치 수호천사가 나타난 것 같았습니다. 그래서 나는 조금씩 건강을 회복했습니다.

병이 다 낫자 이번에는 어떤 것으로도 지울 수 없는 음울하고 어두운 우울증에 빠지게 되었습니다. 살해당해서 창백한 클레르발의 모습이 계속 눈앞에 아른거렸습니다. 나는 여러 번 흥분 상태에 빠졌습니다. 친구들은 내 병이 다시 악화되는 것은 아닌지 걱정스러워했습니다. 왜 그들은 이렇게 불행하고 미움받는 목숨을 살려 주었을까요? 그것은 분명히 이제는 거의 종말에 다가가고 있는 내 운명을 다하기 위해서일 것입니다. 정말로 곧 죽음이 다가와 심장 박동을 멈춰 서게 할 것이며 죽을 때까지 나를 따라다니는 엄청난 고통의 압박으로부터 날 구해 줄 거예요. 그리고 정의의 심판을 집행하면서 나 또한 편안하게 쉬게 되겠죠. 나는 항상 이런 바람을 마음속에 품고 있었지만 죽음의 모습은 멀리 있었습니다. 나는 몇 시간씩 꼼짝도 하지 않고 아무 말도 없이 앉아서 대변혁이라도 일어나서 나와 내 파괴자가 폐허 속에 묻혀 버리기를 바랐습니다.

순회 재판 시기가 다가왔습니다. 내가 감옥에 갇힌 지 벌써 석 달이 지났습니다. 여전히 쇠약한 상태라 재발할 위험이 있었지만 나는 재판이 열리는 시골 읍까지 160킬로미터를 가야만 했습니다. 커윈 씨가 나서서 증인들을 모으고 내 변호를 준비하는 일들을 도맡아 처리해 주었습니다. 이 사건은 사형 여부를 결정하는 재판에 회부된 것이 아니었기 때문에 나는 죄인으로서 사람들 앞에 나서는 불명예는 면할 수 있었습니다. 클레르발의 시신이 발견된 시각에 내가 오크니 섬에 있었다는 사실이 증명되자마자 대배심원은 기소를 기각했습니다. 그리고 2주 후에 나는 감옥에서 풀려났습니다.

아버지는 내가 억울한 범죄자 혐의를 벗고 다시 신선한 공기를 마시게 되었으며 고국으로 돌아갈 수도 있게 되었다는 것을 알고 매우 기뻐하셨습니다. 그러나 나는 아버지처럼 기쁘지가 않았습니다. 나는 지하 감옥의 벽이나 궁전의 벽이나 똑같이 싫었습니다. 내 인생이라는 잔에는 영원히 독이 퍼져 있었어요. 햇살은 행복하고 즐거운 마음을 가진 사람들에게 비치듯이 내게도 비쳤지만 내 주변에는 빛이 통과할 수 없는 짙고 무서운 어둠이 깔려 있었습니다. 나를 노려보는 두 눈만이 희미하게 빛나고 있었습니다. 때로 그것은 죽어서 축 늘어진 클레르발의 인상적인 눈이었습니다.

검은 눈동자는 눈꺼풀과 가장자리에 난 길고 검은 속눈썹에 거의 덮혀 있었습니다. 때때로 그것은 잉골슈타트의 방에서 처음 보았던 괴물의 물기에 젖은 흐릿한 눈이기도 했습니다.

아버지는 내게 사랑의 감정을 일깨워 주려고 애쓰셨습니다. 그는 내가 곧 가게 될 제네바에 대해, 엘리자베스와 에른스트에 대해 이야기해 주셨습니다. 그러나 이런 말들을 들은 나는 깊은 신음소리만 냈습니다. 사실 행복해지고 싶다는 생각이 때때로 들기도 했고 우울하면서도 기쁜 마음으로 엘리자베스를 떠올리기도 했습니다. 아니면 심한 향수병에 걸려서, 어린 시절 내게 너무나 소중했던 파란 호수와 거센 론 강을 다시 한 번 더 보고 싶기도 했습니다. 그러나 전반적으로 내 감정은 무기력 상태에 빠져 있어서 자연의 그 어떤 멋진 광경도 감옥과 다를 바가 없었습니다. 그리고 가끔씩 나타나는 이런 감정의 변화 외에 고통과 절망으로 생긴 발작이 드물게 일어났을 뿐이었습니다. 이렇게 발작이 일어나면 종종 혐오스러운 삶을 끝내 버리려고 하기도 했습니다. 그래서 나는 끔찍한 행동을 저지르지 못하도록 끊임없이 밤낮으로 감시를 받아야 했습니다.

그러나 내게는 해야 할 일이 한 가지 남아 있었습니다. 그 일을 마쳐야 한다는 생각에 마침내 이기적인 절망을 극복할 수 있었습니다. 지체하지 말고 제네바로 가서 내가 너무나 사랑하는 사람들의 목숨을 지켜 주고 살인자가 나타나기를 기다려야 했습니다. 그리고 혹시 그가 숨어 있는 곳을 알게 되거나 그가 나를 공격하기 위해 다시 직접 나타난다면 이번에는 자신이 보이는 모습보다 더 흉측한 마음을 지닌 괴물을 기어코 죽이고 말겠다고 마음 먹었습니다. 아버지는 내가 여행의 피로를 견딜 수 없을 것이라고 우려하면서 출발을 늦추고 싶어하셨습니다. 사실 나는 극도로 쇠약해져서 앙상하게 말라 인간의 그림자나 다름없었습니다. 기운이 하나도 없었고 피골이 상접했지요. 그리고 밤낮으로 열이 나서 쇠약해진 몸을 괴롭혔습니다.

그런데도 내가 너무나 불안하고 초조해하며 아일랜드를 떠나자고 졸랐기 때문에 아버지는 내 말대로 따르는 것이 좋다고 생각하셨습니다. 우리는 아브르 드 그라스(센느 강 하구에 위치한 항구. — 옮긴이)로 향하는 배를 타고 가기로 했습니다. 아일랜드 해변으로부터 순풍이 불어왔습니다. 자정에 나는 갑판에 누워서 하늘의 별들을 바라보며 파도가 밀려오는 소리를 들었습니다. 어둠 때문에 아일랜드가 더 이상 보이지 않자 나는 환호했고 곧 제네바를 볼 수 있다는 생각에 기뻐서 가슴이 뛰었습니다. 지난 일은 마치 악몽처럼 여겨졌습니다. 그러나 내가 타고 있는 배와 혐오스러운 아일랜드 해변에서 불어오는 바람, 그리고 나를 둘러싸고 있는 바다는 내가 지금 환상을 보고 있는 것이 아니며 내 친구이자 가장 소중한 동반자인 클레르발이 내가 만들어 낸 괴물과 나에게 희생되었다는 사실을 너무나 강하게 웅변하고 있었습니다. 나는 기억을 되살려서 제네바에서 가족들과 함께 살며 느끼던 조용한 행복, 어머니의 죽음, 잉골슈타트로 출발했던 일 등 내 인생 전부를 되돌아보았습니다. 온몸을 떨며, 끔찍한 원수를 만들어 내도록 재촉한 그 미친 듯한 열정을 떠올렸고 괴물이 처음 생명을 부여받았던 날 밤을 상기했습니다. 그러자 더 이상 생각을 이어 나갈 수가 없었습니다. 온갖 감정이 나를 짓눌렀고 나는 비통한 눈물을 흘렸습니다.

열병에서 회복된 후 나에겐 밤마다 소량의 아편을 복용하는 습관이 생겼습니다. 내가 목숨을 연명하기 위해 필요한 휴식을 취할 수 있었던 것은 오로지 이 약 덕분이었지요. 여러 가지 불행한 사건들을 회상하느라 마음이 무거웠기 때문에 평상시보다 두 배나 많은 양의 아편을 삼킨 다음 곧 깊은 잠이 들었습니다. 그러나 잠을 자도 여러 가지 생각과 고통 때문에 휴식을 취할 수가 없었습니다. 내가 무서워하는 온갖 대상들이 꿈에도 나타났습니다. 새벽녘에 나는 악몽에 시달렸습니다. 괴물이 내 목을 누르는 것 같았지만 그 손아귀에서 벗어날 수가 없었습니다. 신음소리와 울부짖는 소리가 귓전에서 울렸습니다. 나를 지켜보던 아버지가 잠 못 이루는 내 모습을 보고 나를 깨우셨습니다. 주변에는 파도가 밀려오고 있었고 하늘에는 구름이 끼어 있었지만 괴물은 없었습니다. 안전하다는 느낌, 즉 현재와 저항할 수 없는 비참한 미래 사이에 휴전이 성립된 것 같은 느낌이 들어서 나는 잠시 차분하게 모든 것을 망각해 버렸습니다. 인간의 마음은 그 구조상 너무나 쉽게 망각하는 경향이 있지요.

22장

항해가 끝났습니다. 우리는 배에서 내려 파리로 향했습니다. 그동안 무리를 했기 때문에 여행을 계속하려면 먼저 휴식을 취해야 한다는 사실을 곧 깨닫게 되었습니다. 아버지는 지칠 줄도 모른 채 나를 보살피고 간호해 주셨지만 내가 무엇 때문에 괴로워하는지 그 이유를 모르셨기 때문에 내 불치병을 고치기 위해 잘못된 방법을 선택하셨답니다. 아버지는 내가 사람들과 교제하면서 즐거움을 찾기를 바라셨습니다.

하지만 나는 사람들과 얼굴을 마주치는 것이 싫었습니다. 아니 싫어하는 것은 아니었어요. 그들은 내 형제이자 동족이지요. 나는 천사 같은 성품과 천상의 마음을 가진 사람들뿐만 아니라 가장 혐오스러운 인간들에게조차 마음이 끌렸습니다. 그러나 내게는 그들과 어울릴 자격이 없는 것처럼 느껴졌습니다. 사람들을 죽이고 그들의 신음소리를 듣는 것에서 즐거움을 느끼는 원수를 그들 속에 풀어놓은 것이 나이니까요. 내가 행한 신성 모독적인 행동과 나 때문에 일어난 범죄 행위를 알게 된다면 그들 모두 얼마나 나를 혐오할 것이며, 얼마나 나를 세상에서 몰아내고 싶어할까요?

아버지께선 사람들과 교제하고 싶어하지 않는 내 의사에 마침내 따라 주셨습니다. 또 여러 가지 논법을 동원해서 내 절망을 없애 주려고 애쓰셨습니다. 아버지께선 내가 살인 혐의로 기소되어 변호를 해야 했던 것 때문에 체면이 깎였다고 굉장히 속상해하는 줄 아셨습니다. 그래서 내게 자존심이 얼마나 무익한 것인지 증명하려고 애쓰셨습니다.

"아, 아버지! 아버지는 저를 정말 모르세요. 저같이 형편없는 사람이 자부심을 가진다면 인간들과, 인간의 감정과 열정은 정말로 가치가 없어지고 말 거예요. 운이 나빴던 불쌍한 저스틴도 저처럼 죄가 없었지만 같은 혐의를 받고 살인 혐의로 사형되었어요. 이것은 모두 제 탓이에요. 제가 그 애를 죽인 거예요. 윌리엄과 저스틴, 그리고 클레르발 모두 제 손으로 죽인 거예요."

사실 수감되어 있는 동안 내가 똑같은 주장을 하는 것을 아버지는 여러 번 들으셨습니다. 내가 이렇게 자책을 하면 아버지는 때로 설명을 듣고 싶어하는 눈치를 보이셨고 때로는 그것이 순전히 정신 착란 때문에 생겨난 것이라고 간주하시는 것 같았습니다. 아버지께서는 내가 아픈 동안 이런 생각을 상상하다가 회복되어서도 그것에 대한 기억을 갖고 있는 것이라고 생각하셨습니다. 나는 설명을 회피한 채 내가 만든 괴물에 대해 계속 침묵을 지켰습니다. 틀림없이 미친 사람으로 간주될 거라는 생각만으로도 영원히 입을 열 수 없었습니다. 게다가 내 이야기를 듣는 사람을 경악하게 하고 그 마음속에 두려움과 엄청난 공포를 불러일으킬 비밀을 털어놓을 용기가 나지 않았습니다. 그래서 한시라도 빨리 이해받고 싶은 갈망을 억눌렀고, 치명적인 비밀을 세상 사람들에게 털어놓고 싶었을 때에도 침묵을 지켰습니다. 그러나 가끔은 이렇게 아버지와의 대화에서처럼 나도 모르게 말이 튀어나오곤 했습니다. 그 말들을 설명할 수는 없었지만 부분적으로는 그 말들이 사실이었기 때문에 수수께끼 같은 내 고뇌의 짐이 조금은 가벼워지곤 했습니다.

그날도 내가 이런 주장을 하자 아버지께서는 무척 놀란 표정을 지으며 말씀하셨습니다.

"빅토르, 이게 무슨 정신 나간 소리냐? 아들아, 제발 그런 이야기를 다시는 하지 말길 바란다."

나는 힘차게 소리쳤습니다.

"전 미치지 않았어요. 제가 무슨 일을 저질렀는지 내려다본 태양과 하늘은 제 말이 사실이라는 것을 증명해 줄 거예요. 제가 아무 죄도 없는 그 희생자들을 죽였어요. 그들은 제 음모 때문에 죽었어요. 그들의 목숨을 구할 수만 있다면 천 번이라도 제가 대신 피를 흘렸을 거예요. 그렇지만 아버지, 인류 전체를 희생할 수는 없었어요."

내 결론을 들으신 아버지는 내가 제정신이 아니라고 확신하신 다음 즉시 화제를 바꿔서 다른 생각을 하도록 애쓰셨습니다. 아일랜드에서 일어난 사건들에 관한 기억을 가능한 한 많이 지워 버리기를 바라셨습니다. 그래서 그 일에 대해 절대 언급하지도 않으셨고 내가 그 불행한 일들을 이야기하는 것조차 싫어하셨습니다.

시간이 지나면서 나는 더 평온해졌습니다. 마음속에는 불행이 자리 잡고 있었지만 더 이상 내 자신의 죄에 대해 이전처럼 조리 없이 이야기하지는 않게 되었습니다. 내 죄가 무엇인지 의식하고 있는 것만으로 충분했습니다. 온 세상에 알리고 싶어하는 불행의 오만한 목소리를 자해에 가까운 극도의 의지력으로 억제했습니다. 내 태도는 이전에 얼음 바다로 여행을 다녀온 이후 그 어느 때보다도 더 평온했고 차분했습니다.

파리를 떠나 스위스로 가기 며칠 전에 엘리자베스에게서 다음과 같은 편지가 왔습니다.

소중한 친구에게

파리에서 아저씨가 보내 주신 편지를 받고 무척 기뻤어. 이제는 그리 먼 곳에 떨어져 있지 않게 되었네. 2주일 이내에 오빠를 볼 수 있겠지? 불쌍한 빅토르 오빠, 얼마나 고생이 심했어? 제네바를 떠날 때보다 훨씬 더 수척해졌을 것 같아. 이번 겨울은 그 어느 때보다 불행한 겨울이었어. 불안과 긴장감으로 마음고생이 심했으니까. 그렇지만 오빠가 평화로운 모습으로 돌아왔으면 좋겠어. 오빠의 마음속에 편안함과 고요함이 깃들어 있기를 바라.

그렇지만 1년 전 오빠를 그렇게 비참하게 했던 감정이 지금도 남아 있지 않을까 우려돼. 어쩌면 시간이 지나면서 그런 감정이 더 커지진 않았는지 걱정스러워. 너무나 많은 불행이 오빠를 압박하고 있는 지금 같은 시기에 오빠를 귀찮게 하고 싶진 않아. 그러나 아일랜드로 떠나시기 전에 아저씨와 이야기를 나눴듯이 우리가 만나기 전에 분명하게 밝혀야 할 것이 있는 것 같아.

"분명하게 밝히다니, 도대체 엘리자베스가 무엇을 밝혀야 한다는 거지?"라고 오빠가 의아해할지도 모르겠어. 오빠가 정말로 이렇게 말한다면 내 의문들은 풀리고 온갖 의구심도 사라질 거야. 그러나 오빠는 멀리 떨어져 있고, 이런 해명에 두려움을 느끼거나 아니면 기뻐할 수도 있을 거야. 상황이 이렇기 때문에 더 이상 오빠에게 편지 쓰는 것을 미룰 수가 없었어. 오빠가 떠나 있는 동안 몇 번이고 편지를 쓰고 싶었지만 시작할 용기가 나지 않았어.

빅토르 오빠, 오빠도 잘 알듯이 우리를 결혼시키는 것이 우리가 어렸을 적부터 오빠의 부모님이 가지고 계셨던 즐거운 꿈이었잖아. 우리는 이런 말을 들으며 자랐고, 반드시 둘이 결혼하게 될 것이라는 기대를 품었지. 우리는 어린 시절에는 다정한 놀이 친구였고 더 커서는 서로에게 소중하고 중요한 친구가 되었다고 나는 믿고 있어. 그러나 서로에게 깊은 애정을 간직하고 있다고 해도 더 가까운 결합을 바라지 않는 오누이처럼 혹시 우리도 그런 경우에 해당하는 건 아니야? 알려줘, 사랑하는 빅토르 오빠. 우리 두 사람의 행복을 걸고 제발 분명하게 대답해 줘. 혹시 오빠는 다른 사람을 사랑하고 있는 것은 아니야?

오빠는 여행을 다녔고 몇 년을 잉골슈타트에서 보냈잖아. 솔직하게 말해서, 작년 가을에 오빠가 매우 불행해하면서 사람들과 만나는 것을 피하고 혼자만 있고 싶어했을 때 오빠가 우리 두 사람의 결혼을 후회하고 있는 건 아닐까 하는 생각이 들었어. 오빠가 원치 않는 일인데도 도리상 어쩔 수 없어서 부모님의 뜻을 따르기로 한 것은 아닐까 하고 말이야. 그러나 이것은 잘못된 추리겠지. 나는 오빠를 사랑해. 내 미래에 대한 꿈속에서 오빠는 항상 변함없는 친구이자 동반자였어. 하지만 오빠가 스스로 원해서 선택한 것이 아니라면 우리가 결혼을 한다 해도 나는 영원히 불행할 거야. 내가 이런 말을 하는 것은 나 자신뿐만 아니라 오빠도 행복해지기를 바라는 마음에서야. 그렇지 않아도 가혹한 불행에 짓눌려 있는 오빠가 혹시 '도리'라는 말 때문에 오빠를 회복시켜 줄 그런 사랑과 행복에 대한 모든 희망을 억누르고 있는 건 아닐까 생각하니 눈물이 나. 나는 오빠를 사심 없이 사랑해. 그런데 혹시 내가 오빠가 바라는 일에 걸림돌이 되어서 오빠의 불행을 열 배나 키우고 있는 것은 아닐까? 아, 빅토르 오빠! 안심해. 오빠의 사촌이자 소꿉 친구는 오빨 너무나 진실하게 사랑하고 있기 때문에 이런 추측에도 절대 슬퍼하지 않아. 행복해야 해, 빅토르 오빠. 오빠가 이 한 가지 부탁만 들어 준다면 세상의 그 어떤 것도 내 마음의 평화를 깨지 못할 거야.

이 편지를 너무 신경 쓰지는 말아. 만약 오빠가 고통스럽다면 내일, 아니 모레, 아니면 집에 돌아올 때까지 답장을 보내지 않아도 돼. 아저씨가 오빠의 안부에 대해 편지를 보내실 거야. 그리고 다시 만났을 때 내가 이런저런 노력을 기울여서 오빠의 입술에 미소를 번지게 할 수 있다면 그것만으로도 나는 행복할 거야.

17××년 5월 18일, 제네바에서

엘리자베스 라벤자

이 편지를 읽자 그동안 잊고 있었던, "당신의 결혼 첫날밤에 찾아가겠어."라는 괴물의 협박이 떠올랐습니다. 그렇게 내게는 이미 사형 선고가 내려졌습니다. 그날 밤 악마는 온갖 방법을 동원해서라도 나를 죽일 것이며, 내 고통을 달래 줄 행복 같은 것은 내가 막 맛보려는 순간 나를 데려가겠지요. 그날 밤 나를 죽임으로써 괴물은 자신의 범죄 행위를 절정에 이르게 하겠다고 작정했으니까요. 그렇게 해도 괜찮아요! 분명히 목숨을 건 싸움이 벌어질 테죠. 만약 괴물이 이긴다면 나는 죽을 것이고 그는 더 이상 나를 지배할 수 없을 겁니다. 만약 내가 그를 물리치면 나는 자유로운 몸이 될 겁니다. 아, 그렇지만 그건 도대체 어떤 종류의 자유일까요? 눈앞에서 가족들이 몰살당하고 오두막집이 불에 타 버렸을 때, 땅이 못 쓰게 돼서 집도 돈도 없이 혼자서 자유롭게 떠돌아 다녀야 할 때, 농부가 누릴 수 있는 그런 자유? 내가 누릴 수 있는 자유는 그런 것일 터였지요. 다른 점이 있다면 내게는 엘리자베스라는 보물이 있다는 것이었습니다. 그러나 죽을 때까지 내가 끔찍한 후회와 죄책감에 시달릴 것을 감안하면 마찬가지일 겁니다.

사랑하는 엘리자베스! 나는 그녀의 편지를 읽고 또 읽었습니다. 그러자 어느 새 부드러운 감정이 내 마음속에 깃들더니 사랑과 기쁨으로 가득한 천국 같은 꿈들을 속삭여 주었습니다. 그러나 내가 이미 금단의 사과를 먹어 버렸기 때문에 천사가 팔을 뻗어 나를 모든 희망으로부터 밀어내 버렸습니다. 물론 나는 그녀를 행복하게 해 주기 위해서라면 기꺼이 죽을 각오가 되어 있었습니다. 만약 괴물이 협박을 실행한다면 나는 죽음을 피할 수 없을 터였습니다. 결혼이 내 운명을 재촉할 것인지 다시 한 번 따져 보았습니다. 사실 결혼하면 내 죽음이 몇 달 더 빨라질 것입니다. 그러나 협박 때문에 내가 결혼을 연기했다는 의심을 품으면 괴물은 분명히 더 끔찍한 다른 복수의 방법을 찾을 것입니다. 그는 내가 결혼식을 올리는 날 밤에 찾아오겠다고 장담했습니다. 그러나 그 말이 그동안 아무 일도 벌이지 않겠다는 것을 의미하는 것은 아니었습니다. 그동안 흘린 피로는 만족할 수 없다는 것을 보여 주기라도 하듯, 협박 직후 클레르발을 죽이지 않았던가요! 그래서 엘리자베스와 빨리 결혼하는 것이 아버지나 그녀를 행복하게 해 주는 길이라면, 나를 죽이겠다는 괴물의 협박 때문에 한시라도 결혼을 미뤄서는 안 된다고 결심했습니다.

이런 마음으로 엘리자베스에게 편지를 썼습니다. 내 편지는 부드럽고 다정했습니다.

사랑하는 엘리자베스, 세상에 우리에게 남아 있는 행복이 거의 없는 것 같아. 그렇지만 언젠가 내가 누릴 행복은 모두 너에게 달려 있다. 부질없는 걱정일랑 떨쳐 버려. 오로지 너에게만 내 목숨과 너를 행복하게 해 줄 노력을 바칠게. 엘리자베스, 나는 한 가지 비밀이 있어. 아주 끔찍한 비밀이야. 네가 이 비밀을 알게 되면 아마도 두려움으로 온몸이 오싹해질 거야. 그리고 내 불행에도 더 이상 놀라지 않고 오히려 내가 어떻게 그동안 견뎌 왔는지 의아하게 여길 거야. 결혼식을 올리고 난 다음 날 이 비참하고 끔찍한 이야기를 네게 털어놓을게. 엘리자베스, 너와 나는 서로를 완전하게 신뢰해야 하니까. 그러니 그때까지는 제발 그 비밀에 대해 언급하지도, 넌지시 암시도 하지 말아 주길 바라. 이 점에 대해서는 정말로 진심으로 네게 간청하는 바야. 그리고 네가 따라 주리라 믿어.

엘리자베스의 편지를 받은 지 일주일 정도 지나서 우리는 제네바에 도착했습니다. 사랑하는 엘리자베스가 따뜻한 사랑으로 나를 맞아 주었습니다. 그러나 그녀는 수척해진 내 모습과 열이 있는 뺨을 보고 눈물을 흘렸습니다. 그녀에게도 변화가 있었습니다. 그녀는 전보다 더 야위었고 이전에 나를 사로잡았던 천사 같은 명랑함을 많이 잃어 버렸습니다. 그러나 그녀는 이해심 가득한 부드러운 표정과 상냥함으로 나처럼 낙담하고 비참한 사람에게 더 좋은 친구가 되어 주었습니다.

내가 누리고 있는 마음의 안정은 지속되지 않았습니다. 기억은 광기를 불러일으켰습니다. 지나간 일을 떠올리면서 나는 실제로 정신 착란에 사로잡혔습니다. 때로는 불같이 화를 냈다가 때로는 우울해하며 낙담해 있었습니다. 어느 누구에게도 말을 걸지도, 쳐다보지도 않았습니다. 대신 꼼짝 않고 앉아서 내게 닥친 여러 가지 불행한 사건들에 대해 어쩔 줄 모르고 갈팡질팡했습니다.

엘리자베스만이 이런 발작 상태로부터 나를 끌어낼 수 있었습니다. 내가 흥분해서 어쩔 줄 모르고 있으면 그녀는 부드러운 목소리로 나를 달래 주었고 내가 무기력 상태에 빠져 있으면 내게 인간의 감정을 불어넣어 주었습니다. 그녀는 나와 함께 나를 위해 울었습니다. 내 정신이 돌아오면 그녀는 충고를 하면서 체념하는 마음을 불어넣으려 애썼습니다. 불행한 사람이 체념하는 것은 괜찮아요. 그러나 죄지은 사람에게 평화란 존재하지 않지요. 후회의 고통은 과도한 슬픔에 빠져 있을 때 때때로 느낄 수 있는 만족스러운 기분조차 망쳐 버립니다.

제네바로 돌아온 직후 아버지께선 엘리자베스와 즉시 결혼식을 올리라고 말씀하셨습니다. 내가 가만히 있자 아버지께서 물으셨습니다.

"혹시 다른 사람을 좋아하고 있는 거냐?"

"절대 그렇지 않아요. 저는 엘리자베스를 사랑하고 기쁜 마음으로 결혼을 기다리고 있어요. 그러니 날을 잡도록 하죠. 그리고 그날 저는 살아서건 죽어서건 엘리자베스의 행복을 위해 저를 바칠 거예요."

"빅토르, 그렇게 말하지 말거라. 견디기 힘든 불행이 우리에게 닥쳤지만 남아 있는 것에 더 가까이 다가가서, 잃어버린 사람들에 대한 우리의 사랑을 아직 살아 있는 사람들에게로 옮겨 보도록 하자꾸나. 그리고 시간이 흘러 네 절망이 누그러지면 돌봐 주어야 할 새로운 소중한 대상들이 태어나서 무자비하게 빼앗긴 사람들의 자리를 채워 줄 거란다."

아버지는 그렇게 훈계하셨지만 나는 괴물의 협박을 다시 떠올렸습니다. 괴물이 사람을 죽이는 일에 있어서는 무엇이나 할 수 있다는 점은 의심할 여지가 없었습니다. 그래서 그를 이긴다는 것은 거의 불가능한 일이라고 간주해야 했습니다. 괴물이 "당신의 결혼식 첫날밤에 당신을 찾아가겠어."라고 말한 이상 죽음의 협박은 피할 수 없는 것처럼 보였습니다. 그러나 엘리자베스를 잃는 것과 비교하면 죽는 것이 내게는 불행으로 여겨지지 않았습니다. 그래서 만족스럽고 명랑하기까지 한 표정으로 엘리자베스만 좋다면 열흘 후에 결혼식을 올리자는 아버지 말씀에 동의했습니다. 그리고 그렇게 나는 내 운명을 결정했다고 생각했습니다.

오, 하느님! 악마 같은 적의 흉악한 의도가 무엇이었는지 한순간이라도 생각해 보았다면 이 불행한 결혼에 동의하느니 차라리 고국을 영원히 떠나 친구 하나 없는 추방자 신세로 세상 이곳 저곳을 떠돌아 다녔을 겁니다. 그러나 괴물이 마법이라도 부렸는지 나는 그의 진짜 의도를 파악하지 못했습니다. 그리고 나 자신만의 죽음을 준비했다고 생각하면서 훨씬 더 소중한 희생자의 죽음을 재촉하고 말았습니다.

결혼식 날이 다가오자 겁이 나서 그랬는지 아니면 불길한 예감 때문이었는지 나는 의기소침해졌습니다. 그러나 애써 즐거운 표정을 지으며 내 감정을 드러내지 않았습니다. 아버지께선 이런 내 모습에 기뻐서 미소를 지으셨습니다. 그러나 항상 주의 깊고 예리했던 엘리자베스의 눈을 속이기는 힘들었습니다. 그녀는 평온하고 행복한 마음으로 결혼식 날짜를 기다리고 있었습니다. 그러나 그녀에게도 약간의 두려움이 있었습니다. 지금은 확실하고 명백해 보이는 행복도 어느 순간 허망한 꿈처럼 흔적도 없이 깊은 슬픔만 영원히 남긴 채 사라져 버린다는 사실을 그녀는 그동안의 불행한 일들을 통해 깨달았던 거지요.

결혼식 준비가 끝났고 축하객들이 찾아왔습니다. 모두들 미소를 짓고 있었습니다. 나는 마음을 괴롭히고 있는 걱정거리를 될 수 있는 한 드러내지 않았습니다. 설사 내 비극을 장식하는 역할을 하게 될지라도 아버지의 계획에 진심으로 동참하는 것처럼 보이려고 애썼습니다. 아버지가 애쓴 덕에 엘리자베스는 유산 중 일부를 되찾았습니다. 그녀에게 코모 해변에 있는 작은 땅이 생긴 것입니다. 결혼 직후 우리는 라벤자 별장으로 가서 며칠 동안 아름다운 호숫가에서 행복한 신혼을 보내기로 했습니다.

그동안 나는 괴물이 공공연하게 나를 공격할 경우에 나를 방어

할 수 있는 조치를 모두 취해 놓았습니다. 권총과 단검을 항상 지니고 다녔고 괴물의 술책을 막기 위해 항상 경계했습니다. 그 결과 마음은 상당히 평온해졌습니다. 사실 괴물의 협박은 날짜가 다가오자 고민하면서 마음의 평화를 잃을 필요가 없는 망상처럼 여겨졌습니다. 결혼식 날짜가 점점 더 가까워지고 결혼식이 무사히 잘 치러질 것이라는 말을 계속 듣게 되자 내가 바라던 결혼 생활의 행복을 확실하게 얻을 수 있을 것만도 같았어요.

엘리자베스는 행복해 보였습니다. 내 차분한 태도를 보고 그녀도 마음을 많이 놓았습니다. 그러나 내 소원을 성취하고 운명을 다하게 될 날이 되자 그녀는 우울해하면서 불길한 예감에 휩싸였습니다. 어쩌면 그녀 역시 결혼식 다음 날 내가 털어놓기로 한 끔찍한 비밀을 생각했을지도 모릅니다. 하지만 아버지는 기쁨에 넘쳐 계셨습니다. 아버지는 결혼식 준비로 부산하게 보내느라 엘리자베스가 우울해하는 것을 그저 신부의 수줍음 탓이라고 여기셨습니다.

결혼식이 끝난 후 집에서 큰 피로연이 열렸습니다. 그러나 엘리자베스와 나는 배를 타고 여행을 떠나기로 되어 있었습니다. 우리는 결혼 첫날밤을 에비앙에서 보내고 그 다음 날 여행을 계속할 예정이었습니다. 결혼식 날 날씨는 맑았고 순풍이 불었습니다. 모든 사람이 신혼여행을 떠나는 우리에게 미소를 지어 주었습니다.

그때야말로 내가 행복감을 느꼈던 내 생애 마지막 순간이었습니다. 배는 빠르게 앞으로 나아갔습니다. 햇볕이 뜨거웠지만 우리는 차양 밑에서 햇볕을 피하며 아름다운 경치를 즐겼습니다. 때로는 호수 한편으로 몽 살레브 산과 보기 좋은 몽탈레그르 강 언덕이 보였습니다. 모든 것을 내려다보고 있는 아름다운 몽블랑과, 아무리 몽블랑의 높이를 따라잡으려 애를 써도 역부족인 눈 덮인 작은 산들이 멀리 보였습니다. 때론 반대편 호수 기슭을 따라 배를 타고 가면서 거대한 주라 산이 야망을 품고 고국을 떠나려는 사람들의 마음을 꺾으려는 듯 어두운 산허리를 드리우고, 자신을 정복하려는 침입자들에게 극복 불가능한 장벽처럼 버티고 서 있는 모습을 보았습니다.

나는 엘리자베스의 손을 잡고 말했습니다.

"사랑하는 엘리자베스, 너, 슬퍼하고 있구나. 아, 내가 어떤 일을 겪었고 또 앞으로 어떤 일을 견뎌야 할지 알게 되면 넌 내가 절망에서 벗어나 적어도 오늘 하루 누리고 있는 이 평온함과 자유를 맛볼 수 있도록 애쓸 거야."

그러자 엘리자베스가 대답했습니다.

"사랑하는 빅토르 오빠, 걱정하지 마. 오빠를 괴롭힐 일은 없을 거야. 설사 내가 눈에 띄게 즐거워하는 모습을 보이지 않더라도 마음은 행복해. 우리 앞에 펼쳐진 가능성에 너무 많이 의지하지 말라고 속삭이는 소리가 들리는 것 같아. 그렇지만 나는 그런 불길한 소리에 귀 기울이지 않을 거야. 우리 배가 지금 얼마나 빨리 나아가고 있는지, 때로는 몽블랑의 둥그런 꼭대기를 가리기도 하고 때로는 그 위로 떠오르기도 하는 구름 때문에 아름다운 이 경치가 얼마나 더 다채로워지는지 봐. 맑은 물속에서 뛰노는 수많은 물고기들도 봐. 물이 깨끗해서 바닥에 있는 조약돌까지 다 보여. 정말 멋진 날이지, 그렇지 않아? 자연의 모든 것이 너무나 행복하고 평온해 보여."

그렇게 엘리자베스는 자신뿐만 아니라 내가 우울한 생각을 떨쳐 버릴 수 있도록 애를 썼습니다. 그러나 그녀의 기분은 수시로 변했습니다. 잠깐 동안 그녀는 기쁨으로 눈을 반짝이다가 곧 멍하니 딴 생각에 잠기곤 했습니다.

해가 하늘에서 낮게 지고 있었습니다. 우리는 드랑스 강을 지나면서 강이 높은 바위 틈새를 지나 낮은 언덕 사이의 골짜기로 흘러가는 것을 보았습니다. 이곳에서는 알프스 산이 호수에 더 가까이 다가와 있었습니다. 그리고 우리는 호수의 동쪽 가장자리에 있는, 산들이 만들어 낸 원형 분지에 접근했습니다. 에비앙의 첨탑이 주변의 숲과 겹겹이 이어지는 산들 아래쪽에서 반짝였습니다.

지금까지 놀라운 속도로 우리를 데려다 준 바람이 해 질 무렵에는 가벼운 미풍으로 변했습니다. 부드러운 바람에 호수에는 잔물

결만이 일었습니다. 호숫가로 다가가자 나무들은 미풍에 기분 좋게 흔들렸습니다. 호숫가로부터 매우 향기로운 꽃향기와 건초 냄새가 미풍에 실려 왔습니다. 배에서 내릴 무렵 해는 지평선 아래로 가라앉았습니다. 호숫가에 발을 딛자 내게 달라붙어서 영원히 사라지지 않을 근심과 두려움이 이내 되살아났습니다.

23장

우리는 8시에 육지에 닿았습니다. 호숫가를 잠깐 동안 산책하면서 곧 사라질 빛을 즐긴 다음 여관으로 들어가서 어둠 속에서 희미해졌지만 검은 윤곽을 드러내고 있는 산과 호수의 아름다운 경치를 바라보았습니다.

남쪽에서 불어오던 바람이 잔잔해지더니 이제는 서쪽에서 거센 바람이 일었습니다. 하늘에 높이 떴던 달이 지고 있었습니다. 구름이 독수리보다 더 빠르게 달을 스쳐 지나가면서 달빛을 흐렸습니다. 호수에는 시시각각 변하는 하늘의 모습이 비쳤고 막 일기 시작한 끊임없는 파도 때문에 호수는 더욱 바빠졌습니다. 갑자기 심한 폭풍우가 내리쳤습니다.

낮에는 그럭저럭 침착함을 유지할 수 있었습니다. 그러나 밤이 되어 사물의 형체가 흐려지자마자 마음속에 온갖 두려움이 생겨났습니다. 초조해지며 경계심이 일었습니다. 나는 오른손으로 가슴에 숨겨진 권총을 꽉 쥐었습니다. 소리가 날 때마다 깜짝 놀랐지요. 그러나 내 목숨을 호락호락 내놓진 않을 것이며 나와 괴물 중 한 사람이 쓰러질 때까지 맞서 싸우기로 결심했습니다.

엘리자베스는 불안해하는 내 모습을 조심스럽게 걱정하면서 아무 말 없이 바라보았습니다. 그러나 내 눈빛에서 두려움을 발견한 그녀는 떨리는 목소리로 물었습니다.

“사랑하는 빅토르 오빠, 도대체 무엇 때문에 그렇게 불안해하는 거야? 오빠가 두려워하는 것이 무엇이지?”

“걱정하지 마, 엘리자베스. 오늘 밤뿐만 아니라 모든 것이 무사히 넘어갈 거야. 그렇지만 오늘 밤은 무서워. 정말 무서워.”

이런 상태로 한 시간을 보냈습니다. 그러다 곧 닥칠 괴물과의 싸움이 아내에게 엄청난 무서움을 안겨 줄 것이라는 생각이 갑자기 들었습니다. 그래서 엘리자베스에게 그만 잠자리에 들라고 간곡하게 부탁했습니다. 그러고는 내 원수의 상태를 파악할 때까지는 방에 들어가지 않기로 결심했습니다.

그녀가 방으로 들어간 다음 나는 집 안의 복도를 왔다 갔다 하면서 괴물이 숨어 있을 만한 곳을 구석구석 확인해 보았습니다.

그러나 그는 흔적도 보이지 않았습니다. 다행히 무슨 일이 일어나서 괴물이 협박을 실행에 옮길 수 없게 되었다는 생각이 들기 시작했습니다. 바로 그때 날카롭고 끔찍한 비명소리가 들려왔습니다. 그것은 엘리자베스가 쉬러 들어간 방에서 나는 소리였습니다. 그 소리를 들으면서 나는 모든 사태를 파악했습니다. 팔에서 기운이 빠지고 모든 근육과 조직의 동작이 멈춰 버렸습니다. 피가 혈관 속에서 간질거리는 것이 느껴졌고 팔다리 끝이 저려 왔습니다. 눈 깜빡할 정도의 시간이 더 흘렀을까요? 비명소리가 다시 들려와서 나는 방 안으로 뛰어 들어갔습니다.

세상에! 왜 내가 그때 죽지 않았을까요? 왜 살아서 세상 최고의 희망이자 가장 순수한 인간인 엘리자베스의 죽음을 이렇게 설명하고 있는 것일까요? 그녀는 그곳에 죽은 채 꼼짝도 하지 않고 침대 위에 내팽개쳐 있었습니다. 엘리자베스의 머리는 아래로 늘어져 있었고 창백하고 일그러진 얼굴이 머리카락으로 반쯤 가려져 있었습니다. 지금도 그 모습이 눈에 선해요. 살인자는 그녀의 창백한 두 팔과 늘어진 몸을 결혼 첫날밤 침상에 내던졌습니다. 이런 모습을 보고도 내가 살 수 있을까요? 아, 목숨이란 너무나 집요해서 제일 미움받는 곳에 찰싹 달라붙어 떨어질 줄을 모르는 놈이에요. 그 후 잠깐 동안은 무슨 일이 있었는지 기억이 나질 않아요. 나는 의식을 잃고 땅에 쓰러졌습니다.

정신을 차려 보니 여관에 묵고 있던 사람들이 나를 에워싸고 있었습니다. 그들은 숨 막힐 듯이 두려운 표정을 짓고 있었지만 다른 사람들의 공포는 나를 짓누르던 감정에 비하면 흉내 내기나 그림자 정도에 지나지 않았습니다. 나는 그들에게서 빠져나와 조금 전에만 해도 살아 있던, 너무나 소중하고 귀한 내 연인이자 아내인 엘리자베스의 시신이 놓여 있는 방으로 들어갔습니다. 그녀는 내가 처음 그녀를 보았을 때와 다른 자세를 취하고 있었습니다. 팔로 머리를 벤 채 누워 있었고 얼굴과 목에는 수건이 덮여 있었습니다. 잠을 자고 있는 것만 같았죠. 나는 그녀에게 달려가서 그녀를 꼭 껴안았습니다. 그러나 차갑게 늘어진 팔다리는 내가 지금 안고 있는 것이 그동안 내가 사랑하고 소중하게 여겼던 엘리자베스가 아니라는 사실을 깨닫게 해 주었습니다. 그녀를 죽인 괴물의 손자국이 그녀의 목에 남아 있었고 그녀의 입술에서는 더 이상 숨결이 나오지 않았습니다.

절망감으로 몸부림치며 계속 엘리자베스를 끌어안고 있다가 우연히 고개를 들었습니다. 전에는 창문들이 어두웠는데 이제는 희미한 달빛이 방 안을 비추고 있었습니다. 나는 공포감에 사로잡혔습니다. 창의 덧문들이 활짝 열려 있었고 열린 창문을 통해 가장 끔찍하고 혐오스러운 형체가 보였습니다. 도저히 말로 표현할 수 없는 공포감이 밀려왔습니다. 괴물은 싱긋 웃고 있었습니다. 그의 악마 같은 손가락은 내 아내의 시체를 가리키며 조롱하는 것처럼 보였습니다. 창문으로 달려간 나는 가슴에서 권총을 꺼내 발사했습니다. 그러나 그는 조금 전에 있던 곳에서 나를 피해 달아나더니 번개 같이 호수 속으로 뛰어들었습니다.

총소리에 사람들이 방으로 몰려들었습니다. 나는 그가 사라진 방향을 가리켰습니다. 배를 타고 그를 추적하고 그물도 던져 보았지만 허사였습니다. 몇 시간을 그렇게 보내다가 우리는 포기하고 돌아왔습니다. 대부분의 사람들은 그것을 내가 상상으로 만들어낸 형체라고 믿는 듯했습니다. 육지로 돌아온 후 부근 일대에 대한 수색이 시작되었습니다. 그들은 여러 무리로 나뉜 다음 각각 다른 방향으로 흩어져서 숲과 포도밭 사이를 뒤졌습니다.

나도 함께 가려고 집에서 몇 발자국을 따라나섰습니다. 그러나 현기증이 나서 술 취한 사람처럼 비틀거리다가 결국에는 너무 피곤해서 쓰러지고 말았습니다. 눈에 막이 덮인 것 같았고 피부는 고열로 바짝 말랐습니다. 나는 무슨 일이 일어났는지도 전혀 의식하지 못한 채 집 안으로 옮겨져 침대에 눕혀졌습니다. 나는 잃어버린 것이라도 찾는 것처럼 눈을 굴려 방 안을 둘러보았습니다.

잠시 후 침대에서 일어난 나는 본능적으로 사랑하는 엘리자베스의 시체가 있는 방으로 기어 들어갔습니다. 그곳에서는 여자들이 울고 있었습니다. 나도 엘리자베스의 시체 위에 엎드려 같이 눈물을 흘렸습니다. 이런 일이 일어나는 동안 내 마음속에는 명확한 생각이 떠오르지 않은 채 이런저런 문제들에 대한 생각이 두서없이 이어졌습니다. 내가 겪은 불행한 일들과 그 원인을 생각해 보았지만 온통 뒤죽박죽이었습니다. 윌리엄의 죽음과 저스틴의 사형, 살해당한 클레르발, 그리고 마지막으로 살해당한 아내로 이어지는 두렵고 놀라운 수많은 사건들 속에서 정신을 차릴 수가 없었습니다. 그 순간에도 남아 있는 가족들이 괴물의 원한으로부터 무사한지조차 알 수 없었지요. 지금쯤 아버지가 괴물의 손아귀에서 몸부림을 치고 있거나 에른스트가 괴물의 발치에 죽어 쓰러져 있을지도 모르는 일이었습니다. 이런 생각을 하자 온몸이 떨리며 조치를 취해야 한다는 생각이 들었습니다. 나는 벌떡 일어나서 최대한 빨리 제네바로 돌아가겠다고 결심했습니다.

하지만 말을 구할 수가 없어서 할 수 없이 호수로 배를 타고 가야만 했습니다. 때마침 역풍이 불어왔고 억수같이 비가 쏟아졌습니다. 그래도 아직 새벽이 되지 않아서 저녁이면 제네바에 도착할 수 있을 것 같았습니다. 나는 노 젓는 사람들을 고용하고 나도 직접 노를 잡았습니다. 몸을 쓰다 보면 정신적인 고통으로부터 벗어나는 경험을 많이 해 보았기 때문이었지요. 그러나 주체할 수 없는 불행과 극도의 불안감 때문에 도저히 기운을 쓸 수가 없었습니다. 나는 노를 내던진 다음 두 손에 머리를 기댄 채 마음속에 떠오르는 온갖 우울한 생각에 사로잡혔습니다. 고개를 들면 더 행복했던 시절에 익숙했던 경치가 보였습니다. 어제만 해도 그녀와 함께 경치를 바라보았는데 지금 그녀는 환영과 추억이 되고 말았습니다. 눈에서 눈물이 솟구쳤습니다. 잠시 비가 그치자 물고기들이 몇 시간 전처럼 다시 뛰놀기 시작했습니다. 그때만 해도 엘리자베스가 물고기들을 바라보고 있었는데……. 갑작스러운 큰 변화만큼 사람의 마음을 고통스럽게 하는 것은 없지요. 해가 빛나고 구름이 낮게 드리울 수 있겠지만 그 어느 것도 어제처럼 보이진 않을 것입니다. 괴물이 미래의 행복에 대한 내 모든 희망을 앗아 가 버렸습니다. 나처럼 불행한 사람은 아무도 없을 거예요. 인간의 역사에서 그렇게 끔찍한 일을 겪은 사람은 나뿐일 테죠.

이 끔찍한 사건 다음에 일어난 일들을 내가 굳이 설명할 필요가 있을까요? 지금까지 내 이야기는 너무나 끔찍했습니다. 이미 이야기의 절정에 도달했기 때문에 지금부터 하는 이야기는 지루하게 여겨질 겁니다. 내 가족들이 하나씩 죽음을 당해 나 혼자만 처량하게 남게 되었음을 알려 줄게요. 기운이 없어서 끔찍한 내 이야기의 나머지 부분에 대해서는 몇 마디로 줄이겠습니다.

제네바에 도착하자 아버지와 에른스트는 아직 살아 있었습니다. 그러나 아버지는 내가 가져온 소식을 듣고 쓰러지고 마셨죠. 훌륭하고 덕망 있던 아버지의 모습이 지금도 눈에 선합니다. 아버지는 멍하니 허공을 두리번거리셨습니다. 아버지의 눈을 즐겁게 해 주던 엘리자베스가 사라져 버렸기 때문이었습니다. 엘리자베스는 아버지에게 딸 이상이었습니다. 아버지는 온갖 사랑을 다 쏟아서 엘리자베스를 애지중지했습니다. 아버지는 사랑을 줄 대상이 거의 없었던 말년에 남아 있는 사람들에게 더 큰 애착을 보이셨습니다. 백발의 아버지에게 불행을 가져다주고 불행한 여생을 보내게 한 괴물에게 저주가 있기를! 아버지는 쌓여만 가는 공포의 무게를 견디질 못했습니다. 스프링처럼 다시 일어날 수 있는 기운이 갑자기 사라져 버렸습니다. 아버지는 며칠 동안 침대에서 일어나질 못하시다가 내 팔에 안겨 세상을 떠나셨습니다.

그 후 나는 어떻게 되었냐고요? 기억이 나질 않아요. 나는 모든 감각을 잃어버렸습니다. 쇠사슬과 어둠만이 나를 짓누르는 것 같았어요. 때로 어린 시절의 친구들과 함께 꽃들이 만발해 있는 초원과 아름다운 골짜기를 돌아다니는 꿈을 꾸었습니다. 그러나 깨어 보면 나는 지하 감옥 같은 곳에 있었습니다. 우울한 상태에 빠졌지만 조금씩 내가 겪은 불행한 일들과 내가 처해 있는 상황을 명확하게 인식하게 되었습니다. 그런 다음 나는 감옥으로부터 풀려났습니다. 사람들은 나를 미쳤다고 생각했습니다. 내가 혼자 감방에 갇힌 채 몇 달을 지냈기 때문에 사람들이 그러는 것은 당연했습니다.

그러나 내가 감옥으로부터 풀려났다 해도 이성을 되찾고 복수심을 되찾지 않았다면 그 자유가 내게는 소용없는 선물이 되고 말았을 겁니다. 과거에 일어난 불행한 일들에 대한 기억이 나를 짓눌렀습니다. 나는 왜 그런 불행한 일들이 생겼는지 생각해 보았습니다. 내가 만들어 낸 괴물이 바로 그 원인이었습니다. 내 손으로 비열한 악마를 세상에 내보내서 내 파멸을 자초했습니다. 괴물을 생각하면 미칠 듯한 분노가 나를 사로잡았습니다. 그를 붙잡아서 저주받은 그의 머리에 보기 좋게 복수를 가하고 싶었습니다.

얼마 지나지 않아 내 증오심은 헛된 소원으로만 끝나지 않고 그를 붙잡을 수 있는 최선의 방법을 생각하기 시작했습니다. 그리고 이런 목적에서 나는 감옥에서 벗어난 후 한 달 정도가 지난 다음 마을의 판사를 찾아갔습니다. 나는 판사에게 내 가족들을 죽인 사람을 고발할 테니 살인자를 체포할 수 있도록 온 힘을 기울여 달라고 부탁했습니다.

치안판사는 친절하게 내 말에 귀를 기울여 주었습니다. 그는 "범인을 찾기 위해 절대 수고나 노력을 아끼지 않겠습니다."라고 말했습니다.

"고맙습니다. 제가 말씀드릴 증언을 들어 보십시오. 너무 기이한 이야기라서 사실임을 확신할 수 있는 명확한 진실이 들어 있지 않다면 판사님께서 절대 믿지 못할지도 모르겠습니다. 제 이야기는 앞뒤가 잘 맞기 때문에 절대 꿈 같은 헛된 이야기라고 오해받지는 않을 것입니다. 그리고 저에게는 거짓을 이야기할 이유가 없습니다."

나는 치안판사에게 인상적이지만 차분한 태도로 이야기를 시작했습니다. 죽을 때까지 괴물을 찾아내고야 말겠다고 결심했기 때문에 괴로움도 잠시 잊고 잠깐 동안 생기를 되찾았습니다. 나는 간결하지만 단호하고 정확하게 내가 겪어 온 이야기를 시작했습니다. 정확하게 날짜를 제시했고 본론에서 벗어난 비난이나 절규를 하지도 않았습니다.

치안판사는 처음에는 도저히 믿을 수 없다는 표정을 지었지만 내가 이야기를 계속해 나가자 점점 더 관심을 가지고 귀를 기울였습니다. 때때로 그는 공포로 몸을 떨었고 또 어떤 때는 매우 놀라는 표정을 짓기도 했습니다. 치안판사는 내 말을 완전히 믿는 듯했습니다.

이야기를 끝마치며 나는 다음과 같이 말했습니다.

"제가 고발하는 자는 이렇습니다. 이 괴물을 체포해서 처벌할 수 있도록 당신이 전력을 다해 주길 바랍니다. 그것이 치안판사로서 당신이 해야 할 일입니다. 그리고 이 경우에 그런 능력을 가진 괴물을 처형하는 것에 대해 판사님도 같은 인간으로서 반대하지 않으실 것이라 믿고 그러시길 바랍니다."

이 말을 들은 치안판사의 얼굴이 상당히 변했습니다. 그는 마치 유령이나 초자연적인 사건들에 관한 이야기를 들을 때처럼 반신반의하는 표정으로 내 이야기를 들었습니다. 그러나 내가 결론 부분에서 공식적으로 대처해 달라고 요청하자 그의 얼굴에는 완전히 믿을 수 없다는 표정이 되살아났습니다. 그러나 그는 부드럽게 대답했습니다.

"당신이 괴물을 추적하는 일에 기꺼이 모든 도움을 제공하고 싶습니다. 그러나 당신이 말하는 그 괴물은 내 모든 노력을 물리칠 수 있는 힘을 가지고 있는 것 같습니다. 얼음 바다를 건널 수 있고 사람이 무서워서 감히 들어갈 수도 없는 동굴과 은신처 속에서 살 수 있는 짐승 같은 괴물을 누가 감히 쫓아갈 수 있겠습니까? 게다가 괴물이 범행을 저지른 지 벌써 여러 달이 흘렀습니다. 그가 지금 어디를 돌아다니고 있는지, 또는 어느 지역에서 살고 있는지 누가 알 수 있겠습니까?"

"그가 저희 집 주변을 맴돌고 있을 것이 분명합니다. 그리고 설사 알프스에 숨어 있다 해도 알프스산양을 사냥하듯이 그를 추적해서 야수를 죽이듯이 그를 죽일 수 있을 것입니다. 당신이 무슨 생각을 하고 있는지 압니다. 제 이야기를 믿을 수가 없기 때문에 괴물을 추적해서, 그에게 합당한 처벌을 내릴 의향이 없으신 거 말입니다."

이렇게 말할 때 내 눈에는 분노가 번뜩였습니다. 치안판사가 위협을 느꼈는지 다음과 같이 말했습니다.

"당신이 잘못 생각한 겁니다. 나도 최선을 다하겠습니다. 그리고 내게 괴물을 잡을 수 있는 힘이 있다면 그의 죄에 합당한 처벌을 반드시 내리겠습니다. 그러나 당신이 알려 준 괴물의 특성을 감안해 보면 그를 잡는다는 것이 불가능할 것 같습니다. 모든 적절한 조치를 취해 보겠지만 실망스러운 결과가 나올 수도 있다는 점을 미리 알아두시기 바랍니다."

"그건 안 됩니다. 제 말이 당신에게는 별 소용이 없군요. 제 복수가 당신에게는 중요한 일이 아니니까요. 그렇지만 설사 복수가 나쁜 짓이라 해도 그것이 제 마음을 온통 사로잡고 있는 유일한 열정이라는 것을 밝히겠습니다. 제가 사회 속에 풀어놓은 살인자가 아직도 살아 있다고 생각하면 말할 수 없을 만큼 분노가 치밀어 오릅니다. 당신이 제 정당한 요구를 거절하면 제게는 한 가지 방법밖에는 없습니다. 저는 살아서건 죽어서건 괴물을 없애는 일에 몸과 마음을 바치겠습니다."

이렇게 말하면서 나는 극도의 흥분으로 몸을 떨었습니다. 내 태도에는 광기가 서려 있었을 거예요. 옛날 순교자들이 가졌을 법한 당당한 격정 같은 것도 분명히 들어 있었을 테죠. 그러나 헌신이나 의협심이 아닌 다른 생각들에 사로잡혀 있는 이 제네바의 치안판사는 이렇게 고양된 내 마음 상태를 미친 것으로 여기는 것 같았습니다. 그는 유모가 아이를 달래듯이 나를 진정시키려 애쓰면서 내 이야기를 일시적인 정신 착란의 결과로 치부했습니다.

나는 소리를 질렀습니다.

"이봐요. 현명하다고 자만하고 있지만 당신은 사실 너무나 무지하군요. 그만둬요. 당신은 지금 자신이 무슨 말을 하는지도 모르고 있어요."

나는 화가 나서 심란한 마음으로 판사의 집을 뛰쳐나온 다음 어떻게 행동을 취할지 고민하기 시작했습니다.

24장

내게서는 모든 자발적인 생각이 사라져 버렸습니다. 나는 분노에 휩싸였고 복수심만이 힘과 평온함을 가져다주었습니다. 복수심에 따라 기분이 결정되었고 때로는 장래 일도 계획하고 침착해질 수도 있었습니다. 그렇지 않았더라면 아마 정신 착란에 걸리거나 죽어 버렸을 거예요.

먼저 나는 제네바를 영원히 떠나기로 했습니다. 행복하고 사랑받던 시절에는 더없이 소중했던 고국이 지금 이렇게 힘든 상황에서는 지긋지긋했습니다. 나는 돈과 어머니의 보석 몇 가지를 챙긴 다음 제네바를 떠났습니다.

이렇게 죽을 때까지 계속될 방랑 생활이 시작되었습니다. 나는 세상의 많은 곳을 다녔고 여행자들이 사막과 미개국에서 겪기 쉬운 온갖 가지 역경들을 견뎠습니다. 내가 어떻게 살아남았는지 거의 생각나지도 않군요. 모래 평원에 쇠약해진 팔다리를 늘어뜨린 채 죽기를 기도한 적도 많았습니다. 그러나 나는 복수심으로 계속 살아남았습니다. 원수를 살려 둔 채 죽을 수는 없었습니다.

제네바를 떠난 후 내가 처음 한 일은 악마 같은 원수의 행적을 추적할 수 있는 단서를 얻는 것이었습니다. 그러나 계획이 결정되지 않은 상태였습니다. 어떤 길로 가야 할지 몰라서 몇 시간 동안 제네바의 변두리를 헤맸습니다. 저녁 무렵엔 나도 모르게 윌리엄과 엘리자베스, 아버지가 묻혀 있는 묘지에 와 있었습니다. 묘지 안으로 들어가서 무덤 앞에 세워진 묘비 앞으로 다가갔습니다. 바람에 부드럽게 살랑거리는 나뭇잎 소리를 제외하면 사방이 고요했습니다. 주변에는 어둠이 짙게 깔려 있었습니다. 무심코 바라보는 사람에게도 장엄하고 감동적일 그런 장면이었습니다. 죽은 사람들의 영혼이 주변을 날아다니면서 애도하는 사람의 머리 위로, 보이지는 않지만 느낌으로 알 수 있는 그림자를 던지는 것 같았습니다.

처음에 이 장면을 보고 느꼈던 깊은 슬픔이 곧 분노와 절망으로 바뀌었습니다. 그들은 죽었고 나는 살아 있었습니다. 그리고 그들을 죽인 살인자 역시 살아 있었습니다. 그리고 그를 없애기 위해서는 지친 목숨을 부지해야 했습니다. 나는 풀밭에 무릎을 꿇고 땅에 입을 맞추면서 떨리는 입술로 소리쳤습니다.

"내가 무릎을 꿇고 있는 이 신성한 땅과 내 주변을 헤매고 있는 망령들, 그리고 내가 느끼는 깊고 영원한 슬픔에 대고 맹세합니다. 그리고 밤과 밤을 주관하는 망령들에 대고 맹세합니다. 이런 불행을 가져다준 괴물을 추적해서 둘 중 하나가 죽을 때까지 목숨을 걸고 싸우겠습니다. 이 목적을 위해서 나는 목숨을 보전하겠습니다. 이 중요한 복수를 위해 다시 태양을 보고 대지의 푸른 풀밭을 밟겠습니다. 이런 목적이 없다면 나는 이미 이런 것들을 보지 않았을 것입니다. 죽은 자의 망령들이여! 그리고 방황하는 복수의 대행자들이여! 부디 나를 도와주십시오. 저주받은, 지옥 같은 괴물이 깊은 고통을 당할 수 있게 해 주십시오. 지금 내가 겪고 있는 절망을 괴물도 느낄 수 있게 해 주십시오."

나는 두려운 마음으로 엄숙하게 서원을 했습니다. 그리고 살해된 친구들의 영혼이 내 기도를 듣고 찬성해 주었을 것이라고 확신했습니다. 그러나 서원을 마칠 때쯤 분노심에 사로잡혀서 말이 제대로 나오지 않았습니다.

그때 내 기도에 대한 화답으로 밤의 적막을 뚫고 악마 같은 큰 웃음소리가 들려왔습니다. 그 웃음소리는 내 귓전에 오랫동안 쟁쟁하게 울렸습니다. 산에 그 소리가 메아리쳤습니다. 마치 지옥 전체가 나를 둘러싸고 조롱하며 비웃는 것 같았습니다. 이미 맹세를 했고 복수를 위해 살아야만 하는 상황이 아니었다면 나는 그 순간 분명히 광기에 사로잡혀서 불행한 목숨을 끊고 말았을 것입니다. 웃음소리가 사라지고 익히 잘 알고 있는 혐오스러운 목소리가 내 귓가에서 또렷하게 속삭였습니다.

"잘했어. 불쌍한 인간! 살기로 결심했다니 다행이로군."

나는 소리가 나는 곳을 향해 쏜살같이 뛰어갔습니다. 그러나 괴물은 내 손아귀를 빠져나가 버렸습니다. 갑자기 둥근 달이 떠올라서 사람이라면 도저히 낼 수 없는 빠른 속도로 달려가는 괴물의 끔찍하고 일그러진 형체를 환히 비춰 주었습니다.

나는 그의 뒤를 쫓아갔습니다. 그 후 여러 달 동안 이것이 내 일이 되었습니다. 작은 단서를 따라 꾸불거리는 론 강을 쫓아가 보기도 했지만 허사였습니다. 푸른 지중해에 도달했을 때는 우연히 괴물이 밤에 몰래 흑해로 가는 배에 올라타는 모습을 보았습니다. 나도 같은 배에 탔지만 괴물은 무슨 수를 썼는지 배에서 달아나 버렸습니다.

타타르 지방과 러시아의 황야에서도 괴물은 나를 피했지만 나는 계속 그를 추적했습니다. 때로는 괴물의 끔찍한 모습에 놀란 농부들이 그의 행적을 알려 주기도 했습니다. 때로는 자신의 흔적을 놓쳐 절망한 나머지 내가 죽지나 않을지 우려한 괴물이 일부러

흔적을 남겨서 나를 인도하기도 했습니다. 눈이 내려 머리에 쌓일 정도가 되었을 때 하얀 평원 위에 괴물의 거대한 발자국이 나 있었습니다. 세상에 첫발을 내딛은, 근심과 고통이 무엇인지도 모르는 당신에게 내가 그동안 무엇을 느꼈고 또 지금 무엇을 느끼고 있는지 말해 봐야 어떻게 이해할 수 있겠습니까? 추위와 궁핍함, 피로는 내가 견뎌야 할 고통 중에서 가장 하찮은 것일 뿐이었습니다. 나는 악마의 저주를 받아 영원히 지옥을 지고 다녀야 했습니다. 그런데도 착한 정령이 나를 따라다니면서 길을 인도해 주었고 내가 심하게 투덜대기라도 하면 도저히 이겨낼 수 없을 듯한 어려움에서 나를 구해 주곤 했습니다. 때때로 허기 때문에 체력이 완전히 소진된 채 늘어져 있으면 사막에 먹을 것이 준비되어 있어서 기운을 차리고 활력을 되찾는 경우도 있었습니다. 사실 음식은 시골 농부들이 먹는 것처럼 변변치 않았지만 나는 그것이 도와 달라는 내 기도를 듣고 하늘이 보내 준 정령들이 가져다 준 것이라고 확신합니다. 사방이 가물고 구름 한 점 없을 때 내가 목이 말라 있으면 하늘에 약간의 구름이 끼면서 몇 방울의 비를 뿌려서 내게 기운을 차리게 해 준 다음 사라지는 경우도 종종 있었습니다.

가능하면 나는 강물이 흐르는 경로를 따라갔습니다. 그러나 시골 사람들은 주로 강가에 모여 살았기 때문에 괴물은 대개 이곳을 피했습니다. 다른 곳에서는 사람들의 모습이 거의 보이지 않아서 나는 대개 길을 가다 마주치는 야생 동물들을 잡아먹었습니다. 가진 돈이 있었기 때문에 돈을 나눠 주면서 마을 사람들과 친해졌습니다. 아니면 잡은 짐승을 가져다가 내 몫으로 조금만 남겨둔 다음 내게 불과 조리 도구를 빌려 주는 사람들에게 항상 나눠주었습니다.

사실 이렇게 지내는 생활은 끔찍했습니다. 오로지 잠자는 동안에만 기쁨을 맛볼 수 있었습니다. 오, 다행스러운 잠이여! 너무 불행하다는 생각이 들면 나는 잠에 빠져들었습니다. 그러면 꿈이 나를 달래서 황홀하게까지 해 주었습니다. 나를 수호하는 정령들이 내게 순례를 끝낼 수 있는 기운을 잃지 않도록 이런 행복한 순간들, 아니 시간들을 주는 것 같았습니다. 이런 휴식마저 없었다면 나는 역경을 견디지 못하고 쓰러지고 말았을 겁니다. 낮에는 밤에 대한 희망으로 기운을 내서 버틸 수 있었습니다. 잠자면서 꿈에 친구들과 아내, 그리고 사랑하는 고국을 볼 수 있었습니다. 아버지의 인자한 모습도 다시 볼 수 있었고 엘리자베스의 맑은 목소리도 들었습니다. 활력이 넘치는 젊은 클레르발의 모습도 보였습니다. 종종 힘든 행군으로 지칠 때면 내가 밤이 될 때까지 꿈을 꾸다가 사랑하는 친구들의 품에서 현실을 즐기는 것이라고 나 자신을 설득하곤 했습니다. 내가 그들에게 얼마나 가슴 아픈 사랑을 느꼈는지요! 때로는 깨어 있는 시간에도 그들을 내 곁에서 떠나보내지 못할 정도로 그들의 소중한 모습에 얼마나 많이 집착했던지요! 그리고 그들이 아직도 살아 있다고 얼마나 나 자신을 설득했던지요! 그럴 때면 마음속에 불타오르던 복수심이 사그라졌습니다. 그리고 괴물을 없애는 일을 내 마음이 간절히 바라는 일이라기보다는 하늘이 정해 준 임무로서, 나도 알 수 없는 어떤 힘에 이끌린 기계적인 충동으로 여기면서 괴물을 쫓아갔습니다.

나한테 쫓기던 괴물이 어떤 생각을 하고 있었는지는 알 수 없습니다. 사실 때때로 그는 나무껍질 위에 글씨를 쓰거나 돌에 글씨를 새겨서 표시를 남겼습니다. 그가 새겨 놓은 글들 중에는 다음과 같은 글이 있었어요.

"내 지배는 아직 끝나지 않았어. 당신은 살아 있고 내 힘은 완전하지. 나를 따라와. 나는 북쪽의 영원한 얼음이 있는 곳으로 가겠어. 그곳에서 나야 고통을 느끼지 않겠지만 당신은 추위와 눈 때문에 고생 좀 할 거야. 너무 더디게 따라오지만 않는다면 이 근처에서 죽은 산토끼를 발견할 수 있을걸. 먹고 기운을 차리길. 자, 내 원수! 우리는 앞으로 목숨을 걸고 싸워야만 해. 그렇지만 그때까지 당신은 힘들고 비참한 시간을 무수히 견뎌야 할 거야."

악마 같은 놈이 나를 비웃다니! 나는 다시 한 번 복수를 맹세하겠습니다. 비열한 괴물이 고통과 죽음에 이를 수 있도록 내 온몸과 마음을 바치겠어요. 그가 죽든지 내가 죽을 때까지 절대 추적을 멈추지 않을 테요. 그런 다음 나는 황홀해하며 엘리자베스와 죽은 친구들을 만나러 갈 겁니다. 그들은 이 진저리 나는 고생과 끔찍한 순례를 보상해 주기 위해 지금도 준비를 하고 있겠지요.

북쪽으로 여행을 계속함에 따라 눈발이 굵어지고 도저히 견딜 수 없을 정도까지 추워졌습니다. 농부들은 집 안에만 틀어박혀서 지냈고 가장 대담한 극소수의 사람들만이 배고픔 때문에 어쩔 수 없이 먹이를 찾아 나온 짐승들을 잡으러 밖에 나왔습니다. 강에는 얼음이 덮여 있어서 물고기를 잡을 수 없었습니다. 그래서 내 주된 식량거리를 구할 수 없게 되었습니다.

내가 힘들어할수록 내 원수는 더욱 의기양양해졌습니다. 그는 다음과 같은 글을 새겨서 남겨 놓기도 했습니다.

"마음의 준비를 하도록. 당신의 고생은 지금부터야. 모피로 몸을 감싸고 먹을 것을 준비해. 당신이 고통당하는 모습을 보며 내 끝없는 증오를 풀 여행을 곧 시작할 테니까."

이렇게 나를 비웃는 말을 읽자 내 용기와 인내심이 더욱 고무되었습니다. 나는 실패 없이 목표를 반드시 이루고야 말겠다고 다짐했습니다. 도와달라고 하늘에 기도하면서 식을 줄 모르는 열정으로 계속해서 거대한 황무지를 지났습니다. 마침내 멀리 바다가 보였습니다. 지평선은 최대한 활짝 펼쳐져 있었지요. 이곳의 바다는 남쪽의 푸른 계절들의 바다와는 얼마나 다른지! 바다에는 온통 얼음이 덮여 있어서 육지와 분간이 되지 않았습니다. 표면이 굉장히 황량하고 울퉁불퉁한 부분이 바다라는 것밖에는 다른 점이 없었습니다. 그리스 인들이 아시아의 언덕에서 지중해를 보았을 때 기쁨의 눈물을 흘리며 고생이 끝난 것을 기뻐하며 환호성을 질렀다고 하지요. 나는 울지는 않았지만 무릎을 꿇고 그의 온갖 조롱을 극복하고 내 원수를 만나 붙잡고 싸울 수 있는 곳으로 안전하게 나를 인도해 준 수호천사에게 진심으로 감사를 드렸습니다.

몇 주 전에 썰매와 개들을 구한 덕에 굉장히 빠른 속도로 눈 위를 달려올 수 있었습니다. 괴물도 썰매를 구했는지는 모르겠습니다. 그러나 그전에는 날마다 그에게 뒤쳐져 있었는데 이제는 그를 많이 따라잡았어요. 바다를 처음 보았을 때는 하루에 갈 수 있을 정도의 거리만큼 그가 앞서 있다는 것을 알게 되었습니다. 그래서 그가 해변에 도착하기 전에 그를 붙잡을 수 있기를 바랐습니다. 그래서 나는 다시 용기를 낸 다음 길을 재촉했습니다. 그리고 이틀 후에는 바닷가에 있는 초라한 작은 마을에 도착했습니다. 마을 주민들에게 괴물에 대해 물어보았더니 정확한 정보를 알려주었습니다. 그 전날 밤에 장총 한 정과 여러 정의 권총으로 무장한 거구의 괴물이 나타나는 바람에 외딴 오두막집에 사는 사람들이 놀라 달아났다고 합니다. 그는 오두막집 사람들이 겨울에 먹으려고 쌓아 둔 식량을 모조리 가져다가 썰매에 싣고서는 훈련된 개들을 여러마리 붙잡아다가 썰매를 끌고 가게 했다더군요. 그날 밤 공포에 사로잡힌 마을 사람들은 괴물이 육지가 나오지 않는 방향으로 바다를 가로질러 길을 떠나는 것을 보고 기뻐했다고 합니다. 그들은 얼마 지나지 않아 괴물이 얼음에 빠져 죽거나 끝없는 눈 속에서 얼어 죽을 것이라고 추측했습니다.

이 소식을 듣자마자 나는 잠시 더 큰 절망감에 빠졌습니다. 그가 나를 벗어나 버렸기 때문에 이제부터는 이곳 주민들조차 오랫동안 견딜 수 없고 나처럼 따뜻하고 햇볕 많은 곳에서 태어난 사람은 절대 살아남을 수 없는 추위 속에서, 바다에 떠 있는 산더미 같은 얼음을 가로질러서 목숨을 내놓고, 끝도 없는 여행을 시작해야 하는 상황이었습니다. 그러나 괴물이 살아서 의기양양해할 것이라는 생각을 하자 분노와 복수심이 되살아났고 거대한 조수처럼 다른 모든 감정을 압도해 버렸습니다. 잠깐 잠을 자는 동안 죽은 사람들의 영혼이 내 주변을 맴돌며 내게 고생스럽더라도 복수를 해야 한다고 부추겼습니다. 그래서 나는 잠에서 깬 후 여행을 준비했습니다.

육지용 썰매를 울퉁불퉁하게 얼어붙은 바다에 적합하게 만든 썰매로 바꾸고 다량의 식량을 구입한 다음 육지를 출발했습니다.

그때 이후 며칠이 지났는지 알 수 없군요. 그러나 합당한 복수를 하겠다는 욕망이 끊임없이 마음속에서 불타오르지 않았다면 절대 견딜 수 없는 비참한 생활을 견뎌 냈습니다. 거대한, 울퉁불퉁한 얼음산이 자주 내 길을 막아섰고 생명을 위협할 만큼 큰 파도 소리가 들려오기도 했습니다. 그러다가 다시 눈이 내려 바다를 안전하게 건너게 해 주었습니다.

내가 먹은 양식의 양으로 보아 이 여행을 시작한 지 3주 정도가 된 것 같아요. 희망이 마음속에 되살아나긴 했지만 계속해서 복수가 연기되자 실망과 슬픔의 비통한 눈물이 자주 쏟아졌습니다. 사실 거의 절망에 굴복해서 곧 이 고통 아래 주저앉을 뻔했습니다. 한번은 썰매를 끄는 불쌍한 개들이 엄청나게 고생해서 겨우 비탈진 얼음산 꼭대기로 올라섰는데 개 한 마리가 피로에 지쳐서 그만 죽고 말았습니다. 괴로운 마음으로 눈앞에 펼쳐진 넓은 구역을 바라보고 있는데 갑자기 어둑어둑한 평원 위에 검은 점이 시야에 들어왔습니다. 그것이 무엇인지 알아보려고 눈을 크게 뜨고 주의를 기울여 바라보다가 나는 기쁨에 들떠서 큰 소리를 질렀습니다. 썰매와 그 안에 타고 있는 괴물의 일그러진 모습이 보였기 때문이었습니다. 오! 뜨거운 희망이 내 마음속에 다시 솟구쳤습니다. 뜨거운 눈물이 넘쳐흘렀지만 괴물을 시야에서 놓치지 않으려고 급히 눈물을 훔쳤습니다. 그래도 뜨거운 눈물이 시야를 흐렸습니다. 마침내 나를 억누르는 감정을 이기지 못하고 나는 큰 소리로 울기 시작했습니다.

그러나 지금은 지체할 시간이 없었습니다. 나는 죽은 개를 풀어내고 개들에게 충분한 양의 먹이를 준 다음 한 시간 동안 쉬게 해주었습니다. 휴식 시간이 개들에게는 반드시 필요했지만 내게는 너무나 지루했습니다. 그런 다음 계속해서 길을 갔습니다. 썰매의 모습이 여전히 보였습니다. 나는 잠깐 동안 울퉁불퉁한 얼음 바위 때문에 가려지는 때를 제외하고 그 모습을 다시 놓치지 않았습니다. 이제는 상당히 거리가 좁혀졌습니다. 거의 이틀 동안 달린 끝에 원수와 거리가 겨우 1.5킬로미터로 좁혀졌습니다. 가슴이 뛰기 시작했지요.

그러나 원수를 거의 붙잡을 수 있을 것처럼 보이는 이때 갑자기 내 희망이 사라지고 말았습니다. 이전 그 어느 때보다도 더 감쪽같이 그의 흔적이 없어져 버린 것이었습니다. 파도 소리가 들려왔습니다. 파도가 얼음 밑에서 굽이치며 부풀어 오르자 우레 같은 소리가 시시각각으로 더 험해지고 끔찍해졌습니다. 서둘러서 앞으로 나아갔지만 소용이 없었습니다. 바람이 불고 바다가 으르렁댔습니다. 그리고 지진과 같은 엄청난 충격을 받은 것처럼 바다가 무시무시하게 큰 소리를 내며 갈라졌습니다. 이 일은 순식간에 벌어졌습니다. 몇 분 후 나와 괴물 사이에는 소용돌이치는 바다가 굽이치고 있었습니다. 나는 부서진 얼음 조각 위에서 떠다니는 상태가 되었습니다. 얼음은 계속해서 줄어들면서 내게 끔찍한 죽음을 안겨 줄 채비를 하고 있었습니다.

이런 식으로 끔찍하게 여러 시간이 지났습니다. 여러 마리의 개들이 죽었고 나 자신도 피로가 쌓여서 쓰러질 지경이었습니다.

바로 그때 당신의 배가 정박해 있는 것을 보고 구조되어 살 수 있다는 희망을 갖게 되었습니다. 배들이 그렇게 북쪽 끝까지 오리라고 생각하지 못했기 때문에 그 모습을 보고 몹시 놀랐어요. 나는 재빨리 썰매를 부숴 노를 만든 다음 힘겹게 얼음판을 저어 당신 배 쪽으로 나아갔습니다. 만약 당신이 남쪽으로 가고 있다면 나는 목적을 포기하느니 차라리 바다에 내 운명을 맡기기로 결심했지요. 내 원수를 추적할 수 있도록 당신에게 작은 배를 한 척 달라고 부탁하고 싶었어요. 그러나 다행히 당신은 북쪽으로 가고 있었죠. 내가 완전히 탈진하자 당신은 나를 배에 태워 주었습니다. 그렇지 않았다면 아마도 나는 여러 가지 어려움을 견디지 못하고 곧 죽고 말았을 겁니다. 그러나 나는 아직 임무를 완수하지 못했기 때문에 죽을 수가 없어요.

아, 내 수호천사는 언제쯤이나 괴물에게 나를 인도해서 내가 그렇게 바라는 휴식을 취할 수 있게 해 줄까요? 아니면 나만 죽고 괴물은 살아남는 것이 아닐까요? 월튼, 만약 그렇게 되면 그를 절대 놓치지 않을 것이며 당신이 그를 추적해서 죽임으로써 내 복수를 하겠다고 약속해 줘요. 그리고 당신에게 내 대신 순례를 하며 그동안 내가 겪은 것과 똑같은 고난을 견뎌 내 달라고 감히 부탁할 수 있을까요? 아니, 그럴 수 없어요. 내가 그 정도로 이기적이진 않습니다. 그러나 내가 죽은 다음 혹시라도 괴물이 나타난다면, 혹시라도 괴물이 복수심의 부추김을 받아서 당신을 찾아온다면, 그동안 내가 계속해서 겪었던 수많은 불행에 기뻐 날뛰지 않도록, 그가 살아남아서 더 나쁜 죄를 저지르지 못하도록 반드시 그를 죽이겠다고 맹세해 줘요. 괴물은 달변에다 설득력도 있어서 나도 한때 그의 말에 넘어간 적이 있었지요. 그러나 절대 그를 믿지 말아요. 그의 영혼은 겉모습만큼이나 흉악해서 배신과 극악한 원한으로 가득 차 있어요. 그의 말에 귀 기울이지 말고 윌리엄과 저스틴, 클레르발과 엘리자베스, 내 아버지, 불쌍한 빅토르의 이름을 부르면서 그의 심장에 칼을 꽂아요. 내가 당신 곁을 맴돌다가 칼이 정확하게 꽂히도록 인도해 주겠습니다.

(이어지는 월튼의 편지)

17××년 8월 26일

마거릿 누님, 이 기이하고 무시무시한 이야기를 읽고 난 후 공포로 피가 얼어붙는 것 같지 않으세요? 저는 지금도 간담이 서늘해요. 때때로 그는 갑작스러운 고통에 사로잡혀서 이야기를 계속하지 못하는 경우도 있었습니다. 또 어떤 때는 고통이 가득 담긴 단어들을 날카로운 목소리로 띄엄띄엄 힘겹게 말했습니다. 때로는 그의 아름다운 두 눈에 분노의 불길이 타오르다가 곧 우울한 슬픔 속에서 누그러지더니 끝없는 불행 속에서 꺼져 사라져 버리곤 했습니다. 때때로 그는 흥분을 억누르면서 얼굴 표정과 말투를 가다듬고 차분한 목소리로 너무나 끔찍한 사건들을 이야기했습니다. 그러다가 화산이 폭발하듯이 그가 괴물에게 날카로운 목소리로 저주를 퍼부을 때면 그의 얼굴은 갑자기 너무나 격렬하게 분노하는 표정으로 바뀌었습니다.

그의 이야기는 조리가 있었는 데다 정말로 사실처럼 들렸습니다. 그의 주장이 아무리 진지하고 조리가 있다 해도 제가 그의 말을 믿을 수 있었던 것은 사실은 그가 보여 준 펠릭스와 사피의 편지들, 우리 배에서 본 괴물의 모습 때문이었습니다. 그런 괴물이 정말로 존재하다니! 의심할 수 없는 사실이었지만 저는 놀라움과 감탄을 금치 않을 수 없습니다. 때때로 저는 프랑켄슈타인에게 괴물을 어떻게 만들었는지 자세한 정보를 얻어내려고 했지만 그는 이 점에 대해서는 절대 말해 주지 않았습니다.

그는 이렇게 대꾸했습니다.

"제정신이에요? 아니면 무분별한 호기심 때문에 어떻게 된 겁니까? 당신도 당신 자신과 세상 사람들에게 악마 같은 원수를 만들어 주고 싶어요? 제발 그만둬요! 내 불행을 듣고서 굳이 더 불행해지려고 하지 말아요."

프랑켄슈타인은 제가 자신의 사연을 기록하고 있다는 것을 알고 그것을 좀 보여 달라고 부탁했습니다. 그런 다음 자신이 직접 여러 곳을 고치고 보충해 주었습니다. 특히 괴물과 나눈 대화 부분을 더 생생하게 만들어 주었습니다. 그는 말했습니다.

"이왕 당신이 내 이야기를 기록했으니 불완전하게 후세에 전달되게 해서는 안 되겠지요."

상상력이 만들어 낸 어떤 이야기보다 기이한 이야기를 들으면서 저는 그렇게 일주일을 보냈습니다. 제 생각과 감정은 온통 이 손님에 대한 관심에 쏠렸습니다. 처음에는 그의 예의 바른 태도 때문에 관심을 갖게 되었지만 나중에는 그의 이야기를 듣고 그 자신의 인품 때문에 더 큰 관심을 갖게 되었습니다. 그를 위로해 주고 싶었지만 그렇게 지독하게 불행하고, 위로받을 가망이 전혀 없는 사람을 제가 어떻게 계속 살아가도록 설득할 수 있을까요? 절대 불가능할 것입니다. 지친 영혼을 가다듬고 평화와 죽음을 맞이하게 될 때에만 그는 기쁨을 느낄 수 있을 것입니다. 지금도 그가 위안을 받는 것이 있긴 합니다. 그것은 고독과 몽상을 통한 위안입니다. 그는 꿈속에서 친구들과 대화를 나누고 그런 만남을 통해 자신의 불행을 위로받거나 복수심을 자극받는다고 믿고 있습니다. 그는 그들이 자신이 만들어 낸 상상력의 산물이 아니라 먼 세상에서 그를 방문하러 온 존재들이라고 믿습니다. 이런 믿음 때문에 그의 몽상은 진지하게 느껴졌고 제게는 거의 사실만큼 인상적이고 흥미로웠습니다.

프랑켄슈타인 자신의 사연과 불행에 대해서만 이야기를 나누지는 않았습니다. 그는 지식 전반의 모든 문제에 대해 무한한 지식과 빠르고 날카로운 이해를 보여 줍니다. 또한 그의 유창한 말은 강렬하고 설득력이 있습니다. 그가 슬픈 사건을 이야기하거나 연민이나 사랑의 감정을 불러일으키는 말을 하면 눈물을 흘리지 않을 수가 없습니다. 파멸에 이른 모습이 이렇게 고상하고 위엄 있다면 한창 때는 얼마나 훌륭했겠어요? 그는 자기 자신의 가치가 어떤지, 자신의 가치가 얼마나 많이 실추되었는지 알고 있는 것처럼 보입니다.

그가 다음과 같은 말을 하더군요.

"더 어렸을 때에는 내가 큰일을 할 사람이라고 믿었어요. 지금은 감정에 휩싸이는 일이 많지만 그전에는 냉정한 판단력이 있어서 훌륭한 일을 이룰 수 있는 조건을 갖추고 있었지요. 그래서 다른 사람들이 낙담할 수 있는 상황에서도 내 성품이 가진 가치를 생각하며 나 자신을 지탱했습니다. 다른 사람들에게 도움을 줄 수 있는 재능을 쓸데없는 슬픔에 빠져서 썩힌다면 죄를 짓는 것이라고 생각했기 때문이지요. 내가 이룬 업적, 즉 감성과 이성을 갖춘 존재를 만들어 낸 업적을 생각해 보면 내 자신을 평범한 과학자들 무리와 나란히 분류할 수는 없을 겁니다. 그러나 일을 시작할 때 나를 지탱해 주었던 이런 생각이 지금은 나를 굴욕 속에 몰아넣는 결과를 낳았을 뿐이에요. 내 모든 사색과 희망은 무의미한 일이 되었습니다. 그리고 전능한 존재가 되기를 열망했던 대천사처럼 나는 지금 영원한 지옥 속에 갇히게 되었습니다. 나는 상상력이 풍부했고 분석력과 응용력도 뛰어났습니다. 이런 자질들을 결합해서 인간을 창조하겠다는 생각을 품었고 그것을 실행에 옮겼지요. 작업을 진행하면서 몽상하던 때를 떠올리면 지금도 그때의 열정이 느껴져요. 내가 가진 능력에 의기양양해하기도 하고 그 능력의 결과가 어떨지 생각하며 흥분하기도 하면서, 천국을 밟았다고 생각했습니다. 어린 시절부터 나는 높은 이상과 고상한 포부에 고취되어 있었습니다. 그러나 지금의 나는 얼마나 추락했는지! 오, 친구여! 만약 당신이 옛날에 나를 알았더라면 이렇게 타락해 버린 내 모습을 알아보지 못할 거예요. 나는 낙담이라는 것을 거의 느끼지 않았습니다. 넘어져서 다시는, 다시는 일어설 수 없는 상태가 될 때까지만 해도 계속해서 고귀한 운명이 내게 펼쳐질 줄 알았습니다."

그렇다면 이런 훌륭한 존재를 잃어야만 합니까? 저는 그동안 친구를 간절히 원했습니다. 저를 이해하고 사랑해 줄 사람을 찾았습니다. 이제 이 황량한 바다 위에서 그런 사람을 발견했는데 그가 얼마나 가치 있는 사람인지 알자마자 그를 잃게 되는 것은 아닌지 염려됩니다. 다시 살아 보라고 그를 설득하려 했지만 그는 그런 생각을 물리쳐 버립니다.

"월튼, 나처럼 불행한 사람에게 친절을 베풀어 줘서 고마워요. 그러나 당신은 새로운 관계와 새로운 사랑을 이야기하지만 다른 사람이 이미 죽은 사람들을 대신할 수 있다고 생각해요? 어떤 사람이 클레르발과 같을 것이며 세상의 어느 여자가 엘리자베스와 같을 수 있겠어요? 어린 시절의 친구들은 뛰어난 미덕에 이끌린 강렬한 애정이 일어나진 않는다 해도 커서 사귀는 친구들이 가질 수 없는 그런 힘을 우리 마음에 발휘하는 법이지요. 나중에 커서 아무리 바뀐다 해도 우리의 어린 시절 성품이 절대 없어지지 않는다는 것을 친구들은 알고 있어요. 그래서 그들은 우리가 가진 동기의 순수성을 훨씬 더 확신하면서 우리의 행동을 판단할 수 있어요. 이전에 그런 조짐이 있었다면 모르지만 자매나 형제는 사기나 거짓말을 했다고 다른 형제나 자매를 의심하지 않습니다. 그러나 친구란 아무리 친한 사이라 할지라도 자신도 모르게 다른 친구를 의심의 눈초리로 바라볼 수 있습니다. 그러나 나는 습관적으로 오랫동안 교제한 것뿐만 아니라 그들 자신의 장점 때문에 소중한 친구들과 우정을 나눴어요. 그리고 내가 어디에 있건 엘리자베스의 부드러운 목소리와 클레르발의 말소리가 영원히 내 귓가에서 맴돌 거예요. 그들은 죽었지만 이 외로움 속에서도 오로지 한 가지 감정이 내 삶을 이어 가도록 할 수 있습니다. 다른 사람들에게 광범위하게 도움을 줄 수 있는 고귀한 일이나 계획에 종사하고 있다면 나는 그것을 완수하기 위해 살 수 있을 겁니다. 그러나 내 운명은 그렇지가 못해요. 내가 생명을 부여한 존재를 추적해서 없애는 것이 내가 해야 할 일입니다. 그 일이 끝나면 이승에서 내가 할 일은 다한 셈이므로 죽을 수 있을 겁니다."

월튼의 편지

9월 2일

사랑하는 누님에게

사랑하는 영국과 그곳에 사는 더 사랑하는 친구들을 다시 볼 수 있을지 알 수 없는 위험한 상태에서 누님에게 편지를 씁니다. 저는 지금 산더미 같은 얼음에 둘러싸여 있습니다. 빠져나갈 수가 없어서 언제 배가 부서질지 모르는 상황이랍니다. 함께 배를 타자고 설득해서 데려온 용감한 선원들이 지금은 도움을 청하는 눈빛으로 저를 바라보지만 저도 속수무책입니다. 우리가 지금 굉장히 끔찍한 처지에 놓여 있는 것은 사실이지만 저는 용기와 희망을 버리지 않습니다. 그러나 저 때문에 배에 탄 모든 이들의 목숨이 위험에 처해 있다고 생각하니 안타깝습니다. 우리가 죽게 되면 그것은 모두 제 바보 같은 계획 때문입니다.

마거릿 누님, 그렇게 되면 누님 마음이 어떨까요? 누님은 제가 죽은 줄도 모르고 제가 돌아오기만을 기다리시겠지요? 몇 년이 지나도 절망감 속에서 희망을 버리지 못하고 괴로워하시겠지요? 아, 사랑하는 누님! 간절한 기대가 무너져 상심할 누님을 생각하면 제가 죽는 것보다 더 끔찍합니다. 그러나 누님에게는 남편과 사랑스러운 자식들이 있으니 행복해질 수 있을 거예요. 부디 하느님의 축복으로 행복하시길 바랍니다.

제 불행한 손님은 깊은 이해심을 가지고 저를 대해 줍니다. 그는 제게 희망을 주려고 노력하면서 마치 목숨을 소중히 여기듯이 말합니다. 그는 이 바다를 항해하려고 시도했던 다른 항해자들에게 똑같은 사고가 얼마나 자주 일어났는지 제게 깨우쳐 줍니다. 그러면 저도 모르게 일이 잘될 것이라는 예감이 듭니다. 선원들조차 그의 말을 듣고 감동을 느낍니다. 선원들은 그의 말을 들으면 더 이상 절망하지 않고 기운을 냅니다. 그의 목소리를 듣는 동안 그들은 이 거대한 산 같은 얼음 덩어리들도 인간의 의지력 앞에서 곧 사라져 버릴 두더지 굴 정도의 크기밖에 안 된다고 믿습니다.

그러나 이런 느낌은 오래 가질 않습니다. 매일매일 기대가 미뤄지자 그들은 지금 두려움으로 가득 차 있습니다. 이런 절망감 때문에 폭동이 일어나지 않을까 걱정될 정도입니다.

9월 5일

너무나 흔치 않은 흥미로운 사건이 방금 전에 일어났습니다. 이 편지를 누님이 받지 못할 가능성이 매우 높지만 그것을 적을 수밖에 없군요.

여전히 빙산에 갇혀 있어서 빙산끼리 부딪히면 그속에서 우리가 부서질 급박한 위험에 처해 있습니다. 추위가 극심해서 제 운 나쁜 동료들 중 많은 수가 이 황량한 곳에서 이미 세상을 떠나고 말았습니다. 프랑켄슈타인은 날마다 건강이 악화되고 있습니다. 그의 눈빛은 여전히 뜨겁게 불타오르고 있지만 많이 지쳐 있습니다. 그래서 갑자기 기운을 차리다가도 곧 눈에 띄게 맥이 빠진 상태가 되곤 합니다.

지난번 편지에서 폭동이 일어날 우려가 있다고 말씀드렸지요? 오늘 아침 저는 친구의 창백한 얼굴을 바라보며 앉아 있었습니다. 그의 눈은 반쯤 감겨 있었고 팔다리는 축 늘어져 있었습니다. 그때 선원들 여섯이 찾아와 선실로 들어오겠다고 요구하는 바람에 자리에서 일어나게 되었습니다. 그들이 들어오더니 우두머리가 제게 말을 시작했습니다. 그는 자신과 나머지 동료들은 제게 요구사항을 전달하기 위해 다른 선원들에 의해 선출된 대표들이라고 알려 주었습니다. 그들은 반드시 자신들의 요구 사항을 받아들여 달라고 주장했습니다. 빙산에 갇힌 채 절대 벗어날 수 없을지도 모르지만 혹시라도 빙산이 흩어져서 자유롭게 드나들 수 있는 길이 열렸을 때, 제가 경솔하게 항해를 계속하는 것이 아닌가 하는 우려 때문이었습니다. 다행히 이번에는 위험을 극복하는 행운이 따르더라도 제가 자신들을 새로운 위험 속으로 몰고 가는 것은 아니냐는 말이었습니다. 그들은 배가 자유롭게 움직일 수 있게 되면 즉시 남쪽으로 항로를 바꾸겠다는 것을 확실하게 약속해 달라고 요청했습니다.

이런 말을 들으니 마음이 심란했습니다. 저는 절망도 하지 않았을 뿐만 아니라 설사 배가 자유롭게 움직일 수 있는 상태가 된다 해도 돌아갈 생각은 꿈에도 해 보지 않았으니까요. 그렇지만 타당성과 가능성을 따져 보았을 때 이 요구를 거절할 수 있었을까요? 제가 잠시 머뭇거리다가 막 대답을 하려는데 처음에는 들을 기운조차 없는 것처럼 침묵을 지키고 있던 프랑켄슈타인이 분연히 끼어들었습니다. 그의 두 눈에서는 빛이 났고 뺨은 잠깐 동안 생기를 되찾아 홍조를 띠고 있었습니다. 선원들을 향해 그가 말했습니다.

"무슨 말이지요? 지금 당신들은 대장에게 무엇을 요구하는 겁니까? 그렇다면 당신들은 그렇게 쉽게 계획을 바꿨다는 말인가요? 당신들은 이 항해를 영예로운 탐험 여행이라고 하지 않았습니까? 그렇다면 어째서 그것이 영예로운 항해였지요? 항로가 남쪽 바다만큼 순조롭고 평온해서가 아니라 위험과 두려움으로 가득 찬 항해이기 때문 아니었습니까? 새로운 일이 닥칠 때마다 당신들이 불굴의 의지를 발휘하고 용기를 보여 줘야 했기 때문이 아니었습니까? 위험과 죽음이 항해에 도사리고 있었지만 당신들이 용감하게 맞서서 그것들을 극복하려 했기 때문이 아니었나요? 바로 이런 이유에서 그것이 영예로운 항해이고 바로 이런 이유에서 명예로운 일이 아니었습니까? 당신들은 장차 인류를 위해 기여한 사람들로 인정받을 것이며 당신들의 이름은 명예와 인류의 이익을 위해 죽음에 맞선 용감한 사람들로 추앙받을 겁니다. 그런데 봐요, 첫 번째 위험 상황이 닥치자, 아니 다르게 표현하면 당신들의 용기를 시험할 만한 엄청나고 끔찍한 첫 번째 시련이 닥치자, 당신들은 뒷걸음질치며 추위와 위험을 견디지 못했던 사람들로 후세에 길이길이 기억되는 것에 만족하고 있군요. 추워서 따뜻한 난롯불가로 되돌아 간 불쌍한 사람들로 말이죠. 그렇게 하려면 굳이 이런 준비 과정이 필요합니까? 이렇게 멀리까지 와서는 단순히 당신들 자신이 겁쟁이라는 것을 증명하기 위해 대장을 패배자라는 수치스러운 위치로 끌어내릴 필요가 있습니까? 제발 남자다워져요. 아니 보통 남자들 이상이라는 것을 보여 줘요. 확고하게 목적을 지켜 나가고 바위처럼 꿋꿋해요. 이 얼음 덩어리는 결코 당신들의 마음과 똑같은 재료로 만들어진 것이 아니에요. 얼음은 변하기 마련이며 당신들이 마음만 먹으면 절대 당신들에게 저항할 수 없을 겁니다. 이마에 치욕스러운 오명을 낙인 찍은 채 가족들에게 돌아가지 말아요. 맞서 싸워서 이긴 영웅이 되어 돌아가요. 적에게 등을 돌리고 도망가는 것이 무엇인지 모르는 영웅이 되어 돌아가요."

그는 말 속에 담긴 여러 가지 감정을 잘 표현할 수 있도록 목소리를 바꿔 가며 숭고한 의도와 영웅심으로 가득한 눈빛으로 이렇게 말했습니다. 이 사람들이 감동을 받은 것은 당연하지 않을까요? 그들은 서로 얼굴을 바라보기만 할 뿐 아무 말도 하지 못했습니다. 그래서 제가 그들에게 돌아가서 프랑켄슈타인의 말을 곰곰이 생각해 보라고 말했습니다. 그들이 뜻을 굽히지 않고 더 북쪽으로 항해하는 것을 원치 않는다면 저도 그들의 뜻을 따르겠지만 프랑켄슈타인의 말을 생각해 보고 용기를 되찾길 바란다고 덧붙였습니다.

그들이 물러간 후 저는 친구 쪽으로 몸을 돌렸습니다. 그는 기운이 다 빠진 채 목숨이 끊어질 것 같았습니다.

이 모든 사태가 어떻게 해결될지 잘 모르겠습니다. 그러나 목적을 이루지 못한 채 수치스럽게 돌아가느니 차라리 죽는 것이 더 낫습니다. 그러나 돌아가야 할 운명인 것 같은 생각이 듭니다. 영광와 명예를 얻고자 하는 의지가 없는 사람들은 현재의 역경을 계속해서 기꺼이 참고 견디지 못할 것입니다.

9월 7일

주사위는 던져졌습니다. 배가 부서지지만 않는다면 돌아가기로 동의했습니다. 그렇게 제 희망은 비겁함과 우유부단함 때문에 무참하게 깨지고 말았습니다. 저는 새로운 지식을 얻지도 못한 채 실망해서 돌아갑니다. 이런 부당함을 참을성 있게 견디려면 지금보다 더 많은 견인적(堅忍的) 자세가 필요할 것 같습니다.

9월 12일

모든 것이 끝났어요. 저는 지금 영국으로 돌아가고 있습니다. 세상에 쓸모 있는 사람이 되어 영예를 얻겠다는 제 희망은 사라져 버렸습니다. 친구도 잃었습니다. 누님, 이 비통한 상황에 대해서는 자세하게 전해 드리겠습니다. 그리고 누님이 계시는 영국을 향해 가는 동안 낙담하지 않겠습니다.

9월 9일에 얼음이 움직이기 시작했습니다. 멀리서는 섬들이 천둥 같은 소리를 내며 사방으로 부서졌습니다. 너무나 절박한 위험에 처해 있었지만 가만히 수동적으로 있을 수밖에 없었기 때문에 저는 불행한 손님을 간호하는 일에만 온통 주의를 기울였습니다. 병이 악화되는 바람에 그는 침대에만 누워서 지냈어요. 배 뒤쪽에서 얼음이 부서지더니 북쪽을 향해 세차게 떠내려갔습니다. 서쪽에서 미풍이 불어왔고 11일에는 남쪽으로 갈 수 있는 길이 완전히 열리게 되었습니다. 선원들은 확실하게 고국으로 되돌아갈 수 있다는 생각에 기쁨의 환호성을 터트렸습니다. 졸고 있던 프랑켄슈타인이 잠에서 깨어나 소동의 원인이 무엇이냐고 물었습니다.

"곧 영국으로 돌아갈 수 있게 돼서 소리를 지르는 것입니다."

"그렇다면 정말로 되돌아갈 작정인가요?"

"유감스럽지만 그렇습니다. 선원들의 요구를 무시할 수가 없습니다. 억지로 그들을 위험 속으로 끌고 갈 수야 없으니 돌아가야 합니다."

"그렇게 마음을 먹었다면 그렇게 해야지요. 그러나 나는 돌아가지 않을 겁니다. 당신은 목표를 포기할 수 있을지 몰라도 내 목표는 하늘이 정해 준 것이라 감히 그럴 수가 없어요. 내가 쇠약하긴 해도 내 복수를 도와주는 정령들이 충분한 힘을 줄 겁니다."

그는 이렇게 말하면서 침대에서 일어나려 했지만 그것조차 그에게는 너무 힘이 들었는지 침대에 털썩 쓰러져 기절하고 말았습니다.

한참이 지나서야 그가 정신을 차렸습니다. 그동안 저는 그의 목숨이 완전히 끊어진 것은 아닌가 하는 생각을 여러 번 했답니다. 마침내 그가 눈을 떴습니다. 그는 숨쉬기도 힘들어하며 말을 하지 못했습니다. 의사가 그에게 안정제를 처방하고서는 절대 안정시키라고 일렀습니다. 그 사이에 그는 제게 자신은 몇 시간밖에 못 살 거라고 말해 주었습니다.

이미 선고가 내려졌으니 저는 슬퍼하며 기다리는 수밖에 달리 도리가 없었습니다. 그의 침대 옆에 앉아 그를 바라보았습니다. 그의 눈이 감겨 있어서 저는 그가 잠든 줄 알았지요. 그런데 곧 그가 작은 목소리로 저를 부르며 가까이 오라고 하더니 다음과 같이 말했습니다.

"아! 나를 지탱해 주던 기운이 다 없어진 것 같군요. 내가 곧 죽을 것이라는 것을 알고 있어요. 그런데 내 원수이자 가해자인 괴물은 아직도 살아 있을 겁니다. 월튼, 내가 살아 있는 마지막 순간까지도 옛날과 같은 불타는 증오심과 복수에 대한 강한 열망을 느끼고 있다고 생각하지 말아 줘요. 그러나 내가 원수의 죽음을 바라는 것은 당연하다고 생각합니다. 생애 마지막 나날 동안 내 과거의 행동을 따져 보았지만 도대체 비난받을 만한 점은 발견할 수 없었습니다. 나는 열정적인 광기에 사로잡혀서 생각하는 존재를 만들어 냈고 내가 할 수 있는 한 그를 행복하게 잘 살 수 있도록 만들어 줘야만 했지요. 그러나 내게는 그것만큼 중요한 또 다른 의무가 있었습니다. 나는 내 동족들에 대한 의무에 더 큰 관심을 기울여야 했어요. 그들의 행복이나 불행이 더 큰 부분을 차지했기 때문입니다. 이런 생각을 깨닫고 나는 내가 처음 만들어 낸 존재에게 배우자를 만들어 주는 것을 거절했습니다. 거절하는 것이 옳았습니다. 그는 비할 수 없을 정도로 엄청나게 많은 원한과 사악한 이기심을 가지고 있어요. 내 친구들을 죽였고 훌륭한 인격과 행복, 지혜를 갖춘 존재들을 죽이는 일을 일삼았습니다. 나 역시 복수하려고 하는 그의 갈망이 언제나 끝이 날 지 알 수 없어요. 자신 때문에 불행해질 사람이 하나도 남아 있지 않아 스스로 불행해지면 그는 죽을 겁니다. 그를 없애는 것이 내 임무였지만 나는 실패했습니다. 이기적이고 악한 동기에서 나는 당신에게 내가 끝마치지 못한 일을 떠맡아 달라고 부탁합니다. 그리고 지금은 이성과 선에 이끌려서 당신에게 다시 부탁할게요.

그러나 당신에게 고국과 친구들을 포기하면서 이 일을 완수해 달라고 부탁하진 않겠습니다. 당신은 이제 영국으로 돌아갈 터이니 괴물을 만날 기회는 거의 없겠지요. 그러나 이런 점들을 고려해 보고, 어떤 것이 당신의 의무인지 잘 헤아려 보는 일은 당신에게 맡기겠습니다. 죽음이 가까이 다가온 탓에 내 판단력과 생각은 이미 흐트러지고 있어요. 내가 옳다고 생각하는 것을 해 달라고 당신에게 감히 요청하지도 못하겠군요. 내가 여전히 열정 때문에 잘못된 생각을 갖고 있는 것인지도 모르니까요.

그가 계속 살아서 나쁜 짓을 행할 것이라 생각하면 마음이 무겁습니다. 그러나 다른 면에서 보면, 곧 이 모든 것에서 벗어날 이 시간이 내가 몇 년 만에 처음 맞는 행복한 시간이랍니다. 세상을 떠난 사랑하는 사람들의 모습이 눈앞에 아른거리네요. 어서 빨리 그들의 품에 안겨야겠어요. 잘 있어요, 월튼! 평온함에서 행복을 찾도록 해요. 설사 과학과 발견 분야에서 유명해지고 싶다는 야심은 굉장히 순수한 마음이라 할지라도 피하도록 하고요. 그런데 내가 왜 이런 말을 하고 있지? 나 자신은 이런 희망 때문에 망했지만 다른 사람들은 성공할지도 모르는 일인데 말이지요."

목소리가 점점 희미해지더니 마침내 말하느라 기운을 다 써 버린 그는 아무 말도 하지 못하게 되었습니다. 약 반시간 후에 그는 다시 말하려고 했지만 그렇게 할 수가 없었습니다. 그는 내 손을 힘없이 누른 다음 영원히 눈을 감았습니다. 그의 입술에는 부드러운 미소가 반짝이며 스쳐 지나갔습니다.

마거릿 누님, 이 고귀한 정신의 소유자가 이렇게 요절하는 것을 보고 제가 무슨 말을 할 수 있겠어요? 제가 얼마나 슬픈지 누님에게 어떻게 설명할 수 있을까요? 제 슬픔을 아무리 잘 표현한다 해도 모두 부적절하고 미약할 테니까요. 눈물이 흘러넘치고 제 마음에는 실망의 그늘이 짙게 드리워져 있습니다. 영국을 향해 가고 있으니 그곳에서는 위안을 얻을 수 있겠지요.

무슨 소리가 들립니다. 한밤중에 무슨 소리인지 모르겠습니다. 바람이 적당히 불고 있어서 갑판 위의 불침번은 거의 움직이지도 않고 있습니다. 다시 사람의 목소리 비슷하지만 조금 더 거친 소리가 들립니다. 프랑켄슈타인의 시신이 놓인 선실에서 나는 소리인 것 같습니다. 가서 살펴봐야겠습니다. 누님, 안녕히 주무세요.

세상에! 방금 어떤 광경이 벌어졌는지 아십니까? 그 일을 떠올리기만 해도 현기증이 납니다. 그것을 자세하게 설명할 재간이 제게 있을지 모르겠습니다. 그러나 이 마지막 놀라운 대단원이 없으면 제가 기록해 온 이야기가 온전하지 못할 것입니다.

불행했지만 훌륭했던 제 친구의 시신이 있는 선실로 들어갔더니 도저히 말로 표현할 수 없을 정도로 이상하게 생긴 형체가 몸을 숙인 채 시신을 내려다보며 있었습니다. 키는 거인처럼 컸지만 체격 전체가 투박하고 균형도 맞지 않았습니다. 관 위로 몸을 숙이고 있었기 때문에 헝클어진 긴 머리카락에 가려서 얼굴이 보이지 않았습니다. 그러나 미라처럼 창백하고 거친 커다란 손을 내밀고 있었습니다. 제가 다가가는 소리를 듣자 그는 슬픔과 놀라움이 가득한 절규를 멈추고 창문 쪽으로 달아났습니다. 그의 얼굴만큼 끔찍한 모습은 본 적이 한 번도 없어요. 너무나 혐오스럽고 오싹 소름이 끼칠 정도로 흉측한 모습이었습니다. 저도 모르게 눈을 질끈 감은 다음 이 괴물을 어떻게 처리해야 하는지 기억을 떠올려 보려고 애썼습니다. 저는 그에게 가지 말고 잠깐 있으라고 불러 세웠습니다.

그가 멈춰 서서 놀라는 눈빛으로 저를 보더니 죽은 채 꼼짝도 하지 않고 있는 프랑켄슈타인의 시신 쪽으로 다시 몸을 돌렸습니다. 그는 제가 곁에 있다는 사실도 잊은 것처럼 보였습니다. 그의 얼굴과 몸짓은 도저히 통제할 수 없을 정도로 강렬한 분노에 휩싸여 있는 것 같았습니다.

"저 사람 또한 내게 희생당했습니다. 그를 죽임으로써 내 범죄 행각도 끝이 났어요. 불행의 연속이었던 내 존재도 이제는 끝날 때가 되었군요. 아, 프랑켄슈타인! 관대하고 헌신적인 존재여! 이제 와서 당신에게 용서를 빈다면 무슨 소용이 있을까요? 저는 당신이 사랑하는 사람들을 모두 죽임으로써 당신을 돌이킬 수 없는 파멸의 길로 내몰았습니다. 아! 그는 싸늘하게 식은 채 아무 말도 못하는군요."

괴물은 목이 멘 목소리로 그렇게 말했습니다. 처음에는 친구가 죽어 가면서 남긴 원수를 없애 달라는 유언을 따라야 한다는 충동을 느꼈지만 괴물에 대한 호기심과 연민 때문에 이런 충동을 잠시 접었습니다. 저는 이 거대한 존재에게 다가갔습니다. 그러나 눈을 들어서 그의 얼굴을 다시 볼 엄두가 나지 않았습니다. 그의 추한 모습은 너무나 무섭고 소름 끼쳤습니다. 말을 하려고 했지만 말이 입에서만 맴돌았습니다. 괴물은 계속해서 미친 듯 두서없이 자책하는 말을 쏟아 놓았습니다. 폭풍같이 격렬한 괴물의 감정이 잠시 진정되는 순간 제가 마침내 용기를 내서 그에게 말을 걸었습니다.

"이제 와서 후회해 본들 무슨 소용이 있겠습니까? 당신이 이렇게 극단적으로 잔인하게 복수를 자행하기 전에 양심의 목소리에 귀를 기울이고 미리 후회의 고통이 어떨지 조심했더라면 프랑켄슈타인은 아직도 살아 있을 겁니다."

그러자 괴물이 물었습니다.

"도대체 무슨 소립니까? 내가 고통도 모르고 후회할 줄도 모르는 사람이었다는 겁니까?"

그런 다음 시체를 가리키며 말을 이어나갔습니다.

"저 사람은 범행을 저지르면서 고통스러워하지는 않았어요. 범행의 세세한 사항들이 마음속에 남아 내가 받았던 고통의 백 분의 일도 그는 맛보지 않았습니다. 후회로 마음이 아팠지만 끔찍한 이기심이 나를 재촉했습니다. 클레르발의 신음소리가 내 귀에는 음악소리로 들렸을 거라고 생각합니까? 내 마음은 사랑과 연민을 느끼도록 만들어졌습니다. 불행 때문에 어쩔 수 없이 악과 증오로 뒤틀리게 되면 내 마음은 그 격렬한 변화를 당신이 상상할 수 없을 정도로 심한 고통을 느끼며 견뎌 냈어요.

클레르발을 죽인 후 비탄에 잠겨서 스위스로 되돌아왔습니다. 프랑켄슈타인이 불쌍했지요. 이런 연민은 혐오감으로 바뀌었어요. 나 자신이 끔찍하게 싫었습니다. 그러나 나라는 존재를 만들어 내서 말로 표현할 수 없는 고통을 느끼게 한 장본인인 그가 감히 행복해질 희망을 품고 있다는 것을 알았지요. 내게는 그렇게 불행과 절망을 계속해서 안겨 주더니 그 자신은 나에게 영원히 금지된 사랑의 감정과 열정을 마음껏 누리려 하다니. 그러자 내 자신이 못하는 것에 대한 시기심과 격렬한 분노가 일어 내 마음은 복수에 대한 끝없는 열망으로 가득 찼습니다. 프랑켄슈타인에게 가한 협박을 떠올리고 나는 그것을 실천에 옮기기로 결심했지요. 나 자신도 치명적인 고통을 당하리라는 것을 알고 있었습니다. 그러나 나는 그렇게 혐오하면서도 도저히 따르지 않을 수 없는 충동의 노예였지 주인이 아니었습니다. 그러나 엘리자베스가 죽었을 때만 해도 나는 괴롭지 않았어요. 깊은 절망감에 사로잡혀서 모든 감정을 던져 버리고 모든 고통을 억눌렀습니다. 그때부터 내게는 악이 선이 되었습니다. 그 지경이 되고 나자 본성을 악한 쪽으로 맞추지 않을 수가 없었어요. 내 끔찍한 계획을 완수하는 것이 식을 줄 모르는 열정이 되었지요. 그리고 이제 모든 것이 끝났습니다. 저기 내 마지막 희생자가 누워 있으니 말입니다!"

그의 불행한 이야기를 들으면서 저는 처음에 감동을 받았습니다. 그러나 괴물에게 뛰어난 말솜씨와 설득력이 있다는 프랑켄슈타인의 말을 떠올리면서 친구의 시체를 바라보고 나자 제 마음속에 분노의 불길이 다시 타올랐습니다.

"이놈! 네가 만들어 낸 불행에 대해 눈물을 흘리러 왔다니 꼴좋구나. 여러 채의 집에 불을 질러 놓고 다 타 버리고 난 후에 잿더미 속에 앉아서 집이 무너져 내린 것을 한탄하는 격이다. 위선자 같으니라고! 만약 네 애도를 받고 있는 그가 살아 있다면 너는 여전히 그를 네 저주받은 복수의 대상으로 삼아 희생시킬 것이냐? 너는 지금 연민을 느끼고 있는 것이 아니라 단지 네 원한의 대상이 네 힘이 미칠 수 없는 곳으로 사라져 버렸다는 사실을 한탄하는 거야."

그러자 괴물이 끼어들며 말했습니다.

"아, 그렇지 않아요. 절대 아닙니다. 내 행동의 목적처럼 보이는 것 때문에 당신에게 그런 인상을 주었을지도 모릅니다. 그러나 내 불행을 이해해 줄 사람을 찾는 것이 아니에요. 전혀 이해를 받지 못할 수도 있고요. 처음에 내가 사람들에게 이해받고 싶었던 것은 내 마음속에 미덕에 대한 사랑이, 행복과 사랑의 감정이 넘쳐나고 있으며 그것들을 함께하고 싶다는 것이었습니다. 그러나 그런 미덕이 희미한 흔적이 되어 버렸고 그런 행복과 사랑이 격렬하고 혐오스러운 절망으로 바뀌어 버린 지금 내가 무슨 이해를 바란단 말입니까? 고통이 지속되는 한 나 혼자 고통스러워하는 것으로 만족합니다. 내가 죽을 때 사람들이 혐오하고 비난하는 마음으로 나를 기억한다 해도 괜찮아요. 한때 나는 미덕과 명예, 행복에 대한 꿈으로 마음을 달랬습니다. 또 내 외적인 모습을 무시한 채 내가 펼칠 수 있는 뛰어난 자질들을 사랑해 줄 사람들을 만날 수 있을 것이라는 잘못된 희망을 품기도 했지요. 명예와 헌신 같은 고상한 생각들을 품었습니다. 그러나 수많은 죄를 저지른 지금 나는 가장 비천한 짐승보다 못한 상태로 타락하고 말았습니다. 그 어떤 죄나 해악도, 원한이나 비참함도 내 것에 비견할 수 없을 겁니다. 내가 저지른 죄의 끔찍한 목록을 훑어보다 보면 내가 한때 아름다움에 대해, 선의 장엄함에 대해 숭고하고 훌륭한 꿈으로 가득 찼던 존재였다는 사실이 믿어지지 않을 지경입니다. 그러나 그것은 사실이에요. 타락한 천사가 원한에 찬 악마가 되는 겁니다. 하느님과 인간의 적이었던 악마에게조차 처량함을 나눌 친구와 동료들이 있었습니다. 그러나 나는 철저하게 혼자입니다.

프랑켄슈타인을 친구라고 부르는 당신은 내가 저지른 죄와 그가 겪은 불행한 일들을 알고 있는 것 같군요. 그러나 그가 당신에게 그것들을 아무리 자세하게 이야기해 주었다 해도 내가 부질없는 열정에 허비하며 수많은 시간 동안, 수많은 달 동안 견뎌야 했던 불행을 제대로 전달하진 못했을 겁니다. 내가 그의 희망을 망가뜨렸지만 그것으로 내 자신의 희망이 충족되지는 않았습니다. 내 희망은 여전히 열렬하게 불타오르고 있어요. 나는 사랑과 우정을 원했지만 사람들은 내게 계속 퇴짜를 놓았습니다. 이런 것이 공평하다는 겁니까? 모든 인류가 내게 죄를 짓더라도 나만 잘못을 저지른 죄인 취급을 받아야 하는 겁니까? 자신의 친구에게 모욕을 가하면서 집 밖으로 몰아낸 펠릭스는 왜 미움을 받지 않는 거지요? 아이를 구해 준 은인을 죽이려고 한 시골 사람에게는 왜 비난을 가하지 않습니까? 이런 사람들은 고결하고 깨끗하지만, 버림받은 불행한 나는 내쫓기고 채이고 짓밟힘을 당해도 되는 실패작이란 말인가요? 이런 부당함을 생각하면 지금도 피가 끓어오릅니다.

그러나 내가 비열한 놈이라는 것은 사실이지요. 사랑스럽고 무력한 사람들을 죽였으니까요. 잠자고 있는 순진한 사람들을 목 졸라 죽였고 나뿐만 아니라 다른 생물들에게 상처를 입혀 본 적도 없는 사람들을 붙잡아 죽음에 이르게 했습니다. 나는 다른 사람들로부터 사랑과 존경을 받을 만한 자격을 갖춘, 모든 사람들에게 엄선된 표본이었던 내 창조자를 불행하게 하는 일에 전념했습니다. 저렇게 다시는 돌이킬 수 없는 파멸에 이를 때까지 그를 추적했습니다. 저기 그가 창백하고 싸늘하게 죽어 누워 있군요. 당신이 아무리 나를 미워한다 해도 내가 내 자신을 미워하는 정도에 비할 수는 없을 겁니다. 살인을 저지른 손을 바라보고 살인하는 상상을 품었던 마음을 생각하면서 나는 이 손으로 눈을 찔러 더 이상 그런 상상이 마음속에 떠오르지 않게 될 순간을 간절히 바랄 뿐입니다.

앞으로 내가 나쁜 일을 저지를 것이라고 걱정하진 않아도 됩니다. 내 일은 거의 끝났어요. 그동안 이어져 내려왔던 내 존재를 끝맺고 반드시 해야 할 일을 이루기 위해서 당신의 죽음이나 다른 어떤 사람의 죽음도 필요치 않아요. 내 자신의 죽음이 필요할 뿐이지요. 희생을 바치는 이번 일에 늦장을 부리진 않을 겁니다. 여기까지 타고 온 얼음 뗏목을 타고 당신 배를 떠나서 지구의 최북단으로 향할 겁니다. 화장용 장작 더미를 모은 다음, 또다시 나 같은 존재를 만들고자 하는 호기심 많은 이가 있다면 그런 신성모독자에게 행여 내 유해를 통해서라도 조금의 단서도 남지 않도록 이 불행한 몸을 완전히 태워서 재로 만들어 버릴 테요. 나는 이제 죽으려 합니다. 지금 마음을 죄고 있는 괴로움도 더 이상 느끼지 않게 될 것이며, 충족되지도 못한 채 꺼지지도 않는 감정의 희생이 되지도 않겠지요. 나를 존재하게 만든 사람은 이미 죽었고 앞으로 나 또한 존재하지 않게 되면 우리 두 사람에 대한 기억은 곧 사라지고 말 겁니다. 더 이상 해나 별을 보지 못할 것이고 뺨을 스치는 바람도 느끼지 못하게 될 겁니다. 빛과 감정, 감각 모두 사라질 겁니다. 그리고 이런 상태에서 나는 틀림없이 행복을 찾을 수 있겠죠. 몇 년 전에 세상의 온갖 모습이 처음 눈앞에 펼쳐졌을 때, 여름의 기분 좋은 온기를 느끼며 나뭇잎 바스락거리는 소리와 새들의 지저귐을 들었을 때, 내게는 그것들이 전부였습니다. 그때 울다가 죽었어야 했는데. 이제는 죽음만이 내 유일한 위안이군요. 죄로 물들고 쓰라린 후회로 갈기갈기 찢겨진 지금 죽음 말고 어디에서 위안을 찾을 수 있겠습니까?

잘 있어요! 이제 당신을 떠나겠습니다. 그리고 당신의 모습이 이 눈으로 보게 될 마지막 사람이 될 겁니다. 프랑켄슈타인, 잘 가요! 만약 당신이 아직 살아서 내게 복수하고 싶은 소망을 품고 있다면 내가 죽어 사라지기 전에 복수를 하는 편이 더 좋았을 텐데 그렇게 되질 않았군요. 내가 더 큰 불행을 일으키지 않도록 당신은 나를 죽이려고 했지요. 그러나 어떻게 그렇게 되었는지는 모르지만 당신이 생각하고 느낄 수 없는 상태가 되지 않았다 해도, 당신의 복수심이 지금 내가 느끼는 복수심보다 더 크진 않을 겁니다. 당신이 아무리 불행을 겪었다 해도 내가 겪는 괴로움이 당신보다 훨씬 더 심했어요. 죽음으로 영원히 상처가 아물 때까지 날카로운 후회의 아픔이 계속해서 내 상처를 들쑤셔 댈 테니까요."

그는 슬픔과 엄숙함이 담긴 열띤 목소리로 외쳤습니다.

"나는 곧 죽을 것입니다. 지금 느끼는 것을 더 이상 느낄 수 없게 될 겁니다. 그러면 이 극심한 불행도 곧 사라지겠지요. 당당하게 화장용 장작 더미에 올라가서 나를 태울 불꽃의 고통을 기쁘게 받아들이려 합니다. 불길이 사그라지면 바람이 불어와 한 줌 재로 변한 나를 바다로 날려 보내겠지요. 그러면 내 영혼은 평화롭게 잠이 들 겁니다. 설사 영혼이 생각을 한다 해도 더 이상 아무 생각도 하지 않으면서 말이지요. 잘 있어요."

그는 이렇게 말하면서 선실 창문 밖으로 뛰어나가서 배 가까이에 있던 얼음 뗏목 위에 올라탔습니다. 곧 그는 파도에 휩쓸려서 어둠 속으로 멀리 사라졌습니다.

옮긴이의 글

영어로 된 글을 읽으면서 제대로 이해되지 않는 부분이 있으면 나는 항상 "독서백편의자현(讀書百篇意自顯)"이라는 한자 성어를 떠올리곤 한다. 그러나 『프랑켄슈타인』을 번역하면서 나는 "독서백편"이라도 "의불현(意不顯)"하는 구절을 수없이 접하게 되었다. 번역 여러 부분에 대해 도움말을 주었던 윌리엄스는 "휴, 어떻게 『프랑켄슈타인』을 번역합니까? 이 책을 번역할 수 있으면 다른 어떤 책이라도 번역할 수 있을 거예요."라며 고개를 절레절레 흔들곤 했다. 이 책을 번역하면서 나는 고전을 번역하는 일이 이론서나 수필을 번역하는 것과는 차원이 다르다는 것을 절감했다. 번역 자체의 어려움뿐만 아니라 오역에 대한 두려움의 강도가 다른 책들과는 비교할 수 없을 정도로 컸다. 번역을 끝낸 후 생긴 흰머리와 원시가 단순히 나이 들면서 겪는 과정의 일부였을까?

우리는 흔히 『프랑켄슈타인』을 어린이용 공포 소설 정도로 여긴다. 그러나 이 소설은 과학의 위협을 의식하게 해 주는 상징으로서, 윌리엄 고드윈과 존 로크, 볼테르와 장 자크 루소 같은 여러 철학자들과 과학자들의 사상을 담고 있는 사상서로서, 여자들 없이 후손들을 만들어 내고자 하는 남성들의 가부장제적인 욕망에 비난을 가하는 페미니즘 소설로서, 자아에 대한 회의를 보여주는 해체론적인 비평의 대상으로서, 모성과 부성, 성별과 서사 등 여러 가지 복잡한 문제들을 보여주는 육체의 이야기로 다양하게 읽을 수 있다. 이런 다양한 해석의 가능성 때문에 『프랑켄슈타인』이 계속해서 우리를 매혹하는 것은 아닐까?

이 소설은 2000년에 출간된 펭귄 출판사의 시그넷 클래식(Signet Classic) 판 『프랑켄슈타인』을 번역한 것이다. 주석이 전혀 달려 있지 않다는 단점이 있지만 펭귄 판에는 1965년에 해롤드 블룸이 쓴 후기와 2000년에 월터 제임스 밀러가 쓴 서문이 실려 있다. 『프랑켄슈타인』을 깊이 있게 이해하고자 하는 독자들, 특히 학생 독자들에게 매우 통찰력 있는 해석의 관점을 제시해 줄 수 있다는 것이 펭귄 판의 가장 큰 장점이라 할 수 있었다.

이 책을 번역하는 데 도움을 주신 많은 분들께 감사드린다. 커서 언젠가 이 책을 읽을 일곱 조카들에게 부끄럽지 않은 번역이 되길 바랄 뿐이다.

이미선

옮긴이 | 이미선

경희대학교 영어영문학과를 졸업하고 같은 대학 대학원에서 박사 학위를 받았다. 옮긴 책으로는 『연을 쫓는 아이』, 『프랭크 바움』, 『대통령을 키운 어머니들』, 『우정의 요소』, 『도둑맞은 인생』, 『프랑켄슈타인』, 『빌헬름 라이히』, 『욕망 이론: 자크 라캉』(공역), 『자크 라캉』, 『무의식』 등이 있다. 저서로는 『라캉의 욕망 이론과 셰익스피어 텍스트 읽기』가 있다.

프랑켄슈타인 한글판

특별판 1판 1쇄 찍음 2018년 6월 5일
특별판 1판 1쇄 펴냄 2018년 6월 14일

지은이 | 메리 셸리
옮긴이 | 이미선
발행인 | 박근섭
편집인 | 김준혁
책임편집 | 최고운
펴낸곳 | 황금가지

출판등록 | 2009. 10. 8 (제2009-000273호)
주소 | 06027 서울 강남구 도산대로 1길 62 강남출판문화센터 5층
전화 | **영업부** 515-2000 **편집부** 3446-8774 **팩시밀리** 515-2007
홈페이지 | www.goldenbough.co.kr

도서 파본 등의 이유로 반송이 필요할 경우에는 구매처에서 교환하시고
출판사 교환이 필요할 경우에는 아래 주소로 반송 사유를 적어 도서와 함께 보내주세요.
06027 서울 강남구 도산대로 1길 62 강남출판문화센터 6층 민음인 마케팅부

ISBN 979-11-5888-402-4 04840
ISBN 979-11-5888-403-1 04840(set)

㈜민음인은 민음사 출판 그룹의 자회사입니다.
황금가지는 ㈜민음인의 픽션 전문 출간 브랜드입니다.